特情局

诡案录

读骨奇谈

海豚先生 著

山東文藝出版社

图书在版编目（CIP）数据

特情局诡案录 / 海豚先生著. — 济南 : 山东文艺出版社，2017.5

ISBN 978-7-5329-5447-6

Ⅰ. ①特… Ⅱ. ①海… Ⅲ. ①长篇小说－中国－当代 Ⅳ. ①I247.5

中国版本图书馆CIP数据核字(2017)第034217号

特情局诡案录

海豚先生　著

主管部门　山东出版传媒股份有限公司
出版发行　山东文艺出版社
社　　址　山东济南市英雄山路189号
邮　　编　250002
网　　址　www.sdwyprees.com

读者服务　0531—82098776（总编室）
　　　　　0531—82098775（市场营销部）
电子邮箱　sdwy@sdpress.com.cn

印　　刷　北京慧美印刷有限公司
开　　本　787毫米×1092毫米　1/16
字　　数　301千
印　　张　15
版　　次　2017年5月第1版
印　　次　2017年5月第1次印刷
书　　号　978-7-5329-5447-6
定　　价　39.80元

目录

contents

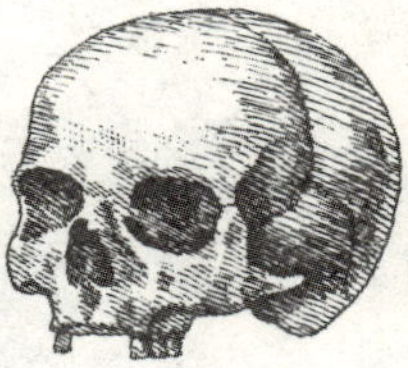

楔子
请叫我秦一刀

秦，一般人看到这个姓，十有八九首先想到的是秦始皇。但秦始皇不姓秦。秦朝灭亡后，秦的王族子孙以国名为姓，这才有了秦姓。

我们这个小村小寨的居民多是秦人后裔。自然，王族的气息早已荡然无存，留下的，纯粹是草民布衣的味道。

在家族复兴无望的情况下，人们对活着的时间长短就格外关注起来。在我们村里，人们对长寿的人非常尊重。

由此衍生出一个奇特的现象：拥有寓意长寿的好名字的人在我们村里就是贵族，就算一生穷困潦倒，也会被人敬重。而且，说来也怪，这样的人几乎都是长寿之命，家里人运气也不错。

但真正的好名字也就那么几个，譬如“秦添寿”“秦长寿”“秦东海”“秦南山”等。同一个村里，名字是不能重复的，只有等拥有好名字的人去世后，才可以再用。

听老辈讲，新中国成立前，有些人为了给自己的娃取个好名字，迟迟不要孩子，就是为了等名字好的老人去世。现在听来，有些不可思议。

我出生的那年，我爷爷刚好步入花甲之年。爷爷从年前开始患上高血压，时常昏厥，全家人就把为他祈福添寿这一重任压在了我这个还未出世的小不点上。

无奈，好名字早已被用完，且最近村里没有快要过世的老人。在我们那里，小孩的名字必须在出生之前就取好，这样在出生的时候，全家人就会大喊“××来喽”。比如起名叫添寿，就会喊“添寿来喽”。要是名字好，家里人还会敲着锣打着鼓，满村子里跑着喊。

为了给我取个好名字，一家人愁坏了。直到母亲快要临盆时，还没想好。爷爷急得又犯了病，迷迷糊糊地在嘴里念叨着，像是一个名字，秦什么寿，中间那个字怎么也听不清。在我出生大哭的时候，大家还没有辨听出来。情急之下，我的一个姑姑直接就喊起来：“请寿来喽！请寿来喽！”秦，在我们那里的方言中念“请”的音。

大家一听，“请寿”，也是个不错的名号，有点类似把“买尊菩萨”唤作“请菩萨”。在没有更好的选择的情况下，全家人都一起跟着大喊起来：“请寿来喽！请寿来喽！”

没想到，这个临时整出来的名字效果还不错。自我出生后，我爷爷就很少犯病。看来，这人世间很多病都是心病啊。

我爷爷的哥哥，也就是我大爷爷，在新中国成立前是国民党军队里的一名副营职军医。在当时的“国军”里，军医不叫军医，叫医官。他是主刀外科手术的，受人尊敬，待遇很好，在后方也没什么危险。每月他都会给家里寄钱寄东西，那时，我们家在村里相当有地位，很是神气了一阵子。

在我还很小时，爷爷就教导我，要我将来也像我大爷爷那样，当一名医官，光宗耀祖。只是到最后，我还是让爷爷失望了。不过，这也好，不然就真成“医官秦寿”了。

这个名字虽说给爷爷带去了好运，为我自己带来的却尽是屈辱。小学和初中我都在本地上，大家都说方言，还算相安无事。高中在县城里，其他乡镇的人念秦就不念请了。

高一第一堂课上自我介绍时，我这样说道：“我姓秦，秦朝的秦，作为姓念请。寿，寿比南山的寿。我叫请寿。”

有好事分子马上跳起来说：“那秦桧为什么不念请桧？”他高高举起《新华字典》，义正词严地指出：“秦不是多音字，作为姓也念秦，你就叫秦寿。”那光景，像极了旧时画报上手举《毛选》一脸大义凛然的红卫兵。

为这个名字，我没少跟别人吵过。在多次被嘲笑，我进行争辩，反而引来更多的嘲笑后，我终于得出了争辩毫无意义的结论。于是，我索性决定，以此训练自己对无聊和恶意的忍受力。

在我前二十四年的人生里，为了这个名字，曾经多少次遭人调侃，我已记不清。如果不是这个名字，我的人生想必是另一番景象。可凡事都有两面性。就是这个连我自己都不愿多提及的名字，让我学会忍耐。

CICA 毕业时，每个人都必须改名字。对此，我们都很高兴，因为终于可以自己的名字自己做主了。尤其是我，自然是最愉悦的。我特意取了一个看似简单，其实没几个人第一眼看到就能准确叫出来的名字——秦祎氘。

在之后的生活中，我常常被叫成“秦韦川”，或者“秦韦气”，还有几次甚至被叫作“秦韦二”。每次，我都这样对对方说：“不好意思，我不叫秦韦川（或者秦韦气或者秦韦二），请叫我秦一刀。”

至于我是做什么的，我要讲的是一个怎样的故事，请你接着往下看。

第一章
申城：静水深流

东方明珠电视塔，上海浦东，二〇一〇年。

二百六十三米高的观光厅外，下着南方初夏特有的淅沥小雨，天空雾蒙蒙灰扑扑一片，就像多年无人照看、落满灰尘的印象派画作。

这样糟糕的天气，很少有人愿意花钱跑来这里观光，即使是在这人山人海的世博会期间。很少有人，但总归有。世上总存在一些有着另类活法的人，比如说我。这样说，并非自我炫耀与众不同。我喜欢在这样的时刻来这里，只因为喜欢这样置身在朦朦胧胧的空中，不必分清东南西北。当然，今天我来这里，还另有原因。

从电梯出来，在观光厅绕了一圈，我发现除了我，还有一个小旅行团。十来个花白头发的老人跟着一位长着娃娃脸的导游。老人们眯起眼望着窗外，可此时的窗外，是模糊一片什么也看不清楚的。我知道，旅行团都是早已定好了行程，这群老人也是迫不得已。

真正乐意这个时候来这里的，还有一个人。她一米七左右，身材修长，上着浅蓝色长袖衬衫，下着有点褪色的青色牛仔裤，脚穿灰黑色旅游鞋，左肩挂一个米黄色挎包。她笔挺地站在观光厅的玻璃窗前，头发直直地从两侧和脑后垂下来，盖住了耳朵。

她一动不动，极其专注地望着窗外远处的灰蒙蒙一片。很少见到像她这样眺望的人。一般人都会欣赏脚下的黄浦江，或者江对岸的外滩，或者远处人潮涌动的世博园区（天气好的时候），谁会凝视那很远很远的地方呢？那里只有一片虚空。

从侧面看去（也只能从侧面看），她是一个眉清目秀的女孩，但不是那种走在路上擦肩而过之后，还会让行人回过头来再看，以致撞上汽车屁股的类型。怎么说呢，她不那么惊艳，但越看越觉得美，越看越觉得有味道。通过她的神情和行为，以我的直觉（仅仅是直觉）判断，这是一个孤独的女孩，好似一株孤独的水仙开在密林深处。

几分钟后，老人们一脸失望，怏怏不快地离去。偌大一个观光厅里，除了几个正缩在椅子里打盹的卖纪念品的工作人员，只剩下我和她。

她还是那样静静地站着，望着朦胧虚空的天尽头。她那样执着，似乎想从那朦胧的天尽头里，找寻到什么丢失已久的宝贵的东西。从她站立的位置判断，她望着的方向应该是西北方。

十分钟后，她终于动了，轻轻缩了一下肩膀，然后转身朝电梯口走去。仿佛她来这里，就是为了完成刚才的那个注目礼似的。

擦肩而过时，我发现她的眼睛有些发红（刚才上来时还没有）。她没有看我一眼，好像连准备看我一眼的意识都没有。我的世界与她无关。

我跟着她走进电梯。我并非那种见到漂亮女孩子就流出哈喇子，并像花痴一样追着多看几眼的人。只是今天只剩下我和她两个，我不想麻烦电梯服务员开两次电梯，何况我也该下去了。当然，同样另有原因，暂且不提。她的世界与我有关。

电梯里就我、她、电梯服务员三个人，呈正三角形站立。她站在最里面，左手紧紧拽住挎包带，眼睛直直盯着电梯门缝，表情严肃得似乎过于郑重其事，仿佛那门缝里正藏着某个事关人类生死存亡的重大命题似的。

电梯服务员面带微笑，用双语对我们轮流说了一遍“欢迎参观并希望下次再来”之类的话。她刚说完“See you next time”，电梯稳稳停住。

电梯门打开，女孩径直朝大厅出口走去。出了大厅，在地铁二号线入口附近，她进了公共厕所。

我在离公厕二十米的老槐树下掏出笔记本，记下：09:40 进东方明珠。10:10 出来。10:15 进地铁二号线入口旁的公共厕所。

八分钟过后，还没有见她出来。我找到附近的一个“小白菜”（世博会的志愿者），向她晃了一下我的工作证。一分钟后，“小白菜”从厕所出来告诉我，里面没有我所描述的那位女孩。

“厕所有后门吗？”我问。

“有个小门。”她回答。

难道女孩发现被跟踪了？不可能。那何必走后门？

目标丢失。世博会期间的上海到处人山人海，也不可能重新找到她。我只好坐上二号线，返回蓝天小区。

在小区前的停车棚里，我找到那辆半新不旧的小宝马摩托，驶回我的住处（我不太热衷于集体生活，一年前就从集体宿舍搬了出来）。

回到住处，我喝下两罐冰镇啤酒。除了冰凉透骨，没有任何其他感觉。打开电视，正在播整点新闻，全是欣欣向荣的世博画面。关掉。真实的世界，他们永远不得而知。当然，这并不是说画面上的就不真实。就像静水深流一样，表面上的静水，也是真实的静水。但我不属于静水，我已经沉到了最底层。

仰面躺在床上，天花板上那个像谷姐裸体一样的阴影仍在那里，若隐若现。

看着这个阴影，我想起那个从厕所后门逃走的女孩。她可能也与我一样，沉到了静水的底层。或许，比我沉得还要深，还要远。她是孤独的。

在这里，我也同样孤独。

第二章
喀城：戈壁滩下

大陆腹地，夏初，二〇〇七年。

广阔无垠的塔克拉玛干沙漠，美丽传奇的楼兰古城。风起，细沙像被风托起的一块块绸缎，随风起舞，婀娜多姿。有些不幸撞向残存的古墙壁，瞬间支离破碎，散落下来，发出咔嚓咔嚓的声响。

怎么也想象不出，这了无人烟的荒凉戈壁滩，在一千多年之前，竟是人声鼎沸的繁荣古城。时间让人不寒而栗，空间也是如此。

就在这里某处地下，一个直径八十多米、中心高度十米左右、呈扁圆形的钢筋混凝土结构的实验室里，四十多名白大褂正在奇形怪状的实验设备间来往穿梭。

两名荷枪实弹的特种兵守在实验室东面唯一的入口。那也是实验室唯一的出口。

一条钢丝网从空中横穿整个实验室。一位面色沉重、少将军衔的长官，和一个戴着金丝边框眼镜的白大褂老者，此刻并排站在正中央。

将军五十多岁，高个头，偏瘦，脸廓如刀削般棱角分明。他的目光敏锐犀利，一对眉毛又粗又浓，眉梢向两边微微翘起。掺杂着几丝雪白颜色的头发，倔强地向后躺着。

白大褂老者则显得文质彬彬，一副学者模样，年纪约莫六十岁。

“将军，实验必须终止吗？”白大褂老者略微抬起头，看着将军，不甘心地问。

将军比白大褂老者高出两拳左右。

“是的，必须终止，”将军望着脚下穿梭的白大褂们，神情坚定地回答，“你们尽快把数据压缩打包，保存在加密硬盘上。然后，把所有保存过机密数据操作的电脑硬盘全部物理销毁。”说完，他转过头，看着身旁的白大褂老者，深感遗憾地叹了口气，“很抱歉，胡博士，不得不这样。”

“可是，”白大褂老者力争道，“一周之后，整个研究就可以完全结束。现在实验一旦中断，以后再重启，花费大量时间不说，整个计划都可能要重新再来。”

“没有选择，必须这样，”将军压低声音，“您应该知道情况的复杂性。”

“我知道，我也理解，只是……”白大褂老者不知该怎样说下去，也只得无奈地喟叹一声。然后，他偏过头，望着脚下忙碌的实验室。

“对于这个决定，我也很心痛，”将军继续说道，“但查出那个奸细之前，我们必须这样。否则，数据一旦落入他们之手，后果不堪设想，整个社会都将因此而混乱。”

“有个问题也许超出我该问的范畴，但我还是想知道，现在调查进展得到底怎么样了？”

将军摇摇头：“还没有查出任何可以判定的线索。他潜得太深，从我们目前掌握的情况推断，只能确定此人职衔不低，至少与我同级。”

“好吧……”听完将军的回复，白大褂老者知道自己已经没有选择，略微犹豫之后，低下头，“既如此，只能这样了。”

“我们必须在十九号之前完成，只剩下三天时间，希望您抓紧。”说完，将军微微凑到白大褂老者耳旁，低声耳语道，“那件成品怎么样了？”

“十九号之前可以完成。”白大褂老者同样低声回答。

“辛苦了！”听到这个消息，将军似乎很满意。他直起身子，紧紧握了握白大褂老者的手，然后，转身匆匆离去。

十八号晚上九点十分，实验室里的白大褂们正在紧张有序地忙碌着——全部数据都要通过局域网传送到胡博士的电脑里。胡博士将数据整理分类、压缩打包后，存储在一张加密的移动硬盘上。最后，他把其余存过机密数据操作的电脑硬盘全部拆下来，塞进压碎机，把所有带文字的图纸送进碎纸机。

胡博士小心翼翼地整理着这些汇总下来的数据。这可是他们四十多名研究人员三年来的全部心血，不能出一点差错。而且，这也是唯一的记录，一旦弄错或者丢失，将是覆水难收。

电脑屏幕上显示，数据粘贴完成还需五分钟，趁没人注意，胡博士俯身打开电脑桌下的一个绿色小保险柜。

保险柜里空空如也。胡博士却伸手进去，然后十指呈空心紧握状，仿佛在抓着某个我们肉眼看不见的东西。之后他迅速收回手，将那东西塞进上身里面衣服的口袋。

口袋鼓了起来。胡博士轻轻拍了拍鼓起的地方，再次确认没被人看见，然后关上保险柜。这时，他脸上流露出一种似欣慰非欣慰、似遗憾非遗憾的无法名状的表情。

屏幕上显示剩余时间还有四分十九秒，马上又变成四分十八秒。背靠着椅背，胡博士微微仰起头，右手放在口袋鼓起的地方，轻轻嘘了口气。这时，他不禁回想起三年前那些永远也无法忘怀的一幕幕。

三年前，那还是二〇〇四年，雅典奥运会那一年。那时，胡博士还是西北喀城某工业大学里的一位光学与纳米材料学教授。

他至今还清楚地记得，那天下午，他突然被校长从教研室里叫出来，并被告知，他已被军方一科研机构征用，现有军方的人找他。

听到这个突如其来的消息，胡博士很惊讶。问校长是什么机构什么研究时，校长却摇头，他也不清楚。

第三章
申城：突发奇梦

五年后的今天，我回想起来，整个事情起始于那个黄昏。

那是一个周五的下午，我跟踪一个调查对象来到了田子坊。

田子坊是一条工艺品小街，两边的商店店面不大，每家店只卖一类东西，所卖之物绝大部分都是店主手工制作，所以只此一家别无分店，很有特色。店名也有个性，比方说，浴塞科，整个店里全是浴塞，五花八门，想得到的想不到的都有；牙签科，竹的、木的、金的、银的、铜的、象牙的牙签，应有尽有。有空就来逛逛，总能发现一些惊喜。

这是一个被我的委托人描述为拿着他的钱去养小白脸的女人。其实这个案子没什么新鲜的，一个有钱的老男人包养了一个情妇，给她在上海买了套房子，隔三岔五地从杭州来上海跟她待一两天。最近他发现情妇行踪有异，几次他不打招呼来上海，情妇都不在，而且出去的时间很长。有一次他在房子里等了一个通宵，情妇都没回来。他是个精明人，不打算听情妇扯淡，便直接来公司委托了我。

我跟着那个女人走走停停，路过一个叫“骨科”的店前，一名女店员正站在靠门口的高凳上，往门檐上方的展示架上摆放展示品。

工艺品小街当然不会有挂牌行医的骨科医生，这是一家专门经营骨头工艺品的小店。店里有各种各样稀奇古怪的动物骨骼，当然，限于店内面积，全是小动物的骨头，也有大型动物身体的一部分，镇店之宝就是一条长长的雄性鲸鱼的生殖器。店里还有用动物骨头做成的雕刻品，以及用动物骨粉混合石膏捏成的装饰物。

前面那个女人回过头来，我若无其事地闪进了“骨科”门内。女店员正从凳子上下来，手里还拿着一个头骨工艺品。我一进门，她正好撞到我，一声尖叫，手里的头骨眼看就要掉到地上。

受过特训的我身手比一般人敏捷，左手扶住了她，右手一把就将头骨抄在了手里。

我的手指从头骨张开的嘴里伸进去，突然感觉有一股电流经过我的身体。我吓了一大跳，头骨差点脱手。我连忙把左手也伸过来捧住这颗头骨，酥麻的感觉没有了，却觉得头骨滚烫，像刚在炉子上烤过一般。不会吧？周围没有热源也没有电源，我的手摩擦生热也不至于这样啊！

我一脸疑惑，问女店员这头骨里面是不是放了某些能自动加热的东西——一些化学物质在迅速位移之后，就会自动发热。女店员一脸诧异地看着我，说："什么发热？这就是一个掺了些动物骨头粉的普通石膏模型。"她向我道谢，接过头骨来，说："喏，哪有发热啊？"

我又摸了摸，确实没有任何热度，又拿过来晃了晃，里面还是什么动静都没有。

莫非是我的错觉？我顾不上再琢磨这事，闪出店门一望，我的跟踪对象正在前面一家店前和别人讨价还价。我嘘了一口气，还好没有跟丢。

后来怎么样了？没怎么样，我顺利完成了这项委托调查任务。抱歉我不能给大家讲述一个香艳偷情的故事，因为我的调查结果证明，那个女人没有拿着我的当事人的钱养小白脸。她的父亲生病，她把他接来上海，在大医院里做手术。她不想让家里知道有一个包养她的老男人，那个老男人都差不多跟她父亲一样大了。她的家庭十分贫困，父母节衣缩食供她考上了上海的大学，毕业后就留在上海工作。她一直是家里的骄傲，她不希望那个包养她的老男人和自己的家人扯上任何关系。

突然有一段时间，每天晚上，我都会重复做同样的一个梦。梦里全是雪白雪白的头骨，各式各样而又大同小异的头骨。

每颗头骨顶上都悬着一圈乳黄色的光晕，远看就像戴着皇冠。有的光晕大，有的小；有的明亮如喷枪喷出的火焰，有的微弱似残烛昏暗的火苗。仔细看，那些光晕都是由一些极细极细的小亮点组成的。

头骨只有大小之分，没有性别年龄之别。它们整齐地摆在一排排架子上，架子整齐地立在一个密闭的石洞里。这个石洞在浅海底，颜色比周围海水要深很多。

石洞里没有灯，但里面却像五月某个阳光灿烂的日子一样明朗。我也记不起来具体从哪天开始一直做这样的梦。梦里的我有时在洞里，有时在洞外。

梦见在洞外的时候，只见朦朦胧胧一片，看不见洞口，甚至辨不清眼前的是不是存放着头骨的那个洞。但肯定是这个洞无疑，梦里的我心里知道。

梦里的我不是一个人，只是空间里的某个点，一个具有视觉功能的点。

奇怪的梦！难道是谁想用这个梦向我传达什么不成？不知道，完全彻底地不知道。不过，习惯就好。在 CICA 待了四年，除了德智体上的提升，最大的进步就是学会了如何与莫名其妙的事情为伍。

CICA是这样一个地方——

A：大爷，您知道CICA吗？

B：不知道。

A：大娘，您晓得CICA吗？

c：不晓得。

A：同学（大学男生），你知道CICA吗？

B：知道，大学。

A：那你知道它是哪一类的大学吗？

B：军事类的吧。

A：同学（大学女生），知道CICA吗？

B：听说过。

A：那你知道它是干什么的吗？

B：好像是搞空间研究的。

A：同学（中学男生），听说过CICA吗？

B：知道，我还想考去那里呢。

A：那你知道它是一所什么学校吗？

B：伟大的太空战士学校啊！

A：同学（中学女生），知道CICA吗？

B：嗯。

A：知道它是做什么的吗？

B：听说是一所研究外星人的学校。

所谓的CICA便是这个样子。具体后述。

梦一（概念女孩和老人）

今天，石洞里多了一个年轻女孩。她赤着脚，留着齐肩短发，穿着一套紧贴身体的薄薄的海蓝色套装，显出婀娜多姿的苗条身材。她的脸庞却怎么也说不清楚。

是“说”不清楚，不是“看”不清楚，没错。她脸上好像覆盖着一层薄薄的海水，但这并不影响看清她的嘴巴、鼻子、眼睛，甚至连眉毛都能一根根数出来。可是如果要用语言把女孩的容貌描述给第三者，我又深感无能为力。

后来，看得久了，慢慢地，我总算明白过来。原来，那鼻子是概念性的鼻子，嘴巴是概念性的嘴巴，眼睛也是概念性的眼睛。总之，那是一张概念性的脸庞。想用概念的语言来描述另一种概念性的对象，那肯定是无能为力的。于是，我给她取名叫概念女孩。

概念女孩站在洞里摆放头骨的架子前，双目紧闭，右手掌张开，放在一颗头骨顶上。头骨顶上那乳黄色的光晕像小幽灵一样在她的手指间不停地游弋穿梭。几分钟后，她把手挪到另一颗头骨上。换头骨的间隙，她的眼睛睁开，换好之后，又再次闭上。

概念女孩就这样重复着同样的动作，脸上始终挂着概念性的表情。

我作为一个点，既没有靠近，也没有退后，更没有转换角度，就那样以始终如一的视角注视着她。

接连几个晚上，同样的梦，同样的洞，同样的概念女孩重复着同样的动作。不同的只是女孩站立的位置，和她手心下不一样的头骨。

一周后，一排架子上的头骨，已经被她“抚摸”完毕。

接下来的一个晚上，我没有做梦。入睡后至醒来的那一段时间就像从我的时间长链中突然断节消失一样。咔嚓，醒来，已是大天亮。

第二天晚上，我再次回到梦里。同样的梦，洞里的架子上放着同样的头骨。只是概念女孩不见了，出场的是一位身着白色大褂、面容端庄的慈祥老人。

老人是具体的，有具体的眼睛、具体的鼻子、具体的嘴巴，额上的皱纹也具体得条条可数。

老人也闭着眼睛，正在重复着概念女孩的动作。只是，他每次抚摸头骨的时间比概念女孩要少很多。只两个晚上，他便完成了概念女孩一周的活儿。

接下来的那个晚上，又是流失在时间长河里的七个小时。

我开始惧怕这样的时间的丢失。自己生命中的一个环链，在完全没有自己参与的情况下，哗的一下，瞬间就过去了，没在自己的意识里留下一丁点痕迹。

其实，这无异于缩短生命。与其这样一点都没有留下痕迹地熟睡，我更愿意做梦。梦里虽然莫名其妙，有时还会不幸身亡，但那毕竟是在我置身其中的前提下发生的。我在我的时间里面。

幸好，丢失的仅是两个晚上。之后的晚上，我再次回到梦里。

第四章
喀城：军方征用

校长办公室里，三个穿着夹克的中年人在书桌前正襟危坐，腰杆挺得笔直，两只手臂也像两根直挺挺的木棍一样向前伸着，两只手掌放在两个膝盖上。

见校长和胡博士进来，三个人嗖一下站起来，动作整齐划一，就像被同时按下电钮的机器人一样。

“胡博士您好，”其中一位年纪稍长的国字脸夹克稍一停顿后，不快不慢地迎上前，与胡博士握手说，“我们是军队 OSM 的职员。”

职员？怎么听怎么别扭，像这种国家机构，应该叫工作人员才对吧。胡博士一边与这位国字脸夹克握手，一边这样想着。

胡博士正想问 OSM 是什么机构时，国字脸夹克紧接着说：“我们正准备进行一项特殊装备材料的研究，通过全面谨慎考察，我们认为您是这项研究的最恰当人选之一。”

国字脸夹克没给他插嘴的机会，继续说：“当然，这还需要您的同意。不过，在您表明态度之前，还请先跟我们去一趟 OSM 总部。”

对方如此不容置喙，要不是军方的人，胡博士早就以他一贯的方式相符了：以沉默表示抗议，然后起身离去。

但这并不是说，胡博士不愿意跟军方接触。相反，他有一个一直深藏在心底的军人梦。

胡博士出生在上海的一个军人世家。他的曾祖父、祖父和父亲都曾披过战袍，驰骋过战场。不幸的是，他们最后都战死疆场。

巧合的是，胡博士的曾祖父、祖父和父亲都战死于戈壁滩上。更巧合的是，胡博士曾祖父战死时，祖父刚满周岁；祖父战死时，父亲刚满周岁；父亲战死时，胡博士也刚满周岁。

所以，不管是祖父、父亲还是胡博士，都没有亲眼见过自己父亲身披战袍的样子。其实，他们连自己的父亲长什么模样都一无所知，关于父亲的点点滴滴，都是从各自的母亲口中得知。

胡博士的母亲是个坚强的女人。在胡博士还不能很好地听懂人类的语言时，她就常常给他讲起父亲的故事，说他父亲是怎样一个铁血军人，又是怎样一位温柔丈夫。每次讲起这些，母亲泪水盈盈的眼睛里就满是骄傲与自豪。

很小时，胡博士就梦想着将来也成为父亲那样的人。于是，考上军校就成为他上学后一直努力的目标。

可老天作弄人，高二时，他的眼睛一夜之间突然近视了。没有任何征兆，一觉醒来，世界便从此模糊不清。百般痛苦下，他不得不放弃自己的梦想，最后进入西北喀城某工业大学。

凭胡博士当时的学习成绩，完全可以留在上海上大学，可他最终选择了西部。一是因为去西部上学可以减免部分学费（减轻单身母亲的负担）；另一个原因，就是因为那里有茫茫戈壁滩。

上学期间，胡博士经常跑出市区，骑着自行车来到一望无际的戈壁滩上。他坐在稍高一点的沙丘上，望着茫茫戈壁，完全凭着从母亲那里听来的点点的记忆残片，用自己的想象拼贴出当年曾祖父、祖父和父亲驰骋战场的情景。

大学毕业后，胡博士留校做了老师，后来就一直待在学校里，教学，娶妻生子。现在，他的孙女都在念高中了。

没有穿上军装已成为胡博士这一生的遗憾。现在，虽然不能成为军人，但至少可以成为他们中的一分子，与他们一起工作，这已经让他感到很兴奋了。

胡博士很爽快地答应了国字脸夹克。如果当时没有旁人，他甚至可能上前给国字脸夹克一个大大的拥抱，或者狠狠给自己胸部一拳说："嘿，让你得逞了！"

胡博士跟着三位夹克离开校长办公室，来到楼下。楼前空地上停着一辆挂着政府牌照的黑色轿车。黑色车身光可鉴人，从后视镜到排气管无一丝污痕。车窗玻璃也是黑色的，从外面看不见里面。

胡博士见到这辆轿车后的第一感觉是：一具硕大的棺材！

刚才一直沉默的两位夹克中的其中一位打开后排车门，伸手做出一个"请"的姿势。胡博士低头进去，另一位夹克打开另一侧车门进去，胡博士被夹在了中间。国字脸夹克坐在前排副驾驶席。

胡博士从前面的后视镜里看见，司机是一个戴着黑色墨镜的年轻人。

注意到时，车已经开动。动静非常之小，比坐在正在空中飞行的大型客机里还要平稳。

一路上，车内异常安静。三位夹克坐得笔直，连司机也挺直着腰板。胡博士不禁对他们肃然起敬。

在越来越久的沉默中，胡博士越想越激动，最后，甚至可以说是心潮澎湃，脸上也出现少有的红晕。不会是在做梦或拍电影吧？

胡博士轻轻咳嗽了一下。能听到自己的声音，不是做梦，也没人说"cut"（停拍）。

第五章
申城：死者精神

梦二（精神）

这次再回梦里，我是在洞外。只见无数巨大的蝌蚪一样的幽灵正在围着那个洞顶打转，就像洞里那些小幽灵围着头骨打转一样。

正看得出神，突然，一只短尾巴的海豚快速从墨黑的远方游来，仿佛离舱的鱼雷一般，屁股后面拖着一串长长的水泡。

这只短尾巴海豚靠近石洞后，毫不停留地直接穿过洞壁，进到洞里。

不知多长时间后，短尾巴海豚又穿过洞壁游了出来。这里的“不知多长时间”，确实是不知多长时间，并非故弄玄虚——梦里的时间不能用现实中的时间感觉来衡量。在梦里只持续了一小会儿的故事，在现实中却整整耗去了一个晚上；梦里一段跨越世纪的恋情，在现实中却仅仅是半个小时的午睡……

短尾巴海豚穿过洞壁出来后，快速游向模糊的远方。少时，它又游了回来。这次，它的头顶上多了一个灰色的东西，速度也慢了许多，似乎很吃力的样子。

待它游近后，我才看清，那灰色的东西是一颗头骨。那是一颗看来在海底沉睡了不短时间的头骨，表面长出了不少头发似的海苔。

短尾巴海豚用头顶着这颗头骨，再次直接穿过洞壁进入洞里。头骨进入洞壁的瞬间，洞壁就像湖水被投入了一颗小石子一样，漾开圈圈涟漪。

少顷，短尾巴海豚再次破壁出来，头上没有了那颗头骨。这次它彻底消失在远处的海水里，没再回来。

我，作为一个点，游到洞边，也像刚才那只短尾巴海豚一样，直接破壁进到洞里。

今天老人不在，只有概念女孩在重复上次的动作。我悬在概念女孩左侧与她的眉毛同高的位置。

“你好！”我打招呼道。作为一个点，我居然可以开口说话。

“你好。”概念女孩一动未动地回答。她的声音就像报时闹钟一样中性，缺乏感情，像是在说：现在是晚上十点整。

“你这是在做什么？”我直接道出疑问。

“读精神。”依旧是不包含任何感情因素的回复。

“读精神？”

“是的，就像你现在在读梦。”

“我现在在读梦？”

“是的，你在读梦。”

是的，没错，我是在读梦。可早上睁开眼醒来之后，晚上的梦常常一点也记不起来。这样说也许不确切，因为白天的我，根本就没有想到去回忆晚上的梦。这些梦都被白天眼前所见的活生生的现实压在了记忆的最底层，怎么也逃不出来。可晚上一躺在床上，一闭上眼睛，这些梦就轻轻松松、毫不费力地从记忆的最底层浮现出来，就像必然要浮出水面的小水泡一样。

“这些头骨顶上怎么会有乳黄色的光晕？”我接着问概念女孩，“这是什么？”

“死者的精神。”

“死者的精神？”我本想摸一下后脑勺，可马上意识到，我只是一个点，没有脑，也没有手，“是灵魂吗？”

“灵魂，只是一种纯粹的非物质性存在，”概念女孩依旧用报时钟般的语音回答，“而精神里包含有物质的东西，比方说，肉体。”

“肉体？”我看着那些竟包含有肉体的精神惊讶地问，“难道那光晕里面，还包含有肉体？”

“是的。”

算了算了，记得作家村上春树曾这样说过：正经思考不正经的事情，纯属徒劳。

“那为什么有的精神大且厚实，有的小又虚淡呢？”我先接受概念女孩的解释，然后继续问。

“那些精神并不是自己出现存在的，而是因为生者的原因。”概念女孩说完停住，没有继续往下说。

“能否再解释一下，还是不太明白。”

“就像神的存在一样，”概念女孩不假思索地回答道，“神并不是自己存在的，而是因为有人相信他。如果没有人相信，神就消失了。因此，有的地方有神，有的地方没有神；有的地方是这样的神，而有的地方是那样的神。归根结底，神存在于人的信仰中。人的信仰的有无和信仰的不同，决定了神的有无和神的不同。如果信仰泯灭，神也就消失了。”概念女孩说完又停住了。

“也就是说，”我套用概念女孩的这个理念，“这些死者头骨上的精神之所以存在，也正是因为有人信仰？”

“是的，但这不是信仰，是思念。”概念女孩纠正说。她语调平淡，既没有因为我的终于开窍而表示赞扬，也没有因为我的反应迟钝而暗含不满。

望着头骨顶上的那些精神，我突然想，如果某一天，我也成为白骨一堆的时候，我的头骨顶上是否也会有像这样的精神呢？

就这样想着，整整一个晚上过去了。

梦三（读精神）

第二天晚上，一闭上眼，我就开始慢慢变小，慢慢变小……最后浓缩成一个点。这个点从床上起来，穿过窗户，升到空中；越过上海上空，来到海边，钻进海水；穿过洞壁，进到洞里。今天又只有概念女孩一个人。

她还是如昨日一样，右手放在头骨顶上，那些精神在她的手指间不停地穿梭游动。概念女孩又在读精神，如同我又在读梦。

“你好。”我向她打招呼。

“你好。”她回答。语气并没有因为我们昨天的相识而变化，依旧全然没有感情。

“你又在读精神？”

“是的。”

“我脑子不怎么好使，理解不了读精神到底是怎么回事……”

她没有回应。

“我这样问，你肯定也不知道怎么回答。”我想了一下，说，“我现在也不知道怎样来确切表达我的疑问，就像我搞不清楚自己是在读梦一样。我连读梦这点都还没有弄清楚，而你又在我还没有弄清楚的梦里读精神。所以，现在的我无法准确表达出我到底想要问什么。”

概念女孩还是没有回应。难道，是因为我这段话是陈述而不是疑问？

“不要把问题想得太复杂。”过了一会儿，她终于开口，不急不缓地说，“你在读梦，而我在你的梦里读精神，就这么简单。”

“哦，这么问可能容易理解一点，”我问，“你读精神的目的是什么？”

“不知道。”概念女孩很干脆地回答。

我有些失望。莫非她刚才一直沉默无回应的原因，竟是因为自己也不知道到底在干什么？

“那你为什么要做这些？”我接着问。

“爷爷的吩咐。”

“爷爷？”我边问边转了一圈，洞里并没有爷爷，“他在哪里？”

“在睡觉。”

“在哪里睡觉？”

“你梦里。”

她的回答好像是在玩文字游戏，我直接跳过“在我梦里的什么地方”，继续问：“那我怎么找到他？”

“你找不到。”她依旧不急不缓地回答。

“不是在我梦里吗？”我越来越迷糊了，“怎么又找不到？”

“你在睡觉，爷爷在你梦里睡觉，所以爷爷在你的梦里是空白，你找不到他。等爷爷醒来后，他自然会出来。”

“哦，”我用好像已经听懂了的语气接着问，“那爷爷什么时候醒来？”

“不知道。可能一秒钟之后，也可能一天之后。”

“也许永远不回来了，也许‘明天’回来。”我想起了沈从文《边城》里的最后一句，幸亏她没有这么说。

直到我醒来，她的爷爷也一直没有醒来。我就这样盯着概念女孩读精神，又过了整整一个晚上。

第六章
喀城：征用原委

OSM 总部坐落在喀城的闹市中心。所谓的总部，其实只是一栋很普通的四层楼房，呈“凹”字形，四周被两米多高的铁栅栏围着。

铁栅栏破旧不堪，上面爬满了叫不出名字的藤类植物，俨然一座绿色的围墙，遮得严严实实，看不见里面。

大门如同普通小区的大门一样，两边没挂任何标志，也没有门卫把守。只是门口很普通的小传达室里坐着的，却是一位西装革履、精神抖擞的年轻人，乍一看去，就像被错放进了麻雀笼里的猫头鹰。他的两只眼睛像两台小监视仪一样，密切注视着进出的人和车辆。

透过车窗玻璃，胡博士与他的目光相对。就像触电一般，胡博士的两个肩膀差点没抖起来。恐怕连只进出的苍蝇也会被他记录下来吧，胡博士心里这样想着。

当身边的夹克打开车门准备下车时，胡博士这才意识到，车已经稳稳停住。每个人都如此专业，连司机的驾驶水平也无与伦比。

院子的地上铺着小碎石，走在上面沙沙作响。为何铺小碎石，胡博士没有探问。这时候，一旦第一个问题出口，势必有很多问题接踵而至。今天的疑问太多，还是先静观其变为好。这时，胡博士无意识地抬头看了一眼天空，一朵头骨样的浮云正停在头顶。

胡博士跟着国字脸夹克走进一楼大厅。这是个极其普通的大厅，不见任何装饰物，只有两侧光秃秃的墙上挂着四幅醒目的红底黑字的标语。左边是："保守机密，慎之又慎。""保密就是保生命，保密就是保打赢。"右边是："窃密就在身边，泄密就在瞬间。""严守国家秘密，维护国家安全。"看这标语，就知道此地非同一般。

大厅左边角落有一个侧门，右边角落里有一部电梯；正中间有一条直伸进去的走廊，五六米长的样子。

那两个一直沉默不语的夹克走进大厅后，进了左边的侧门。剩下的国字脸夹克带着胡博士径直走进大厅正中间的那条走廊。

走廊尽头，是一扇一看便知很坚固的铁门。国字脸夹克走到铁门前，朝铁门左上方墙角的一个可能是摄像头的墨黑色凸起物看了一眼。很快，铁门向两边拉开。

国字脸夹克回过头，很客气地对胡博士说了声"请"。胡博士轻轻点了下头，跟着国字脸夹克走进铁门。在如此气氛里，胡博士也变得吝啬起自己的语言来。

刚进去，背后的铁门无声地合上。胡博士掏出手机想看一下时间，发现信号已消失得干干净净。他往下拉了拉领带结，除了刚才的好奇与激动，还增加了些许担心。

铁门里面，是一条长十多米、只容两人并排通过的狭窄走廊。走廊两边是普通的木质房间门，普通的铝质门把手，门牌号从 01 一直排到 08。

胡博士跟着国字脸夹克在最后的 08 号门牌前停住。刚止步，门就从里面打开了。

开门的是一位五十岁左右、少将军衔的军官，高个头，偏瘦，一对眉毛又粗又浓，目光锐利，但不像刚才那三位夹克那样冷漠。

"胡博士，您好，很高兴您能过来。"少将伸出右手。

见到将军身上笔挺的军装、金黄的肩章、闪闪发亮的领徽，一阵亲切感从胡博士心底油然而生，刚才的担心也随之消失得干干净净。他伸出右手，握住将军厚实的大手，心里又开始澎湃起来。

"将军同志……你好。"话一出口，胡博士突然感觉很紧张，似乎比第一次上讲台讲课还要紧张。

"我是 OSM 的负责人，田永升，"将军接着说，"请进。"

田将军边说边把胡博士让进屋里。这是一个不大的房间，二十平方米左右。白色墙壁，干干净净，没有窗户。房子正中央摆着一张深红色的椭圆形长桌，桌面一尘不染，在头顶三盏日光灯的照射下，光可鉴人。长桌两侧各有三把深红色木椅，旁边角落里放着一个一米多高的饮水机。整个房子简单整洁，多余冗物一律没有。

“这么唐突地把您叫过来，”待国字脸夹克离去后，面对面在长桌旁坐下，田将军对胡博士说，“如有冒犯，还请见谅。先简单介绍一下，OSM，即 Organization of Special Material，这是我们军队第一装备材料研究所的一个下属机构。本不想取这么个洋名字，但为了保密，同时叫着也方便，才用了现在的名字。OSM 现在正在筹划一项特殊材料的研究开发，说起来，这项研究的起源还得益于您的智慧——具体地说，就是受两个月前您发表在《自然》杂志上的那篇论文的启发。”田将军说到这里，停住了。

胡博士听到这里，已经猜到了这项所谓特殊材料研究的大概内容。两个月前，胡博士在国际最权威的学术刊物《自然》上发表了一篇题为《Initial Analysis on the Actualities and Development Prospect of the Stealth Materials》（浅析隐形材料的研究现状与发展前景）的论文。

“我们从情报部门得到消息，”田将军紧接着说，“美国军方对您的那篇论文非常感兴趣。他们知道您将于半个月后去纽约大学进行学术访问，准备对您采取行动。绑架是他们最后的选择。他们打算通过您的协助，让您的理论变成现实。”

听田将军这么说，胡博士不禁一怔。他怎么也没想到，自己的一篇小小论文——还仅仅是理论设想的论文——竟会引起这么大的风波，自己还毫不知情。田永升身为将军，不可能骗他，也没有理由骗他。

想到这里，在震惊之余，胡博士不免心生感叹：原来，现实世界里，自己的眼睛所看到的那一片欣欣向荣与风平浪静，都只不过是表象，而且还是极不可信的表象。

“您在论文中最后写道，”田将军看着胡博士，继续说，“如果这个 expectation（可能性）能够实现的话，对社会来说，弊大于利。所以，您希望您的这个 expectation，永远都只是一个 expectation。”

“不错，”谈到这篇论文，胡博士说出自己一直坚持的观点，“如果这种隐形材料被研制成功，最大的利用价值就是帮助警方维护一方平安，或者接近动物进行动物学研究。当然，基于它的特点，在军事领域的利用价值肯定无可估量。但是，如果这种材料落入不法分子之手，后果不敢想象。而且，”胡博士看着田将军，略一停顿后，说，“恕我直言，不管何种技术应用于军事，最终产生的都是破坏力。所以，这项研究成果有益于社会的一面，相比于它给社会带来的潜在隐患而言，微不足道。因此，我希望我的这个理论设想，永远都只是一个设想。”

“胡博士，您的社会责任心很让我敬佩。”听胡博士说完后，田将军略微点了下头，然后，直直地看着胡博士，“但是，您也知道，理论一旦成立，让理论成为现实只是时间问题，您也已经在论文里论证了其成为现实的可行性。所以，这种材料被研制成功，在将来必成为事实，并不是某个人就能阻挡的。恕我直言，您在论文最后提出的那个期望，也只是自欺欺人的一厢情愿而已。”

胡博士没有回答，只是把视线微微放低，看着面前空荡荡的深红色长桌面。其实，对此，他又何尝不知道呢。

这时，田将军起身，从旁边的饮水机里拿出一个透明玻璃茶杯，接好一杯热茶，放在胡博士面前。淡绿色的茶水里，漂着七八根尖细的茶叶。

田将军为什么这时候给自己倒茶？要倒的话，应该在坐下之前，或在坐下之后谈话之前吧。这个问题，胡博士也只是瞬间想到，并没有深思，因为，这还不能算是一个问题。

“现在国家需要您。”田将军回到座位上后，诚恳地看着胡博士说，“据我们得到的可靠消息，现在至少有三个国家正在斥巨资开展这项研究，这个趋势是无法阻挡的。我们绝不能容忍国人的聪明才智在别国首先成为现实，并转化成对我们的军事威胁。那样会对我国的国防和和平发展产生巨大的负面影响。类似的例子，在我国历史上并非没有过。当年的西方列强，就是靠着我们老祖宗发明出来的火药技术造出了现代火器，对我们进行了长达百年的无耻掠夺。为了避免重蹈覆辙，军方特别成立了这个专门机构来负责这项研究。一种尖端技术与其被魔鬼掌握来为祸人间，还不如被天使掌握来阻止魔鬼。我们是爱好和平的国家，从未有过侵害其他国家的打算，也没有称霸世界的野心，但我们需要不断发展自卫能力以对魔鬼进行威慑。就像我们必须拥有核武器，但向世界承诺绝不首先使用核武器，也不会对无核国家使用核武器。我们计划从全国招募四十余名专家来共同完成这项研究，您是其中之一。当然，这纯属自愿。不过，还是希望胡博士您能以国家利益为重，慎重考虑。时间紧迫，希望您明天早上八点之前给我们答复。”

听完田将军的这番论述，胡博士并没有立即回应，没有拒绝的表情，也没有同意的意思。这一切来得太突然，就像一个穿戴整齐的火星人突然降落在面前，说：“你愿意成为我们火星的荣誉公民吗？”他必须慎重考虑。

“到时怎么联系？”沉默了十几秒钟后，胡博士问。

“时间到了，我们会主动联系您。”

迟疑了一下之后，胡博士点点头。

谈话到此结束。田将军把胡博士送到门边，并亲自打开门。

将军弯腰扭门把手的时候，胡博士看到他头顶隐匿在黑发里的几缕白发，在感激的同时，突然想起自己的父亲。母亲曾说过，胡博士的父亲当年作为一个营的最高指挥官，日夜操劳，年纪轻轻便生了白发。

这一刻，胡博士心里的父亲，似乎比以往更立体了一些。

门打开时，只见刚才那位国字脸夹克正在门外候着，看不出来是一直站在那里，还是刚刚过来。

“胡博士，希望能等到您的好消息。”田将军再次伸出右手说。

“这实在有些突然，还请给我一些时间考虑考虑。”胡博士也伸出右手，轻轻握住田将军的右手。

然后，胡博士转身跟着国字脸夹克离开。穿过铁门，回到大厅，胡博士拿出手机，信号重新满格。这时，时间刚好过去半个小时。

在这刚刚过去的半个小时里，周遭好像什么也没有改变。大厅四周还是空荡荡的墙壁，大厅外停着的还是那辆棺材般的黑色轿车，司机也还是那个司机。

胡博士走出大厅，抬头，就连天上那朵浮云的形状也跟刚才一模一样。

可对于现在的胡博士来说，他所看到的这个世界，不管是眼前所见的现实世界也好，还是心里存在的那个理想世界也罢，都已不再是半个小时之前的那个样子了；半个小时之前的激动与好奇也已荡然无存。

还与来时一样，胡博士坐在后排两位夹克中间，国字脸夹克坐在前排副驾驶席。

回去的路上，胡博士没有像来时那样左顾右盼，出大门时，也没有再看门卫一眼。他让国字脸夹克把他直接送回了家里。

第七章
申城：奇梦继续

梦四（互相需要）

又一个晚上，当我缩成一个点，再次穿过窗户升到楼顶，穿过夜空来到海上，钻进海水穿过洞壁，进到洞里时，只见概念女孩还是如昨晚一样，在专心读精神。

时间，在这里似乎并没有向前推进。我绕着洞壁飞了一圈，没有发现异常，也没有撞着正在睡觉的爷爷。

“你好，”我最后停在概念女孩左肩侧，问，“爷爷还没有醒来？”

“是的。”概念女孩回答。依旧是没有掺杂任何感情的声音。

“你这样读精神，不觉得累吗？已经连续好几个晚上了。”

“没有连续，在你没有读梦的时候，我也没有读精神。”

“那你在干什么？”

“停止。”

“停止？”我想了想说，“就像暂停一样？”

“不是暂停，是停止。”

“那你们去了哪里？”

“哪里也没去。”

“那你们总该以某一种状态存在吧？”

“不存在。我们只存在于你的梦里，当你睁开眼醒来忘记我们时，我们就不存在了。瞬间消失，哪里也没去，什么也不干，就这样。”

“哦。”关于他们，我似乎又明白了一些，如同《小王子》里的“我”对外星来客小王子的认识一样：“little by little，everything was revealed to me。”（一点一点地，事情渐渐明朗。）

“如果我从此不做梦了，”我说，“你们岂不是会永远消失？”

“不会，你不会不做梦。”

“这又是为什么？”

“因为你需要我们，我们也需要你。”

“嗯？你们需要我什么？我可是渺小得很啊。”我故意有些调侃地说。

“不知道。”概念女孩却没有任何开玩笑的意思。

“爷爷知道？”

“是的，爷爷知道。”

“那爷爷什么时候醒来？”

“一秒钟之后，也可能一天之后。”概念女孩还是如昨日那样平静地回答。

我又陪着她读了整整一个晚上的精神。

梦五（分工合作）

下一个晚上，进到洞里时，依旧是概念女孩一个人在读精神。

“你好。”我有些失望地打招呼道。

“你好。”她同样回答，但没有显出失望。

“爷爷还没有醒来？”我明知故问，就像明明知道邻居刚从外面回来，可还是要再打招呼问一声：“回来了？”

“嗯，还没有。”概念女孩回答。如同邻居回道：“嗯，回来了。”

我知道，关于精神这个问题，爷爷不醒来，从她这里是问不出什么内情来了。这时，我突然想起上次看见的那只短尾巴海豚。

梦，一般都是杂乱无序、天马行空，不存在任何逻辑的。可在这个梦里，我的思维却很严谨，甚至比白天还要清醒。除了梦本身无法理解之外，梦里所发生的一切，我都记得清清楚楚明明白白。

我问概念女孩：“我上次看见一只短尾巴海豚用头顶着一颗头骨，游进了这里，你知道吗？”

“知道什么？”概念女孩反来问我，“是问我，是否知道你看见一只短尾巴海豚用头顶着一颗头骨游进了这里，还是问我，是否知道有一只短尾巴海豚用头顶着一颗头骨游进了这里？”

“后者。”我回答。

“知道。”

“那是怎么回事？”

“你问得太笼统了。”

想了几秒钟后，我说：“就是说，你认识那只短尾巴海豚？”

“认识，我们是朋友。”概念女孩回答。

“那它是一只什么样的海豚？”

“找精神的海豚。”

“哦，这些头骨都是它找来的？”

“是的，但不是它，是它们。”

“就是说，还有很多那样的海豚？”

“是的，它们负责找精神，我和爷爷负责读精神。”

“分工合作？”

概念女孩没有回应。

“那是谁安排你们这么做的？”我接着问。

概念女孩还是没有回答。

“这个爷爷知道？”

“嗯，爷爷知道。”

“那爷爷什么时候醒来？”问题出口之后，我马上接着说，“可能一秒钟之后，也可能一天之后。”

“是的。”

“那么，”我望了一眼头顶的洞壁，说，“我看见的那只短尾巴海豚是直接穿过洞壁进来的。它不是一般的海豚吧？”

“和你一样，”概念女孩回答我说，“你是怎么进来的？”

罢了罢了，梦里的事情，较真不得。

第八章
喀城：接受使命

胡博士回到家里，站在窗前——三楼的窗前。以前每天回家后，他总喜欢这样站在窗前，透过窗户，看外面的世界——

天上飞过的大雁，停在电线上的小鸟，趴在墙头的花猫，墙角互相追赶的流浪狗，巷子里来来往往的公司职员，放学回家的学生，买菜归来的家庭主妇……他们或一声不语地忙着往前赶路，或笑着与身边的同伴聊得兴趣正浓，或低头一下一下地踢着脚下挡路的小石子。没有谁注意也没有谁知道，他们的一举一动，正被身旁三楼上的某双眼睛看得清清楚楚明明白白。那时，胡博士感觉是他在看世界，他在暗处，世界在明处。

可现在变了。他现在感到害怕，好像在他看不到的某个角落里，也正有一双眼睛像他以前盯着楼下的行人一样，在紧盯着他。这样想着，他抬头看了一眼灰蒙蒙的天空，感觉似乎太空中所有侦察卫星的超长焦镜头此时此刻也都在正对着他。现在，他在明处，世界在暗处，世界在看他！

胡博士心想，是不是应该把窗帘拉上。在他的头脑还没有决定是否应该拉上窗帘时，对手已抢先把窗帘拉上了。

胡博士回到沙发上，从茶几下掏出一盒香烟，抽出一支不带滤嘴的点燃，猛吸一口，缓缓吐出。一个烟圈从他口中飘出来，上升到眉心时，啪的一声炸裂。胡博士确定听到了烟圈炸裂的声音。

一阵思索之后，胡博士全身的热血又突然沸腾起来。他摁灭烟头，站起身，走到窗前，一把拉开窗帘。以前，仅仅在眼前这座城市面前，胡博士都感觉自己是那么渺小，那么无足轻重，那么微不足道。可现在不一样了。现在的他受世人瞩目（虽然只是暗处的世人），一举一动都会引起波澜，甚至还会引起惊涛骇浪。

之前敲破脑袋也不会想到，一篇小小的论文竟会一夜之间把自己变得如此举足轻重。沉默了一辈子，平庸了一辈子，马上就快退休，一辈子就将这样无声无息地消失。其实，平日看似与世无争的胡博士，是十万个不甘心的。何况，现在面对的，已不是甘心不甘心的问题。田将军说了，现在是国家需要他。

“国家需要我？”胡博士心里这样问自己，“国家需要我？”

他越想越激动，直至全身都开始发烫，似乎脚底下正有一团烈火在熊熊燃烧。

“并不是某个人就能阻挡的！”“只是自欺欺人的一厢情愿而已！”胡博士脑海里不断浮现出田将军的话语。

“国家需要我！”胡博士这次不是在问自己，而是在告诉自己。

第二天早上七点半，胡博士来到校长办公室。校长没有问他昨天被那些人接去了哪里，也没有问他军队到底需要他做什么，只是激动地说，胡博士能为军队工作，是他本人的荣光，也是学校的骄傲，希望他以后有时间能常回学校看看。

胡博士很奇怪校长怎么知道他已决定为军队工作，但他没有问。连自己都还没有完全确信自己一夜之间就推翻了以前一直坚持的观点，自己都无法解释清楚的事情，别人更不可能说得明白。

七点五十五分，昨天那三位夹克准时出现在校长办公室门口。胡博士什么也没说，只是起身和校长紧紧握了一下手，然后转身随国字脸夹克离去。

同样的汽车，同样的司机，同样的路线，同样的门卫，甚至连门卫的眼神都跟昨天一模一样！就像是在复制昨天。

汽车在 OSM 总部楼前稳稳停住。进入大厅，这次，国字脸夹克没有像昨天一样，带着胡博士走向正中间直伸进去的那条走廊，而是走进大厅右侧墙角的电梯。

电梯里面就一个按钮，没有数字。国字脸夹克按下按钮。

电梯没有上升，而是在下降，大概四五秒钟后，停住了。

门打开了，只见门外是一个有半个篮球场那么大的会议室。八排沙发、椅子上已坐满了十之八九，大部分都是四十岁左右的中年人。

会议室顶上吊着一个大型投影仪，投影仪正对着的墙上，挂着一块长四米、宽三米的雪白幕布。田将军此时正站在幕布前，看似有些焦急地等待着什么。

见胡博士从电梯里出来，他快步走过来，如释重负地紧紧握住胡博士的手。

“胡博士，很高兴您过来了！”

说完，田将军把胡博士带到最前排，让他与一位和他年龄相仿的老者坐在一起。

“您好，鄙人邓浩军。”那位老者伸出手，友好地一笑，自我介绍道。

“您好，胡凯。”胡博士握住他的手回答。

“您就是胡博士？”老者面露喜色，“久闻大名，今日得以相见，实属荣幸。您的那篇关于隐形材料的论文独辟蹊径，很有创意，看后受益匪浅。希望这次我们能一起合作。”

“过奖了，微末之见罢了。”胡博士微微欠身道。

“请大家注意！”这时，确认完到场人数后，田将军走到幕布前，开始他的讲演。

“今天，很高兴能和大家相聚在这个特殊的地方。现在，人员已经全部到齐。首先，请允许我代表 OSM 总部，对各位的到来表示热烈的欢迎和由衷的感谢！”说完，田将军向众人敬了一个标准的军礼。

“其次，明确一点，我们即将成立的这个研究组织，既不是为哪个人，也不是为哪个集团服务，而是为我们的祖国，为我们人民大众的切身利益服务。所以，能参加这项研究，毫不夸张地说，是在座诸位的光荣。再次，诸位将要进行的具体工作内容，虽然不是持枪驰骋疆场，但意义毫不逊于战场杀敌。最后一点，这项研究是保密的，属于国家的绝密级研究。所以，无论将来诸位做出多大的成绩，做出多大的贡献，也只能默默无闻。没有美丽的鲜花，没有如潮的掌声，你们是祖国的无名英雄。但是，无名英雄，无上光荣，不管将来风潮如何变换，不管时境如何变迁，只要我们的祖国还在，我们的人民还在，祖国就不会忘记你们，人民也不会忘记你们。你们的功勋，将永载史册。我想，当你们看到祖国因你们的付出而更加安宁，老百姓因你们的付出而安居乐业时，一定会感到由衷的欣慰和自豪！”

听着田将军的慷慨陈词，胡博士的心潮又开始澎湃。这时，他想起了自己的父亲。父亲当年在战场上为国冲锋时，该是何种心情——可能和自己现在的心情差不多吧。

这是胡博士第一次产生这样的想法。以前的他，只是以一个屏幕外观众的视角，想象父亲在战场上会是怎样的形象。而这次完全不同。这次他已身入屏幕里面，已深入到父亲的内心。为国家而战，为祖国人民而战，这到底会是怎样的心情呢？胡博士刚进入角色。

“诸位将要工作的地方，位于我们目前所处位置西北三百多公里的某地，”田将军继续说，“研究计划正式启动后，诸位每个季度只有两天的休假时间，届时，我们会以最快的速度送诸位回家；路程远的，我们将派直升机直接接送。为了安全保密起见，其余时间，我们则不得不断绝诸位与外界的一切联系。关于诸位的家人，大家可完全放心，我们会派专人保护他们的安全，并提供他们所需的一切帮助。如果家里有急事，我们也会尽快告知各位。总之一个目的——”田将军说着略一停，然后提高音量强调道，“就是让诸位在那里安心工作，不受任何干扰，没有任何后顾之忧地、全身心地投入工作。”

说完，田将军轻轻呼出一口气，少顷，恢复原音量，显出一副略带忧虑的表情。

“诸位，现在的世界，表面看似和平，其实在暗处，各国都在举全国之力，发展自己的实力，尤其是在军事领域。大家都明白，一个国家没有先进的军事技术，没有强有力的军事实力做后盾，国家的发展就没有保障，老百姓的幸福也就无从谈起。在国防科技方面，我们绝不能落后于他国。这次，我奉命组织大家进行的这项研究，其他军事大国也都正在紧锣密鼓地进行。这是一场没有硝烟的高科技战争。我们这次的研究成果，将直接决定我国与其他军事大国的实力差距。如果这次我们成功了，就会赶上或者超过别国；如果失败，我们与别国的差距则会越拉越大。目前，我们初步设想，此次整个研究计划的时间为三年，至于研究的具体内容，到工作地点后再详谈。”

说完，田将军静静地看着台下。大家都聚精会神地听着他的演讲，没有人提问，也没有人鼓掌。大家肯定与胡博士一样，都是头一次被授予这样重大的任务。不，“任务”这个词现在已不足以表达其重要和神圣，应该叫“使命”。

“散会后，”少顷，田将军背过手去，接着说，“我们将会以最快的速度送诸位回家。希望诸位回家后，给家里人做好思想工作，同时也请提醒他们严格保密。如有什么疑问或者困难的地方，请尽管与我们联系，我们定会竭尽全力解决。当然，我以前没有给诸位这样详细地讲过这项研究的具体情况，现在听了我刚才的介绍，如果有想退出者，我们也绝不会以武力或者任何其他方式相威胁。这点，敬请诸位尽管放心，退出不会对诸位以后的生活产生任何影响。不过，刚才说了，还是希望诸位能以国家利益为重。明天中午十二点，我们将再在此处集合，准备出发。希望到时我们还能齐聚一堂，一起为祖国的利益而战，为维护祖国人民的安居乐业而战！”

说完，田将军紧闭双唇，目光坚定地望着台下。台下，大家个个神情激动，没有回应。

两秒钟后，大家才像猛然想起什么似的，一起起立鼓掌。

众人离去后，田将军把胡博士单独留下了。

“胡博士，您今天过来，我们的整个研究计划就可以正式开始了。”田将军再次紧握住胡博士的手，感激地看着他说，“我们总部已研究决定，请您担任此次研究任务的负责人。”

能被选中参与这项研究，胡博士已经感到很惊喜、很满足了。现在竟还被委任为领导者，不免有点受宠若惊。

但他还是很好地掩饰了自己的兴奋，开玩笑地反问道：“这么说，你们早已做好安排，如果我不加入，你们也打算像美国人一样绑架我了？”

“不是不是，您多虑了。”田将军收回手，微微一笑回答，“为了保证这项研究的绝对保密，今天过来的每一个人，都是经过我们详细的调查后，筛选出来的政治觉悟高、人品信得过的专家。甚至你们每个人的兴趣爱好，我们都了如指掌。比方说您很少抽烟，不喝酒，平时喜欢喝浓咖啡，喜欢听披头士，周末喜欢带着孙女去市外的戈壁滩看落日，下班后喜欢站在窗前眺望窗外大概半个小时。”

听田将军如此说，胡博士不禁浑身一冷。他竟然知道得这么详细，更可怕的是，竟都与事实完全相符!

胡博士心里越想越不是滋味，五脏六腑就像突然缩水了一样，紧紧缩了一圈。原来，他们每个人都早已被调查得清清楚楚。在田将军眼里，他们现在就如同一个个一丝不挂地站在聚光灯下被雇主挑选的奴隶。

田将军担心胡博士不快，紧接着解释说：“其实，我们也并非喜欢调查各位的私生活，与国家安全和国家机密无关的调查也没有必要。我们这样做，也是迫不得已。首先是为了征用到合适人选，毕竟这项研究事关国家的军事机密，如有敌对分子或者意志不坚定者混进来，出了问题，后果不堪设想。其次，也是为了给参加这次计划的诸位提供更好的后勤服务。你们中有一位纳米材料方面的女专家，很喜欢看法国的时装秀节目和时装类杂志。了解到这一情况后，我们特地为她安装了微型卫星接收器，她喜欢的时装杂志也会定期送来这里。当然，我们也已为您准备好了上等的咖啡豆和咖啡壶，以及全套披头士的碟片。”

听田将军这么说，胡博士刚才的不快才稍微减了些。他并非不明事理之人，能够理解田将军他们这样做也确属迫不得已。同时，对他们如此细心周到地为研究人员服务，也由衷地感到感激。

第九章
申城：梦中任务

梦六（爷爷终于醒来）

又一个晚上，当我再次化作一个点，穿过窗户，飞过夜空；越过海水，钻过洞壁，进到洞里时，我这个点颤抖了（我一激动就会颤抖）。因为，我看见了爷爷。

此时，爷爷正闭着眼读精神。概念女孩不在。我在老人左侧上方停住。

“您好！”我很恭敬地打招呼道。

“你好。”老人闭着眼回答。好像早知道我在他旁边似的，语气平静得就像深夜无风的湖面。

“您在读精神吗？”我有点迫不及待地想得到这几天积累下来的所有疑问的解答。

“是的。”

“如果这些精神是由生者对死者的思念形成的话，”我直接开门见山，把这个还没有完全弄懂的命题当作已知条件，说，“那您和那个女孩在这里读精神到底是怎么回事？”

老人不紧不慢地回答(没有任何表情)：“精神，只是一个载体，就像文字是载体一样。人们通过读文字了解作者的思想，我们通过读精神来了解精神所传达的内容。和你现在在读梦，是同样的道理。”

“嗯？”我惊愕，“就是说，这个梦也在向我传达着什么内容？”

“是的。”

“那它到底想向我传达什么呢？”

“我不是读梦人，你是读梦人，这需要你自己去读。”老人依旧闭着眼回答。

想了一会儿，没想出来，我就接着问：“那您从精神里面，读出了什么？”

“故事。”

“您是说那些光晕般的精神向您传达了故事？”

“是的，”老人回答，“精神之所以出现和存在，是因为生者对死者的思念。所以从这精神里面，可以读出他们生前的故事。”

“那您为什么要读他们的故事呢？不仅仅是好奇吧？”

“存在即理由。”

存在即理由？太形而上了。于是，我把它换成形而下的问题：“那您这样做的最终目的是什么呢？”

“年轻人，心里不要存这么多疑问。太阳有太阳存在的理由，月亮有月亮存在的原因。你的存在也自有你存在的目的。但我若问你，你为什么要存在，你该怎样回答？”

我为什么要存在？为了吃饱喝足？为了满足各种欲望？还是为了那些伟大理想？好像都不是。

“年轻人，世界是一个大窟窿，”没等我回答，老人不紧不慢地说，“大窟窿里面，有无数个小窟窿。我们存在的目的就是为了把这些小窟窿填满。如果你不出现，自然会有别人出现。你不做你现在所做的事情，自然会有人替你来做。世界上不可替代的人基本不存在。但是，如果硬要我说出一个暂时的目的的话，我现在读精神就是为了读出精神里的故事，然后通过这个梦，把故事传达给你。而你读懂这个梦之后，也就开始了你之所以存在的目的之旅。目的达到后，你把达到的目的交给下一个窟窿。这样，一个窟窿连着一个窟窿，一直延续下去，最后组成一个大窟窿。至于这个大窟窿存在的最终目的，只有这个大窟窿自己知道。”老人说完，略一停顿，之后接着说，“也许，连这个大窟窿自己也不知道。可能它所知道的仅仅是它造出了那么个大窟窿，然后用小窟窿把它填满，仅此而已。”

老人说得实在太抽象，我听得糊涂了。何况此时的我，还身在不明所以的梦里。

这时，老人轻轻嘘了口气，收回手。两秒钟后，他向右跨出一小步，把手放在另一颗头骨顶上。他始终闭着眼睛。

“您刚才说，您要从这些精神里读出故事，再通过这个梦把故事传达给我。那这些精神在向您传达什么故事呢？”我问他。

“还在读取中。”老人回答，“一个精神里面包含的，是死者一辈子的故事，不是一两个晚上就能读出来的。”

“哦？”此时，我又想起来另一个问题，“您说，这精神是由生者对死者的思念形成的。那就是说，每个人死去后，只要他不是孤家寡人，头骨上就都会有精神存在，是吗？”

“不是。”老人很干脆地回答，“并非所有的思念都会形成精神。这种思念，必须是非常强烈的大爱大恨。”

“大爱大恨？”我重复一遍。

“是的。大爱大恨是感情的两个极端，只有包含这样强烈的感情的思念，才会形成精神。”

“难道大恨也是思念？”我不明白。

“这里的大恨，并非指生者对死者的恨，”老人继续耐心地解释，“而是摧残死者，或者妨碍生者和死者在一起的那些外在阻隔的大恨。只有怀有对死者的大爱，才会有这样的大恨。”

“明白了，”我说，“但是，既然都成了白骨，说明死者已经死去很长时间。思念他的生者多半也都不在人世了。既然人都不在了，思念肯定也就消失了，那精神为什么还存在呢？”

“精神在思念者死去之前就已存在，即使思念者后来死去，也不会消失。而且他们的故事还会在精神里永存。”老人回答。

到目前为止，这几个晚上积累下来的疑问终于全部得到了解答，可我并没有因此感到轻松。因为刚才老人说了，他在读精神，我在读梦。精神向他传达大爱大恨的故事，梦在向我传达某个意旨。

可这个梦到底想要向我传达什么意旨呢？我一无所知。

我还准备再问点什么，一阵清脆的鸟鸣声把我吵醒——闹钟响了。

梦七（我并非有特殊能力）

按部就班地过完一天，晚上九点，我洗漱完毕，四肢叉开躺在床上。这样的姿势使我感觉跟大地相距最近。

熄掉床头灯，一闭上眼，我就隐隐约约想起了昨天晚上的那个梦，而且梦境越来越清楚。我很快就沉入了梦里。自从开始做这个梦之后，我入睡速度快得惊人。

当我作为一个点再次穿过申城夜空，来到海底的洞里时，只见老人依旧如昨日一样，站在架子前，闭着眼睛默默地读着精神。这次没有见到概念女孩。

我在离老人左耳二十厘米处停住了，想起了昨晚还没来得及问的问题。

“前天您在睡觉时，”我免去客套，直接问，“那个也在这里读精神的女孩告诉我，你们只存在于我的梦里，真是这样的吗？”

“是的。”老人依旧如之前那样平静地回答。

“那在我没有做这个梦之前，你们存在于哪里？”关于这个问题，概念女孩曾经给过我解释，于是，我紧接着说出我的猜测，“难道你们一直存在？只是像一个密封的盒子一样，没有被开启时，盒子里面的一切都是停止的。后来因为我做了这个梦，盒子被打开，你们就开始读精神。是这样的吗？”

“不是，”老人很爽快地否定了我的推测，“我们现在只存在于你的梦里。你没有做梦时，一切也都停止了。但在你做这个梦之前，我们存在于别人的梦里，在别人的梦里读精神。同样，在你读完你的这个梦，完成这个梦传达给你的任务之后，我们就会离开，去下一个人的……”

“您说这个梦在向我传达任务？”我打断老人。

“是的，一个很重要的任务。”

“什么重要任务？”

“昨天说过，我不是读梦人，你是读梦人，需要你自己去读。”

一个很重要的任务？自从进入DD公司以来，每天接手的都是些鸡毛蒜皮的琐事，现在终于迎来一个很重要的任务（即使在梦里），心情难免激动，同时，也有些许紧张。

我记得，正是在田子坊接到一颗滚烫的人头骨之后，我就开始做这些像电视连续剧一样奇怪的梦了。

我问：“我是在与一颗有些奇怪的头骨接触之后，晚上才做这些梦的，这一切是不是都是因为那颗头骨？”

“是的，是它选择了你。”

看来，那真不是一颗一般的头骨啊。

我问：“那为什么选择我来读这个梦？”

“不是选择了你，”老人回答，“是选择了你所在的这个窟窿，你现在恰好填在这个窟窿里面罢了。”

老人这么说，我深受打击。本以为它选择了我，是因为我是一个在某方面拥有特殊功能的超人。

“那我什么时候能读明白这个梦呢？”我怀着遭受打击过后的失望说，“这个梦又到底想向我传达什么呢？到目前为止，我可是一点头绪也没有。”

“不要急，”老人依旧不紧不慢地回答，“梦和现实是同步的。现实在一分一秒地向前发展，梦也在跟着现实一分一秒地向前推进，这需要时间。只要我们找到那个精神，并把它读出来，你就能读懂这个梦。”

“找到那个精神？您是说您和孙女每晚在这里抚摸头骨，就是为了找到那个精神？”

“是的。”老人回答。

问到这里，我一时想不出还有什么要问的，便沉默下来。

我们都在干着各自的事情——老人在读精神，我在读梦。就这样，我们又各自读了一个晚上。就在我又有一个问题想要问时，一阵悦耳的流水声把我吵醒——闹钟又准时响了。

第十章
喀城：临行之前

从 OSM 总部离开后，胡博士先返回学校，把自己几十年的研究心血全部装进一个保密盘里。

回到自己家里，已是下午四点。胡博士给楼上儿子家打去电话，叫他们多备一个人的晚饭，晚上他过去吃。

胡博士与儿子儿媳同住一栋楼，但没有住在一起。他在三楼，儿子儿媳在四楼。

自从十五年前，妻子因车祸离去后，胡博士就已经习惯了一个人的生活——一个人安安静静的、无人打扰的生活。其实，也并非完全没人打扰，儿子儿媳有时候会下来看看他；而几乎每个周末，孙女都会陪他度过。

孙女叫胡依祎，是一个安静的女孩。一到周末，她就跑到爷爷家里，懒得回家，因为爷爷不会像父母那样逼着她去学习。在爷爷家里，她总是很主动地做功课。做完功课后，就与爷爷一起喝咖啡、看书、听音乐、聊天。

胡依祎也很喜欢听披头士，但爷爷喜欢披头士里面的约翰·列侬和林戈·斯塔尔，她却更喜欢里面的保罗·麦卡特尼和乔治·哈里森。她觉得麦卡特尼和哈里森的作品永远那么丰富且具独创性，仔细聆听，就会感觉到隐藏在音符里的很纯朴的画面，就像置身在英国美丽的小乡村里一样。

第一次失恋，胡依祎没有告诉父母，而是把伤心事偷偷告诉了爷爷。然后，爷爷带她一起听披头士的《yesterday》。

胡依祎还有一个爱好，就是跟着爷爷去城外的戈壁滩上看落日。起先她只是觉得好玩。后来去得多了，慢慢地，她也喜欢上了那样的旅行。

因为地处内陆，很少有阴雨天气，所以，基本上平均每两个周末，他们就去一次。他们在戈壁滩稍高一点的小沙石丘上，选一处没有石块只有细沙的地方，屁股下面不垫任何东西，静静地坐在上面。这时，胡依祎总喜欢抓起一大把细沙，使劲握紧，然后让细沙从手指缝间一点一点地溜出来。

戈壁滩上的黄昏特别长，太阳走得异乎寻常地慢，就像玩了一天还舍不得回家的孩子。那时的太阳也不会太耀眼刺目，而是像一个暖烘烘的红色火球，是那种很温柔的、毛茸茸的红色。

胡依祎总喜欢直直地看着这个毛茸茸的火球，一直看得眼睛隐隐作痛，然后揉揉眼睛，再睁开眼。这时，整个天空都满是毛茸茸的小火球了，就像小时候在游乐园里看的万花筒一样。

不过，这可比万花筒好看多了，因为这里的火红是有温度的。四周、天上、地下，目力所及之处全都是温暖的火红。连呼出的空气、说出的话也似乎都被染成了火红色。

而且，这里没有游乐园里的嘈杂，四周除了呼呼的风声，没有一点杂音。在没风的时候，都可以听见脚后跟血管跳动的声音。如果两肩放松，微微屏住呼吸，把所有的心思都集中在眉心，甚至还可以听见太阳落山的声音呢。

在胡依祎眼里，这是一个开心、浪漫、让人高兴的地方。欣赏戈壁滩的落日，胡依祎的脸上总是挂着微笑，纯粹得没有任何杂质的微笑。

爷爷则不是。爷爷很少正眼去看落日，他常望着的是远处连接地平线的那一线戈壁滩。虽然爷爷与胡依祎身处同一块戈壁滩上和同一个落日之下，但他们各自看到的却好像是两个截然不同的世界。

每次爷爷的脸上都是一种亦非欢欣亦非悲伤、亦非轻松亦非严肃的表情。爷爷心里到底在想着什么，眼睛到底看到了什么，胡依祎不知道，只有爷爷自己知道。也许，连爷爷自己都不清楚。因为，其实他可能什么都没想，仅仅那样坐着，那样遥望着。

晚饭时，胡博士把他已被军队征用的事情告诉了儿子儿媳。胡博士的儿子儿媳都是高级知识分子，也都是市里的国家干部，很快就理解了父亲的处境，没有过多追问，一致表示支持父亲的决定。依祎平时寄宿在学校，只在周末回家，等依祎回来，他们也会把实情告诉依祎，免得她挂念。

晚上他简单地收拾了房间，清理出几套换洗的衣服。虽然田将军说了，他们已经为他准备好了披头士的全部碟片和全套咖啡器皿，但胡博士还是把他那只与其相伴了十多年的、有大拇指厚的纯褐色咖啡杯和一沓披头士的碟片塞进包里。

晚上，他躺在床上，久久不能入睡，心里就像被打翻了的感情调料铺一样，兴奋、激动、忧虑、担心，当然还有不舍……什么感情都一股脑儿搅在一起了。最后，连他自己也分不清到底是什么感情了。

人有好多种感情，当它们同时纠缠在一起，变为一种离别之情的时候，心里就乱成了一团麻。

第十一章
申城：P 部任务

梦八（精神的温度）

下一个晚上，当我再次化为一点，进入海底的这个石洞里时，整个洞里第一次空空如也。爷爷不见了，概念女孩也没有出现。

没事可做，我停在洞中央的一个架子上，盯着眼前这些一个又一个光秃秃的头骨看。它们除了大小不同和颜色深浅不同之外，模样都大同小异，也不知是男是女。

看着这些头骨，我不禁心想，他们的头骨上既然都有精神，那他们的离去一定伤透了某些人的心。这么说，他们应该是幸福的。因为，曾有人那样强烈地思念他们，他们生前的故事还都存在于他们的头骨之上。

这些精神里面到底包含着怎样的大爱大恨？我禁不住想要像老人和女孩那样，抚摸一下这些精神，可我没有手，我只是一个点。

我，一个点，向最近一颗头骨顶上的精神飞去。慢慢地，我感觉到有一股暖流开始包裹我。原来，这些精神是有温度的。最后，当我置身于这个精神之中时，已经感到相当热了。

精神是虚空的，我可以在里面飞来飞去。最后，我停在了精神的最中间。奇怪的是，精神最中间的温度竟比周围要低。甚至可以说，还有些冷。过了一会儿，越来越冷，我感觉到冷得快要受不了了，就逃了出来。真是冰火两重天啊！

老人说，他们在寻找的那个重要的精神，就在这里的某颗头骨顶上。于是，我从上往下、从左至右，从每一颗头骨面前滑过。但也没有感觉出哪颗头骨给我不一样的感觉。反过来再仔细试了一遍，还是没有收到任何信号。

我累了，停在一颗头骨的左眼窝里。这时，我想起昨晚老人的话，急不得，梦跟现实是同步的。可现实中，我又在做着什么呢？

虽然现实中的我对晚上的梦毫无印象，可梦里的我，对自己白天的所作所为，却是记得清清楚楚。

每天早上六点半，我准时被闹铃叫醒。起床洗漱，打开窗户，在阳台上做一套颇似广播体操的瑜伽。这个习惯自从在 CICA 里形成之后，我已经坚持了四年。这也算是在 CICA 的那几年里，最令我受益的收获之一。

每次做到后仰动作时，一架巨型大肚子喷气式客机必准时出现在前方五百米开外的十二层楼顶，没有声音，缓慢飞来，划过我所在的楼顶上空，消失，最后只留下声音。每次，飞机都飞得相当低，应该是刚起飞不久。天气好的时候，可以看清飞机侧面的航空公司的标识。

做完运动，在楼下的小面馆里吃完早饭。随后，跨上“小宝马”，驶向单位。我的一天，便正式进入倒计时。

我现在在一家私家侦探公司上班。私家侦探这个行当，最早源于国外。为了显得专业，公司取了一个洋名字：Dolphin Detective（海豚侦探），简称 DD 公司。其实，公司的真实身份是国家特情局的一个下属单位。而私家侦探的这一工作性质能很好地掩饰其本来工作的特殊性。

DD 公司里的一半人在 P 部从事真正的私家侦探业务，另一半人在 C 部为国家服务。如果哪方人手不够而另一方又有多余时，可以相互补充，但大体以服从 C 部需要为首。

我从 CICA 毕业后，就被直接分到 DD 公司。在公司的 P 部做了一年私家侦探，然后转入 C 部。在 C 部，接受任务都是点对点式，即上面某位长官与我们直接单线联系，下达命令，中间不经过任何第三者。所以，C 部的人到底在做什么，连我们的老总豚 sir 也不知情。

再啰唆下我们的工作内容。在 C 部，没有接到上面任务的情况下，平时上班主要是整理下面报上来的情报资料。我们下面有一个强大的 ICS（Intelligence Collection System 的缩写，情报搜集系统）。每天，ICS 的人员把搜集到的有价值的情报汇集到我们这里。我们通过分析研判，把有重大价值的通报给上级，余下的分类保存，以供正在执行任务的人员（P部或C部）调用，或留作资料备用。

由于这段时间没有接到C部任务，我又被借到繁忙的P部帮忙。刚进P部的第二天，就接到一个案子。

一位名叫林利斌的古董公司的大老板，看上了一家小古董店的小老板——一位二十岁左右的叫杨菲的女孩。林老板几次三番地献殷勤，都被拒绝，约她吃饭或者旅游，也都碰壁。今年情人节，林老板特地送她一副明朝遗留下来的价值上百万的翡翠玉镯，女孩竟看都不看一眼。

可女孩越是顽固不化，林老板对她越是痴情不改。为了弄清女孩的身世来历，尤其是她的脾性爱好等，林老板找到我们公司，要求我们对女孩做出详细的调查。

豚sir把我叫去，就这个任务简单交代了一番。这是一个很普通的私人任务，他似乎不太在意，我也是。唯一让我在意的是林老板要求的详细程度简直有些变态，竟详细到女孩每天上厕所的具体次数以及具体时间。

我猜那林老板多半是位四十来岁、肥头大耳、大肚子的财主。

第二天，我在办公室见到他本人时想，幸亏没戴眼镜，不然肯定就当场掉地上摔成碎片。

对方竟是一位看上去刚三十出头、不胖不瘦、一米八大个头，还拥有一张俊秀脸庞的颇有绅士样的帅小伙。他鼻梁很高，眼窝深邃，好像还有点混血儿的样子，再加上身上那一套整洁的名牌行头，说他是来自韩国的某个新星偶像，我想十之八九也不会有人怀疑。

只是他一张嘴，这一美好形象又顷刻间土崩瓦解。

“Young brother，要是你give me一个详细的report，我一定big big赏你。”

Big big赏我？英文还可以这么用吗？我忍住笑，问：“林老板为什么对杨小姐这么痴情，她长得非常漂亮吗？”

“非也，”林老板以一副过来人的口吻回答，“这你就不understand了，man汉怎么能这么没品位呢？俗话说，海水不可斗量，people不可貌相。你这种以貌取people的认识，可是low的。这女girl嘛，不仅脸蛋要长得beautiful，还要有个性。越是那种冷酷的女girl，我就越感兴趣，这样才能体现man汉的征服feeling。你玩过how many女girl？”

man汉，女girl？这位兄台可真不是个凡人。可惜当时没有把这段话录下来，不然准成为这一年的十大经典语录之首。我努力忍住笑，想必脸都憋红了。

“你看看，young brother还害羞了哦。”林老板看着我，带着怜悯意味地摇摇头，“现在的Chinese young people，就是放不open啊。就这样定了，最迟two周后，我来拿your report。”

林老板离去后，我大呼几口气。真是不能以貌取people啊。但是，听林老板这番话后，我对那个并非特别漂亮，却让他如此痴迷的女孩，生出几分好奇。

当天下午，我就来到庙前街。这是一条专门卖古董和古董类艺术品的小商业街，位于黄浦江西岸，正好与世博园区隔江相望。虽然现在的上海由于世博会变成了全世界人口密度最高的地方，但是这条街相对来说还是显示着与古董相匹配的清静。

街的两边，都是晚清遗留下来的保存相当完好的两层小楼阁。飞檐雕窗，大红漆柱。一条条写有店名的各色幌子飘在空中。

女孩的店位于庙前街的最东头，靠近江边。店门不到两米宽，没有挑出幌子，只在门外地上靠墙放着的一块搓衣板大小的白色木板上，用彩色粉笔写着“钥邺卿”。钥邺卿？什么意思？

此时，一位穿着淡黄色长袖T恤的女孩正坐在店里一把有些年头的藤椅上，背对着店门，专心看书。这应该就是店主。

相对于两米宽的店门，店内则宽敞许多，有三十平方米左右。地上铺着青石地板，被磨得光可鉴人，至少有半个世纪以上的历史。靠墙放着的架子上，摆满了紫砂壶、青瓷花瓶等古董。第一排架子的最末端，还放着一颗白得有些刺眼的人头骨。

我走得很轻，没发出一点声响。女孩可能看得很投入，所以，我在她身后半米处停住时，她还没有发现我。

她在看的是一本英文书。书页有些磨损，想必看过很多遍。字太小，看不太清。于是，我又向前走了一小步，相距只有十厘米左右。

"If someone loves a flower, of which just one single blossom grows in all the millions and millions of stars."（如果一个人爱上了一朵花，而这朵花独一无二地盛开在千百万颗星星的某一颗上面。）再熟悉不过的句子，不用往下看我也知道后面是："It is enough to make him happy just to look at the stars."（而仰望繁星，就会令他快乐无比。）

一瞬间，我对这位女孩产生了好感。我想，喜欢看《小王子》的女孩，肯定是一个好女孩。至少，不会是一个坏心肠的人。

她看得很投入，离这么近，也没有发现我在身后。我不想吓到她。于是，我退到门后，加重脚步走进去。走到放古董的架子前，我有模有样地看起来。女孩偏过头来，看了我一眼，然后又回过头去，继续盯着手里的书，说：“先生请随便看。”

我慢慢向里边移动，眼角的余光渐渐看见女孩的侧面——不高不矮的鼻梁，小巧的下巴，薄嘴唇，长发遮住了耳朵和小部分脸颊。这时，我已经来到了货架的尽头。正对着我的，是那颗洁白的人头骨。

这不是真的人头骨，是仿制品，用很柔细的石膏制成。这个一般人看不出来，但从 CICA 出来的我一眼即可辨出。在 CICA 的课堂上，老师就曾仔细教授过如何从死者头骨上留下的伤痕来获取他生前的遇害信息。

这颗人头骨让我不禁想起不久前在田子坊的“骨科”接住的那颗。我后来一直觉得当时不是我的错觉，那种诡异的感觉谁都会印象深刻，可那瞬间的感觉很容易让人产生不敢相信的恍惚。

女孩依旧在盯着《小王子》，静静地翻着书页。我想，她现在应该看到小王子开始厌烦那朵玫瑰花，准备离开那颗星球了吧。

“你是老板吗？”我盯着头骨，用眼睛余光瞟着女孩问。

“嗯。”女孩头也没回地回答。

“这头骨是真的？”我转过头看着女孩。

“仿制的，”她终于合上书，站起来，说，“只是头骨艺术品。”

女孩很清秀，巴掌小脸上，小嘴巴，小鼻头，清澈的眼睛里水汪汪的，好像装满了忧伤。当然，这也仅仅是我的直觉。

“先生想要吗？”女孩嘴角微微绽开，轻轻一笑问。

“随便看看。”我回答说，“这仿制得挺像的，多少钱一个？”

“八百。”

“也不便宜。”

“嗯，因为这里面百分之八十用的是动物肋骨的骨末。”

“难怪看着这么细腻，”我边说边用手掌摸了摸光溜溜的头骨顶，摸着的感觉比看着更细腻，就像摸着刚满月的婴儿的皮肤似的，“为什么要用动物肋骨的骨末呢？”

“那里靠心最近啊，最有灵性。”

这时，我的手机铃声响起。我拿出手机，略带歉意地看了一眼女孩，然后边接电话边走了出去。

这是我早已设定好的闹铃。一般情况下，在执行任务时，我们是不会与被调查对象近距离接触的，更不会像这样面对面地聊天。可我听完林老板的叙述后，特别想见见这位女孩。为了不过久停留，免得她记住我，我事先设置了这个闹铃。

回到公司，我进入地区工商局的资料库，通过女孩店铺的地址，找到她在工商局的备案：

杨菲，女，1988 年 2 月 18 日出生。籍贯：青海。身份证号码：63010519880218128×。经营项目：古董，仿古董艺术品。注册资金：50 万。

然后，我进入民政总局的资料库，想查到她更多的信息。可查到的资料，和刚才的一样少。

不管是从职业经验判断，还是凭自己的感性直觉，我断定，这个女孩的身世绝非如此简单，甚至是相当复杂的。唯其复杂，才装作简单，以掩人耳目。

第十二章
喀城：进驻“孤舟”

第二天，所有参与研究项目的人都到老地点集合。整装完毕，四十余人坐上了一辆大巴。

大巴两侧的窗户玻璃都是特制的磨砂玻璃。从外面看不见里面，从里面也看不见外面。当然，前面的挡风玻璃是透明的。车里的每个人都伸长脖子，瞪大眼睛，望着前面挡风玻璃外的那片风景。

其实，那都是他们熟悉得不能再熟悉的街道和建筑，偶尔还有几张熟悉的面孔。而对于此时车里的他们来说，那好像是另外一个世界。

出了市区，上高速。一路疾驰。大约一小时后下高速，再驶上一条简易的柏油马路。半小时后，柏油马路没有了，只有一条土路。刚开始还可以看见两旁几间低矮的小平房和几棵小树，渐渐地，越走越荒凉，到最后，什么也没有了，四周尽是一望无际的茫茫戈壁滩。

大巴循着戈壁滩上两条模糊的车轮印，一颠一簸地向前行驶，越走越遥远，比胡博士带着依祎去市郊的戈壁滩上看落日时看到的那条地平线还要远。天，逐渐暗下来。

在戈壁滩上颠簸了大约两个小时后，前方远处隐隐约约出现一栋小楼房，被高高的围墙围着。大巴径直朝那栋楼房驶去。

那是一栋普通的三层小楼，用红砖筑成。从砖的成色判断，已筑成不下二十年。

最后，大巴在围墙的大门外停住。下了大巴，每个人都睁大眼睛原地打转。此时已是下午六点多，远处看不太清，仿佛是些低低的小沙丘。脚下及四周，都是被风化了的碎石头。

围墙的大门外，早已有几位穿着军装的高级军官候着。见到田将军，他们迎上前，敬了军礼，然后把大家领进大门。

门内门外两重天。门外是荒凉的戈壁滩，门内却是别有情调的小院。一条用鸡蛋大小的鹅卵石铺成的小路连接大门。鹅卵石铺得极仔细，波浪状一条一条层层向前，一直连通到一楼的大厅门口。门口有四个小花坛，据说里面的泥土都是千里迢迢从外面运进来的。

说是花坛，其实真能以花相称的，只有月季，其余的都是常青植物。这些普通得不能再普通的植物，却让人感到格外兴奋和亲切。

每个花坛的中央都插着一块木牌。四块牌子上面依次写着：去年今日此院中；人面月季相映红；人面不知何处去；月季依旧笑孤舟。这里的人介绍说，这栋楼别名叫“沙漠孤舟”，以前是一哨所，驻守官兵每年一轮换，这些都是以前驻守官兵留下的杰作。

“沙漠孤舟”的一楼是食堂，二楼是活动厅，三楼是宿舍。都是普通得不能再普通的布置和设施，怎么也看不出，这里会是进行绝密研究的地方。

在一楼食堂吃完晚饭，外面已经漆黑一片，没有星星没有月亮。

饭后，田将军把大家召集到二楼的活动厅。两边的窗户被窗帘遮得严严实实。田将军站在主持台上。“现在，我带诸位去参观一下你们即将开始工作的地方。”他说完，按下身旁电脑键盘上的某个键。随之，他身后那块遮住半边墙的投影幕布快速向上卷起，露出白色墙壁。

幕布卷至顶端，田将军走到白色墙壁前，定睛看了两秒钟，随后把右手掌整个按在白色墙壁上。顿时，田将军手掌按着的地方裂开一条约两米高的缝。

这条缝从中间缓缓向两边拉开。最后，形成一个宽高各约两米的入口。“各位请随我来。”田将军手指着入口说。

入口后面，是一条向下的楼梯，较陡，至少六十度以上，却相当宽，可容七八人并排上下。每节楼梯有十二个梯阶。

走完三节楼梯之后，楼底便是一条与楼梯同样宽的走廊，十米长的样子。走廊两侧的墙上，每隔一米就嵌有壁灯，把整个走廊照得很亮堂。

走廊尽头是一扇银白色的铁门。田将军站在铁门前，回头看了一眼众人，好像在再次确认什么。确认完毕，他转回头，又把整个右手掌按在铁门上。这时，铁门也像刚才楼上的白色墙壁一样，从中间向两边缓缓拉开。

在铁门分开的刹那，门里面刺眼的白光就像冲破堤岸的洪水，瞬间势不可当地冲破铁门裂缝，涌进走廊，耀得人睁不开眼。

铁门完全打开后，呈现在众人眼前的，是一个巨大的扁圆形空间。里面灯火通明，就像科幻电影里巨大的UFO的内部。这就是实验室。

作为一个单间的实验室，这个实验室显得未免过大。它直径至少八十米，中心高起码十米。里面全是崭新的奇形怪状的实验设备，在头顶和四周壁灯的照射下闪闪发光。

一条由成年人大拇指粗的钢丝编成的两米宽的钢丝网路悬在实验室空中，像一架悬索桥一样，从铁门口一直延伸到对面的墙壁。几位白大褂此时正在钢丝网路下的那些实验设备间穿梭巡查。从他们露出的衣领和裤腿可以看出，他们都是军人。

“这就是各位工作的地方。”田将军把大家全部带上钢丝网路。钢丝网很结实，四十多人站在上面，一点都不觉得晃动。他环顾一番后说：“这里以前是一个小型军事基地，一个月前我们把它改建成现在这个样子。这里面都是世界一流的实验设备，我想应该可以满足诸位的需求。”

胡博士早就听说，不管是哪个国家，最先进的科技总是诞生于军队，并先应用于军队。看来，此话一点不假。

田将军朝脚下那几位还在一起忙碌的白大褂喊道：“老谢，有什么问题吗？”

“一切完好！”其中一位年龄稍长的白大褂抬头大声回他。

作为整个研究小组的负责人，胡博士在这个实验室的一侧角落里拥有一个专门的办公室。整个研究小组就只有他有这特殊待遇。办公室很小，只有四平方米，就像在实验室墙脚上凿出来的一个小洞，摆下一张电脑桌后，就只剩下转身的空间。

办公室再往里走还有一间小休息室，比办公室稍大，与办公室用铝制板隔开，中间留有一小窗户。小组负责人肯定比其他组员需要更多的时间处理更多的事情，加班到深夜也是常有的事。胡博士感谢田将军想得周到，为他准备了这个可以临时过夜的地方。

休息室里摆有一架简易床，床头是一个小茶桌，茶桌旁边是一个深一米、宽一米、高一米八的内嵌壁柜。为什么要在这个小休息室的墙上凿出偌大一个壁柜？似乎没有这个必要。而且偌大一个壁柜里，只挂了一件白大褂。胡博士想不明白，不过这是小事，不影响他的工作。

第十三章
申城：开始监视

第二天上午，我再次来到庙前街。“钥郦卿”对面是一家茶馆，屋檐前高高挑着的幌子上面，写着一个大大的“茶”字。

店里摆着六张掉了漆的四方木桌。木桌浑身上下斑斑驳驳，好像年久的豹子皮。围在方桌四边上的长条木凳没有刷漆，黑褐色的凳面被难以数计的屁股蹭得如同刚刚打过蜡，与地上的青石板一齐泛出证明自己已有些年头的油光。通向二楼的楼梯也是木质的，走在上面咯吱咯吱响，扶手跟铁索桥的扶手一般晃动得厉害。掌柜坐在高高的柜台后面，用算盘噼里啪啦地算着账。穿着青布长褂、肩头搭着白毛巾的店小二忙里忙外招呼着。这是古董街上名副其实的古董般的茶馆。

我和谷姐在茶馆二楼靠窗的一张小方桌边坐下。方桌与窗户沿几乎平行，不用伸出脑袋，即可把楼下街上以及街对面店里的情况囊括眼底。

谷姐全名谷薇娜，是我们CICA那届毕业生中的四大巾帼之一。因为她年龄比我们都稍长，所以我们都尊称她为谷姐。谷姐人若桃花，却向来面带冰霜，极少言语，有人便开玩笑说她是古墓派的。我们都对她敬而远之。CICA同窗四年，我和她很少说话，印象中好像没有过一次完整的交谈。毕业后，她与我同被分到DD公司。

谷姐给自己取的新名字叫窦天曼。不过，我还是习惯叫她谷姐。她却从此叫我的新名字秦祎氘，为此，我对她的细心体贴很是感激。

刚进DD公司时，周围全是陌生的面孔，人生地疏，我和谷姐两个本不怎么相熟的人一下子就成为老熟人。谷姐是那种轻易不接受别人，可一旦接受你之后，就会全心全意对你好的那种人。

调查这个女孩本来只是我一个人的任务，为掩人耳目，刚好这天谷姐又轮休，闲着没事，便把她叫上了。她也很高兴接受我的邀请，想看看这到底是一个怎样的女孩，把林老板勾得如此馋涎欲滴。

“就是那个女孩？”谷姐望着“钥邺卿”里正在弯腰拖地的杨菲问我。今天的杨菲穿着白色长袖衬衫、灰色帆布铅笔裤。

“是的。”我回答。

“店里就她一个人？”

“好像是，昨天也就她一个。”

“简单介绍一下。”谷姐用叉子叉起一块血饼，举在眼前十厘米处。血饼是掌柜推荐的早点，用猪血拌糯米煮熟，然后切成小方块油炸而成。

“杨菲，女，一九八八年生，青海人。”

“嗯，味道不错，”谷姐咬了一小口血饼后，慢慢嚼着，“酥，脆！”

“我在总部资料库里查了，她的家庭关系、受教育程度等一概没有。不觉得奇怪？”

“不奇怪，她不是一个普通的女孩，”谷姐闭着嘴唇轻轻嚅动着说，“她背后的故事比那几个字何止复杂百倍。”

“这么肯定？”说完，我咬下一大口血饼。

“一口吃那么多干吗？”谷姐以不可思议的眼神看着我，不满地怒斥道，“味蕾的承受能力是有限的，突然给它这么多，哪能忙得过来！”

说完，她示范性地叉起血饼，咬了一小口，然后把血饼上的那个被咬去的小缺口对着我，“看见没有，就这么多！”

“还有这个讲究？”我匆忙咽下嘴里的血饼，然后照着谷姐血饼上那个缺口的大小咬了一小口，咬得很有艺术感。

谷姐有个毛病，对某些事情特别较真。不过，她这个毛病也只对熟人发作。来到 DD 公司后，我和谷姐分在同一个办公室，同一张办公桌，面对面，共用同一只笔筒（里面插着我们共用的铅笔）。当谷姐主动找我说话时（这是我成为她熟人的标志），就开始对笔筒里铅笔尖的要求苛刻起来。首先，每支铅笔必须用铅笔刀而非转笔刀一刀一刀地削出来；其次，笔尖既不能太细也不能太粗，这是有一个标准的，但这个标准又不是用尺子圆规可以测算出来的。

每天早上上班之前，谷姐都会把笔筒里的铅笔依次仔细检查一遍。有不符合标准的，她就亲自动手或者叫我再加工。她说，想到面前笔筒里还有一支没有削好的铅笔，她就会整天静不下心来。所以一有空闲，我就被逼着孜孜不倦地削铅笔。刚开始把握不好她的标准，整支铅笔都被我削完了，她还是摇头。一个月后，我闭着眼睛也能削出符合标准的铅笔了。两个月后，如果上班之前发现笔筒里有一支不符合标准的铅笔，我也会整天心神不宁。所谓习惯成自然，便是这么回事吧。

所以，谷姐今天要我只咬像她那样的一小口，我没有任何缘由地照做了。我知道，听谷姐的话，对我有好处。至少，没有坏处。

这么一小块的味道确实不一样：酥，脆。

看我照做了，谷姐满意地侧过头去，继续看着楼下店里的杨菲。这时，杨菲已经拖完地，正在擦拭货架。

初夏的晨光从门、镂空的窗户眼里，射进杨菲的店里，照在刚刚拖过的地上，闪闪发光。太阳光刚好照在货架上那颗雪白的头骨的脑门儿上，立刻被反射回来，而且比原来的光更明亮。

“为什么说她不是一个简单的女孩？”我一边嚼着又酥又脆的血饼，一边盯着店里的杨菲问谷姐。

“先回答我，你在家拖地是按什么顺序？”谷姐反问。

“我在家从不拖地。”

她瞟了我一眼，是那种藐视的眼神：“那在 CICA 时总拖过宿舍地面吧？”

“没有，我一直负责擦窗户。”

她蹙起眉头：“那你总见过你们宿舍的人拖地吧？”

“好像是从里面一直拖到门边。”我回忆两秒钟后回答。

“没错。”谷姐舒开眉眼，就像终于把蛇引出洞来，轻轻嘘出一口气，“一般人拖地都是这样，从内向外拖。可你注意没，这位女孩刚好相反，她是从门口拖向屋内。”

“这又能说明什么，个人习惯不同而已。”

“习惯由性格决定，性格由置身其中的环境养成。她那样拖地，宁愿把垃圾拖到屋内，再从旁边拖出来，也不愿背对着店门一次性拖干净。这说明她下意识里不愿意背对着别人，或者不愿意被别人看见她背后的东西。她心里对周围缺少信任感。”

“有道理，”我吞下已嚼成糊状的血饼说，“不过，还是有些牵强。她昨天看店时，就是坐在椅子上，背朝店门的。这又怎么说？”

“那是因为有坚硬的椅背在护着她，类似盾。”谷姐说着叉起血饼，又咬了一小口，“我的话仅供参考。”

擦拭完货架之后，杨菲把昨天那块搓衣板大小的招牌拿出来，靠着墙放在门口。

“烨羽沙，”我念出那木板上的粉笔字，“昨天是钥邺卿，今天怎么又成烨羽沙了？”

谷姐没有对我的独白发表任何点评。当然，她肯定也不知道原因。

收拾妥当之后，女孩伸了一个不大不小的懒腰。她走到货架上那颗头骨前，右手掌覆在头骨顶上。瞬间，我感觉就像在大冬天被谁劈头盖脸泼了一盆冷水似的，全身紧缩了一圈。似曾相识的画面！不妨说，非常熟悉的场景！

可到底在哪里见过，我却怎么也想不起来。

以前，也偶尔有过这样的情况，就是眼前发生的事情，我总感觉好像以前在哪里经历过似的，有时甚至能预知接下来会怎样发展下去。当然，这都是极其短暂的。所以我常想，也许世上果真存在两个世界——一个现实世界，一个在另一个时空超前发展的世界。眼前这个现实世界，仅仅是那个超前发展世界的影子。所以，我们偶尔也能感应到那个在超前世界里做过的事情。

不过，这次与以往不一样。这次感觉熟悉的，仅仅是一个特定的画面，没有时间上的向前推进。

隔太远，我看不清女孩脸上的表情。

“那是颗假头骨，仿真艺术品，做工很细，跟真的一模一样，里面有百分之八十用的是动物肋骨的骨末。”我望着把手放在头骨顶的杨菲问谷姐，“知道为什么要用动物肋骨的骨末吗？”

“肋骨离心最近，最有灵性。”谷姐不假思索地回答，“用骨末做艺术品，又并非什么稀罕事。在日本一些地区就有这样的习俗，自己最心爱的人死后，用死者的骨灰和着石膏做成花瓶，或者做成其他死者生前喜爱的动物放在床头。据说，这样晚上就能在梦里与逝去的人相见。”

“哦，那有做成头骨的吗？”

谷姐又蹙起眉头："有谁会在床头摆放一个头骨呀？"

我笑笑，继续吃血饼。

这时，杨菲抚摸完头骨，转身回到藤椅上看起书来——不知是否还是昨天那本《小王子》。

十几分钟过去后，我们早已吃完血饼，并喝下一大杯牛奶。杨菲还是那样坐在藤椅上，一动没动地看书。我从口袋里掏出小本记下——08:10 拖地。08:15 擦货架。08:25 看书。

"还很认真嘛。"谷姐竖起眉头，盯住我说。

"总不能交白卷，豚 sir 还要靠这些交差。"

"那个俗得流油的草包！"谷姐用鼻音低声嗤道。

"你说哪个草包？林老板还是豚 sir？"

"自己猜。"

说完，我们对视一笑。我很喜欢看谷姐笑，那感觉就像看到火红的玫瑰花开在白茫茫一片的雪地里。

这时，楼下街上的行人渐渐多起来。其间，断断续续有几位老者走进杨菲的店里。杨菲先是回头看了一眼，说了一句什么，然后继续看书。真是个有意思的老板。

"猜那女孩说的什么？"我问谷姐。

"大叔请随便看。"谷姐脱口而出。

我惊讶："你懂唇语？"

"不懂。"

"那怎么知道？"

"猜的，"谷姐似乎因我问得太多而有点不高兴了，"不是你叫我猜的吗？"

我无语。

整整一上午，杨菲始终如一坐在那里看书。大概看得很仔细，好半天才翻过一页。这期间，她往茶杯里倒了三次茶，去店东面二十米远处的公共厕所两趟，站起来注视头骨两分钟两次。没有卖出一件古董。我在小本上记下——09:20、10:30 两次上厕所，各去 5 分钟、3 分钟。其余时间看书。

十二点整，她从店里的小壁柜里搬出一个小微波炉，把一饭盒放进去。三分钟后，拿出来，开始吃饭。我和谷姐各要了份快餐盒饭。

"两位客官一坐这么久，小二我还是头一次遇到呢。"店小二送来盒饭时说。

"怎么？不让坐吗？"谷姐冷冷地回道，"又没有白坐你的。"

店小二忙赔着笑脸说："那是那是，小二我只是觉得好奇。"说完，他赶紧离开了。

“猜猜那女孩的身世。”谷姐边打开饭盒边说。榨菜肉丝，拌着红辣椒。

“编故事我最拿手，从小梦想着长大后能当作家呢。”我略一思索后，说，“我想，这女孩可能出身于一个古董世家。几年前，父母在一场车祸中不幸丧生。由于车祸是由女孩的父亲不遵守交通规则引起，不仅自己丢了性命，还造成另外两人重伤，赔了很多钱，可以说倾家荡产。女孩有一个弟弟，在上初中。为了供弟弟继续上学，刚上大学的她被迫辍学，继承她父母的这家小店，直到现在。”

我知道，这位女孩的故事绝非这么简单。她绝非一个为生活所迫的人，这从她一上午没卖出一件古董一点也不在乎的态度，就看得出来。但是，套用托尔斯泰的话说，简单的事情都大同小异，不简单的事情却各有不同。我不知道女孩是属于那各有不同中的哪一种，所以选了影视剧里常见的剧情作答。

“有可能,不过可能性微乎其微。”谷姐细嚼慢咽地看着我,“你说,你曾想过当作家？”

“是的，那还是上个世纪的梦想。不过，也只是想想罢了，后来放弃了。”

“为什么放弃？”

稍一回想后，我说：“跟《小王子》里的主人公差不多，写的东西不被大人理解。这个世界是被大人把持的。多次顽固坚持之后，也就是多次作文被老师判为走题之后，我被他们拖回到正轨。那之后，我就干脆放弃了。我发现，我被他们拖回正轨后，就再也找不到以前那些忽闪忽闪的东西了。”

“你也看过《小王子》？”谷姐略显惊讶地问。

“看过，而且不是一般地看过。”

“怎么说？”

“就是能把它一字不差地背下来。”

“哦？”谷姐以怀疑的眼神看着我，“那当年 CICA 最后那道面试题的最佳答案——‘唯美而又具有软杀伤力’，莫非出自你之口？”

迟疑了两秒钟后，我点头。

“不太像，”谷姐摇了摇头，“就凭刚才你给出的那么俗的回答，就不太可能答出那样有趣的答案。”

“正常状态下，我是想不出那样的回答。”我不带任何辩解意味地说，“但是，在非正常状态下，什么都有可能。”

“什么叫非正常状态？”

“比方说高烧。”

“这么说，”谷姐直直盯住我，“那个答案果真出自你之口了？”

我不置可否地笑笑。

“唉，遗憾遗憾。”谷姐又摇了摇头。

“遗憾什么？”

“焦洁曾对着她的绝色写真发过誓，如果知道谁是那个‘唯美而又具有软杀伤力’答案的主人，她一定会主动追求他。”谷姐说完淡淡一笑，“听到这个消息，是不是觉得很遗憾？”

焦洁是我们那届四大巾帼里的浪漫派。

“没什么好遗憾的，当年在CICA，就没想过要跟她有任何关系。”我说。

“你们男人都这样，”谷姐撇下嘴，“得不到的，就用清高来掩饰及自慰。”

“你那么想也无所谓，反正我是没那样想过。焦洁对我来说，就像小国造航母一样。”

“怎么讲？”

“造得起养不起啊。”

谷姐笑笑：“脑瓜子不赖。”

“不是说过吗，我以前这里面的东西，”我指了指我的大脑壳说，“可是忽闪忽闪的。现在虽然消失了，但还是会偶尔冒出来一下。”

“最后失去它们是什么时候？”谷姐啜了一小口绿茶后问。

“高三，记得当时离高考只有半学期了，老师说，如果我再顽固不化的话，高考作文肯定没门儿，父母也对我软硬兼施。最后没办法，只得妥协。但按老师要求的去写，我也写得很漂亮，后来高考作文得了五十五分（满分六十分）。但我知道，我以后再也当不了作家了。”

“唉，”谷姐看着我，颇为惋惜地轻叹了口气，“还真想看看你妥协之前写的那些，还留着吗？”

“不知道。这么多年一路扔了不少东西，是否把最珍贵的也混同垃圾一起扔掉了，也不记得了。”

“嗯，回去后给我找找，或许在某个夹子里还能找到一点。”

“我也希望能找到，都忘了那时候到底写了一些什么不被大人们理解的来着……”说完，我试着去回想当时到底写了些什么。

可毕竟过去这么多年，怎么也想不起来。

“那你认为这个女孩会有什么不落俗套的身世？”我往嘴里送进去两块红红的辣椒后，转回到眼前的问题。

“我想啊，”谷姐用纸巾擦了一下嘴角，然后把纸巾仔细叠成方块状，放在茶杯旁，看着我说，“她有亲人，只是因为某种原因不在身边。她开古董店也并非为了维持生计，只是她暂时借以生存而已。”

等了几秒钟，没见她继续，我说："完了？"

"完了。"

辣椒实在辣得厉害，我喝下一大口绿茶，然后不停往嘴里吸气说："这也太笼统了吧，扩展下去，至少可以写出八个不同版本的八万字长篇。"

"嗯，你也可以试着去写一个，"谷姐笑笑，"说不定，你以前丢失了的那些忽闪忽闪的东西，又忽闪一下全都回来了呢。"

吃完午饭，杨非喝了一大杯茶，然后背朝店门，躺在藤椅上，开始午睡的样子。虽然是初夏，大中午阳光直射的街上，还是有些热气腾腾。人也渐渐少了。

"真是个怪人，天底下竟有她这样开店的。"我望着门可罗雀的"烨羽沙"说。

谷姐没有回应。少顷，她的手机响起。

"喂，豚 sir……嗯，好的。"

谷姐挂上电话说："有任务，得马上回去。"

"C 部还是 P 部？"我问。

"C 部。"

"那快回吧。"

"小心喜欢上她哟。"临走时，谷姐冲我诡异地一笑。

"不会，我可没有翡翠玉镯送她。"

谷姐走后，店小二上来收拾桌子。我顺便要了杯饭后咖啡。一身粗布长衫、肩搭白毛巾的店小二，手托一只深褐色咖啡杯走来，真有些不伦不类。

"客官还打算一个人坐下去？"店小二放下咖啡杯后问。

"是的，要加费吗？"

"不是不是，女朋友都走了啊。"店小二笑笑说，"你女朋友可真够冷的啊！"

"那是，她家卖冰箱的。"说完，我顺便问，"你认识对面那家古董店的老板吗？"

"不认识，但我知道。"

店小二如此说，倒让我惊喜了一下。"可以简单介绍一下吗？"

他瞅了一眼"烨羽沙"，略微想了一下后，说："好像是两年多前开的店，老板好像就是那个小姑娘。还有个老人，可能是她爷爷，偶尔也来店里看看。但他们似乎对做生意不是很热心。小姑娘偶尔也来这里吃午饭。我知道的就这么多。"

"好，谢谢。"我觉得真应该赏他几个铜板。

喝完咖啡，周围很安静，对面的杨非好像已经睡着了。在这个温暖的初夏的中午，我的眼皮也开始支撑不住。最后，我竟趴在桌子上睡了过去。这在以前绝对少有。

梦九（关于概念女孩）

入睡之后，梦中的我立刻缩成一个点。这个点飞过窗户，穿过街道，来到杨菲的店里，轻轻停在她的面前。

她果真睡着了，闭着眼睛，头朝右侧着，靠在椅背上，很均匀地轻声呼吸；长发散下来，盖住了左边的脸颊和左边整只耳朵；两只手放在藤椅扶手上。

我没有过多逗留，从镂空窗户的一个小孔穿过，飞出古董店，升到空中；越过黄浦江，飞过人流滚滚的世博园区，来到海上；俯身钻入海水，进到洞里。这次，只有概念女孩在，不见老人。

概念女孩正闭着眼睛认真地读精神。我飞到她面前。咦？我在想，这个读精神的女孩与古董店里的那个女孩会有关系吗？这个读精神的女孩，怎么看着有点像那个女孩呢？

当然，这也仅是我的主观臆想。这是一个概念女孩，可以像任何具体的女孩。想到这里，我不禁有些可怜她。

"你好。"我带着几分怜悯说。

"你好。"她却没有一点自怜地回答。

看来，我又自作多情了。

"你白天也读精神？"我问。

"是的，只要你在做梦。"

"没必要搞得这么紧张吧，跟打仗似的？"我半开玩笑地说。

"时间紧迫，"女孩却很认真地回答，"爷爷说了，必须抓紧时间。如果延误了，后果比打仗还严重。"

"这是爷爷的原话？"

"是的。"

真是巧了，我随口问出的话竟然早就有了回答，我越来越觉得自己俨然已成为某部悬疑小说里的主人公了。

"那爷爷这么说是什么意思？"我接着问。

"不知道。"

"爷爷又在睡觉？"

"是的。"

"你们找到那个精神了吗？"

"没有。"

"哦。不过，你们真够敬业的。"

“什么叫敬业？”概念女孩竟如此问。

“莫非你不懂敬业？”

“是的。”

“敬业，”我说，“就是忠实热心于自己的职业。”

“什么叫职业？”

“职业就是你每天从事的工作。”

“什么叫工作？”

“工作就是你每天在做的事情。”

“那读精神是我的职业。”女孩以一个六岁小孩的逻辑得出结论说。

真是一个单纯得可以的女孩！

我说：“大前天晚上，我已经和你爷爷谈过了。我向他问了很多问题，他都给了我答案。你爷爷真是一个了不起的智者。”

女孩没有回应。

关于女孩眼前正在做的事情，我已经没有什么可问的了。于是，我想了解一些她的私人问题。

“可以问你几个私人问题吗？”我问。

“什么叫私人问题？”

“私人问题，就是关于你的个人问题。”

“我的个人问题，”女孩依旧没有任何语调地回答，“我有什么个人问题？”

“不不，不是说你有个人问题。我的意思是，想了解一些与你的身世有关的问题，”我进一步解释道，“比方说你的姓名、你的家庭、你从哪里来等。”

女孩没有回应，也没有任何表情。

“可以告诉我你的名字吗？”沉默了几秒钟后，我问。

“没有。”

“你没有名字？”

“是的。”

“怎么会没有名字？”

“不知道。”

“那你爸妈呢？”

“不知道。”

“你从哪里来？”

“不知道。”

“那你多大了，总会知道吧？”

“不知道。”

“那关于你自己，你知道什么？”

“我在读精神。”

“其余的都不知道？”

“是的。”

“那，爷爷知道吗？”

“爷爷知道。”

看来，她的背后可能还有一段不幸的故事。真希望今天晚上是爷爷当班，可以向他打听个明白。

第十四章
喀城：“孤舟”被劫

二〇〇七年，夏初某月十八日晚上的九点十八分。

“沙漠孤舟”下的实验室里，胡博士身前的电脑屏幕上显示，距离数据粘贴完成还有一分钟。

就在这时，突然，外面实验室里一阵沉闷枪响。紧接着他听见有人大声吼道：“不要跑！都举起手！站到中间！”

胡博士赶紧站起来。透过办公室的小窗户，他看见实验室里的同事们都在惊慌失措地乱窜。他回头看看电脑屏幕，离最后全部粘贴完毕只剩二十几秒。他没有多想，立马断开连接移动硬盘与电脑的 USB 线，拿起移动硬盘，转身两步跨进身后的休息室，并随手把门关上。

大约十五秒钟后，休息室的门突然自己打开。紧接着，奇怪的事情接连发生——只见，电脑机箱突然自己从电脑桌里挪出来。随后，电脑桌的抽屉也自己打开，里面的一支螺丝刀自己跳出来，开始拧机箱屁股上的螺丝。

最后一颗螺丝被拧掉后，螺丝刀刚落在地，一名手持微型冲锋枪的蒙面人破门而入。

蒙面人扫了一眼办公室，见没有人，径直走到休息室门口，一脚踹开半敞着的铝制门。休息室里也没有人。

蒙面人转身，看见电脑机箱和躺在机箱旁边的螺丝刀，把枪往后一顺，走近蹲下，很轻松地就把机箱打开了。

就在他双手抓住机箱里的硬盘，使劲摇晃准备把硬盘抽出来时，奇怪的事情又继续发生——只见他身后的冲锋枪突然自己腾空飞起，枪托狠狠地砸在了他的后脑勺上。他没来得及回过头，也没来得及发出一声呼救，就直直地倒在了地上。随后，冲锋枪落在他身上。

紧接着，奇怪的事情并没有停止，只见硬盘自己从机箱里飞出来后，在快速向空中上升的过程中突然消失。接着，休息室的门自己关闭。

就在休息室的门刚刚关上不久，另一个蒙面人持枪小跑进来。见到躺在地上的同伴，他立即端起枪，朝着休息室的门打了一梭子弹，然后快速换上弹夹的同时，跑上前去一脚踹开布满弹孔的门。可休息室里空无一人，也不见任何血迹。

这时，又有三位蒙面人闻声进来。最前面的那个手里拿着一支短枪。

“头儿，”刚才开枪的蒙面人向手拿短枪的蒙面人汇报道，“有鱼漏了。”

那个被叫作头儿的蒙面人蹲下，用手指碰了一下躺在地上的蒙面人的鼻孔，确认他只是晕了过去，便回头示意身后的两位蒙面人把他抬出去。这时，他看到了没了硬盘的机箱屁股。

“妈的！”他狠狠地一拳砸在机箱壳上。壳上随之出现一个深深的凹印。

“把他们都集合起来！”蒙面首领低声吼道。那声音，好像不是从他喉咙里发出来，而是从他的脚底下挤出来的似的。

蒙面首领仔细地查看了办公室和休息室里的每一个角落，没有发现任何可藏人的地方，也没有发现任何密道。他愤愤地跑出办公室。

办公室外，六个蒙面人已持枪把白大褂们围在实验室的正中央。蒙面首领走上钢丝网路。

“胡博士，我知道你能听见我说话，”蒙面首领一边大声说着，一边仔细观察四周，“我现在数到六，如果你还不自己主动站出来，那你的某位亲爱的同事可能就要因为你的原因，永远消失了。”

蒙面首领说完，开始数数：“一——二——三。”数到“三”时，他停住，然后慢慢举起手中的短枪，对准下面的白大褂们。

被围着的白大褂们哪见过这种场面？他们缩成一团，瞪大眼睛，四处张望，希望奇迹出现。不管是胡博士的出现，还是营救人员的出现，甚至是另外一伙同样的蒙面人的出现，只要能暂时中止这可怕的一幕即可。

“四！”蒙面首领一边大声说着，一边示意下面的两个蒙面人把人群中那唯一的一位女白大褂拖出来。

"五！"蒙面首领把枪口对准了那位女白大褂。

这位可怜的女白大褂早已吓得脸色苍白、浑身哆嗦。如果没有蒙面人扶持，她可能早已瘫倒在地。

"六！"话音刚落，枪声立即响起，子弹正中女白大褂左胸。瞬间，鲜血就像爆裂了的水管里的水一样直喷出来，喷洒在一米多远的地上。

挟持女白大褂的两个蒙面人松手后，女白大褂重重地朝前栽倒下去。倒在地上后，身体还在不停地抽搐。深红的血，从她身下连绵不断地溢出来。

一旁的白大褂们被这瞬间的一幕给惊呆了。仿佛前一秒钟和后一秒钟之间突然出现了几秒钟的短暂中断。

过了一会儿，等时间衔接起来，白大褂们已不再惊恐，也不再缩着身子，而是握紧拳头，怒视着那个刽子手。

这时，蒙面首领好像突然想起了什么重要事情，猛然转过身，对守在实验室门口的两名蒙面人大声命令道："快堵住大门！"

那两个蒙面人闻声立马呈跨立状，并排堵在门口。

"胡博士，"蒙面首领继续发怒地大声吼道，"我不管你是否还在这里，也不管你是否还能听见我说话，我再数三声，如果还不见你出来，又将有一个无辜的生命因你而消失。你也看见了，我并非在与你儿戏！"

"一！"

"二！"说着，蒙面首领又把枪口对准了底下的白大褂们。

这时的白大褂们一起昂着头，挺直胸膛，咬紧牙关。

"三！"

数完了，这次，枪却没有响。蒙面首领就像一只丢失了猎物的恶狼一般，气急败坏地原地转起圈来。转了几圈后，他停住，哆嗦着下巴，吼道："都给我带上去！"

六名蒙面人领命，端着微冲，推搡着白大褂们走上楼梯，走出实验室的大门。

"扔催泪弹，"蒙面首领跟着白大褂们最后走出实验室的大门时，命令守在门边的两个蒙面人说，"继续守在这里，明白？"

"明白！"说完，两人从腰间挎包里各掏出两枚催泪弹，拉开拉环，向实验室的四个角落扔去；又从挎包里拿出简易防毒面罩，戴上；完后，仍旧像刚才那样，呈跨立状并排堵在门口。

蒙面首领来到二楼大厅，只见两侧窗帘被拉得严严实实，看不见外面。白大褂们被蒙面人围在大厅中央。

"各位，打扰了，"蒙面首领走上大厅前面的主持台，突然一改刚才凶残的语气，换上绅士的口吻说，“现在，外面的世界已经变了。但是，这栋楼里的世界没有变。以后，各位继续你们的研究，至于何时结束，就要看各位的努力了。我对你们的自由不感兴趣，对你们的生命更不感兴趣。我感兴趣的，只是你们的研究成果。只要你们给我研制出隐形服，我保证立马放你们出去。对生命，我向来都很尊重。但是，谁要是不配合，”蒙面首领说到这里，陡然停住，似乎在给大家一个集中精神的时间，“就像胡凯一样。不久，你们就会得知他的下场。”

蒙面首领说完，使劲向左歪了一下脖子，只听得咔嚓一声响。他接着说：“以后，一切按部就班。只要你们的政府还在乎你们的安全，乖乖听话不乱来，诸位就没有危险。由于时间紧迫，我想诸位也想早点获得自由，所以，你们以后每半年两天的休假将不得不取消。当然，只要研究进展顺利，以后诸位每年都会有轮流回家与家人团聚的机会。而且我也相信你们会按时回来，因为我知道诸位都是有良知的人，不会抛下自己的同事不顾，不会像胡博士那样绝情，是吧？”

说完，蒙面首领又使劲向右歪了一下脖子，又是咔嚓一声响。他似乎很舒服地前后伸了两下肩膀，继续道：“诸位都是明白人，其余的不多说。乖乖配合，一切如意。如有意外，可就是万劫不复。好了，现在请回宿舍休息，祝各位做个好梦。明天醒来，又将会是一个明媚的世界哦！”

说完，他把短枪绕着食指转了一圈，插进腰间的枪套。随后，他一边大笑着，一边转身走向返回实验室的楼梯里。

一脸茫然的白大褂们被六个蒙面人用枪赶着，依次走出大厅，来到外走廊。

楼外两百米远处，警灯闪闪。两盏脸盆大小的探照灯直照过来，在楼房上来回扫射。这时，探照灯集中打在他们身上，刺得他们睁不开眼。

借着探照灯的光，可以看见围墙大门紧闭。楼下院子里，还有两个蒙面人在抽烟聊天。有这么多人质在他们手里，他们是完全可以有恃无恐的。

白大褂们被带回三楼各自的宿舍后，被再次叮嘱：“不要开灯，否则吃枪子！”

“孤舟”里的研究人员，四个人住一套两室一厅的房子。回到宿舍后，他们马上跑到后窗，察看楼后的情况。

楼后与楼前别无两样，两百米开外也是警灯旋转。两盏探照灯的光柱直直戳过来，在各个窗口之间来回扫射。

其实，早在“沙漠孤舟”的研究工作正式开始之前，上面就专门在东南西北各一公里的地方设立了警戒岗。每个岗位配备一个特种警卫班。并且还有一个排的士兵绕着“孤舟”外围巡逻，保证方圆五公里内无人能闯入。十几公里外，还有一个团的驻军。四个岗位都与“孤舟”有视频相连，“孤舟”里出现任何变故，四个警卫岗都能看得清清楚楚，并能在五分钟之内全部赶过来。如果发生重大变故，“孤舟”警卫人员还能立即通知驻军，半个小时内支援力量就会赶到。

劫匪们是怎么越过这些严密防卫的呢？对此，大家都想不明白，压低声音互相询问。

“到底怎么回事，他们怎么进来的？”

“外面究竟发生什么事了？”

“我们是被绑架了吗？”

“他们是什么人？看起来，他们对这里很熟悉，不该动的地方没动，能藏人的地方都搜了。”

“是恐怖分子吗？”

“也可能是别国的特工。”

“胡博士呢？”

一语惊醒梦中人。被劫持已是既定事实，现在大家唯一能做的是接受。可胡博士在哪里呢？

有人说：“他们进来几分钟之前，我还去了胡博士的办公室给他送材料，当时他还问我是否都整理好了。后来怎么就突然不见了？”

另一个人说：“那个蒙面人说他知道胡博士能听见他说话，是什么意思？”

“莫非有密室？但如果真有密室，胡博士也绝非贪生怕死之人，当时肯定会出来救裴芳的。”

胡博士到底去了哪里？他怎么就突然消失不见了呢？所有疑问，都归结到这一点上。

老邓（邓浩军）作为研究组的副组长，与胡博士两人住一套房子。回到宿舍后，他迅速跑到后窗。

窗外远处似乎有警灯闪烁，看来这里已经被部队包围了。

老胡肯定是逃出去了，老邓心里这样想着。

他好像突然记起了什么，赶紧回过身，借着探照灯扫过窗口的光，在客厅里急切地寻找着。最后，他在茶几上找到一个白色茶盖，拿起来迅速回到窗前。

他探出头，朝楼下两位正在吸烟的蒙面人大声喊道：“喂，朋友，可以打听个事吗？”

“这么大声，你他妈以为我聋子啊！”其中一个蒙面人抬头回他，“什么事？”

“我好久没有回市里了，不知道你认不认识古月先生，他可是市里的一位名人！”老邓还是那样大声喊着。

“什么狗屁名人，不知道！”

“他也是我最要好的朋友，可不久前却突然失踪了。我送过他一个白色的工艺品茶盖，如果他现在一切都好，希望他能把它带在身边，好好留着。”说完，老邓退后一步，用力把白色茶盖扔到围墙外四五米远的黑暗里。

“喂，老头儿，是不是傻了？”

“古月兄，你能听见我说话吗？”老邓还那样探出头继续朝窗外大声喊着，“如果你能听见，就把我送你的礼物好好带在身边，不要忘了老同事，要回来看我们啊！”

“死老头儿，还叫！想吃枪子是吧？”楼下不耐烦地骂起来。

第十五章
申城：谷姐邀请

一觉醒来，已是下午两点半。第一次午睡这么长时间。这时，对面店里的杨菲已经坐在藤椅上，又在看书。我向店小二要了杯清茶。

“睡的时间可真够长的哦。”店小二端上来清茶时说。

“环境好，睡着舒服。”我说，“可不可以再向你打听个事？”

“客官尽管说。”

“对面那家店到底叫什么名字？”

“要说它的名字，可就多了，几乎十天半月一换。”

“为什么换这么频繁，这样怕不好做生意吧？”

“这得要亲自去问店老板才知道了。”店小二微微张开嘴笑笑，隐约露出很白的牙。

“那店里平时生意怎样？”

“不怎么好。”

“平常她有朋友去店里吗？”

店小二摸了一下右眼上的眉毛，想了一下，说：“好像没有。”

“那她天天都在店里像今天这样看书？”

“差不多吧，不过阴雨天不会来。”店小二望了一眼对面说，“我也没有天天注意她。毕竟，小二我并非是像客官这样天天闲着喝茶的人。”

“嗯，谢了，忙去吧。”我给他一个感激的微笑。

“好嘞，客官慢着喝！”店小二把白毛巾往肩上一搭，走下楼去。

这个下午，女孩的生活就像复制了一遍上午一样。五点十分时，她关上店门打烊。我一路尾随她来到她的住所。不远，就在庙前街后面的一个住宅区里。

目送她进入一栋十层的灰色楼房后，我掏出小本记下——17:10 关店门。17:30 进住宅楼。住址：蓝天小区 106 号楼。

随后，我进到 106 号楼的一楼大厅，在值班室里，找到 106 楼的管理者——一位五十多岁的老太，姓鲍。我给老太看了我的警官证（我们这个机构也受公安部的间接领导，因此我们具备警官的身份。但不同于便衣警察的是，我们出任务时，大多以普通人的身份出现），说想了解一下此楼一位叫杨菲的住户的情况。

老太很热情地招呼我坐下，一边给我说着大致情况，一边从文件柜里搬出一个足有十厘米厚的文件夹。她戴上老花镜，用食指指着上面，一排排地找起来。

找到后，她双手托着文件夹毕恭毕敬地递给我。

106 楼 502 室。户主：杨槐。籍贯：青海。出生日期：1945 年 7 月 26 日。身份证号：63010519450726××××。座机号码：3366××××。家庭成员：杨菲。与户主关系：爷孙。

我在笔记本上原文抄下。

“就这些？”抄下后，我问老太。

“是的，”老太回答，“就这么多。”

“他们平时都做些什么？”

“小姑娘在外面开了家小古董店，平时都是早出晚归的。她爷爷有时也出去，就是很少。”

“阴雨天气也去店里？”

老太摘下老花镜，想了想后说：“阴雨天气，小姑娘多半都在家里，有时也出去。具体去干什么了，这个我就不清楚了。这都是小姑娘家的私事，我老太婆也不好多过问的。”

“那晚上他们外出吗？”对于老太热情的回复，我很感激。

“很少，几乎没有。”老太很肯定地回答。

“如果以后见小姑娘阴雨天外出，或者见他们晚上外出，请及时通知我。”我把电话号码留给老太说，“同时请保密。”

老太见我要走，神秘兮兮地问道：“怎么，这么个小姑娘也犯事了？”

我笑了笑，说：“不，只是一般性的调查访问。你不能向任何人包括杨菲提起这次调查。明白吗？”

老太使劲点头，说一定配合工作不多嘴。

回到单位后，我调看了民政部门关于杨槐的网上登记资料。出来的结果与杨菲的一样简单。姓名、性别、籍贯、出生年月，就是身份证上那几项简单的资料。受教育程度、工作经历、家庭状况等，一律没有。

晚上，谷姐特意跑来我住所，硬要我找找看能否找到我白天说的那些以前写的不被大人们理解的东西。

我从床底拖出一个尘封多年的小木箱子。这屋里的家具，除了这个小木箱子（如果也算家具的话），其余都是房东的。

记得好像是大二的时候，家里拆迁搬家，新家地方有限，老家平时许多用不着的东西统统扔掉了。我的个人物品，就只带走这个小木箱子。由于东西不多，我直接拿到了学校，随后就一直带在身边。

里面有用来偷偷打过隔壁家公鸡的弹弓、火柴盒大小的玩具汽车、满身锈迹的绿色铁皮青蛙、灰色的五角星帽徽、磨得光溜溜的陀螺、几截小拇指长的铅笔、一份小学五年级时的数学满分试卷、高中时的校徽……

这箱子随我来上海后，这还是第一次被打开。

“这是什么？”谷姐从一个的确良布做的内壁口袋里掏出来一个鸡蛋大小的褪了色的粉色首饰盒。

“记不起来了，好像是我妈妈当年用来装戒指的吧。”

谷姐打开，只见里面躺着一个银白色的花生粒大小的小铃铛。

“很漂亮哦，”她拿起来，在手里摇晃着，发出清脆的声响，“一点儿也没生锈，纯银的吧。”

看到这个小铃铛，听着它发出的清脆声响，我猛然记起了它的来历。紧接着，脑海里接连不断地闪现出一幅幅儿时的画面。就像输对了密码，啪啪啪，银行保险柜自行打开，里面的宝贝自己陆续弹出来一样。

“看你的神情，关于这个小铃铛，好像还有一段蛮伤感的历史哦！”谷姐把小铃铛递给我说。

这就是谷姐，她总能轻易捕捉到别人的情绪变化，哪怕是最细微的变化。

“嗯。”我接过小铃铛，轻轻呼出一口气，思绪立即回到十几年前。记得那年，我刚满十二岁。

“不怕你笑话，它的小主人，是我生命中第一个让我产生好感的异性。”

“哦，那快说来听听！”谷姐很感兴趣的样子。

我把小铃铛托在左手心里，坐在床沿上，一边回忆，一边对谷姐讲起我这个准初恋的故事。就像法国作家安东尼当初讲起他所遇见的那个小王子一样——Write her story, to make sure that I shall not forget her, because to forget a friend, is sad.（写下她的故事，就是为了确定我不能把她忘记，因为忘记朋友，是一件悲伤的事情。）

“那还是上小学五年级时，当时，班上转来不少新生。她就是其中一个，叫谢艳。

她短短的头发，喜欢用小发卡把额前的刘海儿向一边撩起。当时，艳就隔一过道坐我右边。”

讲故事的此刻，我称谢艳为艳。以前的我一直没这样叫过。此时，“艳”这个字却自然而然地脱口而出。我颇含怀念意味地笑笑，接着说：“艳的老家在凤凰，沈从文的故乡。当然，那时的我是不知道沈从文的。但是艳来自凤凰这一点，使我开始注意她。凤凰，鸟中之王，不同于凡鸟。我想，来自凤凰的她也必定不落俗套。小孩子一旦认定好的人或事，即使现实中有十万八千条不好的理由，在他眼里，那也是无可挑剔的。当然不是说艳长得不如人意，但她也不是母亲来开家长会时隔老远就会悄悄地问‘那是哪家的闺女，好漂亮’的那一类型。艳甚至是有缺陷的，她的左手只有四个手指头。但恰恰是这一缺陷，使我喜欢上了她。

“第一次发现艳的左手只有四个手指头，是她转来一个月后。虽然我一直坐在她的左边，仅仅一臂之遥，但以前一直没有发现。记得那天我忘了带文具盒，问她是否有多余的笔借我。她微微一笑，递给我一支印着十分漂亮图案的圆珠笔。在接过圆珠笔的时候，我才惊讶地发现，原来，她的左手竟只有四个手指头。更使我惊讶的是，那四根手指头长得恰到好处，不一一数来，根本察觉不出只有四根。即使察觉到，也看不出到底是少了食指、无名指，还是小指。当时我就想，或许不是她少了，而是我们多了。如果按照老天的意愿，我想，我们每个人的左手，原本都只有四个手指头吧。”

说到这里，我停下，看了一眼谷姐。谷姐正盯着我手心里的小铃铛聚精会神地听着。很少见她这样入神的样子。这给了我很大鼓励，我本来还担心她会觉得很无聊。

“艳与她的左手相处得很融洽，”我继续说，“并未显露出任何忧虑神色，也从来没有见她对此有丝毫掩饰。每次上课时，我总忍不住偷偷看几眼她的左手。有时，竟忍不住想把它捏在手里摸摸。我天天偷看艳的左手，慢慢地，她的左手似乎在向我传达这样一条信息：世界本身是完美的，而它的完美，只存在于不完美之中。

“在我到目前为止的人生里，这算是我自己感悟出的第一条，也是最重要的一条人生哲理。现在想来，我认识到世界存在的完美，就是从看艳的左手开始的。以致后来，我在人生的路途上，有时因无法确认前途的可行性而畏缩不前时，或因无法辨清世界的本来面目而痛苦挣扎时，或因选择太多而无法抉择时，就会情不自禁地想起艳的左手。它告诉我一点：学会接受，就像艳接受她的左手一样接受眼下的事实，不加掩饰地接受它，开诚布公地接受它，自然而然地接受它；而后，像对待正常的手一样对待它。现在想想，多亏这种信念，我才坚持到现在。如果没有这个信念支撑，我想，我恐怕早已倒下了。”

说到这里，我轻轻呼出一口气，不觉间深感庆幸。也许，在谷姐听来，我这样说有些夸张。可是，这是事实。比如说，以前的那个名字带给我的诽谤和嘲笑数都数不过来，如果心里没有这一个信念，我肯定早已被它们打倒在地、屈服投降。

“一学年后，”我接着说，“艳随父母离开学校，回凤凰了。临走前一天，她悄悄塞给了我这个小铃铛。她说，那是从她的苗族衣服上偷偷扯下来的。他们那里的人都有一套这样的苗族衣服，上面有许多银质的小铃铛。当时，我攥着这个小铃铛跑到学校后面的小树林里，哭了整整半天。

“艳走以后，虽然身边还有邻居、伙伴，我却陷入前所未有的孤单。就像身边一切依旧，周围的空气却已经全变成了新的陌生的空气一样。当然，”我把这个承载了人生里第一段“爱情”记忆的小铃铛递给谷姐，“到如今，我心里的悲伤早已被时间的长河冲淡。但仔细回想起来，还是禁不住有些淡淡的伤感。不对，”我更正说，“其实，现在连淡淡的伤感也没有了。留下的，仅是一股令人怀念的暖意。”

“想不到你还是一个多情种呢，那么小就这么痴情，谷姐可真服了你。”谷姐接过小铃铛，放回首饰盒里，然后继续翻箱倒柜说，“快给我找找你以前写的那些东西吧。”

我有些奇怪，从谷姐刚才的眼神里看得出来，她对我刚才讲的这个故事并非无动于衷，应该多说几句才对。可她没再说什么。不过，转念一想，除此，她还能再说什么呢？

把箱子里的东西一样样拿出来，还是没有找到我以前写下的那些不被大人们理解的只言片语。

“明天是我的生日，”有事没事地闲聊了几分钟后，临走时，谷姐突然对我说，“就在你这里过了。明天晚上，可以吗？”

“好啊，这可是小弟我的荣幸。”我很高兴，“只是这地方太小，容不下几个人的。”

“没有别人，就我们两个。”

“哦……”

“这么定了，替我保密。”我正感到受宠若惊，谷姐对我轻轻一笑，转身离去。

以前从没见谷姐这样笑过。她笑得很“意味深长”，很有“历史沉淀”。难道是我刚才讲的触到了她内心深处的某些记忆？而且，这些记忆与她的生日有关？

谷姐离去后，没事可做，我把小箱子里的东西拿出来，全铺在床头的桌子上。看着这些承载着美好年光的物品，一时感慨颇多：感慨时间如白驹过隙；感慨很多美丽的梦想都已被渐渐忘记；感慨现在的我一个人待在这冷清清的房子里，除了这对过去的回忆，一无所有。

我突然怀疑起我自己走过的路。我错了吗？我的选择不对吗？如果我选择了别的路，会比现在高兴，比现在幸福吗？可能是，也可能不是。

有人说，人生就是在不断选择。没错，我选择人生，人生也在选择我。可选择都是一次性的消费，一旦做出，不管前面是惊涛骇浪，还是碧波万顷，都再也后退不得。即使错了，哪怕错一点点，也只能将错就错下去。这使我想起罗伯特·弗罗斯特的那首著名的诗：《一条未走的路》。

深黄的林子里，有两条岔开的路。
很遗憾，我，一个过路人，
没法同时踏上两条征途。

我把小木箱子放回床下后，虽然时间尚早，却感觉相当困，马马虎虎洗漱一下就钻进毛巾被。

一钻进毛巾被，我就睡着了。奇怪，最近我入睡的速度比婴儿还快。从清醒到入睡，中间不需任何过渡。

梦十（吃精神的红头海蜇）

一睡着，我就缩成一个点，急急忙忙飞出窗户，升到空中，穿过夜空，来到海上，钻进海水。

远远看见几只红脑袋的、像海蜇但又不是特别像海蜇的东西，在忽远忽近地围着那个洞顶打转。我没有停留，直接躲过它们，径直穿过洞壁，进到洞里。如我白天所愿，概念女孩不在，爷爷当班。

白天在梦里得知概念女孩对于自己什么也不知道后，现在的我迫切想知道她为什么会这样。

我免去客套，直接问老人："您可以给我简单介绍一下您的孙女吗？"我担心他误会，马上解释说："没什么别的意思，纯属好奇。关于自己的身世，她竟什么也不知道。"

"她没有身世，"老人不急不缓地回答，"也没有历史，没有感情，只是一个被读完了的精神依附的躯体。"

我微微一怔，这不跟传说中的借尸还魂差不多吗？如果我再问老人从哪里弄来的躯体，我想，老人可能会因为我问得太多而生气。毕竟，不管是借还是偷，这都不是一件光彩的事。

我换到另一个话题。"今天中午在梦里，她对我说，您说时间紧迫，必须抓紧时间，如果延误了，后果比打仗还严重。这是什么意思呢？"

老人没有回答。几秒钟后，他换过另一颗头骨，问我："你刚才在洞外有没有发现什么异常？"

"好像多了两三只红头海蜇。"

"是的。但那不是普通红头海蜇，就像你以前看见的那只短尾巴海豚也不是普通海豚一样。"

"它们也是会找精神的红头海蜇吗？"

"它们是吃精神的红头海蜇，是我们的敌人。"

"吃精神的红头海蜇？"

"是的，任何事情都是正反相生，不管是在梦里还是非梦里，都不存在绝对风平浪静的世界。"

"那它们为什么要吃精神？"

"没有为什么，就像鲨鱼生来就要吃小鱼一样，它们生来就是吃精神的红头海蜇。"

"那它们也会像我一样，穿过石壁进来？"

"不会。"

"那它们进不来，这些精神不是很安全吗？"我继续问，"为什么非得抓紧时间呢？"

"现在它们是进不来，但等它们聚集到一定数量，就可以撞破洞壁进来。"

"那……那假设它们撞破洞壁进来，把这些精神都吃掉，后果会怎样？您说的后果比打仗还严重，就是指的这个？"

"是的，"老人轻轻点了一下头，"我说过，梦跟现实是同步的。既然选择你来读这个梦，就说明这个梦在现实中对你的意义非同小可。既然要读出这个特定的精神，就说明这个特定的精神对外面现实世界的影响不同一般。如果梦里我们失败了，即我没有读出这个精神，你没有读懂这个梦，那么，这个梦传达给你的——要你在外面现实世界里去完成的那个重要任务，也会同样失败。进而，就会在外面现实世界里产生比打仗更严重的后果，或许是世界性的灾难也未可知。"

啊？这时，我才感到了事态的严重性。同时，这也使我不禁想起了叶芝的那句很有名的话：In dreams,begin responsibilities.（责任，始自梦中。）

"那如果我们赶在它们攻进来之前，完成我们的任务，它们是否就会离开？"我接着问。

"不会。即使我读出了我们要找的那个精神，你读懂了你的这个梦，它们还会撞破洞壁进来。因为，这里面还会剩有许多没有被读出来的精神，那些红头海蜇不会空着肚子回去。它们会把这些精神吃得一个不剩。"

"那现实世界里还会相应地出现灾难？"

"是的，这些都无法避免。不过，最后被它们吃掉的，都不是有着重要意义的精神。所以，相应地，现实世界里也会只出现一些小灾小难。"

“对整个世界来说，可能只是小灾小难，”对老人的这个观点，我有些不同意，“可对于某个受灾的个人来说，那有可能就是灭顶之灾。我们为什么不把这些精神都读出来，这样，外面的整个世界不就一片祥和了吗？”

“我们不可能有那么多时间来读完这么多精神。”

“所以，这也就是现实世界里不可能存在绝对风平浪静的原因？”我接住老人的话说。

“是的。它们既然存在，就不会都被饿死消失，所以，必然就要有精神被它们吃掉。那么，现实世界里也就必然会有小风小浪。当然，大风大浪甚至惊涛骇浪也会时有发生。因为，梦里的我们也有失败的时候。”

第十六章
喀城：只能智取

“就逃出来你一个？”在小汽车里，田将军一边紧握方向盘，一边紧盯着前面车灯照出的戈壁滩问。

“是的。”坐在副驾驶席上的胡博士匆匆喝完半瓶矿泉水后，仍心有余悸地回答。

“老邓他们怎么样了？”

“不知道。来得太突然了，我当时拿着数据盘，担心被那些劫匪抓住，没敢逗留。”

“你这样做是很明智的，只要那帮匪徒没有得到这数据盘，老邓他们就还有利用的价值，就还有生存的希望。你确保其余的资料都被销毁了？”

“是的，确定。”

田将军朝胡博士看了一眼，稍稍放下心。“胡博士，你是我们的大功臣啊。”

“将军，”胡博士现在哪有心情谈什么功不功的，他现在满脑子的都是疑问，“那些劫匪是怎么进到‘孤舟’的？外面的四个警卫岗怎么都没发现？”

“地道，”田将军回答说，“他们在地下挖了一条差不多二十公里长的地道，从地下穿过我们的警戒线。”

听田将军这么讲，胡博士有些不敢相信。他认识的将军，可绝不是这么不谨慎的人。

“这么大的工程，你们怎么就没发现？”

“这是我们的失误，”田将军面露遗憾地说，“一年前，中石化下面的一家石油勘探公司声称，在‘孤舟’东面十五公里的地方可能藏有大量石油，要钻井勘探。

为了经济利益，省里到县里都大力支持，对我们提出交涉。最后，在上面的调解下，他们才答应把钻井向后再推五公里。想到二十公里的距离，对我们的工作应该不会产生影响，我们也就没再坚持。现在看来，是我们大错特错了。这帮劫匪肯定早就渗透到这家公司，并利用了这个勘探项目，才在地底下挖出这么长一条地道，还没被外界发觉。刚才在劫匪通过地道进入‘孤舟’后，整个钻井工地发生大爆炸，几乎被夷为平地。”

“原来是这样，那他们又是怎么找到我们的实验室的呢？”胡博士继续问。

“肯定是卧底给他们提供了‘孤舟’的详细地图，”田将军面显难色地说，“这个人太可怕了，藏得很深，且资历不浅，所以他们才这么容易得手。”

想了几秒钟，胡博士再次问：“这么大一盘棋，他们到底是些什么人，到底想干什么？是恐怖组织吗？”

“是的，经过我们和他们的初步交涉，以及我们掌握的情报判断，他们很可能是境外某个有着庞大资金来源和复杂社会关系的国际性恐怖组织的分支。否则他们不可能策划出这么大一个计划。至于这次他们是有政治目的，还是单纯地想掠夺我们的研究成果，来强化提升自己的恐怖实力，现在都还不能判定。但有一点可以肯定，他们的直接目的就是要得到隐形服。现在情况紧急，虽然我们已经弄清楚他们只有十三个人，但这十三个人拥有很强的战斗能力。而且他们手里握有那么多人质，个个都是国宝，我们不能牺牲他们。‘孤舟’四周地形平坦，没有任何遮掩，原本对于我们的警戒是非常有利的，现在却变成了他们的有利条件。强攻肯定不行。”田将军说着为难地皱起眉头，“他们现在要求我们每月给他们送一次足够里面所有人用的生活用品，我们也只能暂时同意。”

“唉，”胡博士转过身，无助地望了一眼身后，“怎么会这样！也不知老邓他们现在怎么样了？”这时，车窗外已是漆黑一片，什么也看不见。

“这个可放心，只要我们不过分刺激他们，只要他们还没有得到隐形服，老邓他们就是安全的。老邓应该也知道尽量拖延时间，给我们更多的营救机会。可怕的是，”田将军说着松开双手，拍了一下方向盘说，“刚才得到消息，你们研究小组里面竟也有他们的卧底。”

“我们里面也有？”胡博士简直不敢相信自己的耳朵，自己朝夕相处了近三年的同事，怎么可能也会有他们的卧底？

“是的，不然，他们不可能对我们的研究进度掌握得如此精确。”

“那会是谁？”

“现在还无法判断，”田将军说着侧过身看了一眼胡博士，“那件成品除了老邓，你确保没有任何其他人知道？”

“是的。”胡博士很肯定地回道，“下午才最后完成，晚上他们就来了。事前我也叮嘱过老邓，不要透露给任何人。”

“那就好，我也还没来得及向上面汇报。这说明，现在这世界上知道已经存在隐形服这事的，就只有你、我、老邓三个人。在还没有查出谁是那个卧底之前，我们必须保守住这个秘密。”

“也不要向上头汇报了？”

“不是不要，是暂时不能，在卧底没有被揪出来之前，我们要对这个研究成果绝对保密。多一个人知道，就多一分泄露的危险。”田将军说完停住。这时，汽车正拐过一个大约六十度的急弯。

拐过去后，田将军接着说：“现在，一切重任都挑在了我们三个人肩上。具体说，是挑在您和老邓两个人肩上。再具体点，那些同事的安危，甚至我们整个社会的安危，都落在了胡博士您一个人身上。”

“此话怎讲？”胡博士十分不解地看着将军，“营救我的同事，把那些犯罪分子绳之以法，是你们这些穿制服的人的责任。”说到这里，胡博士不免对田将军这种临阵推卸责任的做法感到有些气愤，“我一介平民，又怎能奈何他们？”

“胡博士，您的力量比我们穿制服的人都要强大，而且大得多。刚才说了，劫匪占据着有利地形，手中握有重要人质，强攻肯定不行。他们都是亡命之徒，稍有闪失，就会危及人质的生命安全。所以，只能智取。”

“智取？”胡博士更加迷惑，“如何智取？”

“如果现在他们逼着研究小组做出至少十三套隐形服，需要多长时间？”田将军问。

胡博士想了想，说：“现在他们没有了研究数据，一切都要重新再来。如果老邓再做点手脚，我想，至少也要三年。”

“现在唯一可行的营救方案就是，”田将军说，“赶在他们制好隐形服逃跑之前，研制出它的克星。”

“你是说，”胡博士瞪大眼睛，“隐形服的克星？”

“是的，就是让隐形服无处遁形的特殊眼镜。”

“特殊眼镜？”

胡博士感觉事态正一步步偏离正轨，一步步越陷越深。

“有矛就有盾，相反相生。隐形服并不是物理隐形，必定有可以使其无处隐形的克星。”上了柏油马路，田将军加快车速。

听到这里，胡博士心里一阵恐惧，一阵无法描述的恐惧，一阵藏于内心深处而非通过心脏跳动加速表现出来的恐惧。一切都在向无法预测的方向前进，而自己却无能为力。

此时的感觉，就像进入了某个电脑程序，自己已是程序里的某个数据，是某只无形的手从内存中拿出来以完成某个指令的数据。仅仅是这样的某个数据而已！

“特殊眼镜？”胡博士再次反问道，“能看到隐形服的特殊眼镜？”

“是的。”

“这不……简直是荒唐！”胡博士第一次这么大声地朝田将军说话，“隐形材料刚刚研制出来，现在又要使它显形，你这是在嘲笑我吗？”

“您错了，”田将军却面不改色，仔细地盯着前方的柏油路面平静地说，“这不是嘲笑您，相反，是尊崇您、信任您。现在，只有您能挽救局势。”

“什么意思？”胡博士一脸气愤与茫然。

“至少要赶在他们穿上老邓给他们造出来的隐形服逃跑之前，研制出能使隐形服无处隐形的特殊眼镜。他们只有矛，但我们有矛也有盾。到时，我们的特种战士就可以借助隐形服和特殊眼镜，将其一举制服。这必定会是一场艰苦的战斗，一场智慧的碰撞，更是一场正义与邪恶的较量，”田将军侧过头来，用坚定和鼓励的眼神看了一眼胡博士，“老胡，局势发展到今天这一步，完全出乎我们的预料。甚至，整个社会的稳定都会因此受到影响。现在能否承受住压力，就要看我们的意志与智慧了。老胡，正义在我们这边，加上您的智慧，我相信我们一定会成功的。”

听到田将军说出“我们”这两个字，胡博士刚才心里的不满多少有一些缓解。但他还是感到迷茫和困惑。

“这套隐形服是您的理论和实践的成果。”田将军继续说，“这世上没有第二个人比您更了解它，对于它的弱点和可以让它的弱点呈现出来的对立面，您也应该最清楚。”

“抱歉，”胡博士看着田将军，仍旧不快不慢地说道，“关于这点，我从来没有想过。我们刚刚克服常理上光的反射，使隐形材料不会产生反射从而隐形。现在，马上又要让它产生反射，这就是要在一个非常理问题上再解决另一个非常理问题，这……”胡博士不知如何说下去。

“我知道，对于一个科研工作者来说，自己的研究成果一下子失去价值，肯定一时难以接受……”

“我不是那个意思，”胡博士果断地打断田将军，“能使自己的研究成果失去价值，对于一个科研工作者来说，也是一种进步。但现在的问题是……我感觉荒唐。首先，整个事情的发生就莫名其妙，但又如此水到渠成。其次，要我以一个人的力量研究出那种特殊眼镜，而且在那么短的时间里，这岂不更荒唐？”

“不是您一个人在孤军作战，还有老邓协助。”田将军说到这里又停住。

胡博士急得差点从车座上站起来：“将军，请你不要再兜圈子了，说明白可以吗？”

“您走后，”田将军解释道，“他们肯定会马上指定老邓接替您的位置，成为研究小组的负责人。那么，老邓就会住进您的办公室和休息室——说不定，明天，就会被安排入住。这样，利用那条密道和已制成的隐形服，你们就可以很方便地交谈。”

“既然老邓会住在我的办公室，”经田将军这一提醒，胡博士紧接着说，“那我们为什么不直接派人从密道进去，把老邓救出来？老邓绝对不会是他们的卧底，这个我可以保证。”

“不是不相信老邓，”田将军摇头道，“是不行。第一，如果老邓消失，他们就会断定实验室里肯定有密道。那么，他们就是把整个实验室撬开，也会把密道找出来。如果真是那样，我们以后的行动就没有了通道。其次，没有了可靠的内应，不知道里面的情况，即使哪天他们制出隐形服穿着逃跑了，我们也一无所知。最后，老邓留在里面，可以拖延时间，可以偷偷利用里面的实验设备，为我们以后的研究服务。”

听完田将军的此番分析，胡博士不禁心生感叹，决策者的思维就是不同于一般的业务工作者，周密，细心，全面。胡博士作为一般的业务工作者，可能只能想到眼前，最多想到前后左右一步的距离。可田将军想到的，却已是几百步之外。

此时，胡博士已无话可说。在田将军面前，似乎一切难题都可迎刃而解。但他还是觉得有些不明所以，有些莫名其妙。

刚刚觉得自己就像某个数据，而现在这个数据已经进入高速运算的程序之间，四周都是令人眼花缭乱的数据。初看起来，好像一团糟。但仔细一看，却会发现它们都是在按照指令有序不紊地运行。

到底怎么会发展到今天这一步？胡博士的头开始隐隐作痛。越想越痛！他用大拇指紧紧按住两侧的太阳穴。

“老胡，时间紧迫，希望您尽快做出决定，拿出研究方案。”

“我现在脑子里乱得很，”胡博士松开双手，茫然地望着车窗外面的漆黑夜空，“请给我一点时间。”

“现在一分一秒都浪费不……”

“到底发生了什么都还没弄清楚！”胡博士虽然对田将军的计划无话可说，但将军如此催赶，他还是终于忍不住发怒了。他侧过头直直地盯着田将军，涨红了脸：“你就知道要我研究研究，到底研究的目的是什么？到底谁是叛徒？结果会不会又是为他人做嫁衣裳？”

见胡博士突然这样，田将军难免惊讶。

“将军，对不起。”一时冲动说出过激的话，胡博士也自知出格，马上道歉说，“现在脑子里乱得很，请先给我一点时间好好想想。”

“没关系，也是我太心急，”上了高速，田将军猛踩油门，“回去后，我们再详谈。”

田将军把车直接开进他公寓旁边的车库。车库内有一条通道，直通他的地下密室。

“这两天您先住在这里，”田将军把胡博士领到地下密室后说，“我现在还要马上赶回现场，希望能出现可以解救老邓他们的机会。不过，这样的可能性微乎其微。”说完，田将军紧紧握住胡博士的手，满脸忧虑地看着胡博士，“老胡，我们还得做好长期作战的准备啊。”

胡博士望着田将军，没有回应。

第十七章
申城：继续监视

第二天早上，我照例六点半起床。做完运动，没有吃早饭，七点五十赶到庙前街。我想知道杨菲开店门的具体时间。

到达庙前街时，街上大部分店门还紧闭着。杨菲的也同样。毕竟，没有人会一大早跑来买什么古董。

茶馆倒是早早开了门，里面已有不少人在吃早点。我在二楼昨天那个老位置坐下，要了一碗面条。

“今天就客官一个人？”店小二端上来面条时问道。

“嗯。”

我正寻思着怎样找一个在这里坐上一天的理由时，店小二突然神秘地凑近说：“您是警察吧，在这里监视对面店里的那位女老板？”

我稍愣了一下，马上假装很惊讶的样子，低声问道：“你怎么知道的？”

“电视里都这么演。”见我没有否认，店小二似乎很得意。

“那请你替我保密，”我转身望了一眼四周后说，“不要告诉任何人。”

“放心，绝不多嘴的。我也觉得那家店的老板有点怪怪的，虽说不像坏人，但也绝不像正常开店的人家。”多嘴的店小二还想继续说下去时，掌柜的在楼下大声催促了。

“客官你慢慢吃着，我先下去了。”

“哎，忙去吧。”

面条刚吃到一半，杨菲远远地走来了。她还是和昨天差不多的装束，只是白色长袖衬衫换成了灰色短袖 T 恤，胸前印着一只大大的海龟。只见她右手提一个白色饭盒。

打开店门后，她又重复了一遍昨天早上那一套程序：由外向内拖了一遍很是干净的地面；擦了一遍想必也是一尘不染的货架；在擦到货架上的那颗头骨时，用手掌在头骨顶上摸了摸，接着，整个手心覆在头骨顶上，持续五六秒钟时间，就像在抚摸一件十分珍贵的宝贝似的；之后，把店里的招牌拿出来，靠墙放在门口的墙脚。

还好，还是昨天的“烨羽沙”。一切收拾完之后，她微微左右扭了两下腰，倒杯茶，坐在藤椅上，背对着店门。然后就如同前两日一样，她又优哉游哉地看起书来。

这样开店，我真是服了。像她这样照料着这家古董店，人也几乎成古董了吧。可她好像并未表现出任何厌烦和浮躁。

我现在坐在这里这样毫无遮掩地观察她，是无须担心被她发现的。我想我现在即使用一架天文望远镜对着她，她也不会留意到。她从不四处张望，表现出的对周围漠不关心的冷漠，与她的年龄极不相符。也许正如谷姐所说，她不愿意别人看见她背后的故事，或者担心别人发现她背后的世界，所以，她也尽量不去招惹周围的目光。

整整一个上午，她就卖出一套紫砂壶。卖出那套紫砂壶之后，古董店里再次陷入与货架上的古董别无两样的安静。

十二点整，她准时把早上带来的饭盒放进微波炉。三分钟后，开始吃午饭。

我点了一份莴笋炒肉盖浇饭。店小二把饭端上来时，对我神秘一笑。看来，他真把我当警察了。这样也好，省去许多不必要的解释，还可以借此向他名正言顺地多了解一些情况。

“小二，再问个事。”我把正准备离去的店小二叫住后问，“你说那家店是两年多前开的，那之前，那里是做什么的？”

小二想了四五秒钟后，回答：“也是卖古董的，好像生意不怎么景气，就关门了。”

“就是说，这家店和以前那家店没什么关系了？”

“应该是吧，这家店是在以前那家店关门之后大概一个多月才搬进来的吧，应该没有关系。”

“好，知道了，谢谢。”

“不客气。”小二微微弯腰离去。

杨菲吃完午饭之后，半躺在藤椅上开始午睡。这生活也太有规律了。

初夏的大中午，古董街上的行人寥寥无几，热辣的阳光直直砸在地上，似乎都能听见咣当作响的声音。周围渐渐安静下来。小鸟也停在屋檐下，闭目不动。相比于江对岸人流不息的世博园区，这里的时间仿佛长途跋涉后的骆驼。

靠着窗沿，不知不觉，我竟迷迷糊糊地睡了过去。以前很少会这样靠着东西就睡着，今天不仅睡着了，而且入睡速度更是迅速。刚闭上眼，我就缩成了一个点。

梦十一（关于老人）

我这个点穿过窗户，越过街道，来到杨菲店里。杨菲此刻背靠在藤椅上，并没有睡着。她左手微微捏紧拳头，放在小腹边，右手肘拄在藤椅扶手上，手掌撑住右脸颊，正偏着头，望着货架上那颗头骨。

但从她散漫的眼神看得出来，她现在真正在看的，也并不是那颗头骨。其实，她什么也没有看。如果把那颗头骨移开，换上一头正在磨爪子的大灰熊，我想她也会那样盯着看的。

她在想什么呢？小小年纪的她，为何这般沉默寡言呢？在想远在他乡的亲人，还是在怀念高中的初恋男友？没工夫瞎猜了，前头还有更要紧的谜团在等着我去破解。

钻进海水，只见那几只会吃精神的红头海蜇还在围着石洞顶打转。我也没有工夫仔细看看它们，直接穿过洞壁进到洞里。

概念女孩好像不在。

"您好，"我在正在聚精会神地读精神的老人身旁停住说，"外面的红头海蜇好像还没有增加。"

"不会一夜之间都围过来，它们也在搜索分析确定，同样需要时间。"老人闭着眼回答。

"那我们得加快速度了，绝不能落在它们后面。"

"不能加快，"老人边说边换过另一颗头骨，"必须一小步一小步向前发展。就像你现在观察那个女孩，必须一分一秒地去观察她、了解她，可别指望两三天就能对她了如指掌。所有的事情，都不能跑到前头去看。"

"您怎么知道我在观察那个女孩？"

"我在你的梦里，是你的一部分。"

是我的一部分？罢了，存在即是理由。我发现，先把一些一时难以理解的、已发生的事情，一不问缘由二不究根源地作为既成事实接受下来，接下去事情的发展就会顺利得多。

"那我的这个梦，与我调查那个女孩之间，有什么关系吗？"我接着问，"您那天说的，与我的这个梦相对应的、要我在现实世界里去完成的那个重要任务，莫非就是指调查女孩这件事？"

"不知道，刚才说了，所有的事情，都不能跑到前头去看。"

简直是至理名言啊！我不再发问，认真看着老人读精神。

就这样陪老人读了两个精神后，我忍不住再次开口："关于那个精神，有眉目了吗？"

"已经锁定范围，"老人用左手指着身前架子上的一排头骨，"就在这一排之中。"

头骨不多，只有九颗。"太好了，"我说，"那现在好办多了吧？"

"锁定范围只是很小的一步。即使找到了那个精神，对整个任务来说，也只是一小步。读出那个精神里面的故事才是真正花费时间、浪费精力的事情。"

"这么说，才刚刚开始？"

"Take it easy（少安毋躁），要学会理解过程。也许，等到事情真正真相大白的那一天，说不定你还会希望不要那么早就结束。"

老人突然但又很自然地冒出这么一句英语，让我大感意外。他到底是怎样一个人？到底是什么来头？

"都认识这么久了，"我直接问，"对您，我除了知道您在我的梦里读精神，其他一无所知。如果可以的话，请简单介绍一下，好吗？"

"我，"老人回答，"只是一个在你梦里读精神的老头儿。"

"能简单谈一下您的过去吗？"

"我没有过去，也没有未来。"

"这不好理解啊。"

"就像在你以前梦中出现过的、那些已被你遗忘的角色一样，一出场是那个模样，梦醒时还是那个样子。没有过去，没有未来。真正的过客。"

我有些理解了，但还想理解得更透彻："我脑子不怎么好使，你可以打个比方吗？"

几秒钟后，老人说："一部话剧里，只露一次面的无名无姓的茶馆店小二，出场时是十八岁的店小二，退场时还是十八岁的店小二。剧里不会介绍他过去的日子，也不会描写他未来的生活。以后剧情的发展也与他无关。没有过去，没有未来，我就是这个店小二。"

"嗯，理解了。"我点头。作为一个点，我点头。

下午，杨菲重复了与昨天下午别无两样的生活后，关店回蓝天小区了。

我跟踪着杨菲，直到她走进蓝天小区 106 号楼。时间，下午五点半。今天，又一切如旧。

第十八章
喀城：新增人质

当时，“孤舟”下的实验室被劫匪攻占后，胡博士不敢有丝毫耽误。他平生里第一次使用暴力，打晕那个企图拿走数据盘的蒙面劫匪，带着数据盘从休息室的密道逃了出去。

除了知道不知名的犯罪分子已经占领实验室，后来到底发生了什么，其他同事怎么样了，他一点也不知情。他当时脑海里只回响着事前田将军的嘱托，在任何情况下，绝不能让这些数据落入他人之手，尤其是不法分子之手，即使献出生命。

当拿着数据盘进入密道，弯腰在密道里前行的时候，除了恐惧，胡博士此时的心里还有激动。因为这时，他又想起了父亲。当年，父亲肯定也执行过这样类似的比生命更重要的任务吧？这样想着，胡博士感觉自己已经成为一名为祖国而战的真正的战士了。

密道，直通“孤舟”西面围墙外侧的墙根。出口处的围墙壁上，离地面一米左右的地方有一个黄豆粒大小的小孔。镶在围墙壁里的一根细管连接这个小孔和密道。

出密道之前，胡博士把一个潜望镜式样的微型全角摄像头向上探过围墙壁里的细管，再钻过壁上的小孔，伸出墙外五毫米，观察出口外的情况。

这时，只见围墙外两百米左右的地方警灯闪闪，两盏刺眼的探照灯直直打过来，不停地扫动。所幸，周围百米范围内，没有友军也没有敌军。除了探照灯偶尔扫过时，基本上漆黑一片。

在耐心观察了两分钟，确定出口没有任何危险之后，胡博士开始遥控围墙外侧地上一个被沙石覆盖着的井盖。井盖慢慢垂直向上升高十厘米，然后，又向左平行移开。这都是电脑精密操作，只有少量细沙从井盖边缘掉下来。

井盖平行移开后，胡博士站在井底的一个垂直起降板上，慢慢上升到地面。因为穿着隐形服，没人能看见他。其实，他自己也看不见自己。

上到地面上后，井盖自行回位合上。胡博士蹲下，扒一些细沙把接缝处填严实。然后站起来，向前走了十几步，转过身。

这时，只见“孤舟”楼上所有的窗口都是暗的，只有二楼大厅被窗帘遮得严严实实的窗户透出朦朦胧胧的白光。

远处照射过来的两束脸盆大小的探照灯光柱，在楼身上交叉扫射。还可以看见二楼的外走廊上有两名拿着微冲的黑衣蒙面人，一边来回踱着步子，一边望着远处的闪闪警灯。探照灯光从他们身上扫过时，他们也毫不在意，就像在监狱围墙上持枪巡逻的狱警般光明正大。

胡博士看了一眼密道出口所在的地方（他现在也辨不清出口的具体位置），转身朝警灯闪烁的地方走去。刚走不到二十步，突然，背后一片亮光漫射过来。

胡博士心头一紧，难道自己被楼上的人发现了不成？这样想着，他赶紧低下头：没有，看不见啊。

回过身，原来虚惊一场，那束光是从二楼大厅的门里射出来的。这时，大厅的门已经被打开，几个手持微冲的蒙面人正推搡着胡博士的同事们，从大厅里出来。探照灯马上集中打在他们身上，照得他们赶紧用手护住眼睛。

可怜的同事们被蒙面人带到三楼的宿舍后，胡博士快步朝楼房后面跑去。楼房后面的情形跟楼前别无两样。

胡博士走到自己宿舍的窗户前，停住。楼房与围墙之间只有四五米的距离，自己的窗户还是可以依稀辨认得出来的。

刚站定，唰一下，宿舍的每个窗户都被打开。只见同事们的上半身都在窗户口隐隐约约地晃动。有的人还伸出头来。

胡博士看见老邓也在窗口微微向外探出头。探照灯光柱从他身上划过去的时候，胡博士真想露出一只胳膊，让老邓看到自己。

胡博士正寻思着怎样让老邓知道自己已经逃出来时，只听见老邓突然朝楼下大声喊起话来。

“喂，朋友，可以打听个事吗？”只听见老邓这样大声喊着。

“这么大声，你他妈以为我聋子啊！”围墙内有人回应他，“什么事？”

“我好久没有回市里了，不知道你认不认识古月先生，他可是市里的一位名人！”老邓还是那样大声喊着。

“什么狗屁名人，不知道！”

“他也是我最要好的朋友，可不久前却突然失踪了。我送过他一个白色的工艺品茶盖，如果他现在一切都好，希望他能把它带在身边，好好留着。”

话音刚落，胡博士听见一个什么东西落在他身体附近。太暗，不知道从哪里扔过来，也不知道是什么，具体掉在哪里。从声音判断，应该是个不大的硬物。

“喂，老头儿，是不是傻了？”只听围墙内大笑起来。

“古月兄，你能听见我说话吗？”老邓继续朝窗外大声喊着，“如果你能听见，就把我送你的礼物好好带在身边，不要忘了老同事，要回来看我们啊！”

这时，借着探照灯划过去的光，胡博士模模糊糊看到，就在脚前一米多远的地上，有一个圆形的白色东西。

走上前蹲下一看，果真是一个白色的茶盖完好无损地躺在细沙地上。

老邓怎么知道我在这里？虽然之前在很多问题上，我们的想法常常不谋而合。难道现实生活上也会有所谓的心灵感应？来不及多想，趁着探照灯没有照在附近，他赶紧捡起来，揣进里面衣服的口袋。茶盖随之消失。

“死老头儿，还叫！想吃枪子是吧？”围墙内不耐烦地骂起来。

放心吧，老邓，我一定会回来的。胡博士望着老邓的窗口，心里默默回应着。他发誓，他一定要回来救出同事们。

“胡博士……”第二天上午九时，田将军快步来到地下密室，脸色沉重。

“又发生了什么？”胡博士赶紧迎上前。

“我的部下办事不力，没有很好地尽到应尽的责任。”田将军说到这里停住，好像在寻找继续说下去的合适字眼儿。

“到底怎么了？”胡博士快要被田将军的欲言又止急疯了。

“今天早上，”田将军看着胡博士，深感愧疚地说，“您的儿子和儿媳被他们绑架了。”

“啊？”

“老胡，是我们失职，对不起。”田将军向胡博士低下头。

“为什么会这样？现在他们怎么样了？你不是说会保护我们的家人吗？现在怎么又被绑架了？”胡博士的语气中有责备，有气愤，更有担心。

“发生这样的事，我也很难过，”田将军抬起头，“不过，我们会满足他们所提出的一切要求，以确保您儿子儿媳的安全。”

“他们无非想得到我手中的数据和隐形服，”胡博士气愤地反问道，“你答应给他们？”

“如果这样，人质就成了他们手中的无用之物，您应该……”

“等会儿，”胡博士急切地打断田将军，“依祎呢？”

“依祎现在很安全，正在楼上。我怕你太激动，所以先……”

“快叫她下来！”胡博士迫不及待地大声叫起来。

田将军转身向楼梯口走去。胡博士留在原地，茫然无措。

“爷爷！”依祎走下楼梯看见爷爷，就哭着扑进爷爷怀里。

“依祎别哭，有爷爷在，一切都会没事的啊。”胡博士拍着依祎的肩膀安慰她。

说这话时，胡博士心里确实是这么认为的。在孙女面前，现在的他就是一切。可“啊”

的余音还没有消失在空气里，他又感到茫然无措了。面对这样的巨变，他丝毫没有反击之力。许多事情也毫无头绪。但是，即使这样，他也必须让孙女知道，自己有可以让一切都好起来的能力。

“爷爷，爸爸妈妈现在在哪里？”依祎红肿着眼睛问。

“他们被坏人绑架了。依祎放心，爷爷会救出他们来的，”胡博士说着，看了一眼身旁的田将军，“将军，说吧，我都听你的，只要能救出依祎的父母和我的同事。”

“好，我们共同商量。”

田将军和胡博士在一张方桌旁面对面坐下。依祎站在胡博士身后。

“依祎也坐，”田将军对胡博士身后的依祎说，“你现在也是我们中的一员了。”

胡博士回过头。依祎看着爷爷。

“坐爷爷旁边。”

依祎在胡博士右侧坐下。

“老胡，”田将军说，“在接下来的时间里，实验室里的劫匪肯定会主动联系我们，要求我们交出您和您手中的数据，否则他们就会威胁说要杀人质，包括依祎的父母。但是，他们并不知道您现在到底在哪里，甚至不知道您是否还活在这个世上。如果他们以人质相要挟，我们就一口咬定说，我们也不知道您的下落。他们也肯定早就从人质那里得知，事发前一秒钟，您还在实验室里。所以，对于我们的回复，他们也可能会信以为真……”

“仅仅是可能？”对此，胡博士有些不快地打断田将军，“万一不相信怎么办？这不是在拿生命下赌注吗？”

“他们会相信的。”田将军很肯定地补充说，“不要忘了，那个他们安插在我们这边的卧底肯定也不知道您的下落。现在就只有我和几个绝对可靠的部下知道您在这里。所以，您和依祎在他们眼里，在大多我们内部人眼里，是彻底地消失了。接下来，我们将大张旗鼓地派人四处寻找您，同时，大张旗鼓地布置营救计划。这样明修栈道，暗度陈仓，然后，尽快给您安排一个绝对安全的地方，提供实验设备，开始研究。”

“找不到我们，那依祎的父母岂不更危险？”

“不会，您儿子儿媳都是国家干部，对他们来说，也是很有分量的人质。他们不会消减手中的砝码。况且，他们现在只有十三个人，正缺人手。”

“他们即使相信你和我也失去了联系，”胡博士暂且接受田将军的推测，说，“但他们肯定知道，我和依祎现在正藏在某个地方，他们肯定也会以依祎父母的生命相威胁，来让我们出现。这和他们是否确定我们在你们手里，实质上没有任何关系。除非他们见到我和依祎的尸体。还有，现在还不清楚他们是否知道是你的人把依祎带走的。”

“他们不知道，”对于胡博士后面的这个问题，田将军马上回应说，“这点可以确定，绝对没有走漏风声。”

“爷爷，您到底在做什么啊？那些人为什么要绑架爸爸妈妈？您出现了，他们就会放爸妈回来吗？那您为什么不出现呢？”一旁的依祎听得云里雾里的。她以前只知道爷爷在为军队工作，每半年只能见一次面，至于爷爷究竟在做些什么，她一点也不知情。之前爷爷每次回来，她都会问他，但爷爷每次都不愿多说。为此，她还和爷爷赌过气。

“你爷爷在为我们的国防事业做一项非常重要的科学研究，”田将军替胡博士回答说，“这项研究非常非常重要，可以这么说，关系到我们国家的前途和命运。可就在不久前，一伙恐怖分子偷袭了我们的实验室。你爷爷冒着生命危险保护着研究数据——那也是现在唯一的一份数据——逃了出来。不幸的是，你爷爷的同事都没能幸免，成为他们的人质。现在，他们又绑架了你的父母，就是想得到你爷爷和你爷爷手中的这些数据，然后，再胁迫你爷爷和他的同事继续研制出他们想要的东西。但他们都是心狠手辣、毫无诚信可言的恐怖分子，绝不会在实验成功后留下任何活口。”

“但是爷爷不出来答应他们，他们不是就要折磨我爸妈了吗？”依祎瞪着泪汪汪的双眼，看着田将军，然后又看看胡博士，“爷爷，那现在怎么办？”

胡博士没有回答，现在的他还无法回答。他盯着田将军，把这个问题转交给他。

田将军稍微想了一下后，说：“现在，就按我刚才讲的，一方面大张旗鼓地假装寻找你俩的下落，让他们确信，你们确实不在我这里，以此拖延时间。另一方面，尽量满足他们的其他条件，让他们冷静下来，暂时不至于胡来。”田将军说着，以商量的口吻问胡博士，“老胡，如果可以的话，我想让您今天晚上从密道回实验室一趟，会一下老邓，摸清他们的企图，以及现在里面的具体情况。”

“将军，”胡博士对此不解，“为什么是我？不是我害怕，依常理，派一名特种战士进去不是更安全吗？”

“作为隐形人，你们都是一样安全的。你比我们的战士更清楚里面的环境。最主要的是，你与老邓也更容易交流。”

将军说的不无道理，胡博士无话可说。

依祎瞪大眼睛，仔细听着爷爷和将军的一问一答。老邓是谁？隐形人是谁？若在平时，她肯定开口问了。她是一个藏不住任何问题的女孩。可是今天，她什么也没有问。不管是隐形人，还是蜘蛛人，甚至是外星人，她现在心里想的只有，只要他们能赶快救出爸爸妈妈，什么人都无所谓。

第十九章
申城：谷姐之痛

下午五点半，跟踪杨非到蓝天小区 106 号楼之后，我也收工，准备回去迎接谷姐，给她好好过个生日。

我在路边的克莉丝汀挑了一个蛋糕。到家后，把凌乱的屋子简单收拾一下。空出小书桌，蛋糕放上面，插上蜡烛，然后摆上家里仅有的两只高脚玻璃杯。就在我犹豫着要不要把啤酒斟上时，门铃响了。

打开门，只见一位笑盈盈的漂亮女子立在门外——白色花边无袖连衣裙，领口开在刚好可以看见全部锁骨的位置；肩上两根细细的透明文胸肩带隐约可见；长发向后扎着，露出两个可爱的小耳朵；两个圆圆的耳垂上各挂着一个直径一厘米左右的银白色耳环；脚下一双灰色高跟露趾凉鞋；右手提一瓶红酒。

谷姐平时一直披着头发，几乎没见过她露出耳朵。说实话，露耳朵时的谷姐比不露耳朵时似乎要漂亮不少。

“真漂亮，”我边接过谷姐手中的红酒边说，“第一次见你这么打扮。”

“今天心情好，稍微弄了一下。”谷姐走到屋子中间转了一圈说，“没想到，本小姐只要稍微弄弄，也不算太寒碜吧？”

我看着谷姐，叹息道：“真应该给你搭上一个顶级乐队，然后再配上一位英俊男士，再有一个高雅的舞池，这才合适。”

“想不到你的嘴还挺贫的，”谷姐站住，瞟了我一眼，“以前倒伪装得挺好。”

“不是伪装，只是以前没机会。见你这样打扮，这是头一遭。”

“谢谢。”谷姐走到桌边，指着桌上的蛋糕笑笑问，“这是给我的？”

我点头。

“那还不快点上！”谷姐高兴得像个小孩似的，一屁股坐在桌子旁边的床沿上，笑着催促道。这是我第一次见谷姐这么开心的样子。

点完蜡烛后，我关掉灯：“先许个愿吧。”

“嗯。”

谷姐站起来。闭上眼睛，十指交叉，握在胸前。

闪闪的烛光前，一身白色连衣裙的谷姐一脸的虔诚。如果每个人心中都有一个天使的话，我想，那么，我心中的天使就是谷姐现在的这个样子。

“可以吹了吗？”十几秒钟后，谷姐睁开眼。

“吹吧，一口气吹完，不能换气的。”

谷姐深吸一口气，低下头。这时，从她连衣裙的领口，我看见了她里面的白色文胸。我马上把目光从那里移开，脸上一阵灼热。

谷姐一口气吹完了所有的蜡烛，开灯。

灯亮的瞬间，只见她转过身，抹了一下眼睛。我装作没看见，开始用塑料刀切蛋糕。我一边切蛋糕，一边开玩笑说：“谷姐，过了这个生日，是不是该考虑一下自己的终身大事了？”

两秒钟后，见她没有回应，我抬头，刚好看见一滴亮晶晶的泪珠正从她的下巴尖上掉下来。

“怎么了？”我忙递给她纸巾，“刚才跟你开玩笑的。不要担心，现在上海的姑娘不到三十都不考虑嫁人的。”

“少贫！”谷姐接过纸巾，使劲瞪了我一眼。

还好没事。我把红酒拎上桌子：“这个，现在喝吗？”

“如果你想留着以后一个人享用的话，我也没意见。”谷姐说着坐在椅子上，拿起叉子叉住一小块蛋糕送进嘴里。

我用剪子拔出红酒的软木瓶塞，发出嘣的一声，就像一粒珍珠掉在了一根特有历史的琴弦上。

我把两只高脚玻璃杯斟到三分之二的位置。酒的颜色血亮血亮。我递给谷姐一杯，之后，在谷姐的对面坐下，举起手中的酒杯，说：“谷姐，祝你生日快乐。希望你在新的一年里天天开心、事事顺心，所有的梦想都会成真！”

说完，我轻轻呷了一小口。不错，清醇爽口，至少有十年以上历史。

“谢谢。”说着，谷姐的眼泪又毫无预兆地流了出来。她也没去管它，抬手，举杯，一饮而尽。

这酒杯虽然不大，但也够令我惊讶的了。

喝完，她这才用左手背抹了一下眼角，然后看着我说：“盯着我干吗？我都喝完了，你呢？”

望着杯里血亮的红酒，我有些心疼——红酒可不是这样的喝法。迟疑了一下后，我也一口喝完。

“谷姐以前好像从不过生日的，”喝完后，我边倒上酒，边道出我昨晚的疑问，“怎么这次突然来了兴致？”

“长大了，高兴，不可以？”谷姐看着我，又端起我刚斟满的酒杯，一饮而尽。

“这样喝对身体不好。”我有些担心地说。我知道，一饮而尽绝非是因为高兴。

“今天过生日，心情好，就喜欢这样喝，”她双手握住空酒杯，手肘支在桌子上，直直地瞅着我，“如果还把我当朋友的话，你也这样喝。”

看着谷姐直直的眼神，两秒钟后，我同样把满满一杯的红酒一口送进胃里。我清楚，这时候，只有配合，任何关心都毫无意义。

“谷姐，”喝完，我打了一个大大的酒嗝儿，一股红酒味直冲鼻孔，“有什么心事吧？”

“没有，”谷姐右手转着手中的空酒杯，左手撑住下巴，看着桌上缺了一个小口的蛋糕，说，“只是高兴，纯粹的高兴，没有任何杂质的彻底的高兴。我又长大了一岁，离往事又远了一年。怎么，你不替我高兴？”

说完，她冲我轻轻一笑。很明显，这一笑，也绝不是高兴的笑。那看不见的千种悲伤和万种无奈，都一股脑儿挤在这轻轻的一笑里面。

罢了，难得有人相陪，那就痛快地喝一回。我把剩下的红酒全倒出来，刚好斟满两个酒杯。

“上一次喝酒，好像是几个世纪以前的事了。”谷姐再次端起斟好的酒杯，凑近我，口齿有些含糊起来，“酒，可真不是个好东西。悲伤时，本想借酒忘却，可越喝，以前的伤心事越是历历在目。高兴时，本想借酒助兴，可喝到最后，高兴的事情都忘得一干二净，甚至连为什么喝酒都忘了。但不管悲伤也好，高兴也罢，酒醒过后，还是与酒醉前别无两样。可为什么还有那么多人一个劲地往肚里灌呢？祎氘，快告诉我！”

谷姐看着我，眼睛里有急于寻得答案的迫切。我不知如何回答，又不想让她失望。

思索了十秒钟后，我也举起酒杯。

我试着给她回复说：“回忆悲伤的往事是痛苦的。但哪怕再痛苦，谁也不愿意真的把它扔到一边。因为，归根结底，人这东西恐怕都是以记忆为燃料而活着的吧。”

“嗯，祎氘，”谷姐边用左手指摩挲着左耳垂，边点下头说，“你脑子真够好使的哦。现在，我相信你以前真的有那些忽闪忽闪的东西了。如果那时没有放弃，现在的你，肯定也能写出漂亮的小说。不过，现在也还可以努力啊。就凭你刚才给我的回答，我相信你。”

“可惜，”对此，我深感遗憾地长长呼出一口气，“以前那些忽闪忽闪的东西早已销声匿迹，再也找不回来了。”

“你不是说过，它们偶尔也会冒出来的吗？你就冒出来一个，抓住一个，冒出来两个，抓住一双。”谷姐边说边撒开左手在空中比画起来。

“可那都是不连贯的，况且，”我看着手中酒杯内壁上沾着的小水泡说，“就像这些小水泡一样，不知什么时候就会离开杯壁浮出酒面，抓也抓不住的。有时，甚至它们已经在我面前炸开了，我也还没有意识到。而且就算有幸抓住了，现在的我，也没有把这些泡泡连为一体的素材。”说着，我转过身，望了一圈简单得不能再简单的住所，“现在的我，什么都没有。”

谷姐看着我，似乎真的相信我在至今为止的人生里，没有波澜起伏值得作为小说素材的内容。她颇含同情地建议道：“去年一年，在P部，你不是接了很多案子吗？”

“那些，只适合投稿给《知音》吧。”

“《知音》怎么了，”谷姐一脸不服气，“巴尔扎克在成名前，不是也写过好多这样的东西。”

“那都是他不得已才写的，所以他后来一直很后悔啊。”

“没有经历……”谷姐摸了一下额头，说，“也可以虚构的嘛。”

“没有经历，我是无论如何也虚构不出来的。”

“唉，也真是可惜啊。”谷姐说着把酒杯举到我面前，“为了纪念你那些消失了的忽闪忽闪的宝贝，干杯！”

谷姐这样说，我很感动。是的，这么多年过去了，是应该为它们小小地纪念一下，为它们干一杯了。

我正准备抬头一饮而尽，谷姐又突然叫住我：“等会儿！同时，也祝你能早日拥有一段曲折离奇的人生经历，干杯！”

“谢谢。”说完，我一口喝干杯里的红酒，一滴不剩。

谷姐也同样一饮而尽。她似乎有点醉得撑不住了，把杯口朝下，拿在手里，用杯底撑住额头，说：“其实，祎氘，我们每个人的身上都背负着一个十字架。只不过有的轻，有的重。有的圆滑不硌人，有的棱角粗糙，摩擦皮肤，时不时还会刺进肉里。”

“那谷姐身上的十字架属于哪一类？”我用右手大拇指关节压住右侧太阳穴问。那里面开始有些隐隐作痛。

“深入骨髓！”说完，她放下杯子，双手撑住桌沿，很吃力地站起来，目光游离不定地看着我说，“卫生间，可以用用？”

“当然可以。”这个屋子里，我最中意的就是这个卫生间。

谷姐踉踉跄跄地转过身，身体就像漂在浅海的海草一样摇摇晃晃。我赶紧站起来，绕过桌子扶住她。

把她扶到卫生间门口后，我问："没事吧？"

"没事，你在这里等我一下，待会儿还要你扶我回去。"

帮她关上门之后，我用力揉了揉太阳穴。刚才喝得太急，酒劲开始上来了。

我把身子斜靠在卫生间门上。刚才谷姐说，她身上背负的十字架已经深入骨髓，难道她正背负着什么痛苦？可从她的日常表现里——尤其是参加工作以后，她兢兢业业、勤勤恳恳，也比在学校里容易交往多了——没看出她是一个正背负着什么痛苦的人啊，还是那深入骨髓的痛苦。

由于紧靠在卫生间门上，谷姐也可能有些晕了，没有注意，门内有很清晰的小便声传出来，全灌进我的耳朵。我连忙把身体挪开，脸立刻又热起来。

谷姐出来后，我把她扶到床上。

"把灯关了，好刺眼，"谷姐直直地仰面躺在床上，紧闭着眼睛说，"开床头灯好了。"

我打开床头灯，关掉天花板上的日光灯。顿时，整个屋子一下子暗下来。

"不要紧吧？"我弯下腰问。

谷姐睁开眼，看着我，眼泪在眼睛里打转。两秒钟后，她突然紧紧抓住我的手腕，轻声说："祎氘，抱一下我，好吗？"

"谷姐……"我一时不知所措。

"快抱着我，好吗？"说着，她的眼泪快要流了出来。那神情，就像一个在央求妈妈抱抱的小孩子。

望着谷姐泪光闪闪的眼睛，我无法拒绝，也不想拒绝。我慢慢弯下腰去……

谷姐轻轻搂住我的脖子，脸颊靠在我的肩窝里，在我耳根重重地呼吸。

闻着谷姐身上淡淡的清香，第一次与异性肌肤相亲的我，心不禁怦怦地猛跳起来。

十几秒钟后，谷姐终于松开胳膊，泪光闪闪的眼睛直直地看着我，湿湿的嘴唇嚅动着。

可能是酒精的作用，也可能是本能的欲望，我再也无法控制住内心的躁动，把嘴唇轻轻压在谷姐滚烫、柔软的嘴上，十分温柔而又非常坚定地吮吸着。她的嘴唇上还留有红酒甜甜的酸酸的味道。

谷姐则顺势紧紧搂住我，撩起我的T恤，双手在我的后背上下不停地摸索，好像想从那里找回曾经丢失了的珍贵的东西。

我浑身的每个细胞都在膨胀，大腿根部更是腾起一股火燎般热辣辣的痛。谷姐微微张开嘴，把舌头慢慢探了出来。我回应着她，轻轻把她柔韧的舌尖吸进自己嘴里。我们的舌头打着转，缠在一起，凭着彼此的气味和热情相互追逐、相互贪求。

我不想勃起，我努力控制自己不去想那个。然而我无法阻止，那里是一处不听大脑使唤的地方。它好像在独自思考与大脑所思所想完全不同的什么。越是不想那样，它越是反其道而行之。结果，它不仅硬硬地勃起，还一阵接一阵地膨胀，胀得好像马上就要炸裂。

谷姐紧锁住眉头，两颊微红，呼吸开始变得急促，腰部微微向上翘起。

我知道，由于某种原因，她需要我，我也需要她。

亲吻着谷姐的锁骨，我把她压在身下，手完全不由我控制，扯下连衣裙背后的拉链……

我和谷姐相拥着，静静地躺在床上，就像两艘入港的小船一样平静。我们刚才做了什么？怎么会发生这样的事？

可是，事情就是这样在我们毫无防备的情况下发生了，而且如此水到渠成，没有感觉到任何唐突。就像熟透了的苹果自己从枝头上掉下来一样自然而然。

谷姐把头枕在我右肩上，长发滑进我脖子里，一股淡淡的香味。

“搂着我。”谷姐有些哽咽地轻轻说。

我右手绕过她的后颈，把她轻轻搂在怀里，就像搂着一件易碎的玻璃工艺品那样小心翼翼。她的乳房紧贴在我的侧腹，我们已经完完全全地融合在一起。两个滚烫的身体没有任何阻隔地融为一体。

突然，谷姐的肩膀微微颤抖起来。她在无声地抽泣。接着，暖暖的泪水滑过我的胸膛，流进我们的肌肤之间，把我们的肌肤紧紧粘在一起。

“谷姐，”我的头还有些隐隐作痛，“刚才……对不起。”

“对不起”是真心话，不是占了便宜又卖乖。十分钟之前，我从没想过我们会发生这样的事。我想，可能由于我刚才的冲动已经深深伤害了谷姐，她才哭得这般伤心。毕竟，我们不是恋人。

“不关你的事。”谷姐轻轻缩了一下鼻子，然后右手放在我左肩上，平静下来说，“我不是处女，你没有嫌弃？”

我不知怎么回答，不明白她这样问的意思。

“不用怕，我不是要你负责。”说完，她又啜泣起来，右手紧紧抓住我的肩膀。

“不是那个意思，我没有那样想。”我回答，老实地回答。

“我们不是恋人，”谷姐微微哽咽着，“今天的事，与爱无关。今天的事，也不会改变我们以后的关系。我们还是像以前一样，是好同事好拍档。如果你觉得伤心，我说声对不起。”

这样的话，按常理，应该由我来说才对吧？可谷姐这样说，我确实感到了一丝伤心。但又一时无法确定这伤心的具体来由。是因为我们刚才做了这样的事情，她却说与爱无关（可我们之间确实一直都是与爱无关的好搭档好同事），还是因为我心目中纯洁的谷姐不是处女（这可是我的“初夜”）。不知道，现在的我还不具备深入思考的能力。

“问你个问题，能老实回答吗？”谷姐把右手缩回去，放在我胸口上说。

“嗯。”我点头。虽然知道这样做谷姐看不见，但我还是点了下头。

“我那里……是不是很松？”

她这一问，我惊讶不小。可她的语气却很平静，就像在鞋店里试穿新鞋时问我“你看我这双鞋合不合脚”一样平静。

“不知道，以前没做过这样的事，不知道松的概念。”我再次老实回答。

如果在小说或在电视里看到或者听到这样的对话，我可能会笑出声来。可自己身临其境时，却没有了任何要笑的意思，反而是一阵无法说出口的酸楚。我不知道谷姐以前到底遭受了什么痛苦，才能如此平静地问出如此不平静的问题。

“突然想对你说说我小时候的事了，想听吗？”谷姐轻声问。

“嗯。”第一次与女孩子肌肤相亲，第一次与女孩子赤裸裸地相拥在一起，然后，听她给我讲起她的过去，以及她的第一次。

“我的出生本就是一个错误。当时，我已经有了一个哥哥。父母本也不打算再要孩子的，可由于父亲的不小心和母亲的粗心，我侥幸来到了这个人世。当时，父亲是一所中学的领导，母亲是邮局的正式职工，由于违反国家政策，两个人都被撤职。是我的到来，给家里带来了霉运。所以，我一出生，就顺理成章地成了不受欢迎的人。

“听奶奶说的，在我还不满一岁的一个冬日，我在摇篮里哭个不停，怎么哄也没有用。妈妈就不耐烦地说，这孩子是不是有病。后来幸亏奶奶细心，把我从残疾的边缘救了回来。原来妈妈怕我冷，把一个装满开水的盐水瓶放在摇篮里给我暖身子。可粗心的妈妈却没有想到，我当时那么小，怎么受得了那么高的温度啊。

“当奶奶把我从摇篮里抱出来时，我右大腿上的骨头都被烫得露了出来。送到医院时，连年过半百见多识广的主治医生都流泪了，说天底下竟有如此粗心大意的父母。如果再晚一点发现，烫坏了骨头，我可能就成残疾人了。”

“你摸摸。”谷姐说着抓住我的手放在右大腿的外侧——一个婴儿手掌大小的硬邦邦的瘤子。

“后来一有什么不开心和委屈，我就摸摸这个瘤子，心想，我天生就是一个上天派来人世间接受痛苦锻炼的坯子，这都是我应得的。这样想着，心里就平衡多了。因此，对以后那些接踵而来的痛苦和伤心，我也就都不问原因不找理由地一股脑儿全盘接受了。

“三岁那年，父亲被查出有白血病。父亲住院后，母亲每天奔波于医院和家之间，无暇顾及我和哥哥。哥哥比我大两岁，母亲一不在家，他就打我。现在回想起来，已记不起什么原因，只记得他随手拿起什么就打。有时是母亲的杂志，有时是鸡毛掸子。有时没有东西，就直接抓住我的头往墙上撞。

“我那时还是一个三岁的小女孩啊。所以每次见妈妈回家，我就委屈地大哭起来。但母亲却把我撂在一边不闻不问，不耐烦了还从厨房跑出来指着我吼道：‘哭哭哭，是不是想把你爸给哭死啊！’

“半年后，爸真的走了。家里失去了主心骨，就像庙里没有了菩萨一样，不像个家了。母亲照常上班，上班后我又成为哥练拳脚的对象。母亲下班后不是坐在沙发上发呆，就是躺在床上睡觉，有时饭也懒得去做。见妈妈一回家，我就坐在她旁边大哭，哭得喘不过气来。她也不多看我一眼，有时还恶狠狠地指着我说：‘你个孽种，就知道哭哭哭，你爸就是被你给哭死的！’

“天底下有这样骂自己孩子的吗？即使自己再伤心，孩子再不听话，也没有这样骂自己子女的吧？

“爸爸去世时，我和哥哥都在他身边。爸爸是握着我和哥哥的手去世的。奇怪的是，我却没有哭。不知道是因为当时年龄小，不懂得死亡是怎么回事，还是因为父亲长久不在身边，感情已淡化了。反正我没有哭。

“关于父亲去世时我没有哭这件事，我一直很内疚。后来妈妈骂我是孽种，也可能与这个有关。

“爸爸去世后，妈妈要上班，一个人照顾不过来两个孩子，就把我送到了小姨家。小姨和姨父都是国家干部，家里比较宽裕，而且他们只有一个小男孩，比我小一岁，正想再收养个孩子给他做伴。

“被接走时，我趴在姨父汽车里，使劲拍打车窗玻璃，哭着喊着要妈妈。妈妈虽然嫌我麻烦，但心里还是舍不得我走的。我看见她一边流泪一边朝我挥手。

“被送到小姨家里后，开始两天，我哭得天昏地暗。幸亏姨父待我特别好，特别疼我，晚上还哄我睡觉。两天之后，我就不哭了，并很高兴地融入了新的家庭，和弟弟也相处得很好。三个月以后，我已开始习惯叫姨父他们爸爸妈妈。同时我也有了新名字，这个名字一直陪我到现在。

“我在姨父家住了两年，那是我童年最开心、最快乐的两年。尤其是姨父对我的疼爱，使我感觉就像生在蜜罐里一样。可是，我可能生来就与幸福无缘，即使偶尔有幸抓住了，它也会瞬间离我远去。两年后，姨父因涉嫌贪污，被判入狱，还罚了款。这下，我的新家，又一下子不成其为家了。小姨也开始对我有怨言，含沙射影地说我是个小克星。当时我已经五岁多了，大人的话，还是能多少听懂些。

“由于姨父坐牢，还被罚款，我也到了上小学的年龄，小姨负担不过来。于是，两年的幸福生活就此结束。我现在还清楚地记得从亲妈妈家里被送走时的场景，可两年后被接回去时的情景，却一点印象也没有。那段时间，就像在记忆里被唰地洗掉了一样，怎么也记不起来。

“可能是由于母女两年没有在一起，再加上妈妈还沉浸在中年丧偶的痛苦中，所以她很少跟我说话。也就是说，我们不像一对母女。哥哥虽然不再像以前那样打我，但我们也不像亲兄妹，放学后各回各的房间，谁也不理谁。幸好我脑袋不笨，学习成绩顶呱呱。每天放学后我就回自己的小房间里温习功课。我一直记着姨父被抓走前一天晚上对我说的话。

“他说，我是一个不幸的孩子，这些都是不能改变的事实，现在唯一能改变自己命运，使自己以后不被他人欺负，不依靠他人好好活下去的办法，就是努力学习。如果学习不好，那我的将来就完了。他说，我现在也许还不能很好地理解他的意思，但不管将来发生什么，都要把他的叮嘱牢牢记在心里，并且坚持十六年。十六年之后，我可以不再听他的话。但这之前的十六年，他希望我能切切实实地按他说的去做。姨夫还说，他养我这两年，没有什么别的要求，只有一个，希望我不要让他失望。

“因为姨父很疼我，我一直特别黏着他，也只听他一个人的话。所以，虽然当时还不清楚学习好到底对我有什么好处，但我还是按照他说的去做了。后来，不管与家里人产生多大矛盾，我也一直都没有放弃学习。后来，才考进 CICA。

“回到亲妈妈身边半年后，不幸又接踵而来，妈妈所在的公司突然一夜之间宣告破产。为了维持生计，妈妈开了个小古董店。因为有个舅舅是做古董生意的，所以不担心货源和卖不出去的问题。卖不出去可以退回给舅舅。由于古董店生意不是很好，后来妈妈又在古董店旁边开了个小水果店。每天放学后，我去古董店看店，哥哥去水果店帮忙。我那时的家庭作业基本上是在古董店里一边看店一边完成的。那天在茶馆楼上监视杨菲在店里一边看店一边看书，我就想起了我小时候看店的情景。所以，当有人进到她店里，你问我当时她说了一句什么话时，我才不假思索就回答你了。因为那时，我就是那么说的。

“但不管我的学习成绩如何好，也没有改变和家里人的关系。妈妈似乎一点也不关心我的学习。即使考试得了双百，她也没有一句表扬的话。有什么小痛小痒，她也多半不理不睬。每次发热，都是烧到开始说胡话了，她才带我去医院。从来没有过过生日，从来没有去过公园、动物园。那时，我的梦想是长大后当明星，每次跟妈妈说起，她都会挖苦我说，‘就你能当明星？’我想报名参加业余舞蹈班和声乐班，她也总是以没钱为由拒绝。反正是除了我的基本温饱之外，其他方面的要求，她一概不支持。所以，我当时很恨她，也经常跟她顶嘴。

“现在想想，有时候也是我太任性。人到中年失去伴侣，那是人生中最痛苦的事情之一，妈妈当时肯定伤心至极。我当时小，不懂得妈妈心中的痛苦，也就不知道怎样去体谅。但妈妈当时也不能因为自己的痛苦，就这样对待自己子女吧。她也应该想到我还小，不懂事啊。有好几次和妈妈闹别扭之后，我提着书包说要离家出走，妈妈竟像没事一样，眼睁睁看着我摔门而出。幸亏小区看门的大爷很尽责，每次都是他把我拦住送回家。

“但不管家里发生什么，我一直没有忘记姨父的叮嘱。每次闹着要离家出走时，我都是流着眼泪先把作业做完后才走的。现在想起来，我都觉得有点不可思议，甚至有些好笑。

“高二那年，有艺校来我们学校招生。我跟妈妈说我想报名。妈妈当时就怒了，还说我能当明星，天都能塌下来。听妈妈这样说，我真的伤心极了。天底下哪有这样挖苦自己孩子的啊。我第一次不上晚自习，逃课去了网吧。

“记得那天，正好是我十六岁生日。在网吧，打开电脑后，我什么也没有做，只是呆呆地盯着屏幕。当时，坐在我旁边的，刚好是我哥的一个朋友，以前去过我们家几次，见过面。他是另一所高中的小混混儿。他问我怎么也跑出来上网了。我含着泪说我今天过生日，高兴。然后他就邀我去饭馆吃饭，说是为我庆祝生日。我一气之下竟答应了。若在平时，我是肯定不会去的。

“那天，我喝了很多酒，后来就什么都不记得了。等到醒来时，我已躺在旅馆的床上，只感觉下身一阵一阵像火烧一样地痛。坐起来一看，床单上留下好大一摊血。身旁那个浑蛋还在呼呼大睡。可我竟一点也没感觉到伤心，在浴室把下身洗干净后，就提着书包回到家里。当时已是凌晨三点。妈妈到我房间问了一句干吗去了。我说上网。她也没再多问一句。

“我在浴室里用香皂把全身仔细擦了一遍，恨不得把皮扯下来狠狠用刷子再刷一遍。回到床上后，我才感到钻心的痛，不仅是身体的痛，更有心理的痛。我把自己埋在被窝里，咬着枕头，眼睛像没了阀门的水龙头一样，泪水一直不停地往外涌。我也不知道我当时为什么会有那么多眼泪，最后把整个枕头都湿透了。我恨我死去的爸爸，我恨我的妈妈，我恨那个浑蛋，我恨我自己，我恨整个世界！

“第二天早上，我没有吃早饭直接去了学校。路上，我把用黑色塑料袋包着的沾有血迹的裤子扔进了垃圾桶。渐渐地，我也就坦然接受这个伤害了。

“可老天好像并不满意我的态度。不久后，我感觉小腹不对劲，偷偷跑去医院检查——宫颈发炎。用了一些药，一个月后再去检查——宫颈糜烂。吃药已没用，需要手术。我把以前的课本都当作废纸卖掉，把以前存的零花钱都拿出来，还是不够。这事又不能对妈妈说。后来不得已，我就在路边的小诊所里做了手术。手术不彻底，高三时又做了一次。但还是没有多大效果，只得忍着。

“考上 CICA 后，每个月有了津贴。一年后，我才用存够的钱去了一趟大医院，这才彻底治愈。我前后做了三次手术，每次手术时，那些冰凉的器械都要进到最里面。医生说，我那里已被撑得很松。不过她又安慰我说，我还年轻，平时多注意锻炼下身，可能还会慢慢恢复。

“当时，听医生这么说，从没有过的伤心一下子涌遍我全身。那是真正的伤心，真的，以前从没有那么伤心过。以前的伤心里面包含有痛苦，包含有憎恨，可这次，是不包含任何别的因素的纯粹的伤心。以前的我曾想，小时候没有得到家庭的温暖，长大后我要找一个疼我爱我的丈夫，把以前失去的幸福全都补偿回来。可当时听医生那样说，我想，也许再也不会有男人喜欢我了。

“关于性，我懂得很少，但从公交车后背上或发传单的人强塞给我的小册子上，我知道了阴道松弛这个词。上面说很多男人对这个很在乎。当然，现在我知道，那都是商家的夸大宣传。但那时，这让我更加自卑。

“所以，后来在特训区学习的那一年，每次体能训练时，我都特别卖力。但到底有没有效果，我不知道。

“这种伤心，一直到来了上海之后，才得到消除。在 P 部工作的那一年，见多了案子里男女之间那些煞费苦心的钩心斗角，我渐渐醒悟：我为什么非要把自己的幸福放在别人身上？为什么非要从别人那里寻得幸福？如果家庭和男人都不能给我幸福，我为什么不自己给自己幸福呢？后来，从那些被丈夫抛弃的可怜女人身上，我还意识到：一个失去了自我的女人，永远也得不到稳固的幸福。

“从此，我不再因这事而继续伤心。刚才问你，并不是想从你那里证实什么，只是随便问问。对此，我已无所谓了。”

没想到，原来，谷姐一直以来都在默默承受着这么多伤心的往事，没有人理解，没有人分担，没有人倾诉。对一个女孩子来说，还有什么比这更大的不幸？

我对谷姐所遭遇到的这一切深感同情。但同时，我对她的尊重也更进了一层。在那样的环境下，在遭受那么多痛苦打击的情况下，她还能这么出色，这绝非一般女孩子能做到的。

“谷姐，”听完她痛苦的回忆后，我轻声说，“你的身体，让我很快乐！”

“是吗，不是安慰我？”谷姐把手掌覆在我胸口间。

“不是安慰，真的，我是第一次觉得做一个男人可以如此幸福。”

谷姐没有回应。关于这个问题，我不想再逗留。即便谷姐再不在乎，这也毕竟不是一个让人乐于触及的话题。于是我问道："你姨父现在怎么样了？"

"他现在很好。在我大二那年，他就出来了，现在在外地做生意。他毕竟是一个头脑好使的人，生意做得有声有色。他这么聪明、这么善良的人，怎么也会犯罪呢？我当时很想不明白。等后来他的生意稳定后，我曾问过他。他回答我说，有些事情，即使自己不愿意做，有时也会自己找上来。就像开车一样，即使车技再好，也守交通规则，你不撞到别人，有时候别人会撞你，避都避不开的。

"我这辈子，最感激的人就是我姨父。我觉得他才是我的亲爸爸。我想，就是到我将来死去的那一刻，也会这么说。从小学一年级开始，到我大学毕业，那十六年，我没有浪费。姨父是对的，就我身处的环境，读书是我唯一的出路。如果学习不好，考不上大学，现在的我，可能正站在某台机器前流水作业，一辈子就那样走到尽头。当然，并不是说学习不好就不能干出一番事业。但是就我而言，我没有资本，没有后台，没有任何社会关系，也没有傲人的外貌，如果学习还不好，真就同他所说的一样，一切都将无从谈起。现在的事实也证明了他的话。"

说完姨父，谷姐沉默下来。

"那你现在和你妈妈的关系还和以前一样？"一会儿后，我打破沉默问。

"CICA 四年，我只在最后一年回去过。"谷姐慢慢地说，"当时，三年多没有见面，感觉妈妈一下子老了许多，对我也像变了个人似的，很热情，可以说'相敬如宾'。这反倒使我感觉有些不自在。来上海工作后，我一有空闲就回去。每次回去，妈妈都会给我做一桌子好吃的，然后一边以愧疚的眼神看着我吃饭，一边抹眼泪。这时，我似乎感觉我已经理解妈妈了，也不再恨她了。我曾邀妈妈来上海住一段日子，她每次都以我刚参加工作，不想打扰我为由推辞。这次我要邀她来看世博会，她也不来，说是人太多太挤了，不习惯。妈妈对我的态度一下子发生这么大变化，难道仅仅是因为我现在已经独立，不再依赖她不再需要她？祎氘，作为局外人，你怎么看？"

"嗯……"我望着床侧桌子上竖立着的空红酒瓶，想了一会儿后，说，"也可能是因为你妈妈现在没有了负担，没有了生活压力，可以静下心来的缘故吧。"

"也许吧……不管怎样，现在这样，不管对妈妈，还是对我，都是再好不过的了。"说完，谷姐轻轻呼出一口气。她的整个身体都沉了下来，紧紧贴在我身侧。

这天晚上，我睡得很沉，竟然没有做梦。

早上醒来时，只有我一个人在床上。谷姐不知什么时候已离去，只在旁边枕头上留下一个凹进去的小窝。闭上眼，轻轻吸口气，我似乎还能嗅到谷姐留下的淡淡的体香。

我朝天躺在床上，望着天花板，正准备仔细回忆昨晚我人生里的第一次。以前，我一直憧憬着，我的第一次一定是经过精心策划、细心准备的，是极浪漫的。可到如今，事实却是，一没准备二没策划三也不浪漫，一不留神，就没有了。感觉就像被谁顺手牵羊带走了似的。

就在我感叹这永远无法挽回的童男之身时，让我大吃一惊的是，就在床正上方的白色天花板上，竟突然之间多出一块很大的像烟熏出来的痕迹一样的阴影。而且这个阴影形状很像一个裸体的女人，与真人一样大小。

虽然这个阴影颜色不是很深，但稍一留意就可注意到，绝不是以前就有的，而是昨晚一夜之间多出来的。盯着这个裸体女人看了十秒钟后，我惊讶得差点没从床上跳起来。这不是谷姐吗？

就在我惊讶不已时，床头的手机叮咚一声响。谷姐发来短信：

祎氘，昨晚发生那样的事，是我没有想到的。可能是当时喝多了酒的缘故，希望没有伤害到你。如果有，请你原谅。同时也希望昨晚的事没有改变我们之间的关系。还有我以前的事，除了你，没有第三个人知道，也请你替我保密。希望你理解。

看完短信，望了一眼头顶那块裸体一样的阴影，我坐了起来。只见桌上那个只缺了一小口的蛋糕还原封未动地摆在那里。它浑身涂着雪白的奶油，正中间立着几根鲜红的蜡烛，简直像一幅凝重的油画。嗯，就叫：清晨，一块失去一小口的孤独的蛋糕。

我回复谷姐：

嗯，我会理解的。

我用的是将来时。因为，现在的我还不能很好地理解。我想，那绝不是因为“喝多了酒”。何况，谷姐也不是那样没有自制力的人。但是，到如今，不能理解的也只能慢慢去理解了。

直到两年后——当时谷姐已调去北京工作——在谷姐二十八岁生日那天，我发去短信问她。我说：“那一次为什么愿意与我发生关系？”

她回答说，那之前，她一直想把她第一次遭到性侵犯的记忆删除掉，不想带着那份痛苦的记忆与未来的老公结合。所以，她希望用与我的回忆来掩盖她对第一次的记忆。

我问她为何选择我。她给出的答案差点让我笑出了眼泪——

“干净！”她说。

第二十章
喀城：重返“孤舟”

晚上六点，为免出去时被人看见，田将军安排胡博士在密室里换上隐形服。

依祎简直不敢相信自己的眼睛。只见爷爷像在穿裤子一样抬起右腿，右腿突然一下子就消失不见了；抬起左腿，左腿也消失了；最后，只剩下一个脑袋悬在空中。

胡博士微微低下头。顿时，整个人都消失得干干净净，只留下说话声。

“爷爷，您还能看见我吗？”依祎忍不住问道。

“看得见的，”不见了的胡博士回答，“依祎乖乖待在这里，不要担心，爷爷一会儿就会回来的。”

依祎点点头，她还一时适应不了与隐形人说话。

到达“沙漠孤舟”时，已是晚上九点，没有星星，没有月亮。只见警灯闪闪，探照灯射出的光柱像一把利剑一样，在“沙漠孤舟”身上来回刮着。

在离警戒线两百米外的地方，田将军停下车说：“老胡，我会在外面密切关注他们的动静。半小时后，还在这里等你。”

“将军放心。”空副驾驶席上发出回应。

穿着隐形服，胡博士顺利来到围墙下的密道入口。凭借扫过的灯光，他找到围墙壁上那个小孔，把一根钥匙状的金属条插进小孔三分之一，向左旋转一百八十度，然后全部插进去，再向右旋转三百六十度。

这时，三步之外的密道井盖缓缓垂直向上升起，刚好高出地面后，又慢慢向右移开。井口里露出一个直径五十厘米的圆形铁块。

胡博士站在这圆形铁块上。随后铁块自动下降。下面漆黑一片。

刚下到底部，头上的盖子自动移过来盖上。这时，密道里面一下子亮堂起来。

密道四周都是结实的钢筋混凝土。壁上，每隔四米便有一盏五十瓦小壁灯。走过约莫十盏小壁灯后，密道略向下倾斜八度左右。再过三盏壁灯，便到了密道的尽头。

密道尽头，有一个与出口处一样的潜望镜式样的装置。瞭望小孔就在胡博士休息室墙上的一个挂衣钩的底部。

胡博士小心翼翼地把针孔摄像头伸到瞭望小孔的洞口处。休息室里没有人，里面的摆设还是和昨晚一模一样——除了千疮百孔的门，和没有了玻璃的窗户。

透过没了玻璃的窗户，刚好可以看见老邓坐在办公室电脑前敲击键盘的背影。田将军推测得一点没错，老邓已代替胡博士成为研究小组的负责人。

确保万无一失之后，胡博士按下密道壁上的按钮。稍等了两秒钟，只见休息室墙上的壁柜像一扇门一样慢慢向里打开。最后，形成一个只容一人通过的裂缝。

胡博士快速通过这条裂缝，进到休息室里。之后，壁柜复原。

胡博士轻步来到休息室窗口，看见办公室里就老邓一人。透过办公室的窗户，可以看见小部分实验室，和一小段悬在空中的钢丝网路。

胡博士把事先写好的纸条放在窗台上，轻轻敲了一下窗户框。老邓听到响声后，回过头。

见到老邓那张朝夕相处了三年、熟悉得不能再熟悉的脸，胡博士一阵激动。虽然不相见只有二十几个小时，可对胡博士来说，却好像已经分隔快二十多年似的。

胡博士朝老邓微笑着点点头。他以为老邓也会像以往那样，微笑着点头回应他。可没有。两秒钟后，老邓回过头去。

胡博士把纸条拿起来，悬在空窗户的正中间，对着老邓，再次敲了一下窗户框。

老邓回过头，看见悬在空中的纸条，先是愣了一下，稍后，就像突然明白了什么似的，赶紧起身。他回头看了一眼窗外的实验室，没有蒙面人看着他，于是马上推开休息室的门进去。

“老胡？”进到休息室里后，老邓低声轻轻地喊道。

“老邓，我现在在壁柜前，”从壁柜旁边传来胡博士的声音，“你现在坐在椅子上，就当我不存在。”

老邓赶紧照着胡博士的话，坐在茶几旁的椅子上，像平时一样点燃一支烟，自顾自吸了起来。

“老胡，”老邓边吸着烟边迫不及待地轻声问，“你怎么进来的？”

“从密道。”胡博士也轻声回答，然后同样急切地问，“他们到底是谁？到底想干什么？大家都怎么样了？”

“他们是谁我也不知道，”老邓紧盯着窗户外面，自言自语似的说，“甚至连他们长什么样，我们都不清楚，他们从没有在我们面前摘下过面罩。现在我晓得的，仅仅是他们想得到我们的研究成果，想得到隐形服，说只要我们给他们研制出隐形服，他们就会给我们自由。幸亏你及时带着数据盘逃脱，但是，”说到这里，老邓伤心地叹了口气，“他们找不到你，以为你藏在实验室的哪个地方，就威胁我们，结果……裴芳被他们打死了。”

“啊？”胡博士低声狠狠骂道，“真是一群土匪！”

老邓紧接着问：“你刚才说的密道是怎么回事？”

“壁柜后面有一条密道，直通围墙外面，当时我就是从这条密道走的。”

老邓看了一眼壁柜。“你早就知道这儿有密道？”老邓兴奋得差点一下子站起来，“那我们也可以从这里逃出去了？”

“现在还不行，OSM 总部有他们的卧底，我们研究小组里也有他们的人，现在都还不知道是谁。”

“有卧底？”老邓吃惊地瞪大眼睛，“同事里也有？”

“是的，田将军亲口告诉我的。其实稍一细想，也不难明白。”

“真是难以置信，这世界真是太恐怖了，”老邓抖了抖烟头问，“那田将军现在打算怎么救我们？”

“正在计划中，这次回来就是想探明里面的情况。”

“他们对这里的一切都非常清楚，整栋楼的建筑结构、我们的人员组成及研究计划，甚至连我们每半年有两天的假期，他们都一清二楚。”老邓一边盯着窗外一边说，“原来，是有卧底。”

“是的。你知不知道他们今天早上还绑架了一对中年夫妇？”

“好像是有两个人被带进来，”老邓说，“从他们的谈话中无意间听到的，并没有亲见。所以，也不知道是否就是一对夫妇。”

“那他们怎么处置这两个人？”

“好像是安排他们做饭。”

“不愧是将军，果然料事如神。”听老邓这么说，胡博士刚才一直悬着的心稍微放松了些，轻声叹道，“那两个人，应该就是我的儿子儿媳。”

“你儿子儿媳？”

“嗯，蒙面人今天早上也把他们绑架了，想以此逼我现身。”

“将军当初不是承诺会全力保护我们的家人吗？”老邓看着壁柜前的空白，“怎么这么容易就被绑架了？”

见没有回应，两秒钟后，老邓接着说：“不过，你也不要太担心，他们好像正缺人手，应该不会对你儿子儿媳动粗。现在怎么打算？”

“一切都如将军所料，”胡博士回道，“回去后再与将军商议。”

“这里面的情况，也就差不多我刚才说的这些。至于他们具体是什么人，这个还不清楚。”

“可以了，有具体计划后，我会尽快回来告诉你。好了，不能久留了，我得马上走。千万不要告诉任何人我来过，”胡博士叮嘱说，“包括最信任的同事。”

“嗯，明白，路上小心……慢着，”老邓又问，“我昨晚扔到围墙外的那个白色茶盖，是不是你拿走了？”

“是的，你不说我还忘了，你当时怎么知道我在那里的？”

“猜测而已，当时他们没有找到你，我想你肯定是穿着隐形服逃出去了。如果你安全逃出围墙的话，我那样大声喊你，你应该可以听见。第二天早上起来，看见茶盖不见了，我就大松了口气。”

“唉……只可惜，你现在还不能跟我一起走。你留在这里做内应，有利于我们以后……”

“我明白，”老邓果断打断胡博士，催促道，“快走吧，保重。”

两秒钟后，只见墙上有瞭望口的那个挂衣钩自行向左旋转九十度，然后向右旋转一百八十度，然后又向左旋转九十度，回到原位。随后，壁柜右侧朝墙里转开，转出能容一人通过的空隙。

“老邓，我走了，你自己也多保重。”壁柜内侧传来胡博士的声音。

“嗯，放心。”老邓一边看着壁柜慢慢复原，一边紧盯着窗外的实验室说道。

三秒钟后，壁柜重新回到墙内。老邓把未燃尽的烟头碾灭在烟灰缸里，拍了拍落在腿上的烟灰，起身走出休息室。

在回去的路上，胡博士向田将军详细汇报了他刚才所了解到的实验室里面的所有情况。

“真是一群禽兽！”在得知裴芳遇害后，田将军愤怒地将双手狠狠拍在方向盘上骂道。

在愤怒中持续了十几秒后，田将军看着前面被车灯照亮的戈壁滩，余怒未消地说：“老胡，我们得赶快执行我们的营救计划，不能再让我们的战友受到伤害。刚刚得到一个消息，市郊发生了一场严重车祸，对我们来说，这是一个可以利用的好机会啊。”

胡博士不知田将军又想出了什么主意。

“三小时前，”田将军紧接着说，“在出城的高速公路上，一辆长途大巴与一辆油罐车发生追尾，爆炸。乘客无一幸免全部遇难，而且都被烧得面目全非。其中两位烧得尤其厉害，连 DNA 都无法提取，只能从残余骨骼判断，是一男一女。我刚才给市交通局的一位主管负责人打去电话，请求他配合。最迟后天，交通部门就会公布遇害者名单，上面就会有你和依祎的名字。对不起，老胡，时间紧迫，在没有征得您和依祎同意的情况下，我私自做出了这样的决定。”说着，田将军看了一眼空着的副驾驶席。

“将军是想造成我和依祎已经不在人世的假象？”

“是的，这是一起特大交通事故，各大媒体都会竞相报道。实验室里的那些人肯定也会很快得到消息。如此，他们便不会再以依祎父母的性命来要挟你，我们也就可以安下心来制订我们的营救计划。”

“将军，有一点我不明白。”胡博士问。

“请讲。”

“您之前说了，劫匪总共才十三个人，刚才老邓也告诉我，他们确实正缺人手，我们为什么不能在晚上偷偷派特种战士潜到围墙脚下，然后经过密道进入实验室，把他们制服？”

“他们虽然只有十三个人，”田将军就像早就知道胡博士会这样问似的，毫不迟疑地回答，“但他们并非一般的匪徒，而是经过专门训练的恐怖分子。他们早就备好了各项防范我们强攻的措施。忘了告诉你，他们已经在整栋楼的各个角落里安装了无数颗炸弹，并威胁我们说一旦强攻，他们就会引爆炸弹，到时整栋楼都将夷为平地。不要以为他们是在恐吓，他们都是亡命之徒。裴芳的遇害，就是例子。我们只有同时将他们全部击毙，才能保证万无一失。但在目前这种情况下，这是无法办到的。”田将军说着，忧虑地吸了口气，然后再使劲呼出来，“我们已经失去了一位好战友，不能再拿其他战友的生命冒险了。”

听完田将军的解释，胡博士完全放弃了自己的一切想法。在田将军面前，他甚至感觉自己是不是有些太幼稚了。

“那现在怎么办？”

“回去后再详谈，”说完，田将军加快车速，“我有一个计划。”

第二十一章
申城：偶遇母子

以前，不记得在哪本书或杂志上看见过大意这样的一句话：

当你有过第一次云雨之后，你对别人的观察空间就会增多一层。

今天的我，总算明白了。

今天早上，当我再次来到庙前街，坐在“烨羽沙”对面茶馆楼上的窗户边，一边吃着早饭，一边看着楼下街上偶尔走过的与谷姐年龄相仿的女子时，就会情不自禁地想到昨晚的事。我浮想联翩——这位女子，昨晚有没有跟别人云雨呢？她云雨时，脸上又会是什么表情呢？

稍后，当杨菲出现在我的视野里时，这些龌龊的想法依旧不肯离去——这个女孩，以前是否也有过和昨晚谷姐那样的激情时刻？如果有，那又会是什么样子？

看着杨菲在店里晃动的身影，脑海里无耻的念头仍像水底无法按住的气泡一样，接连不断地冒出来——她裸体时是什么样子？对周围毫无兴趣、只顾着看书、似乎还有些忧郁的她，在享受激情时，又会是什么表情？

这样想着，脸上的灼烧一阵阵加剧，下面也是硬得异乎寻常，似乎比昨晚上还要坚挺。我回过头去，不再看她，努力去想别的事情。

可我那些龌龊的想法不仅没有因此消失，反而慢慢形成画面。我甚至都看到了她用上齿咬住的下嘴唇、紧拧的眉毛，还有她颤抖的身体。

难道我骨子里就是一个流氓不成？我叫店小二拿来一罐冰镇啤酒。

“这么早就喝冰镇啤酒，您是本店头一个。”店小二送上来啤酒时，有些诧异地看着我说。

“我经常这样喝，”我望着楼下寥寥无几的行人，装作若无其事地回答，“这在我是常事。”

喝下两大口冰凉透骨的啤酒后，我脸上的灼烧感才不再那么强烈。我正想去小便，释放一下“内压”时，一个比饭桌稍微高出一点的小男孩从我身边挥舞着手臂快速跑过，突然他右脚一歪，眼看就要跌倒，我急忙伸出手去抓。

小男孩跑得很急，我只抓住他的右胳膊。他的头，因为惯性，狠狠地撞向了桌子沿。撞上去的瞬间，只听得砰的一声响，顿时，小男孩头部右侧的头发湿漉漉一片，鲜血顺着耳后直流下来。那里没有大的血管，所以血流并不是很急，但伤害却可能是致命的。

我赶忙用左手捂住他的伤口，感觉小男孩的血似乎要比一般人的稠很多，温度似乎也要高，而且，不仅仅是高出一点，甚至可以说，微微有些烫手。

小男孩大张着嘴，眼睛瞪得圆圆的，好似看到了什么我们看不见的东西，想说出来却又被谁阻拦了。我朝身旁的人大喊快叫救护车。

“谁是家长？”我一手捂住小男孩的伤口，一手抱起他四处问。

楼上总共五个人，三个中年男子，两个年轻少女，都不认识这个小男孩。

我赶紧抱着小男孩走下楼梯。一边走，嘴里还一边大声喊着：“这是谁的孩子？”

“童童！”刚下到一楼，一位三十岁左右、保养得很好的鬈发女士从一旁闻声跑过来。她紧紧抓住小男孩的胳膊，吃惊并愤怒地朝我大叫：“童童怎么了？你把我儿子怎么了？”

“小朋友从我身旁跑过时，不小心摔倒，头撞到了桌子边。”我向她解释说。

鬈发女士不停地喊着童童，好像并没有听我的解释，也没有把孩子从我身上接过去的意思，只是时不时用怀疑夹杂着愤怒的眼神看看我。

难道，我今天也要经历一回媒体上不时报道的那种做了好事还要被冤枉的事情不成？

鬈发女士一直没有把孩子接过去的意思，我只好一直抱着，担心手一松，血会大量流出来。

这时，我发现，对面店里的杨菲不见了，店门也锁上了。刚才她还在店里的，怎么突然就不见了呢？回家了？或者是去附近的公共厕所了？这样最好，我不希望这个样子被她看到并留下印象，这不利于以后的行动。真希望救护车来之前她都不要出现。

大概十多分钟后，救护车终于来了。这时，杨菲还没有出现。我把小男孩抱上救护车。准备上车时，我问：“通知他父亲了吗？”

鬈发女士捂着嘴摇摇头。犹豫了两秒钟后，我留在了救护车里，心想，既然遇上了，就好事做到底。会不会因此摊上事儿，现在顾不得去想。

把小男孩送进附近医院的急救室后，我去了洗手间。手上全是黏糊糊的血，浓浓的，有些发黑，用洗手液洗了三遍后才洗掉。白色的T恤胸口上也染上了一块手掌大的血迹，我用纸巾擦了擦了事。

回到急诊室门口，鬈发女士正在护士的帮助下填表格。

我斜身倚靠在急诊室门边的墙上，双手交叉抱在胸前。这时，我才有心思注意到这位母亲的穿着——上身着一件灰色的荷叶边短袖低腰衬衫，腰上缠一根蛇皮样的五厘米宽的腰带，下身着一条褐色八分裤，脚上是一双尖头中跟黑色皮鞋，没有穿袜子。打扮虽然简单，但显得优雅精致。

我这样双手交叉抱在胸前，刚好可以遮住T恤上的血渍。其实，我并不是有意摆这个姿势。在遇到突发事件时，我习惯这样。双手护在胸前，能使自己冷静下来，不会乱了主意。

鬈发女士填完表格后，六神无主，一会儿埋头坐在椅子上，一会儿掩面蹲在地上，一会儿又站起来，双手抓住我的胳臂，望着我。那伤心无助的眼神，就像大雨天在路边找不到家的湿漉漉的鬈毛小狗。

我没有说什么，也没有安慰她。我知道，在这种事情还不明朗的情况下的安慰，就如同在大白天爆炸的烟花，听得到声音，却什么效果也看不见。

约莫半小时后，急诊室的门终于打开。一位戴着口罩的浓眉大眼的医生走了出来。

“孩子右侧头颅轻微骨裂。”医生摘下口罩，对我和鬈发女士说。他肯定把我也当成孩子的家人了。

为了让我们理解轻微骨裂的具体含义，他进而打了个比方。“就像一块镜子被钝物撞击了一下，没有破成碎块，只出现了裂纹，”说着，他用右手指在自己的右边脑袋上画了一个小圈，“但这里毕竟是人体的重要部位，神经密集，希望你们对可能出现的各种后果做好心理准备。”

医生说完看看我，见我没有反应，又看看鬈发女士，她也同样没有回应。奇怪，她至少应该说句求求医生尽力救救孩子的话吧。可她什么也没说，只是像刚才望着我那样，痴痴地望着医生。

医生见我们都没有反应，戴上口罩转身返回急诊室。

急诊室的门关上后，鬈发女士瞥了我一眼，然后坐在靠墙的椅子上，弯腰低头，再也不动。

“大姐，”沉默了五六分钟后，我开口说，“医生只是说对可能出现的后果做好准备，不用太担心的。”

鬈发女士没有抬头，也没有回应。

“是不是应该通知孩子的父亲？”我继续问。

鬈发女士还是低头不语。我看了一下手表，上午九点十分。

在上海初夏的某个上午九点十分，我站在某家医院急诊室的门口安慰一个与我毫不相干的陌生女士。这到底是偶然，还是上天早已安排好的必然？

十分钟过去后，急诊室大门还紧闭着，没有动静。鬈发女士也依旧深深地埋着头，细细长长的鬈发，从头两侧直垂下来。这期间，几个小护士从我们面前快步走过，冷冷地看了我们几眼。这样的场面，她们肯定早已司空见惯。

“孩子没有父亲。”也不知多长时间过后，鬈发女士突然低声说，没有抬头。她的声音微弱而又没有感情，就像快没了电的收音机传来的整点报时声。

说完，她继续沉默不语。

没有父亲是什么意思？一个人怎么可能没有父亲？可能是她太伤心，本来是想说孩子的父亲已经不在人世了吧。真是造孽啊！

我在鬈发女士旁边坐下，想问问她家里的情况，问她是不是应该叫别的亲人过来。她的亲人过来了，我就可以走了，我还有自己的事情要去做。

正准备开口时，急诊室的门再次打开。我和鬈发女士同时迎上去。

当我意识到作为旁人的我表现得过分热情时，已经抢先开口问道："孩子怎么样了？"

"瘀血已经清除，现在孩子还处于昏迷状态，很可能伤到了神经。先在病房观察几天，再做下一步的治疗安排。"

鬈发女士没有说话，只是一边流着泪，一边捂着嘴点头。

在病房里，被剃成了光头的小家伙静静地躺在床上，头上缠着雪白的绷带，脸色红润润的，像熟透了的红苹果，小嘴巴偶尔轻轻嚅动了一下。床头仪器的显示屏上显示的呼吸、血压、心跳以及脉搏都很正常，只是体温偏低。

鬈发女士坐在紧靠在病床旁的椅子上，紧紧握住小家伙的双手，泪眼婆娑地盯着小家伙的小脸蛋。

她就这样一直没有说话，没有抽泣，也没有再流泪。我想她甚至已经忘记我还在病房里了吧。

病房的墙上有一块圆形挂钟。已经过了十点。

"大姐，"我用询问的口气轻声说，"我还有点事情等着去办，先走了。"

鬈发女士转过头来，看着我，两三秒钟后，轻轻点下头。点头的瞬间，两滴眼泪从她长长的睫毛上滚落下来。

看着她这样，我有些不忍。但我总不能一直陪在这里吧。走出医院大楼，我想起刚才鬈发女士一直没有再向我问起小孩受伤的事情，也没有再用怀疑和仇恨的眼神看我。看来，她相信我真的不是肇事者。

我在出租车招租牌前招了两次手，也许是见我胸前那块显眼的血渍，打着空车灯的出租车从我面前略一停顿后，都疾驰离去。第三次，终于拦停一辆由一位三十岁左右女司机开的蓝色的士。

"常德路桃源路路口。"关上车门后，我说。

"刚才做好事了吧？"女的士司机回过头看了我一眼问。

"你怎么知道我做的是好事还是坏事？"

"你先回答。"她拉了拉身前的安全带。

想了想后，我点头道："算是吧。"

"呵呵，又中了一个！"她满意地一笑，一边笑，一边用记号笔在挡风玻璃的最底部，画了一条一厘米长的黑色竖线。那里已经有了长长一排同样的竖线——大概有二十多条。这不禁使我想起某些恐怖组织每除掉一个目标后的做法。

“现在该你回答了。”我看着那一排短竖线问。

“猜的。”她有些得意地说，然后踩下油门，启动汽车。

“什么理由？”

“第一，你看起来不像坏人，我的直觉向来很准；第二，你的身体也不像受了伤的样子；第三，你一个人从这家医院里出来，神态还非常正常，应该不是你自己的亲友出事；第四，这么一副吓人的样子还能站在这里悠闲地打的，不会是犯了什么事。我就只能猜你的血迹是在帮助别人时留下的了。”

她的推测虽然简单，但仔细一想，除了这四条，还真找不到另一条理由了。

“那你刚才画的这条短线是什么意思，因为我被你猜中了？”

“你的判断能力也不错嘛，”她说着，看了一眼后视镜里的我，“你是第二十二个被我猜中的对象。”

真是个有意思的司机。“我不可能是第二十二个胸前染有血渍的乘客吧？”我半开玩笑地问。

“当然不是。”

“那之前的二十一个乘客，都被你猜中了什么？”我对她的这个游戏产生了兴趣。

“职业，爱好，家里的宠物，住房的楼层，是否离过婚，家里是男孩还是女孩，等等。”

“可都不是简单的问题。”

“太简单了没有挑战，不好玩。”

“为什么这样做？”

“取悦自己，”她略微耸耸肩回答，“因为世界不取悦我。”

“取悦自己？”我看着后视镜里正向上扬着眉毛的她，想了一下说，“全世界的的士司机里面，恐怕，唯独你有这样的想法了。”

“不一定，”她摇摇头，“全世界这么多人，存在两个想法完全相同的人，难道没有可能吗？我就时常这样想，在地球的某个角落里，肯定存在另一个与我同样生活、开同样的士、有着同样想法的人。每次一这样想，我就感觉整个世界很有意思、很好玩，也就不再觉得孤独了。”

此后，我们便沉默无话。她可能在回忆以前被她猜中或没有猜中的某个乘客，也可能在想象地球某个角落里、与她同样生活、开同样的士的司机。我呢？我在回味她刚才的话。

世界多种多样，每个人的活法也各有不同。有的靠物质取悦自己，有的靠权力取悦自己，有的靠地位取悦自己，也有的靠别人取悦自己。很少有人像这位女司机一样，靠自己取悦自己。物质、权力、地位和别人，总有一天会离开自己。唯独自己是永远与自己相陪的。真是个聪明的女人！

回到家里，我把染血的T恤扔进洗衣机，放水泡着。胸前的肌肤上也染上了变黑的血渍。我用湿毛巾使劲搓，皮都搓红了，还是没有洗净。后来我打上香皂，才总算把它洗掉。

换上新T恤后，喝下半罐冰镇啤酒，我看了一眼床头的电子钟：中午十二点十七分。

以往每天的这个时候，我的肚子早已咕咕叫了。可今天我除了感觉困得厉害，一点饿意也没有。

把剩下的半罐啤酒一口喝完，胸口一阵灼热，困意也更厉害了。我一头倒在床上，还没来得及把毛巾被拉到胸口，意识即与现实断开了连接。

梦十二（刚刚开始）

我缩成一个点后，急急穿过窗户，匆匆升到空中，越过上海上空，来到海上。我钻进海水，发现吃精神的红头海蜇好像多了几只。细数一下，共有八只。

进到洞里，只见洞内的摆设也有了变化。两排放头骨的大架子被靠洞壁放在了一边。洞中间只留下一个长凳样的长架，上面只剩下五颗头骨。今天概念女孩又不在，只有老人在读精神。

“您好，”我首先开口说——好像每次都是我先开口，他们就从来没有主动跟我说过话，“外面的红头海蜇好像多了几只。”

“这只是刚刚开始，”老人还是和以前一样不紧不慢地闭着眼睛说道，“以后会越来越多。”

“那这与我在现实中的行为有关系吗？”我轻轻停在老人左肩上问。

“有。”老人回答，“这说明，你在现实中又向前进了一步。”

现实中，我监视杨菲的工作正常发展，没有任何异常。难道，与那对母子有关？如果是这样，那么这对母子身上一定藏着与要我在现实世界里去完成的那个重要任务有关的线索了。可除了正身受不幸之外，那只是一对普通得不能再普通的母子啊。

也许，与那个载过我的女的士司机有关？这个可能性或许更大。因为，我感到她不是一位普通的的士司机。可这么大一个城市，我醒来后又去哪里找她呢？当然，如果真想找，我还是可以找到的。我虽然打的没有要发票的习惯，但坐过的车的车牌号，至少两天内不会忘记。但找到她后，我又该怎么办？

我想咨询一下老人，又马上打消了这个念头。老人肯定又会说那是我的任务，必须靠我自己的努力去探索去完成。

我想，要是我醒来后还能记得梦中发生的事情就好办得多了。或者我现在身上有个口袋也行，这样我就可以把我在现实世界里要去注意的事情写在纸条上。可狡猾的控制者——或者叫上帝——早就防范到了这一点。他让梦中的我只是一个点。

“那您的任务进展如何？”我离开老人的肩膀，移到他身体右侧。

“正常。没有突飞猛进，也没有停滞不前。”

“那……”我略一犹豫后，说，“您以前有过失败的先例吗？”

“当然有，世上没有注定的成功，也没有注定的失败。梦里也不例外。”

“那以前的那些失败，源于您读精神的过程，还是因为那个像我一样的读梦人？”

“成功是共同造就的，失败也是一起造成的。”

“那根据您以前的经验，您判断我们这次合作的成功率有多大？”

“无法判断。我说过，所有的事情都不能跑到前面去看。现在只能说，成功失败的概率各一半。”

听老人这么说，我不免担心起来：“那有什么是我能帮得上忙的，我不想每次都这样呆呆地待在这里。”

“你身在这里，已经是在工作了。”

我就老人的这句话想了一会儿。概念女孩之前曾告诉我说，他们只出现在我的梦里，我做梦，他们就存在；我不做梦，他们就不存在。老人这句话的意思可能就是指这个，即我在做梦，就是在工作。

“那我每天做梦的时间长一点，”想明白之后，我说，“你们就有更多的时间来读精神了，是吧？”

“是的。”

“可现实中的我却不知道。”

“是。”

“那有什么通道可以连接我的这个梦和现实吗？”

“没有。不过到时候会有。”

“什么时候？”

“读出精神之后。”

我晕倒！“那现在梦中的我就只能这样无所事事地一直等待下去？”

“是的。”

我沉默了一会儿，感觉这有点像坐以待毙。“那我这样与您说话，对您读精神是否有影响？”

老人点头。

“啊？为什么不早说，早告诉我，我就不会问这么多问题打扰您了。”

“有些事是必须发生的，省去不得，”老人说，“如果你前面没有问那么多为什么，也不会问出刚才这个问题。”

老人说得没错。如果没有前面的那些交谈，我肯定不会想到刚才这个问题。即使刚开始出于客气问到了，我想我也不会从此缄口不言。好奇心会驱使我一直问下去，一直到心里的疑问全部得到答案。

现在，我对整个事情的来龙去脉，已经明白了十之八九。没有什么可问的了。我不想再打扰老人，悬在空中，静静等待。

下午两点半醒来时，我的喉咙干得咝咝作响，肚子里也在咕咕乱叫，胃也酸得厉害。以前在CICA里进行高强度野外生存训练时，几乎一天一夜不吃不喝，也没有感到这样饥渴过。

一口喝完八百毫升温开水后，我下楼到便餐店里吃了一大盒盒饭，才感觉舒服了些。

这时，我想起了上午那个受伤的没有父亲的小家伙，和他的鬈发妈妈。我决定下午不再去茶楼盯着杨菲。上午发生那样的事，虽然当时杨菲没有在场，但茶馆附近的群众肯定对我有了印象，这么短时间再过去太显眼。我想，是否应该去医院看看那对可怜的母子？

我的实际行动先于大脑做出决定。从便餐店出来，我招手拦停了一辆出租汽车。这次的出租车司机是一位留着小平头、领带结已掉到第二颗纽扣下面的中年男子。一上车，他就对着我开始滔滔不绝的演讲。

第二十二章
喀城：从长计议

密室，田将军和胡博士以及依祎三人围坐在方桌边。

“我把我的计划给你们二位讲一下，你们看有什么不妥之处，我们一起改进。”田将军开始讲述他的计划。

“欲制敌，首先必须弄清楚敌方的意图。这个已经很明确，他们的目的就是得到隐形服。所以，只要我们不过分惹怒他们，他们就不会轻易伤害人质。其次，他们的意图达到后——研究小组里面有他们的卧底，没办法糊弄他们，所以隐形服被造出来只是时间迟早的问题——他们会如何离开？”田将军看着胡博士，“你们怎么认为？”

胡博士略微想了一下后说：“如果是我，我会用人质做掩护，要求提供逃跑的交通工具，最好是直升机。”

“没错，”田将军表示赞同，“多半会是这样。而且，为了防范我们的狙击手，他们的大部分人会穿上隐形服。当他们押着人质走出围墙，准备登机时，我想，这时就是我们行动的最佳时机。第一，他们倚仗自己可以隐形，必定在心理上轻敌。第二，他们不知道我们已经有了隐形服，更不知道我们还有可以使隐形服无处隐形的特殊眼镜。到时候，我们派出戴上特殊眼镜的特种隐形战士，每个战士负责一个劫匪，同时将他们制服，不给他们任何反应时间。所以，为了确保万无一失，我们必须做好以下这三点。第一，要与老邓协商好，让他在延缓研究进度的同时，给我们提供劫匪的动态情报，给我们的研究提供力所能及的帮助。第二，您要尽快投入研究，必须在他们制好隐形服逃跑之前，研制出那种特殊眼镜，并且制出至少十三套隐形服。第三，您和依祎要绝对地消失，不要与任何人联系。所以，我打算送你们去上海。”

“上海？”胡博士有些不明白，“为什么要千里迢迢去上海？在他们眼里，我和依祎不都已经车祸遇害了吗？”

“虽然他们相信你和依祎已经车祸遇难，但喀城毕竟太小，从这次遇袭事件来看，那个卧底对这个地区非常熟悉。为了谨慎起见，我觉得还是应该送你们去上海。上海作为一个国际性大都市，人多且复杂，也不是那个卧底的触角所能够到达的。在那里，你们完全可以像正常人一样生活。”

“那我们住哪里？实验怎么进行？”

“我会给您安排一套公寓，然后在一条不是很繁华的商业街上为你们租一个小门面，开一家小古董店，以掩人耳目。”

“古董店？”胡博士愈加迷惑，“我对古董可是一窍不通。”

“不需要懂古董。古董店只是一个幌子。古董明码标价，谢绝还价，这样也就可以尽量减少与客人讨论古董的机会。”

“那为什么非要开古董店？”

“清闲，不需要花费很多时间。我们还要把价格定得稍微高出市场价格，这样就更少有人来打扰。依祎平时对古董知识留心补一补，一个人也能应付，您就可以专心做研究了。”

“既然这样，”胡博士还是不明白，“为什么还要开店？直接在家里做就是了。”

“没有任何职业、需求，租套房子在里面住那么长时间，万一引起业主或者居委会的怀疑，再引来警察调查，会引出许多不必要的麻烦。这种可能性只要存在，我们就要排除。”

听完田将军的解释，胡博士不得不佩服将军的智慧与谋略，心悦诚服地点头道：“一切听将军安排。但是相隔这么远，我怎么和老邓保持联系？”

“给我发加密电子传真，我再派人送去给老邓。”

“那需要把隐形服留下？”

“不需要，晚上过去，且不用进到实验室里面，用不着隐形。隐形服您带走，那个对您的研究应该有用。”

“那的确是的。”

看到胡博士已完全同意这个提议，田将军把右手伸过去，搭在胡博士放在桌子上的左手背上，说：“老胡，明晚恐怕还要麻烦您再回实验室一趟，给老邓讲明我们的营救计划，要他做好长期作战的准备。最迟一周后，您和依祎就可以坐飞机去上海。到时由我的亲信徐少校亲自护送你们过去，并在那里照顾你们的生活。徐少校已经在上海工作有一年多，对那边很熟悉。”

说完，见胡博士没有异议，田将军收回手，看了一眼胡博士身旁的胡依祎，语重心长地对她说：“依祎，你以后也是我们队伍里的一员了，也肩负着重大的责任啊！以后不仅要做好古董店的小老板，同时还要在生活上照顾爷爷，在科研上做爷爷的小助手，任务艰巨。到那边后有任何困难，都可以直接找徐叔叔。徐叔叔会一直在上海陪你们，直到任务完成。”

依祎虽然到目前为止还不是很清楚整个事情的详细原委，但她现在至少已经知道这样一个事实，那就是，自己已经没有任何选择余地地陷入了一场战斗，一场真实的战斗，一场暗地里布满了硝烟和危机的战斗。这场战斗既关系到国家大事，也关系到亲人的安危。

第二天晚上，胡博士再次潜回“沙漠孤舟”。老邓还是像昨晚那样，坐在休息室壁柜旁边的椅子上，一边吸烟，一边紧盯着窗户外面的实验室。

“什么？要你研制出能看见隐形服的特殊眼镜？”老邓听完胡博士的讲述后，就像刚听完一个三岁小孩的笑话似的，压低声音道，“刚刚成功研究出如何让人消失，现在马上又要让人无法消失，他以为这是儿戏吗？”

“我也这样质问过将军，可冷静下来一想，也只能这样。而且我也想过了，要研制出那样的眼镜，也不是完全没有可能。”

“呃，怎么做？”

“现在还只是一点不成熟的想法，等我有了稍微完整的理论框架后，再与你商量。”

胡博士说着，语气有些哽咽，“老邓，我相信你肯定不是内鬼。你本来现在就可以跟我一起离开这里的。但是，你一走，不仅其他战友的生命危在旦夕，而且我们以后的营救计划也都无法……所以……”

“老胡，”老邓有些不耐烦地打断胡博士，“我明白，也理解，都三年的老战友了，还说这些干什么。”

见老邓如此大义凛然，胡博士更加感动，心里的内疚，也因此更加深了一层。稳定一下情绪后，他继续说：“老邓，现在你首先要做的，就是稳住大局。同时，尽量拖延时间，但也不要太明显。其次，不要改变任何隐形材料的实验进程，按部就班地按我们以前的步骤进行。若迫不得已有什么改动，得马上通知我。”

“嗯，明白。”老邓点头，而后无奈地感叹道，“真没想到，事情会发展到今天这一步。老胡，你有没有感觉到有什么不对头的地方？我总感觉哪里不正常。”

“是的，我也有同感。但到底哪里不正常，一时又讲不上来。”

“跟我一样。”老邓猛吸口烟，然后一边把烟头摁灭在烟灰缸里，一边站起来，盯着窗外的实验室，神情坚定地说，“事已至此，也只能这样了。”

一周后，凌晨五点半。胡博士戴着一顶压得很低的鸭舌帽、一副深色眼镜。依祎戴着一顶网球帽、一副粉红色太阳镜。这样的装束，在初夏这个季节里，并不算显眼。

田将军的车库里。一个留着短短的络腮胡、身着黑色西装的中年人候在车旁。

“老胡，”田将军给胡博士介绍那位短络腮胡，“这是徐少校，你们以前见过面的。在上海不管遇到任何方面的问题，都可以找他。他是自己人，不必隐瞒。”

“胡博士，您好。”短络腮胡伸出右手。

胡博士怎么也想不起来以前在哪里见过这位络腮胡，虽然声音和相貌都似曾相识。

握住络腮胡的右手的瞬间，看着对方的眼睛，他终于想了起来。原来，他就是三年前接他去 OSM 总部的那个国字脸夹克。“是你？”

“是的，是我。”络腮胡好像知道胡博士说的是谁似的，轻轻一笑。很僵硬的笑，是那种天生不会笑的人所特有的笑。

一切交代完毕之后，胡博士和依祎坐进车里。徐少校亲自驾车，离开车库后快速向机场驰去。

“老邓，儿子，依祎妈妈，还有大家，你们放心，我一定会回来的。”胡博士望着窗外“沙漠孤舟”的方向，默默地在心里说。

第二十三章
申城：可怜母子

我一上的士，刚告知了目的地，那位领带结已掉到第二粒纽扣下面的平头中年男司机就开始了他的演讲：世界形势云谲波诡，中东恐怖爆炸，东欧颜色混战，美国战舰被炸，为了一口井搞核弹讹诈，弄得满世界乌烟瘴气、人心惶惶。幸亏国内还好，除了天灾，不用担心枪击绑架……但是现在工作累且不说，挣钱不多，份子钱飞涨，油价飞涨，物价飞涨……全国的男女老少都跑来看世博，路上堵得跟停车场似的，半天拉不了几个客。城市让生活更美好？狗屁！……家里老婆的风韵不再，一不打扮，对她就不再有感觉。孩子已上高三，成绩差得一塌糊涂，考大学是百分之百没有指望。家里的空调老出毛病，要用热风它突然出来冷风，要用冷风它突然冒出来热风。电视机也常闹别扭，刚看到男人解开女人的最后一颗扣子，它就突然出现满屏雪花……

到医院大门口时，他正说到他家十二岁的老猫突然来了第三春，四处撒野，老是往墙上喷小便——也不是只在墙上，只要是竖着的东西都不放过，弄得满院子臭气冲天……

下车后，我不禁感叹，的士司机一天十几个小时待在车上，承受着沉重的生活压力，每天回到家里老婆和孩子也许早已入眠。他们是世界上最寂寞也最需要倾诉的人啊！所以他们中才诞生了这么多上知天文下知地理中知人间一切烦恼事的演说家。

轻轻推开病房门，小家伙还静静地躺在床上。鬈发女士依旧像我上午离开时那样，双手紧紧握着小家伙的小手，眼睛盯着小家伙的小脸蛋。时间，在这里仿佛没有向前推进。

我轻轻走到小家伙的床尾。

鬈发母亲发现我后，偏过头来看着我，眼眶里湿漉漉的。我本以为她会为我这么快再次回来感到意外。可没有。

“孩子怎么样了？”我轻声问。

她摇摇头。

“您还没吃东西吧？”

没有回应。

“我去给你买点吃的？”

她慢慢站起来说：“不用，谢谢。”

这是她今天第一次对我说谢谢。我不知往下该说什么，于是转身在一排靠墙的塑料椅子上坐下。

过了一会儿，她从手提袋里掏出一块草绿色手帕，擦了一下眼睛，然后来到我身边，也坐下。

“今天的事，”她看了我一眼，随后一边用右手食指绞着手帕，一边望着前面床脚的地面，轻声说，“实在感谢。”

“不客气，”我说，“举手之劳而已。”

“你是个好人。”她抬起眼看着我，湿润的眼睛里涌动着真诚的目光。

她这样表扬我，让我很感动。她是这世上第一个说我是好人的人。现在，已经很少有人这样表示感谢了。可能是因为好人越来越少，也可能是“你是个好人”这句话可以很方便地用更实在的物质来代替。

“只是现在孩子，不知道……”她看着病床上的小家伙，没有继续说下去。

“发生这样的事，我知道大姐肯定很伤心，也很担心，”我安慰她说，“但事情已经发生，再伤心，再焦虑，对孩子的病情也没有什么好处。小家伙还小，正在长身体，头上的裂纹很快就会长合，会好得很快的。”

“嗯，”她轻轻点下头，“真希望如你说的这样。可是，医生说，孩子伤得很重，要是真伤到了神经，童童永远也醒不来，我……”

“大姐，真的不用这么担心，”我故作轻松地笑了笑，“做医生的都会这么对家属说。他们会把各种可能出现的后果都罗列出来，而且有意夸大。目的就是为自己可能要背负的责任开脱。”

为了让她相信，我还告诉了她我以前的一次经历。“上中学时，我颌下腺发炎，需要做一个小手术。那是一个小得不能再小的手术，就在门诊里的躺椅上做的。可事先签手术协议时，医生在上面列出了各种吓人的可能出现的手术后果，甚至连术后感染及危及生命的条款都有。其实，他们这么做，都是为万一出现的各种可能做事先声明，不值得全信的。”

“真的吗？”鬈发女士看着我，“是在安慰我吧。”

“虽然确实有安慰你的意图，但我说的这些也都是事实。悲伤的事情已经发生，我们接下来要做的，就是尽量把事情往好的方向引导。有时候，人的意志是可以影响一些客观事物的发展的。”

“我也相信童童会没事的，”稍微平静下来后，她说，“你今天帮了我这么大忙，我当时还错怪你，真是对不起。你叫什么？”

“秦祎氘。”我说。

“祎氘，”她轻轻重复了一遍，说，“很干净清爽的名字。我叫舒洁。”

不过，这是我第一次听人说我的名字很干净清爽。这个名字，以前被陌生人评价得最多的是“很有武侠感”。今天，她已经给了我两个“第一次”。

“哦，舒姐。”我说。

“是舒洁，水吉洁。”她纠正说。

“我知道，我是说你比我大，应该叫你舒姐，大姐的姐。”

她听着，又微微一笑，眼角随之聚起两条细细的鱼尾纹。鱼尾纹一般是时间无情摧残的结果。可她的是岁月沉淀出来的美的结晶，给她添了几分成熟女人特有的魅力。这是卖古董的那个女孩所没有的。谷姐也没有。

我们之间的陌生感，也被她这一笑给击退了。随后，她问我是哪里人，现在在哪里工作。除了不能说的，我都如实相告。

当她听说我现在在一家私家侦探公司上班时，像小孩子一样，有些许兴奋地说，那一定是一个很刺激、很有意思的工作了。我说没什么意思，整天做一些无聊的琐事罢了。她笑笑，也没有再问。

从谈话中得知，她是外地人，家里的独生女，现在在浦东的一家银行上班。工作轻松，待遇不错。儿子童童在上幼儿园，还差三个月满六岁。这本是一个幸福美满的家庭。可不幸的是，她的父母在她婚后第三年的一起车祸中双双遇难。一年后，丈夫又因病离世。丈夫的老家也在外地。所以，现在上海就母子俩，没有别的亲人。

从她的述说中我还得知，自从丈夫去世后，她便没有心情像以前一样与朋友同事外出聚会逛街，节假日就整天待在家里，单位的集体活动也以各种理由逃避。孩子童童也跟她一样，像变了个人似的，不再吵闹，不再去游乐园，也不再和楼下的小伙伴们出去玩耍。每天放学后，他乖乖地回到自己的小房间里做作业，然后看动画片；妈妈做好饭后，就和妈妈一块吃饭，给妈妈讲学校有趣的事情；晚上见妈妈看电视，就乖乖地偎依在妈妈身边翻看图画书；见妈妈在呆呆地伤心，就要妈妈给他讲图画书上的故事；见妈妈望着墙上的结婚照流泪，就用纸巾给妈妈擦眼泪，还说爸爸去另外的地方玩了，不久后就会回来的，童童都不哭，妈妈也不要哭啊……幸亏有孩子陪在身边，不然早就“被痛苦的刀割成碎片了”。现在情绪刚刚好起来，又突然发生这样的事，可想而知对她的打击之大。

舒女士说这些时，一会儿用手帕抹抹眼睛，一会儿又用手指绞着手帕轻轻微笑。有欣慰，有无奈，也有期盼。就这样，不觉间已到了下午四点。这时，医生进来巡房。

医生查看了床头各种仪器上的数字，然后又翻开小家伙的眼睑看了一番后，说：“孩子的生理指标都很正常，现在的问题主要在神经方面。”

“那童童什么时候可以醒来？”望着医生，舒女士急切地问。

“这个谁也无法预测，神经这东西看不见摸不着。现在只能配合药物慢慢治疗，耐心等待。”

舒女士无语。等医生走后，她却好像想从我这里寻得答案似的注视着我说：“怎么办？”

“听医生的话，配合治疗，以积极的心态去引导事情向好的方向发展，要相信孩子。”我说。

舒女士紧绷着嘴唇，点点头。

又待了一会儿，看时间不早了，我起身准备离开。

“你以后还会来吗？”舒女士把我送到病房门口时说，可能感觉到有些冒失，她脸上浮现出微微红晕，“当然，是在你方便的时候。今天实在太谢谢你了。你的忠告也让我放松了很多。不然，真不知道会成什么样子。”接着，她还故意开玩笑来掩饰刚才的冒失说，“你以前是不是学过心理学？我觉得你真可以兼职做做这方面的工作，生意一定不会差的。”

“没有没有，你过奖了。有时间一定再过来，如果有什么需要帮忙的，也请尽管打我电话。”说完，我把手机号码留给她。

下午四点半，我离开医院。走出医院大门时，我突然想起昨晚谷姐的祝福，她说祝我能早日拥有一段曲折离奇的人生经历。莫非，她的祝福已经开始应验？

在医院门口的小店里选了一顶灰色网球帽后，我乘地铁来到庙前街。

从“烨羽沙”店前走过时，只见杨菲正在收拾店铺准备关门。

我在附近逗留了一会儿，然后跟踪她来到隔壁街的菜市场。我跟踪她这两天来，第一次见她去菜市场。她买了小青菜、猪肉、火腿肠和鸡蛋。我在小本上一一记下。

买完菜后，她直接回到自己家里。

我回到住所后，在楼下的小饭馆里点了两个小菜。吃饭时，我却想起下午从医院出来时舒女士期待的眼神，还想到可怜的她现在一个人照顾小家伙，可能都没时间外出吃饭。

但一天之内连续两次去看望与自己毫无关系的他们，舒女士会怎样想我？我脑子里犹豫不定，身体却已经骑上“宝马”疾驰在去医院的路上。我今天是中邪了吗？

再次推开小家伙的病房门时，舒女士正在用毛巾给小家伙擦脸。见我进来，她很高兴地对我说：“刚才童童说话了，说口渴，我给他喂了一大杯水。”

我本以为她会为我这么快又回来而惊讶，可是没有。童童病情好转带给她的兴奋，远远超过了我的不约又至带给她的惊讶。而且，她就像早就知道我会这时候回来似的，兴冲冲地对我说着我走后童童的表现。

“这可是好的征兆，”我也替她感到高兴，“医生怎么说？”

“医生说孩子既然知道口渴，说明身体机能没有问题。他能把生理需求用语言准确表达出来，说明思维也没有出现大的毛病。”

“我说了小家伙会没事的，这下可以放心了吧。”

“嗯，托你吉言啊！”这时，正是晚上七点整。

“你还没有吃晚饭吧？”我问。

“不说我还忘了，”舒女士两条细细的眉毛微微往上一扬，“你这一提醒，还真感觉有些饿了。”

“那你去吃点东西吧，我给你看着童童。”

舒女士看了一眼童童，然后看着我，略一犹豫后，感激地笑笑道：“那就麻烦你了。”

舒女士走后，我在她坐的椅子上坐下，看着床上还在静静睡着的小家伙。小家伙圆嘟嘟的小脸蛋，红润的小嘴唇，小小的鼻子，睫毛长得有些过分，十分可爱。我忍不住用手指轻轻摸了摸他的右脸颊，像果胶的感觉，结实而又有弹性。

这时，小家伙的嘴唇微微动了动。我马上把耳朵贴上去。小家伙想尿尿。

我从护士站叫来一个小护士帮忙。我抱小家伙，小护士帮我提着盐水瓶。本以为使点劲才能把小家伙抱起来，可没想到小家伙出奇地轻，就像在水中有浮力向上托着一样。

把小家伙抱进洗手间后，我蹲下，把他放在我的左大腿上，正准备给他脱裤子时，接下来发生的事情令我和小护士都吃了一惊——小家伙竟然自己站了起来，眼睛没有睁开，梦游一般。我和小护士都愣住了。两秒钟后，我解下他的裤子。小家伙的小鸡鸡仿佛在向我示威一样，耀武扬威地直直向上翘起。

尿完之后，我把小家伙抱回床上。小护士皱起眉头，看着小家伙说：“这么奇怪的病人，还是第一次遇见。”

我也抱有同感地点点头。出门时，小护士回头问我：“你是他什么人？”

“小舅。”我随口回答。

小护士微微一笑，露出两个可爱的小酒窝，关上门。她对我笑？难道我自称是小家伙的小舅有什么不妥吗？不过，那毕竟是善意的笑，可能是因为见我是一个比较尽职的小舅而给我的表扬吧。

舒女士回来后，我向她说了刚刚发生的事情。她听后亲吻着小家伙的额头：“宝宝真乖，妈妈在这里。妈妈知道宝宝很坚强，宝宝很快就会好起来的。”然后对我说：“谢谢你这么快又过来了，真不知道怎么感谢。”

“不客气，来看自己的小外甥，应该的。”我说。

“小外甥？”舒女士疑惑地睁大眼睛。

“刚才有护士问我是小家伙的什么人，我也懒得解释，就随口说是小家伙的小舅。”

“呵呵，童童要是真有你这么一个小舅就好了。”舒女士苦笑道。

“等小家伙醒来后，如果他喜欢，您也不嫌弃，我就认他这个小干外甥。”

“有你这么一个神秘的侦探舅舅，童童肯定会高兴得不得了的，说定了啊。”

这时，小家伙的嘴唇又动了下。舒女士马上把耳朵凑上去，然后用手掌贴着小家伙的小脸蛋：“好的，妈妈马上去给童童弄哦。”

“童童说饿了，我去给他买点吃的。”舒女士一边翻开手提袋一边说。

“我去吧，比你快。小家伙爱吃什么？”

舒女士略一皱眉，说：“那又要麻烦你了，看能不能找到米粥吧，最好放点糖。”

我跑到护士站询问。护士告诉我医院食堂就有专门为不能进硬食的病人准备的米粥。

“这么快！”等我端着小碗米粥回来时，舒女士赶紧迎上来，接过米粥，“侦探舅舅就是不一样啊。”

“没有，就在医院食堂弄的。”我老实说。

“童童能有你这么厉害的小舅，真是他的福气。”舒女士一边说一边舀了一小勺米粥，用嘴唇试了试，然后送到小家伙嘴边，“童童乖，吃饭了啊。”

小家伙好像真的听到了舒女士的话似的，微微张开嘴。结果，一碗米粥被他一口气吃得一滴不剩。

“要不要再喂点？”舒女士给小家伙擦了擦嘴后，回过头问我。

“可以了，白天流了不少血，身体比较虚，最好不要吃太多，以免增加胃的负担。”我说。

“你懂得可真不少！”

舒女士如此接连不断地夸我，无疑给了我很大自信。我也似乎渐渐认识到，对这个世界来说可有可无的我，某些时候还是有一些存在的意义的。

收拾完之后，舒女士多少踏实下来，不再那么忧心忡忡。

我在靠墙的塑料椅子上坐下。她坐在童童病床侧，看着我，问我说：“你结婚了吗？”

“没有。”我很肯定地回答，就像回答“你有一百万吗”一样没有任何犹豫。

“那女朋友呢？”

"也没有。"

"怎么会没有？"舒女士看着我说，"像你这样心肠好、工作也好的小伙子，怎么会没有女朋友呢？"

"真没有，干我们这行的，经常做暗中跟踪调查的事情，很少与他人正儿八经地接触，所以还没有遇到。"

舒女士想了两秒钟，微微点下头，然后把几缕散落到脸颊的鬈发捋到耳后说："你今天帮了我这么大忙，现在又是童童的小舅，我给你介绍一个怎么样？"

"那谢谢了。"我笑了笑，不置可否地回答。

"可不是玩笑，我认识一个心地好、长得也不错，又做得一手好菜的小姑娘，有机会介绍给你。你们肯定谈得来。"

"这么好的姑娘，还没被有钱人抢走吗？"我顺势问。

"她可不是那种势利的女孩子，不少有钱有势的人追过她，都被她回绝了。"

"这么有个性，那你怎么断定她和我谈得来？"

"感觉，完全是毫无理由的感觉。你们俩都有不俗且相通的地方，但若要我把这不俗且相通的地方用语言说出来，我又做不到了。当然，这也可能只是一种错觉，一种由我内心对你的好感和美好祝愿而形成的主观错觉。不过，你们当面交往几次，就知道是不是我的错觉了。"

"行，既然您说得这么玄乎，有机会一定会会她。"

这样说完后，我们便没有可继续说下去的话题。沉默。

沉默慢慢地越来越凝重。我突然觉得有些尴尬起来，毕竟我们这才刚刚认识不到一天。

"您今天晚上就一直这样守着？"一会儿之后，我打破沉默问。

"嗯，"舒女士摸着童童的小脸蛋回答，"我要陪着童童。"

"那我去叫护士给您拿一张行军床过来。"

"不用，躺下肯定也睡不着。"舒女士偏过头，眼睛里又开始浮现出担心的神色，"你先回去，明天还要上班吧？"

我看看墙上的挂钟，已是九点整。是该走了。再待下去，对一个刚相识这么短时间的陌生人来说，确实有点关心过头。

从医院大门出来时，一抬头，正好瞥见医院东面不远处的那座望归山。细想一下，已经好久没有去那里了。

我跨上"宝马"，一路疾驰，向它驶去。

第二十四章
胡依祎：伪装身份

上午九点十分，飞机准时降落在上海虹桥机场。

出候机大厅，徐少校带着胡博士和依祎直接来到停车场，在一辆深蓝色别克商务车前停住。徐少校打开后备厢，放进行李。

从停车场出来，不一会儿便进入高楼林立、人潮涌动的繁华商业街。徐少校戴着墨镜稳稳地驾驶着别克。

依祎紧贴着车窗，睁大眼睛望着车外的全新世界——三层的立交桥纵横交错，望不见顶的高楼鳞次栉比。高楼身上巨大的显示屏里，播放着各种色彩鲜艳的视频广告。底层橱窗内陈列各种令人眼花缭乱的商品，橱窗前走过穿着露脐装的时尚女子和 T 恤上印着各种图案文字的男孩，还有不少各色肌肤的外国人。这些都是以前在电视上才能看到的现代大都市的画面，这里也是依祎将来大学毕业后想去的地方。

这之前，依祎还曾担心，自己毕业后能否有机会来这样的大都市工作生活。可是现在，由于这次突发事件，她已经身在以前所向往的地方了。

胡博士则一直直直地望着车窗前方。从上飞机，他就一直在心里琢磨着研制那个特殊眼镜在理论上的可行性。可到目前为止，还没有找到任何入口。

“胡博士，你们现在已经有了新的名字和新的身份，”徐少校从副驾驶席上的公文包里抽出一个塑料文件袋，递给后面的胡博士说，“这是你们新的身份证和户口本。”

现在，胡博士叫杨槐，身份是大学退休教师。依祎叫杨菲，身份是小古董店老板。

“你们俩现在仍然是爷孙关系。杨菲的父母半年前在一场空难中丧生。我是杨菲的舅舅，叫尚文明，在上海做古董生意。你们平时最好尽量少与陌生人接触，万不得已接触时，千万别忘记自己的新身份。”

胡博士和依祎把徐少校的交代牢牢记在了心里。他们都期盼着这新的开始，同时，又期盼着这一切能早日结束。

一小时后，到达目的地——蓝天小区。到小区大门口时，徐少校按了一下喇叭，然后摘下墨镜对看门大伯点下头。看门大伯微笑回礼，打开门放行。

车绕过一个大花坛后，在一栋十层的灰色住宅楼前停住。楼的侧身上写着：106。

下车后，徐少校带着胡博士和依祎走进一楼大厅，在大楼管理员的值班室窗口前停住。一位五十多岁的老太正戴着老花镜坐在值班室里看报纸。她就是管理员，姓鲍。

“鲍大姐！”徐少校轻轻敲了一下窗户玻璃，打招呼道。

老太摘下老花镜，看清是徐少校后，满脸笑容地从侧门出来，好像跟徐少校很熟的样子。

“小尚呀，把他们接过来了？”鲍老太是位身材圆鼓鼓的慈祥老太。

“是的，这是杨叔，这是菲菲，以后还请多关照。”徐少校依次指着胡博士和依祎向鲍老太介绍说。

“不用客气，住进这栋楼，就是一家人了。”鲍老太说着看了一眼胡博士，微微点头。然后盯着依祎，上下仔细打量了一遍后说：“菲菲可真漂亮哟！”

依祎有些害羞地笑笑，以前听说上海人比较排斥外地人，对外地人都很冷漠，可鲍老太却让她感觉很亲切。

徐少校带着胡博士和依祎一行三人乘电梯上到五楼。这栋住宅楼每层楼只有门对门两户人家。徐少校打开 502 室的门。

草绿的地毯，雪白的天花板，水晶吊灯。朱红色古色古香的茶几，罩着毛茸茸棉巾的沙发。沙发背面墙上，挂着一幅颇大的草原木版画。通透的落地窗，大大的阳台。看着这么漂亮的新家，依祎心里划过一阵短暂的喜悦。

整套房子三室一厅、一厨两卫。家具电器一样不少，厨房里的厨具也一应俱全。只是让胡博士和依祎有些不解的是，屋子里什么都是新的，只有几件大电器却显出历史的痕迹。

“这里刚重新装修过，”徐少校说着推开一间房的门，里面就一张书桌和一把转椅，“这间是胡博士的工作室，其余两间是你们的卧室。这间房的空间比较大，将来可以放实验设备。四面墙和门都加装了隔音材料，可以完全阻隔住一百二十分贝以下的声音。”

回到客厅，徐少校从电视柜的抽屉里拿出一个大块头的对讲机和两部小巧的手机。

“这个对讲机可以分调频通话，”徐少校跟胡博士和依祎介绍说，“每分钟调频一次，以防止被人监听，有什么重要事情就用这个与我联系。不用拨号，直接按通话键就可以。我就住在附近，开车五分钟就能赶到。平时在外面就用手机联系。这手机也有防监听功能，还装有跟踪定位，即使没电了，我也可以随时知道你们的准确位置。家里的座机也开通了，不过建议你们能不用则不用。”说完，又从柜里托出一台小巧的传真机，“这是特制密码传真机，胡博士可以用这个与田将军互传文字材料。”

“这里生活也比较方便。”徐少校接着把胡博士和依祎领到阳台上，指向东面说，“出小区往右拐一百米，有一个菜市场，再过去几十米，有一个大型超市。缺什么东西，基本上在那里都可以买到，”他说着把一张信用卡递给依祎，“这里面有足够你们用的额度，尽管用。我现在带你们去外面吃点东西，然后带你们去店里看一下。店离这里也很近，走路十分钟就到。”

在小区门口的一家饭馆里，徐少校特意点了不少本帮菜。可胡博士和依祎几乎没动筷子，完全没有胃口。

“胡博士，”徐少校见状说，“你们的遭遇，我深表同情。您和依祎现在的心情，我也能理解。但是，您的同事和依祎的父母，现在都还在‘孤舟’里等着您去营救。将军交代了，这是一场长久仗，我们现在必须首先保重好自己的身体，这样才可能有下一步的计划和打算。您和依祎尽量吃点吧，就算为了他们。”

听了徐少校这番话，胡博士和依祎忍着焦虑和难过，多少吃了一些。

吃完饭后，徐少校带着胡博士和依祎来到一条古董艺术品商业街。商业街紧挨着黄浦江西岸。地上铺的全是青石板。两旁全是晚清式样的两层木楼阁。空中飘着各式各样的幌子。整条街不长，可以一眼望到头。也不宽，最多能容两辆小皮卡并排通过。

由于刚过午饭时间，街上空旷得几乎可以跑马。徐少校带着胡博士和依祎在最东头的一间有镂空窗户的店铺前停住。

徐少校打开排门，然后把钥匙交给依祎。店里面积不大，三十几平方米。靠墙的几排货架上，摆满了各式各样的茶壶、花瓶等古董。

“这些古董都明码标价，营业执照也都齐了，只是具体店名还没拟定，这个是特意留给依祎自已取的。”徐少校说。

在店里待了一会儿后，一行三人重返蓝天小区。

“不知胡博士对这些安排是否还满意？”在楼下，徐少校问。

“很满意，真让你费心了，”胡博士很感激地说，“你们军人办事就是干净利落，也很细心周到。”

“您过奖了，这是我的工作。希望你们在这里一切顺利，无论有什么需要，都可以随时联系我。”

“嗯，好的。”

交代完，徐少校即驾车离去。

回到家里，胡博士和依祎站在阳台上眺望。望着窗外全新的陌生世界，想起徐少校刚才说的“这是我的工作”，胡博士问身旁的依祎：“依祎，很想爸爸妈妈吧？”

“嗯。”依祎点头。

“我也很想他们，”胡博士着看依祎，左手轻轻放在她的右肩上，“可现在想也没有用，伤心也没有用，就像田将军说的，我们现在是战士，在战斗。我们不仅要营救你的爸爸妈妈，也不仅要救出爷爷的那些同事，还要为所有普通老百姓的安危战斗。所以我们要坚强，要尽快完成我们的任务。依祎一定会是一名坚强的战士的，是吧？”

“嗯，我会努力跟爷爷一样，做一名坚强的战士的！”依祎用坚定的眼神向爷爷保证。

502对面的501里，住着一户三口之家。胡博士和依祎刚搬进来不久后，他们过来串过一次门。男的三十多岁，姓霍，戴着眼镜，文质彬彬，是位大学老师。女的是一家外资银行的人事主管，姓舒，是一个热情开朗、很有气质的女人。

舒女士保养得很好，跟丈夫差不多大的年龄，看着却比丈夫小许多。夫妻俩有一个儿子，今年刚满四岁，小名童童。

第二十五章
秦祎氘：谷姐任务

望归山顶，是一块直径十米左右的圆形平地。正中间，立着一根高高的太阳能路灯。山顶四周，各有一条长木椅。

西边的长木椅旁边，还有一伞形小亭子。站在小亭子里，可以眺望到沿海部分的大半个上海。

两年前刚分来上海时，一次在外面了解社情，我发现了这个地方。后来闲着没事，或者心情不好时，就常来这里。有时一个人，有时叫上谷姐。近来由于手头的事情越来越多，已许久没来。

此时，一对青年情侣偎依在东面的长木椅上。我从“宝马”上下来时，他们回头看了我一眼，然后继续紧紧搂在一起。

我在西面的长木椅上坐下。在这里，可以远远望见黄浦江两岸的世博园区，那里灯火辉煌。浑身通红的国家馆绚彩夺目，五颜六色的LED彩灯此起彼伏。三座铁架桥横跨在婀娜多姿的黄浦江上，上面的景观灯把它们装饰得像三件精美的玻璃手工艺品。黄浦江东岸的明珠电视塔像根巨型荧光棒直插夜空，它是蒸蒸日上的上海的象征。

望着灯火灿烂的夜上海，想到今天白天的遭遇，我不禁感慨，这么大一座城市，两千多万人口，一天之间，会发生多少意外，又有多少人会在这些意外中受伤？可在以前的我看来，这些事情的发生和结束，都与我无关。

可今天，由于这两千万人中的两个人与我有了联系，我突然觉得我是属于这座城市的。我的存在，已经影响到了它的某个角落。在那个角落里，有一对可怜的母子需要我。想到这里，我不禁隐隐有些兴奋。

我正感慨一日之间，自己在这座大城市里的角色已经悄然发生变化时，裤兜里的手机叮咚响了一声。是谷姐发来的短信。

——在哪里？

——望归山顶乘凉。

——这么晚了，你发热了吗，这么凉快的天乘什么凉？

——什么事？

——没事，就是问问你，你的任务进展如何？

——顺利，杨菲每天按部就班地生活。不过，我今天遇到了意外，做了一次好人。

——怎么说话莫名其妙，果真发热了？在那里等我，一会儿到。

——行。

按下发送键，我抬头望了一眼灰扑扑的天空，自从昨晚和谷姐发生那样的事情后，还一直没有见面。待会儿见面会尴尬吗？这样想着，昨晚谷姐的喘息声似乎又在耳旁隐隐约约地响起。

就在这时，身后东面长椅上的那对情侣发出一阵短促的欢笑。我回头看了一眼，他们在相拥着窃窃私语，女孩不时发出低低的笑声。男孩说了一句什么后，女孩笑得更起劲了。

半小时后，一束汽车灯光从我背后直射过来，把我的影子投向远方脚下的城市。回过身，一个修长的身影朝我款款走来。

两秒钟后，汽车掉头离去。这个修长的身影也随之消失，成为昏暗的路灯光的俘虏。

“上一次来这里是什么时候来着？”谷姐一边向我走来，一边大声自言自语道，“好像是一年前吧。”

牛仔裤，低腰夹克，长袖衬衫。衣袖捋到手肘处，露出白皙的手臂。

“那之后你还一个人来过？”她在我旁边坐下后，望着远处的夜上海问道。

“没有，今天是那之后的第一次。”我回答。

“变了。”

“城市变了？”

谷姐没有回应，从塑料袋里拿出两罐啤酒，给我一罐。“真发热？”

“没有。”我接过啤酒。

“那为什么突然跑来这里？”

“不是突然，是顺路。”我打开啤酒罐后，递给她。

“谢谢。”谷姐接过，给我另一罐。

“是你的心情变了吧？”我打开第二个啤酒罐问。

谷姐捋了一下耳后的头发：“心情变了，城市也变了。”

“可啤酒味儿没变。”我喝了一口啤酒后说。

谷姐也喝了一口，然后偏过头来，看着我，嘴角倏地绽开：“没变。”

“上次来这里，”谷姐转回头去望着远处问，“我们喝了几罐来着？”

“你三罐，我四罐。”我回答。

“还记得这么清楚？”

“你忘了？”

“没有。你四罐，我三罐。”谷姐看着我笑出了声，“你说今天做了一次好人，到底怎么回事？”她边说边碰住我的啤酒罐，“先喝一口再说。”

我们同时仰起头，一大口啤酒下肚。然后，我把今天的遭遇用简短的语言告诉了她。

“真是一对可怜的母子，”谷姐听完我的讲述后，很同情地摇摇头，“希望小家伙早日康复，不要留下什么后遗症才好。”

“你说，这么大一座城市，像这样的悲剧一天要发生多少？”我望着望归山脚下的医院大楼，把刚才想到的向谷姐说出来，“这么多医院，天天人满为患，至少有一半是因为意外进去的吧。这么一想，这真是一个充满悲剧的城市。再扩延到整个世界，说这是一个充满悲剧的世界，也不为过。”

“一半悲剧，一半喜剧。”谷姐似乎并不同意我的看法，她双手紧握着啤酒罐，眼睛好像望着外滩的那个方向，说，“那你有没有想到，这座城市里又有多少歌厅舞厅，多少发廊酒吧？至少比医院要多得多吧。那里面又何尝不是夜夜爆满。如果能看透建筑，我们现在坐在这里所看到的夜上海，应该到处都是一堆堆舞动的人群，一颗颗狂欢的头颅，和一副副淫笑的嘴脸……这么一想，这又是一个歌舞升平的世界了。”

“所以你活得比我开心。”我说。

“跟我酸是吧？”谷姐自饮了一口啤酒后，瞟了我一眼说，“没见你不开心，也没见我多开心。”

“也确实。”我回头看了一眼那对还在偎依着窃窃私语的情侣，低声问，“这次C部的任务棘手吗？”

“嗯，有些困难。”谷姐紧绷住嘴唇，表情严肃起来。

“这次就你一个人？”我又问。

“对，上面说知情人范围越小越好。”

以前C部有任务，大多是我与谷姐搭档。这次只她一个人，可见任务非同寻常。我很好奇，同时，也有些羡慕。

我说："一年前，在这里喝完三罐啤酒后，你说三年之内如不完成一项值得存入教材室的任务，就来这里喝完三十罐，醉死拉倒。这次任务是否可以挽救你免于醉死的命运？"

"可以挽救两次，如果能顺利完成的话。"谷姐非常肯定地回答。

听她这样说，我更加好奇："这么厉害，可以分我一次吗？"

"不可以，你还有两年时间。"谷姐摇着手中的啤酒罐，看着我说，"即使两年后你还没有实现目标，四十罐也喝不死你，这个谷姐我还是可以放心的。"

我正准备说她薄情寡义时，背后传来嘟嘟嘟的摩托车的发动机启动声。很沉很重的声音，一听便知是赛车的声音。那对情侣已疾驰离去。

"你说，从这里走到山脚，到可以打到出租车的地方，要多长时间？"为了惩罚她刚才的小气，望着转弯不见的那对情侣，我问她。

"至少半个小时吧。"她稍想后回答。

"跑步呢？"

"一刻钟差不多。"

"那好。"我一口喝干手里的啤酒，然后把空罐扔进旁边的垃圾桶，"你选吧，半小时还是一刻钟？"

谷姐看着我，愣了两秒钟，然后突然把手里的啤酒罐往椅子上一放，站起来转身朝我的"宝马"跑去。

"留着你自己选吧！"她边跑边说。

真是机灵的谷姐。我站起来，把她留下的啤酒罐扔进垃圾桶——里面还剩十分之一的酒。

"钥匙？"谷姐堂而皇之地坐在我的"宝马"上，把手掌伸到我的下巴前。

"还行吗？"

"试试不就知道了，快点！"

见我没反应，谷姐从手把上摘下头盔给我："戴上摔不死你。"

"阿弥陀佛！"我在胸口上画了一个十字，给她钥匙。然后把头盔放进尾箱，跨上"宝马"后座。

"还记得CICA结业时的摩托车越野考核吧？"谷姐一边把钥匙插进发动机锁眼一边说，"我可是进了前十的哦。虽然这些年没骑，但也不至于把你摔下来吧。"

点火，油门慢慢加大。平稳启动。"坐稳了！"谷姐大声喊道。

话音刚落，只见油门指针迅速右摆，一下子划到六十。

耳畔的风呼呼刮过。她的发梢吹到我脸上，淡淡的熟悉的香味。

我把谷姐送回了公司宿舍。公司女性少，两个人住两室一厅。男的则四个人住两室一厅。谷姐一直住在宿舍。临别时，谷姐特别叮嘱我说："有时间，记得去看看那对母子。"

我说有空就去。

回我的住所，只要过两个十字路口。在第二个十字路口等红灯时，我突然想起刚才与谷姐在一起的时候，竟丝毫没有感觉到尴尬。其实，刚才与谷姐在一起时，我压根儿就没有想到昨晚的事。谷姐，就是这样一个有着特殊魔力的人。

回到住所，已是晚上十一点。匆匆洗漱完后，我泡了杯淡茶放在床头，半躺在床上，一边喝茶，一边想着明天的安排。

杨菲明天肯定也还是像昨天今天这样开店关店，没必要时时监视。再者，目前的资料也差不多够向林老板交代的了。要不，明天上午再去医院看看那对可怜的母子？

喝干茶，关掉床头灯。我躺在床上，闭上眼，开始寻思明天去医院后该说什么。进病房后的第一句台词还没有想出来，睡神就迫不及待地把我夺了去。

梦十三（蜇人的红头海蜇）

被睡神夺去的我，立刻化为一个点。钻进海水时，我远远看见吃精神的红头海蜇又多了不少。它们正在纵横交错地围绕着洞壁游来游去。

我想近距离看清楚它们到底长什么模样，于是跟在一只红头海蜇后面，正准备超过去，它却猛然停住。我躲闪不及，一下子扑进它怀里。那感觉，就像扑进了电网一样，而且还是带刺的电网。

我被它狠狠地蜇中了，就像片凋零的落叶，慢慢地掉在洞壁上，然后沉入洞壁，进到洞里，轻飘飘地落在离老人一米多远的地上。

这时，周围的一切都像是透过火焰看到的一样，飘忽不定。老人也像一条被风向上吹起的绸带，扭摆着身子。

几分钟后，我才渐渐缓过神来。浑身酸痛。虽然我只是一个点，但浑身酸痛的感觉却能真真切切地感受到。

我摇摇晃晃地爬起来，爬到与老人左边耳朵同高的地方，停住。只见老人面前的架子上只剩下三颗头骨。我虽不想再打扰他，但还是忍不住诉苦说："想不到，这些红头海蜇还会蜇人！"

"哪有不蜇人的海蜇？"老人闭着眼睛不痛不痒地回答，也没有看我一眼。

"那以后海蜇越来越多，把这个洞围得水泄不通，我岂不是进不来了？"

“那就是一决胜负的时候了。”

想到以后每次都要像刚才这样，被蜇一次或者更多次，我不禁打了一个冷战。

“那我在洞外，你不是照样可以读精神吗？”

“是的。”

“那我以后不进来，不就可以不用被蜇了？”我想到这个好计谋说，“反正我在这里，也是无所事事地待着。”

“是的，但这样我读精神的速度会很慢。”

看来，在劫难逃。

“到最后，外面的海蜇会多到什么程度？”

“难以数计，一层盖一层。”

我蒙了，悬在空中，不再说话。

第二天早上六点半，我准时被闹铃叫醒。窗户外面灰蒙蒙一片，飘着肉眼看不见的细雨。在阳台上做运动时，只听见飞机远远的轰鸣声，完全找不到其身姿。这样的天气，杨菲是不会去开店的。看来，老天也有意安排我今天去医院了。

第二十六章
胡依祎：转换角色

来到上海后的第一周，依祎没有开店门。她首先去商场给自己和爷爷买了几套衣服。从喀城飞过来时，除了爷爷的一些资料外，其他的几乎什么都没有带。然后，她又从书店买回两本烹饪的书，开始学着烧饭做菜。要知道，以前的依祎可是从来没有做过饭的，厨房都很少进。

不过，依祎很聪明，心灵手巧，一周下来，就能做出像样的饭菜了。爷爷也从开始皱着眉头吃饭，到后来吃得津津有味。

为了缓解伤感、转移注意力，这一周，依祎还去了一次东方明珠塔，去了外滩，去了南京路，领略了一番大都市的繁华与时尚。

胡博士则除了吃饭睡觉，每天都待在实验室里。

一周过后，依祎开始转换角色了。第一次去古董店，是和爷爷一起去的。他们把古董店彻底打扫了一遍。在擦货架时，胡博士把一个紫砂小茶壶擦了又擦，爱不释手。

依祎就笑着问：“先生想要吗？今天本店新开张，如果先生诚心喜欢的话，可以优惠卖给您。”

“优惠多少？”胡博士也配合说。

依祎看了一下货架上的标价。“原价一百，我就给您老打个八折，八十吧。”

“好，我也给小老板做个开门生意，”胡博士说着递给依祎一张百元大钞，“不用找了。”

依祎笑嘻嘻地接过钱：“做老板真好玩。”

“刚开始什么都新鲜，三天之后就不会说好玩喽。”

“哼，我会坚持下去的，因为我是一名坚强的战士嘛！”依祎翘起下巴摆出立正的姿势说。

“爷爷相信依祎会坚持下去的，不过刚才这样的话，以后不要在公众场合随意乱说。”胡博士严肃起来，很认真地告诫依祎，“我们身边的每一个人，都有可能是敌人。”

听胡博士这样说，依祎觉得爷爷有些过度紧张。但对于胡博士来说，他这样告诫依祎，完全是出于自己的切身体会。他已不敢相信任何人。

“这些商品也不要随意降价，万一以低于成本的价格卖出去，也会引起别人的怀疑。”

依祎点头，心里却不怎么服气，认为爷爷有些过于草木皆兵了。

从这天开始，依祎便开始了古董店小老板的古董般的生活，每天都像是在重复前一天。因为没有经济上的压力，也就不用整天寻思着怎样去赚钱，怎么样弄些噱头来吸引顾客。

这样无所事事地做了一段时间的老板之后，被爷爷说中了，她再也不会说做老板很好玩了。不仅如此，她还深感无聊，接着是寂寞，而后是烦躁，到最后坐立不安。

依祎毕竟是个聪明又性格坚韧的孩子，她没有被无聊和烦躁击倒，反而找到了化解方法。每隔一两周，她就给古董店取个新的名字。然后，把新名字用彩色粉笔，以不同的字体写在一块搓衣板大小的木板上，靠墙放在门外。这样，每次古董店有了新名字之后，依祎就感觉这店已不是以前的那家店，而是一家新的店了。

依祎给店取名有个特点，不为有意义，只为悦人耳目。翻开字典，遇到好看好听的字，就选取两个或三个组合在一起。有时把两个意思上毫不相干的字放在一起，出来的效果竟会令她惊讶不已。

每次给店取新名字时，依祎都很开心，也很虔诚，就像给自己将来的孩子取名字一样。

除此之外，古董店里的一个头骨艺术品也引起了依祎的注意。刚开始见到那个头骨时，依祎还以为那是真的。夸张的牙床、深凹进去的眼窝，让她有些害怕。后来看了介绍，才知道它是由石膏掺和着动物的肋骨粉末制成。掺和动物骨末做出来的头骨更具质感，也更细腻柔滑。同时由于肋骨靠近心脏，这样做出来的头骨模型也会沾上一些灵气。知道这些后，依祎不仅不再害怕，还会时常用手去摸一摸。感觉跟介绍上说的一样，很细、很滑、很柔，而且似乎只要稍微用力一按，就能按出印来。

巧合的是，一天傍晚在回家的路上，依祎无意间在离古董店几十米开外的一个旧书摊上看见一本日本的短篇小说集，觉得好看，就买了下来。里面有一篇名为《流泪的花瓶》的文章，依祎最喜欢。

故事讲的是日本的一位中年男子，丧偶之后，非常伤心，就叫匠人用掺有妻子骨灰的石膏做了一个一尺多高的花瓶。每天晚上，男子就抱着这只花瓶入睡。

三年后，这名男子遇上了另一位女子，便把花瓶放在床头的化妆桌上，每晚抱着那个女子睡觉。有一天，男子在擦拭花瓶时，发现花瓶颈部出现了一条很细的裂纹。裂纹底端还有一粒雨滴样的图案。后来，那个雨滴样的图案越来越深。一天晚上，男子梦见以前的妻子在抱着花瓶流泪，眼泪一滴一滴地沿着花瓶流下来。这时，这名男子才猛然醒悟，原来花瓶上那个雨滴样的图案是亡妻的眼泪。

文章在这里突然结束。后来那个男子到底怎样面对怀中的女人和化妆桌上的那个花瓶，依祎很想知道。她甚至专门打电话给出版社的编辑，询问是不是编辑时出了差错，把结尾给漏掉了。可他们说原文就是如此。

从那以后，每天早晨擦拭货架时，依祎都要用手去摸摸那颗头骨。小说里的男子最后是继续与身边的女子相好下去，还是与她分手继续抱着花瓶入睡？这两个结局都不是她所希望的。

就这样，依祎慢慢喜欢上了这颗头骨。为了防止它被别人买走，她把标价从原来的两百提高到八百。

同时，依祎还喜欢上了一本叫《小王子》的书。看了一遍中文版后，她买来英文版，并决定把英文版背下来。

这样，依祎每天便有事可做了。每天早上打扫完店面后，她就坐在藤椅上，背对着街道，一杯茶，一本书，过起两耳不闻窗外事、一心只读圣贤书的悠闲生活。

在天气不好的时候，依祎是不去开店的，待在家里自学中断了的大学课程。

来上海之前，依祎在爷爷所供职的那所大学里上大一，学的也是材料学。所以，有什么不懂的，她就去请教爷爷，有时也去实验室听听爷爷讲解实验的进展情况。虽然无法全部理解，但多少还是可以听懂一些。

下午，依祎则会用半天时间给爷爷做一顿丰盛的晚餐。

在阴雨日子，依祎喜欢去东方明珠塔。这样的天气那里人很少。在那里可以望得很远。观光厅四周的玻璃上还写着全国其他大城市离这里的距离。

每次，依祎都站在写有“喀城 3200km”字样的玻璃前，静静地待上一二十分钟。

三个月后，经过这近一百天的闭关钻研，胡博士终于完成了制造特殊眼镜的理论攻关，并初步制订出一套完整的实验计划。

但这也仅仅是完成了理论上的验证，在实践中是否可行还需要一步步实验来证明。有时理论上成立，在实际条件下却是完全行不通的。

当天，胡博士就通过密码传真把这三个月的成果传给了田将军，说希望尽快得到老邓的回复。

两天后，就接到老邓的传真回复。老邓充分肯定了胡博士理论上的正确性，并说可以承担部分实验。

胡博士看后很高兴，因为老邓提出可以承担的那部分实验，正是胡博士无法进行的，必须要用到“沙漠孤舟”里的某台大型材料原子分析机才行。

第二天，又收到一份田将军的传真，说是原计划让胡博士负责的那十三套隐形服可由老邓去完成，他只管一心一意研制特殊眼镜就行了。

但田将军没有说老邓将怎样制成这十三套隐形服，只是说让胡博士放心，这个决定是在保障老邓他们安全的前提下做出的。

胡博士心想，既然田将军说得如此确定，他也就没必要多问。这样，他就有至少比原计划多出近三分之一的时间来研制特殊眼镜。

胡博士向田将军开列了自己所需要的所有实验设备的清单。一周后，就全部到位。徐少校亲自驾着小型集装箱卡车送到106号楼下。实验设备都放在洗衣机、电视机、电冰箱的包装盒里。

“小尚，给菲菲买新电视啦？”见徐少校扛着大电视机纸盒从大厅走过，鲍老太从值班室的窗口探出头来打招呼道。

“是的，以前那些家电都是前户主留下来的，不是很好用了。”徐少校回答说。

经过三天的组装和调试，一切都准备妥当，马上即可正式开始工作了。

这时，胡博士想带上依祎去自己的老家看看。自从二十多年前，胡博士的母亲因病去世，他把母亲的骨灰接到喀城后，这二十多年来，胡博士就一直没再回过上海。

三个月前刚来上海的第一天，胡博士本想着带依祎去老家看看的。只不过当时心里的包袱太重，实在没有心情。现在，心里总算稍微轻松了一些。

胡博士的母亲去世时，依祎还没有出生，所以依祎并没有见过曾祖母，也一直没有机会来上海看爷爷的老家。依祎也很想去爷爷的老家看看到底什么样子。

可在地图上一找，那个地方早已面目全非。胡博士的老家以前是上海市下属县某个小镇的某个村，可现在该县早已成为上海的一个区，那个小镇也已经成为一个出口加工工业科技园。当年的那个小村，具体在哪个位置都无从判断。

胡博士现在也不可能有时间去到处打听，只得作罢。

第二十七章
秦祎氘：改变任务

去童童的医院，要路过蓝天小区。从小区大门前驶过时，早上的细雨已经停住，但天还是雾蒙蒙的。我望了一眼106号楼，它没有任何表情地矗立在朦朦胧胧的雨雾中，仿佛在独自怅然地想着什么。

刚驶过小区不到一公里，我接到鲍老太的电话。她告诉我，杨菲刚刚背着一个挎包出去了。我立马掉头往回赶。正好，在小区外两百多米远的大道上，隔一马路迎面遇见她。

她今天穿着一件浅蓝色衬衫、一条有点褪色的牛仔裤，左肩挂着一个灰色挎包。她的头发直直垂下来，直到肩胛处，长长的刘海儿遮住了小半个额头。

我把“宝马”停在小区大门对面的车棚里后，从后面小跑赶上杨菲，保持二十多米的距离。今天，是个跟踪的好天气。我一路尾随她穿过两个十字路口，进入地铁二号线。

这时，上班高峰已过，只有一些清闲的人懒洋洋地靠在椅子上候车。地铁来后，我进入与杨菲相邻的车厢。明明有许多空着的座椅，可她却直直地站着，右手拉着扶手，左手紧紧抓住挎包带。

过了两站之后，人慢慢多起来。我移到杨菲那节车厢。只见杨菲一直面对着身前的车窗玻璃，看着玻璃中的自己。在东方明珠电视塔站，她下车，出了地铁口，径直朝东方明珠走去。我继续尾随她进入电视塔，乘下一班电梯上到电视塔的观光厅。

这时，观光厅外已下起初夏特有的淅沥小雨，天空愈加灰蒙蒙一片，什么也看不见。人很少。杨菲站在观光厅西北方向的位置，默默地注视着雾蒙蒙的远方。

她站定后就一动不动，像尊雕塑一样，也不知道在想什么，直到二十几分钟后才转身。这时，我看见她的眼睛里有些发红。然后，她直接走进下去的电梯。好像她来这里的唯一目的，就是像刚才那样仅仅举行一个类似朝拜的站定礼似的。

出了电视塔后，她在地铁二号线入口附近进了公共厕所。我在旁边不远处的一棵老槐树下等着她，从身边的自动售货机里买了一罐可乐喝着。几口喝完之后，我把可乐罐扔进身边的垃圾桶。这时，八分钟已经过去了，还没有见她出来。

我找到附近一位“小白菜”帮忙。“小白菜”帮我找了后，出来告诉我厕所里没有我所描述的那个人，不过厕所里面有个后门，那个人可能已经从后门离开了也不一定。

难道杨非发现自己被跟踪了？不可能。那何必走后门？是无意而为，还是她在躲避什么？

跟丢目标，这还是第一次，我不禁感到有些沮丧。

茫茫人海，再找到她的可能性几乎为零。我只好坐地铁二号线返回蓝天小区。到达小区大门对面的停车棚时，已经快十一点，早饭都还没吃，肚子已经开始造反。正好旁边有家小饭店，我随便要了两个小炒、一碗米饭，一边吃，一边盯着小区大门。

饭吃完，还不见杨非回来。我是一路赶回来的，杨非不可能在我前面回来。蓝天小区有东西两个大门，平时她都是走我监视着的东门。难道她今天从西门回去了？

我给鲍老太打去电话，询问杨非是否回家，得知还没有。看来，今天的跟踪失败，是铁板钉钉的事实了。如今，这里已经没事可做，于是我打算继续早上的计划，去医院看看那对可怜的母子。

刚准备行动，困意又突然袭来。这段时间，每天一到中午，汹涌的困意就如期而至。而且，困得非常厉害、非常执拗。睡眠的欲望压倒一切，就是白送的豪跑加香艳的美女放在我面前，也打动不了我。再拖延，恐怕就要现场倒地睡去。于是，我赶紧回到家里。

一上床，思维便像断了电的空调一样慢慢合上百叶，什么也想不成了。

梦十四（没有谁比谁幸运）

我缩为一个点后，越过雾蒙蒙的申城上空，来到海上，钻进海水。这次红头海蜇果然又多了不少。

找准机会，我快速从它们的空隙中穿过。倒是成功穿过去了，但速度过快，穿过洞壁之后，我如同一团摔摔球一样重重地摔在地上，成为一摊烂泥紧贴在冰冷的地面上。

上次被海蜇蜇了一下，只是痛及一处牵至全身。可这次，却是直接粉身碎骨。我趴在地上半天动弹不得，只感觉整个洞壁都在打转，老人在围着我打转。

也不知过了多久后，老人才终于左右摇摆两下，站住不动了。我慢慢爬起来，见老人身前的架子上只剩下两颗头骨。其余的头骨都被放在靠一边洞壁立着的架子上。

招呼我也懒得打了。缓了几分钟，我突然想起老人以前说过，他和概念女孩只存在于我的梦里，可这些没用了的头骨和架子，又是什么时候被移走的呢？我可从来没有看见老人和女孩在我的梦里除了读精神之外，还有过别的任何行为啊。

我道出我的疑问。

“这些都是在你入睡之后、进洞来之前这段时间里完成的。”老人回答说。

“就这么几秒钟时间？”

“那只是你的感觉，其实时间相当长，因为你入睡速度很快。”

老人这句话里面的因果关系，我一时理解不了。但我不想就这个问题再打扰他，我知道，即使得到最详尽的解释，也绝不会推动当前的事情向前发展哪怕一毫米。为了下次不再摔得这么厉害，我想训练一下急刹车。

“我在这里训练飞行，不会打扰到您吧？”我问。

“不会，尽管飞就是。”

于是，我开始急刹车训练。助飞，猛然加速，然后猛然停住。效果老是不理想，总要经过好长一段缓冲后才能停下来。

“刹车时翻跟头试试？”老人看也没看我说。

我试着照做了一下。不错，效果立竿见影，两个跟头就能停下来。几次过后，我已掌握要领。即使飞得再快，两个跟头后都能稳稳停住。

接着，我开始训练障碍飞，快速从洞壁一侧被淘汰的头骨中间飞过。刚开始，偶尔会撞着头骨。几遍过后，速度再快我也游刃有余。几个来回后，我累了，停在老人的左肩上。

“飞得不错，不过那些海蜇是活动的，穿过它们比穿过这些静止的头骨，困难何止百倍？”老人说。

“那以前的读梦人也要经历这些困难？”我问。

“情况不一样，以前是在山洞里，或者悬在空中的水晶球里。在海底，这是第一次。”

我一直以为老人和概念女孩以前也是在这样的海底的洞里读精神，原来这竟是头一回。

“那以前的那些读梦人也跟我一样，是一个点？”

“是的，这样速度才快。”

“那没在海底，就不存在吃精神的海蜇了？”

“是的，不过存在吃精神的蝙蝠和鹰隼。”

“他们真幸福，”我哀怜起自己来，“不用忍受海蜇的毒刺。”

“但他们遭受的是蝙蝠的尖牙和鹰隼的利喙，不比你幸运。”

我还想就此说点什么，突然，一阵闹铃把我吵醒。

突然被吵醒，脑袋涨得厉害。是豚 sir 的来电。

“在哪里？”他急匆匆地问。

“家里。”我眯着眼望着头顶天花板上的那团像谷姐裸体的阴影回答。

“有C部任务，二十分钟之内赶过来。”

看一眼床头闹钟，下午两点整，我连忙套上T恤出门。

家离公司不远。赶到公司时，两点十八。

“首长好，我是秦祎氘。”是上级来的单线电话。

“你好，得知你现在正接手一项P部任务，请简单介绍一下。”从声音判断，电话那头应该是一位五十岁左右的老首长。

“是。”我认真地回答，“一位有钱的古董商想追求一家小古董店的年轻女老板，被拒绝，于是找到我们公司，要求我们给他一份关于那位年轻女老板的详细材料。”

“哪些内容？”

“就是关于她的出身、家庭成员、社会关系、受教育程度、个人爱好、脾性、日常活动等。”

“目前掌握了多少？”

“差不多可以交付了。”

“请具体说一下。”

虽然疑惑为什么这位老首长对我的这个P部的案子这么关心，但我还是继续回复了。

“女老板叫杨菲，一九八八年生，籍贯青海，受教育程度不详。据小区管理人员说，她父母两年前在一次空难中丧生，后来在上海的舅舅帮助下开了这家小古董店，现在和她爷爷住在一起。她生活很规律，爱好看书，没有朋友。除了看店，平时也没有什么别的活动。大致就这些。”

“现有个任务要你去完成。”那边没有停顿，接着我的话说。

“是。”

“你现在调查的这个叫杨菲的女孩的父母，是我们总部隐蔽战线的两名同志，三年前因公殉职。为了照顾好英烈的后代，同时也是为了防止别国特务的骚扰，按照杨菲的个人意愿，我们给她安排了目前的生活。现在命令你立即停止对她的调查。同时，请你设法彻底消除那位古董商对杨菲的任何企图。我们不能让我们牺牲了的同志的后代受委屈。这就是我这次给你的C部任务。”

原来杨菲的父母也是隐蔽战线的同志，可以说与我是同行啊，难怪她的身世资料会这么简单。

“是！”我两脚跟一碰，立正回答。

放下电话，我顿时感觉身上轻松了许多，就像卸下了一层重壳。

螳螂捕蝉，黄雀在后。没想到我在这次跟踪监视杨菲的任务中成了螳螂，而且自己竟一点也没发觉，这让我有些不爽。但对于这项新的任务，我十分乐意接受。帮那个姓林的古董商打探一个小姑娘的隐私，早就让我厌烦不已。

回到办公室里，谷姐正盯着电脑屏幕认真地看着什么。

“好久没回来了啊，”谷姐抬头看了我一眼，“今天怎么回巢了？”

按规定，我们手上有任务时，不管是C部的还是P部的，直到任务完成，期间都可以不回公司。

“想谷姐了啊。”话一出口，我突然感觉这话的内涵跟以前不一样了。以前的我也常这样跟谷姐开玩笑，可今天说出来后，立即就后悔了。

“怎么没去监视那个小老板？”谷姐却没听见一样，看着电脑屏幕，按着键盘上的向下的方向键问。

“今天天气不好，她没去开店。”我坐在转椅上，转了两圈后，顺着谷姐刚才的话问，“谷姐，你有什么好办法可以让那个林老板打消对她的念头吗？”

谷姐依旧盯着屏幕：“怎么？心疼了？”

“不是。只是觉得那姓林的不是好人，那女孩真要是被他搭上，能有好下场？我觉得，我们的工作也应该有个底线，我们不是杀手，不是谁给钱就替谁杀人，也不管杀的是好人还是……”

“得得，这些话对豚sir讲去。”谷姐打断我。

“有什么办法既能向林老板交差，”我坐在转椅上，打着转问自己，“又能阻止他对那个女孩的继续骚扰呢……”

“这个太简单！”几秒钟后，谷姐突然说。

“请教！”我赶紧停住。

“肚子叫了，”谷姐终于看了我一眼，“午饭忘了吃。”

“说吧，我跑腿。”

“不巧还忘了带钱包。”谷姐说着撇嘴轻轻一笑，嘴角两边的肉随之微微鼓了起来。

“我请客。”

“那就不客气了。”谷姐直起身，扳起手指头，“一个超级汉堡，两份薯条，两个炸鸡腿，两个蛋挞。”

“以前可从没见你吃这么多。”

“炸鸡腿不要也可以。不过，没吃饱的话，即使有好的主意，也恐怕……”

没等谷姐说完，我已冲出了办公室，在对面的肯德基里买了清单上的食物。

“说吧，什么办法？”一刻钟后，我把印有KFC老头的袋子啪地放在她面前。

“很简单，”谷姐边从袋子里掏出纸盒边说，“那个林老板要的只是一份书面报告，你只要在这报告的内容上做做文章……”

“得，”我从谷姐面前夺过一个炸鸡腿，“还以为有什么不同凡响的高招呢！这招我早想到了。”

我啃着鸡腿，打开电脑。对着屏幕，却不知如何下手。

“怎么不写？”谷姐嚼着薯条，不无得意地扬起眉毛。

“我写她已有意中人？”

“那种人会在乎这个？无所谓，反正只是寻一时之欢。”

“说那女孩的亲戚有在市公安局当领导的？”

“这样姓林的会更来劲，借此巴结。”

我起身倒一杯茶递给谷姐：“请谷姐指点。”

谷姐抿了抿嘴，以胜利者接受投降者的求降书的姿态接过，然后说：“说那个女孩有病。那种人最在乎自己的性命。说女孩有病，他肯定避而远之。”

见我没反应，谷姐喝了一小口茶，转回去。“怎么，心疼了？”她盯着电脑屏幕狠狠按下回车键，“舍此，可别无他法哦。”

半小时后，我编出一页交差报告。

尊敬的林老板：

您好！首先，感谢您对敝公司的信任与支持。现距您要求的交报告期限还有一周时间。不过，从目前得到的情报资料看，我觉得没必要再继续查下去了。现把调查结果详报如下：

杨菲，女，1988年生，籍贯青海。现有家庭成员：爷爷（大学教师，退休在家）。

现住址：蓝天小区106号楼502室。

爱好：看书。

日常生活概述：两年多前，在古董艺术品商业街开了一家小古董店。每天上午八点左右开店门，打扫店面，然后在店里看书。平均每天上午上厕所两次。中午十二点左右用微波炉加热自带的饭菜。饭后，靠在店里的藤椅上午休大约一个半小时。下午同样看书，平均上厕所两次。下午五点左右关店门。店里生意总体清淡。晚上一般待在家里。阴雨天不开店，待在家里或者偶尔去东方明珠。没有朋友。

以上，就是我通过跟踪调查得到的信息。以下信息，是通过技侦手段秘密获得的。

杨菲的父母三年前死于不明传染病。两年前，她也被查出患有此病，于是迫于周围舆论压力，与爷爷迁至上海。此传染病属于潜伏期较长的慢性传染病，而且只对特定人群有传染。传播途径：皮肤接触，血液，唾沫等。目前尚无治愈先例，感染之后，十年后的死亡率为百分之百。

得知这个消息后，本人很吃惊。但同时，也解答了我的一些疑问，比如为什么她在上海没有别的亲人，为什么没有朋友，为什么不愿意接触别人。

由于以上信息是通过技侦手段秘密获得，还请林老板阅后销毁并保密，谢谢合作。

不知以上这份报告是否符合您的要求，如有疑问，请随时联系。

写好后，我打印出来递给谷姐。

“帮我看看有什么破绽？”我说。

谷姐极不情愿地接过。莫非她在吃醋？应该不会。

看着材料，她刚才一直嚼个不停的嘴巴突然停止了嚅动，漫不经心的脸色也有了变化，就像无意间在脸盆底发现了已丢失三天的中了大奖的彩票似的。

“哪些真的哪些虚构？”谷姐似乎很迫切地想知道事情的真相。

“只有她父母的死因和她的病是虚构。有什么不妥的吗？”

“那她父母的真实死因是什么？”

我抬头看了一眼空荡荡的天花板，回答：“空难。”鉴于C部任务的严格规定，对谷姐，我也无法以实情相告。

“哦，”谷姐将信将疑地把材料递还给我，“没有破绽。”

给林老板传真过去后三分钟，接到他回电。

“快说那个病有哪些症状？”他近乎大吼着问。

“材料上说，传染此病后，人体不会有任何临床症状，只有通过血常规检查才能判定。如果血常规指标都正常，那就证明没有被传染。但这并不是说这人就属于不会被传染的类型。目前，整个医学界对此病都还不是很了解，有些人接触一次传染不了，接触十次，可能就会染上。”

最后，我还想说一句祝他好运的话，那边已迫不及待地挂掉电话。

看来，大功告成了。

“一块出去吃晚饭吧，我请客。”放下电话，我对谷姐说。

“没你清闲，”谷姐苦笑道，“就在食堂吃，晚上还要加班。”

下午五点，我回到住所。虽说完成了任务，我却没有食欲。五点半，按照早上的计划，我骑上“宝马”去医院。也不知道舒女士现在找到人帮忙没有。

病房里没有其他人。舒姐迎上来抓住我的胳膊，红肿着双眼看着我，说：“童童……童童……”

“慢慢说，舒姐，”见她这样，我也紧张起来，“童童怎么了？”我看了一眼童童，这时的童童依旧安安静静地躺在床上。

“童童说胡话了！”舒姐终于说出来，似乎费了很大的劲。

我本以为发生了什么大事，原来只是如此。我放下心，说：“我们大人发热了，有时也会说胡话的。童童头部受到撞击，说胡话应该正常。”

“可童童说的是……”她欲言又止，好像很害怕说出来似的。

“童童说什么了？”

“他说……”舒姐直直地盯着我的眼睛，“头骨！”

“头骨？”我吃惊地反问道。

“是的，说了好几次头骨。”

我正觉得不可思议时，上次那位浓眉大眼的医生推门进来，身后跟着那位曾帮我忙的小酒窝护士。见到我，小酒窝护士踮着脚，在浓眉大眼耳旁小声说了句什么。

“你是病人的舅舅吧？”之后，浓眉大眼问我。

看了一眼舒姐，我回答：“是的。”

“请跟我来一下。”

我随浓眉大眼来到隔壁的检测室。浓眉大眼打开灯箱，指着灯箱前的一张X光片说：“这是病人头骨的X光片，请仔细看裂纹的形状。”浓眉大眼指着童童头骨右耳后侧的地方。

我凑近。裂纹很细。“像是……人的头骨？”

“是的，裂纹的形状很特别，但我相信这仅是偶然。今天病人开始说胡话，说的也是头骨，可我还是相信这也仅仅是偶然。”浓眉大眼像个倔强的少年一样，一再强调事情的“偶然”，“舒女士现在心情很糟，我担心告诉她，会使她更加不安。”

我点了点头，再次凑近仔细观察。没错，的确是完整的人头骨图案！

“裂纹的形状与病人说出的胡话之间有关系吗？”我问浓眉大眼，“就是说，如果裂纹的形状是一朵白云，病人是否就会说白云？”

“不敢确定，”浓眉大眼看着X光片摇头道，“这是本院第一次遇到这样的情况，恐怕在全世界，这也是第一例。要知道，我们的大脑高深莫测，目前我们对它的了解，仅为皮毛，或许连皮毛都还算不上。”

“那现在怎么治疗？”我想了想后问。

“药物治疗，静观其变。你有什么意见？”

我又不是医生，能有什么意见呢。

回到童童病房后，我问舒姐：“童童什么时候开始说的胡话？”

“今天上午。”

“只说这两个字？”

“嗯。”

“隔多长时间说一次？”

“不知道不知道……”舒姐使劲摇头，蓬乱的鬈发也随着左右摇摆，“我只记得童童说了头骨，其余的我什么都不知道！”

“舒姐，”我按住她的肩膀，“听我说。”

可这次舒姐不仅没有听我说，反倒突然扑进我怀里，紧紧抱住我，脸靠在我的右肩胛上，身体一颤一抖，滚热急促的呼吸重重地吹到我的脖颈上。不知眼泪还是鼻涕，从我T恤的圆领口流进去。

一周之内，先后有两个女人在我怀里哭泣，而且都是比我年龄稍大的女人。

我没有说话，也没有用手去抱住她。我知道，这时候说什么都没有用，只有等她冷静下来。

我望着她背后墙上的那个圆形挂钟，盯着秒针一停一顿地前进，心里默数着停顿的次数。

数到八十一时，舒姐停止哭泣。九十九时，她松开我，把散下来的几缕紧贴在被泪水打湿了的脸颊上的鬈发捋到耳后，低声说：“对不起。”

“没关系。”我拿过纸巾盒递给她。

她接过。我们在靠墙的塑料椅子上坐下。

“刚才医生找你干什么？”稍后，她低着头，双手使劲搓着被泪水浸透的纸巾哽咽着问。

我看着她双手夹着的搓成一团的纸巾，犹豫了几秒钟后，回答：“医生给我看了童童头部的X光片，给我解释了童童为什么会说那些胡话。原因就是，童童头颅上被撞伤所形成的裂纹形状，很像一颗头骨，由此在大脑里出现一个头骨的影像，进而影响语言。也就是说，如果裂纹形状是一朵小花，童童可能就会说小花。”

“那他们为什么不告诉我，我是孩子他妈！”舒姐偏过头，手指使劲捏着纸巾问。

“就因为你是孩子他妈，才担心你知道后胡思乱想，所以……毕竟撞击出那样的裂纹，属于太巧合的事情。而你作为孩子最亲的人，或许不会这么认为。”

“那你怎么想？”舒姐看着我。

“我希望是。除了巧合，也找不到别的原因。”

“希望是。”舒姐突然用一种不可捉摸的语气重复一遍说。然后，她抬起头，头顶抵着墙，茫然地望着天花板，深深吸了一口气，两秒钟后，又长吐一口气。

这时，她脸上的表情突然一下子全部消失——刚才的伤心也好，担心也罢，统统消失。就像被老天开玩笑多次，最后什么也无所谓了一样。

这样持续了大约两三分钟后，她才慢慢恢复正常，轻声说：“谢谢你又过来。”

“我和童童有缘，晚上闲着也是闲着，就过来了。”

舒姐起身，重新坐到童童床边的椅子上，双手紧握住童童的小手，看着童童的小脸蛋，又仿佛石雕一般一动不动。

沉默重重压来。我再次盯着墙上的那个圆形挂钟，秒针转了完整的六圈后，起身告辞。舒姐什么也没说，只是用感激的眼神看着我，点了下头。

走出医院大门时才想起，刚才忘了问舒姐是否吃过晚饭。现在就她一个人，真可能连去吃饭的时间都没有。想转身再回去，犹豫了一番，还是算了。

回到住所，冲了淋浴。喝杯温开水，我一丝不挂地叉开腿躺在床上。此时，仍旧没有食欲。

灯太暗，看不见天花板上的那个裸体女人。好困。我拉上毛巾被，关掉灯。

怎么会撞出那么完整的头骨裂纹？这种巧合，实在太令人难以相信。难道真的仅仅是巧合？我想……可睡眠没有给我时间。发红的灯丝还没有彻底暗下来，我便缩成一个点。

梦十五（找到精神）

老天！蜇人的红头海蜇又多了许多。而且，它们分为两组朝相对的方向来回绕着洞壁游动，织成一张很密的海蜇网。我跳了跳，做两下准备运动，准备冲刺。

瞅准机会，我急速朝一个空隙飞去。险之又险，不过最终还算冒死过关。穿过洞壁之后，我以S形翻了两个跟头，稳稳停住。

“干得漂亮。”老人说。

“您也干得不错，”我悬在老人左耳上方十厘米处，他面前的架子上只剩下一颗头骨，“这就是我们一直在找的那颗头骨？”

“是的。”

我绕着头骨飞了一圈。这是一颗整体偏小的头骨。上部略大，下端略小。大眼窝，小鼻槽，牙床稍窄。光滑的头骨顶上的精神像燃烧着的火焰，熠熠生辉。老人的手掌压着精神。精神穿过他的手掌。

“读出多少内容了？”我问。

“现在只知道这是一个年轻女子，其他的还在读取中。”

我静静停在头骨的左眼窝里，不再打扰老人，让他好好读精神。

早上醒来，太阳已经高高升起。橘红的晨曦从窗户射进来，落在地板上。不错的天气。

八点准时赶到DD公司。谷姐没在办公室。我打印出来一张顾客回馈单——得不到顾客签名，任务不算完成。

真希望姓林的血常规检查不会有什么异常。我拨通他的电话。

“喂，请问是林老板吗？”

“Hello，是秦 detective 啊。你好，多谢你的那个技侦 message。God bless me，我的 blood 常规一切正常，哈哈！”

看来他心情不错，中英大杂烩又来了。

“不客气，那您对那个女孩还有什么想了解的吗？”

“No！以后那条街都不想 go 了！”

“哦，我现在把一份顾客回馈单给您寄过去，请您签个字，对我的工作有什么意见也可附上。”

“No problem，一定给你美言几句。”

“谢谢。”

“No thanks。”

挂断电话后，我叫了同城快递，把回馈单封好后给快递员，叫他拿到林老板的签字后，再拿回来。

现在，这个任务眼看就要完成了。“No thanks, no thanks……”我坐在转椅上，转着圈，盯着天花板上旋转的日光灯，就像刚学会说话的小儿学到了新句子一样，一遍遍无聊地重复着。

八圈之后，桌子上的手机“呱呱呱”响起。“稻花香里说丰年，听取蛙声一片”，那已是十多年前的事了吧？我懒懒地接通，是舒姐的来电。

她说，她打算明天就带童童出院，医生也同意了，说是家里熟悉的环境可能更有利于童童康复。如果我明天上午有空的话，能否过去帮她搬一下东西。

“好的，明天上午就去。”我说。

“谢谢。”

“No thanks，”我脱口而出，马上又急忙更正道，“不客气。”

舒姐在那边中断了两秒钟后说：“等你。”

等我？等我！好像说“明天见”更符合常理吧。但不管怎样，从这仅有的两个字里，我最直接地感受到了我存在的意义。记得古希腊（也许是古罗马）的某位哲人曾这样说：被需要，是一个人自我存在价值的最直接的体现。现在的我感同身受了，真是亘古不变的至理箴言啊。

四十分钟后，快递员送回林老板的回馈单，还附带一张写给我们豚 sir 的便条。

豚 sir：

Mr 秦办事 very 得力，我 very very happy。我 hope you give him very very big 奖励。

Romeo

看到林老板潇洒的英文签名，我不禁想起了那句经典台词：罗密欧啊罗密欧，你为什么要叫罗密欧呢？

幸亏舒姐的电话来得及时，不然，我已经拿着回馈单，向豚 sir 邀功去了。一个案子完结后，我们必须每天在公司坐班，做文字或内勤工作，直到接到下一个案子出勤。这样我就不能再随便出去了。我把回馈单放进抽屉。

刚关上抽屉，谷姐拿着一个透明文件袋进来。

"听说你昨天接到了一个 C 部任务？"谷姐见我便问。

"怎么了？"

"怎么了，够意思啊，接到 C 部任务也不吭声。是可以免除你那四十罐啤酒的任务吧？"谷姐说着把文件袋重重地放在办公桌上，站住瞪着我。

"只是一个几句话就可以完成的任务。如果 C 部的所有任务都公开的话，我敢保证，这是有史以来，C 部最低风险、最短时间内完成的任务。跟你现在经手的任务相比，你那个如果是炫目的太阳，我这个就是萤火虫的屁股，而且是年老多病的萤火虫的屁股。"

"少贫，"谷姐边说边走到桌那边，然后像在示范如何坐下似的，缓慢而又十分端庄地坐到自己的转椅上，"那你的意思是，这个任务已经完成了？"

"算是吧。"我说。

"确实够快的！"谷姐有些惊讶地看着我。不过，她也只能到此为止了，知道再问我也不会说了。这可是 C 部的大忌。

"你的那个大任务现在进展如何？"我转过话题问。

谷姐弯腰按下机箱电源，然后把后背紧紧向后靠在转椅背上，望着头顶上的天花板，很认真地说："上次忘了告诉你，我这个任务要完成的话，有一个前提，就是这个任务要存在。"

"不好理解。"我真的没有理解。

"不好理解也只能到此为止。"

"那现在的前提问题解决了没有？"

谷姐微微转过头，斜着眼睛看着我："无可奉告！"说完，把头继续转过来一点，问："后来还去看过那对母子吗？"

"去过一次。"

"那孩子怎么样了？"

"身体很正常，"我指着右太阳穴说，"只是这儿好像出了点问题。"

“说清楚。”

“自从被撞之后，一直昏睡着，吃喝排泄都很正常，各种身体的基本需要也能用语言准确表达出来。除此之外，就像一直在熟睡一样，没有任何其他反应。昨天晚上我去医院，他妈妈告诉我，他开始说胡话。你肯定想不到小家伙说了什么，只两个字，重复地说——头骨。”

“头骨？”谷姐一下子坐直身子，像喉咙里飞入一只大头苍蝇似的扭曲着眉头。

“我当时的反应跟你现在差不多。后来医生给我看了那孩子头部的 X 光片，上面清楚地显示，小家伙被撞伤部位的裂纹形状，竟然就像一颗头骨。不应该用像，”我感觉自己像在说灵异故事似的，“简直就是一颗缩小了的真实头骨。”

“怎么会撞出这么复杂的裂纹，那现在医生准备怎么办？”谷姐边说边从桌子上拿起一支削得符合她的标准的铅笔，夹在食指与中指之间打着转。

我看着她手指间的铅笔说：“找不出病因，怎么办？脑电波检测也没有任何异常，不是脑损伤也不是脑震荡。除了辅助以调节性的药物治疗之外，别无他法，只有等他自己醒来。”

“可怜……那孩子的母亲岂不是很伤心？”

“遇到这样的事，能不伤心？肯定伤心欲绝。不过，她现在好像已经开始接受事实，简直有点像看破红尘了。”

“这么快就接受了？”

“我也觉得她的情绪变化，相比一般人来说，过于理性。不过，她不是一般人。两年前失去丈夫，她承受的痛苦已经刻骨铭心，现在身边唯一的亲人又变成这样。她也许已经对上天不抱任何希望了，知道再怎么伤心再怎么祈祷，也不会得到它的一点点眷顾。”

“人都这样吧，何况又遇到这些偏离常理的事情。以前失去丈夫，至少还有孩子。现在孩子又……”谷姐用十分期待和鼓励的眼神看着我，“她现在最需要的，肯定就是有个能让她牵挂的人。这个人能给她安慰，能鼓励她继续坚持下去，能给她孩子一定会好起来的信念。一个人可以什么都没有，但不能没有牵挂。没有牵挂，就活不成了。”

我把头靠在转椅背上，脚一蹭地，以每秒一圈的速度打起转来。

见我没有回应，谷姐继续道：“你就好人做到底，没事时常去看看。如果怕有人说闲话，就说是孩子的小舅，年龄也差不多。”

“早就是他小舅了，”我坐在转着的转椅上，无奈一笑说，“上次有护士问我是小家伙的什么人，懒得解释，就说是他小舅。”

“跟我一样聪明。”谷姐边说边停止转笔，插回笔筒，然后转身啪啪啪输入开机密码。

“小家伙的母亲刚才打来电话，说打算明天就带孩子出院，家里的气氛可能更有利于孩子的病情好转；说希望我有时间过去帮忙。”

“那你怎么说？”谷姐盯着电脑屏幕，手敲键盘问。

“答应了。既然已经卷进来了，再怎么也不能袖手旁观吧。何况这又不是什么难办的事情，举手之劳。”

“嗯，这才像话嘛，谷姐支持你！”谷姐说着回过头来，给了我一个称赞的眼神。

梦十六（新消息）

中午刚吃完午饭，瞌睡又如期而至。回到住所，我倒床就睡了过去。

我缩成一个点，再次钻进海水。眼前的所见，不禁使我倒吸了口凉气——不，应该是倒吸口海水才对。红头海蜇织成的网的网眼小了将近一半。

不过凭着之前练就的高超飞技，老天保佑，我终于有惊无险地穿过去了。海蜇的触角差点就蜇到了我的屁股，再偏一点点，就中弹了。进到洞里，我喘着粗气自言自语道：“照这样下去，下次被蜇肯定在所难免了。”

老人在聚精会神读精神，没有理会我的唠叨。

“有读出什么新消息吗？”我问。

“这是一位年轻的日本女子，思念她的是一位年轻的日本男子。”老人说完停住。

“就这些？”

“是的。”

“日本的牛郎织女，与我何干？”

“还在读取中。”

真像听评书一样，每天都是“欲知后事如何，请听下回分解”。

沉默一阵后，望着墙角那一堆被淘汰的头骨，我想起已经有好几天没见过概念女孩了。虽然不想继续打扰他，但我还是忍不住问：“请问怎么好久没见您孙女了？”

“简单回答还是详细回复？”

“简单回答。”我不想浪费老人太多时间。

“她在休息，待我把精神之门打开后，就由她来接替我读取精神里面的具体内容。”老人说完闭口不言。

“还是详细回复吧？”我后悔刚才的决定。

老人不紧不慢地再次回答：“要读出精神里面的故事，首先要打开精神之门。打开精神之门，就是读出故事里的主人公、时间和地点。现在她还没有能力把精神之门打开。待精神之门被打开后，读取里面的故事就很容易了。只要有精力，不管是我还是她，读取速度都是一样的。”

听完老人的叙述，我乖乖地待在这个日本女子的小鼻槽里，不再打扰他。我想，待在这里，说不定还能读到一点这位女子生前的故事。

可直到最后醒来，我什么也没有读到。

林老板的任务，上午已经算全部完成。他的回馈单，我还没有交给豚sir。这就意味着，自现在直到明天我把舒女士母子接回家这段时间里，我完全无事可做。于是，我想去医院看看童童到底怎么样了，医生竟然这么早就同意他出院。

第二十八章
胡依祎：发现跟踪

一转眼，三年过去了，已到二〇一〇年。

这漫长的三年，现在回想起来，却又像是瞬间发生的事情，踏上这块陌生的土地，恍如昨日。

这三年，胡博士除了吃饭睡觉，其余时间几乎都是在实验室里度过的。正在举行的全球瞩目的世博会近在咫尺，他也只是偶尔在电视上看看。

值得欣慰的是，研究还算进展顺利，离成功之日业已不远。

这三年，依祎则日复一日地重复着她古董店小老板的生活。没有去看过一回电影，没有去逛过一次公园。默默无闻，平平静静。

相比之下，这三年来，周围的世界却是风起云涌。无论是自然的还是人为的，周遭发生了很多大事。自从来上海后，依祎就有了每天晚上看新闻的习惯，希望能看到有关“沙漠孤舟”的报道。其实，她心里清楚，发生在那么荒无人烟的地方，又是军方的绝密项目，肯定不会见诸大众传媒。可她不甘心，万一有呢？所以，这三年，她虽说是差不多过着与世隔绝的两点一线的生活，但对社会上发生的一些大事要事，她还是比较了解的。

今年，世博会开幕后，爷爷曾建议她去看看，散散心。但在电视里看到那人山人海的场景，她就放弃了。已习惯清静的她，有些受不了人多时的嘈杂。最主要的原因还是，看到人人都是阖家出行，她情不自禁地想到自己还在受苦的爸爸妈妈。伤心都来不及，哪还有心情？

总之，这三年对依祎来说，风平浪静，波澜不惊——除了最近有个林老板几次三番向她献殷勤之外。

这个林老板在依袆店里闲逛时，对货架上的那些古董和工艺品兴趣不大，倒是对这个闲坐在门口看书、对顾客不甚理睬的小老板产生了浓厚的兴趣。

当他走进店门时，衣着考究、身材挺拔，脸蛋也称得上俊秀，依袆觉得还蛮赏心悦目的，不由多看了几眼。

可当这个看着养眼的帅哥一开口，依袆差点就地倒下。一句话里夹杂着一半的英文，还没几个用对的。真是一个金玉其外败絮其中的活招牌。太令人失望了！

他对依袆百般吹捧，称她为“young beautiful 卡哇伊女 girl”“like sky down angel”等乱七八糟的。依袆哭笑不得，低下头继续看书，不再理他。

她现在不可能也没有心情谈情说爱，就算是有，也不会跟这么个“奇葩”谈。

可依袆越是无动于衷，这个林老板越是来劲，一连来了好几天。

每次，依袆都故意坐在店门口，临着大街，戴着耳机，放大音量，一边听歌一边看她的《小王子》。大庭广众之下，林老板除了围着她唠叨不停之外，也不敢有进一步的举动。

最后一次，林老板还带来了一副价值不菲的玉镯要送给她。依袆瞅都懒得瞅一眼。她琢磨着，如果这个讨厌的人明天还来的话，就告诉徐叔叔，让徐叔叔来处理这个麻烦事。

可自那天之后，这个林老板却奇怪地再也没来。大概他知道没有希望，去另寻新欢了吧。这种人，哪有什么正儿八经谈恋爱的打算，依袆心想。也好，多一事不如少一事。如此，古董店的日子又恢复了之前的平静。

直到有一天……

这天，天空灰蒙蒙一片，细雨好像就停在头顶。这样的日子，依袆是不去开店的。她来到东方明珠电视塔。她已经记不清这是第几次来这里了。

电视塔的观光厅里人很少。依袆站在写有“喀城 3200km”字样的玻璃窗前，望着雾蒙蒙的远方，想起快三年没有见到的爸爸妈妈，想到他们还在忍受着绑匪的折磨，鼻子又忍不住酸起来。但她最终还是强忍住，没有让眼泪溢出眼眶。

返回时，她顺路进了地铁二号线入口处的公共厕所。刚进去，就接到徐叔叔的电话。

“依袆，有人正在跟踪你。在厕所门外东面二十米远处有一个自动售货机，旁边的老槐树下有一个二十多岁、个头一米七多一些的男性，平头，穿着黑白条纹 T 恤、蓝色牛仔短裤、迷彩平板鞋。找机会甩掉他。不用害怕，我会在附近一直看着你。”

被跟踪了？依袆一下子紧张起来。怎么会被跟踪了？难道暴露了身份？

虽然，三年前她就已经被田将军告知，自己已不再是一个平凡的女孩，已经在战斗。可这三年来，她一直没有发现战场在哪里。难道，现在真要开始了吗？

依袆在公厕里找了找，发现最里面有个后门，于是悄悄从那里溜出去，混在人群里，从另一个地铁入口下到地下。她急匆匆地走，一直没敢往后看。

进地铁后，接到徐叔叔电话，说是尾巴甩掉了，叫她不要紧张，他现在正在调查那个跟踪她的人的资料，一会儿再联络她。

为了避免再被盯上，徐少校要求依祎在接到他的下个电话之前，暂时不要回家，就坐着地铁兜圈子。

挂断电话后，依祎的心仍旧怦怦直跳，她开始仔细回忆这段时间里的所见所闻，似乎没有去过陌生的地方，也没有遇见过陌生奇怪的人。再仔细回忆，还是没有想起与以往有什么不一样的地方。到底为什么会被跟踪呢？

哦，依祎最后想到，莫非是那个林老板不成？可是，那个林老板好像也有一个多星期不见了，怎么会突然派人跟踪她呢？算了，还是先等徐叔叔的消息再说吧。

徐少校拍到跟踪依祎的那个人的照片后，又从垃圾桶里捡回他丢弃的可乐罐，从上面提取到指纹，然后通过特殊渠道，进入公安部门和民政部门的所有公民户籍身份信息数据资料库查找比对，终于有了结果。关于这个叫作秦祎氘的年轻人，能搜集到的信息不多，最有价值的是，他现在的职业是上海一家名为 DD 公司的私家侦探。

见是私家侦探，徐少校松了口气。但是私家侦探为什么会盯上依祎？他不敢妄自揣测，马上把这一情况汇报给了田将军。

田将军得知这一消息后，不敢掉以轻心。他立刻与国安和公安两方面取得联系，搞清这家 DD 公司的背景，是否有境外恐怖组织或国际敌对势力的影子。

高层反馈回来的结果让他大吃一惊。DD 公司是公安国安联合管辖的一个机构，具体职能是国家机密，无关之人不得调查打听。此项机密对所有"孤舟"项目参与者而言，也仅限田将军一人知道。因为"孤舟"项目的重要性，高层同意特别授权田将军与 DD 公司协调合作，必要时可以直接向 DD 公司下指令。

田将军立刻接通 DD 负责人，要求他在半小时之内把目前公司内部没有参与 C 部任务的所有三十岁以下的男性的基本资料传给他，说是有任务想挑选合适人选。

十分钟后，收到 DD 负责人的回复。田将军在资料中比对到秦祎氘，要求与这个人直接单线通话。DD 负责人回复说此人现在不在公司，二十分钟后回电。

秦祎氘回来后，在电话中接到了田将军的直接指令。

田将军知道接手 C 部任务的人员都要遵守"三不条令"——不问，不传，不汇报（即不问原因、不向任何人泄露、除了直接下达命令者外不向任何人汇报）。C 部的任务是高于一切的。

完后，田将军回复徐少校，告诉他这是林老板委托 DD 公司做的跟踪调查；现在已经与DD公司交涉妥当，对方终止跟踪调查，依祎可以不必担心。

在地铁里兜了差不多一小时后，依祎终于接到徐叔叔的回电。同时，徐少校给依祎家里发去了跟踪她的那个人的传真照片。

“虚惊一场，这个跟踪你的人是一家私家侦探公司里的私家侦探，应一位姓林的古董商贩的要求对你……”

“是他？”依祎没等徐少校把话讲完，就很气愤地打断他说，“还真是他，那个人模狗样的‘奇葩’！”

“依祎放心，田将军已经与那家私侦公司进行过交涉，他们已经答应马上终止对你的跟踪调查。依祎，这个林老板到底是怎么回事？”

“也不是什么大事，”依祎一想起林老板那副嘴脸，就像吃了变质的豆腐乳一样恶心，“一个装酷的富家子弟，到处搭讪女孩子罢了。”

“哦，那之前怎么没告诉我？”

“忍了几天之后，本来想他下次再来的话，就告诉您的。可是那天之后，他就没有再来。我还以为他放弃了，原来是找了个私家侦探来跟踪我。徐叔叔，他找人跟踪我，到底想做什么啊？”

“想查清你的脾性爱好等，以投你所好。”

依祎有些紧张了：“那他有没有查到影响我和爷爷安全的东西呢？”

“还没有，只是你作为杨菲的一些基本情况。”说着，徐少校轻叹一声，“没想到，我第一次离开这几天，就赶巧发生了这样的事情。依祎，以后有任何事，不管事大事小，都一定要记得及时告诉我，大意不得。”

“嗯，”依祎知道这次是自己大意了，“这次是我不好，下次不会了。”

回到家里后，依祎把这件事情的前因后果都告诉了爷爷。

“再过小半年，依祎就二十二岁了吧？”胡博士了解后，看着依祎难掩内疚地说。

“是啊，怎么了？”

“爷爷对不起你。”

“您为什么这么说啊？”依祎平静地看着爷爷。

“要不是爷爷卷入这场是非，你爸妈就不会被绑架，你也就不会像现在这样。你现在应该正过着无忧无虑的大学生活，有男朋友陪在身边，有人宠着有人爱着。可现在……唉，爷爷实在是对不起你啊。”

“爷爷，您不要这么说，”依祎挽起胡博士的胳膊，故作轻松地笑笑说，“我现在感觉很好啊。刚来时，确实觉得有些寂寞和无聊，但现在好了。现在的我挺喜欢一个人安安静静地看书、思考。而且，我还想通了很多人生的大道理呢。”

“哦？”

“我觉得，”依祎很认真地看着爷爷说，“一个人在人生的大路上向前行，就像站在一辆卡车后面的车篷里，看不见前面的路，只能看见后面驶过的路。卡车行驶在坑坑洼洼的道路上，颠簸不停，有时会突然掉进一个大坑，有时又会突然蹦起来。为了不摔倒，必须自己把握好平衡。双脚稳稳地扣住车厢底板，身体不能僵，腿要微微弯曲，重心要根据车的颠簸随时做出调整，有时还需要蹲下身体。反正，就是不能硬撑着，要随机而动。”

说完，依祎睁大眼睛瞅着爷爷，等着爷爷的点评。

“长大了，依祎真是长大了！”胡博士带着些惊讶地赞叹道。

“那现在爷爷不用担心我了吧，”依祎翘起嘴，满怀憧憬地说，“爷爷的实验不是也快要成功了吗，我们马上就可以救出爸爸妈妈，还有您的同事了啊。那时，我们就可以一家团聚，还要一起去看世博会！”

“嗯。”胡博士狠狠点头。

见依祎这么乐观，如此懂事，胡博士心里很是欣慰。但在欣慰的同时，心里的愧疚也深了许多。他在心里暗暗使劲，就是豁出老命，也要尽快把特殊眼镜研制出来，营救出依祎的父母和他的同事。

第二十九章
秦祎氘：童童预言

下午三点一刻，我到达第一儿童医院。在童童的病房门口，我停下来。以前的我都是直接“破门而入”的。可这次，我停了下来。因为，透过门上的探望口，我惊讶地看见一张熟悉的脸——杨菲！

没有看错，就是杨菲。她正和舒姐面对面地坐在童童病床旁边，还握着童童的小手。杨菲怎么会在这里？我现在还要不要进去？

就在我犹豫不决时，突然，杨菲冷不丁地朝探望口看过来，我躲避不及。

为什么要躲呢？我推门进去。

“我是说明天上午出院，”舒姐见我，马上站起来，“难道是我说错了吗？不好意思，这几天晕头转向的。”

“没有没有，”我说，“是我下午正好没事，就过来看看。童童还睡着？”我瞅着床上的童童问。

“嗯，是的。”说着，舒姐看了一眼床那侧的杨菲，犹豫了一下，然后走过来，轻声对我说，“孩子上午又说胡话了——老人。”

“医生怎么说？”我同样看了一眼杨菲，低声问。

“没说什么，还和以前一样。”说完，舒姐指着我，把我介绍给杨菲，“菲菲，这就是我刚才给你说起的那位好心人——秦祎氘。”

杨菲站起来。

然后，舒姐又指着杨菲对我说：“这是我的邻居，也是好朋友——杨菲。”

我和杨菲互相微笑着点头。这世界真是说大就大，说小也小，竟有这样巧的事情。我正这样感慨着，这时，童童的小嘴巴又轻轻发出声音。舒姐马上凑上去。

“童童乖，妈妈抱你去哦，”舒姐一边揭开童童的被子一边说，“童童想要尿尿了。”

我赶紧走过去帮忙。“我来吧。”我把右手伸进童童的脖子下面，左手伸到他膝盖下面。有了上次的经验，我还以为这次也只要稍一用劲，就可以把他抱起来。可这次不一样，比上次重了许多，远远超出我的判断。

在洗手间里，我蹲下，把小家伙放在我的右大腿上，正准备给他脱裤子时，他突然又自己站了起来。脱掉裤子后，他的小鸡鸡如上次那样直挺挺地向前翘起。

我回头看了一眼站在身后的舒姐。舒姐看着直立着的童童，并未现出任何疑惑或者吃惊的表情。

把小家伙放回床上后，我们便无话可说。待了几分钟后，我就起身告辞。

杨菲竟然是舒姐的邻居，还是朋友，在这两千多万人里，这样巧的事情，发生概率绝不会高于中五百万的彩票吧。

这天晚上在梦里，我只从老人那里得到部分精神信息：男主人公是个军人。

第二天早上醒来，窗外晨曦温暖，又是一个好天气。我在楼下一家新开不久的小面馆里要了份炒米线，开始吃早饭。

出了面馆，我随手拦停一辆蓝色的士。

“你好，好心人。”钻进的士后座后，女的士司机头也没回地对着后视镜中的我说。

好心人？我正摸不着头脑，一眼看见挡风玻璃底部的那排短竖线。

真是个记性了得的司机，一天不知要载多少客人，我们也只一面之交，她现在竟然还能一眼认出我来。

“真巧，又坐上你的车了。”我说。

“是的，去哪里？”

“第一儿童医院，”看着那排短线，我说，“你的那排线好像没有增加多少嘛！”

“不是没有增加多少，”她开动的士，加大油门，“是根本就没有增加。”

“这几天没有出车？”

“出了，只是没有猜中。”

“一个都没猜中？”

她轻轻喟叹一声：“不知道什么原因，自从上次载过你之后，就再也猜不中了。”

“哦，会与我有关吗？”我笑了笑说，“莫非我把你的特异功能吸走了，可我并没感觉到身上有增加过什么哦。”

“也许吧。”她也笑了笑，之后问，“你知道欧洲的吸血鬼是什么来历吗？”

“怎么突然问起这个问题？”

“你先回答。”

“记得以前好像在哪本书上见过，说是有一种吸血蝙蝠，以吸人血为生。被那种吸血蝙蝠咬死的人，死后就会成为吸血鬼。”

“我以前也听过这样的说法，可昨天一位乘客告诉我，真正的吸血鬼不是那样来的。”

“哦？那怎么来的？”

“我听了他讲的后，觉得可信。想听吗？”

“嗯，说说看。”

在上海一个初夏的晴朗早晨，在一辆蓝色的士里，一位以前只见过一次面的女的士司机一边开车，一边给我讲起她所听到的吸血鬼的故事。

一千多年前，欧洲某座城堡里，一位贵族将军为抵御外族入侵，在耶稣像脚下接过教主的令牌，遵从耶稣的旨意，率领三千将士出城抗敌。

经过浴血奋战，这位贵族将军终于把入侵之敌全部赶出疆外。不过，他的部下也死伤过半。就在将军正准备收兵回城之际，信使送来教主的新令牌，说是耶稣有旨意，要求将军继续乘胜追击，不把残敌全部歼灭，不能掉转马头。那时的人们非常虔诚，于是，将军继续向前行进。

可那之后，不知什么原因，城堡再没有派出后援部队，补给也没有跟上。将军率领将士继续冒死追击，靠着顽强与智慧，最后终于把残敌全部消灭。他的部下自然也伤亡惨重，只剩下不足一百人。

这时，他们离开城堡已经整整两年了。一想到马上就可以回去，将士们都很兴奋。将军更是归心似箭，因为，他还有一个漂亮贤惠的未婚妻在等着他凯旋。

出征前，他的未婚妻曾亲手给他披上战袍，给他戴上耶稣的受难铜像，并亲吻他的面颊说等他凯旋。将军举起胸前的耶稣铜像发誓，有主保佑，他一定会胜利归来，与她完婚。

可当将军回到城堡后，教主却告诉他，一年前，他派出的信使与将军失去联系，就以为他们都战死了。他的未婚妻和家人不相信，一起离开城堡去寻找，之后就再也没有回来。将军听后，顾不上疲劳，独自一人跨上战马去寻找他的爱人和家人。

刚离开城堡没多久，他被一名侍卫追上。这名侍卫以前是将军的贴身护卫，两年前因生病没有随将军出征。侍卫告诉了将军事情的真相。原来，教主对将军的未婚妻垂涎已久，两年前利用外敌入侵的机会，以耶稣的名义命令将军出战，以耶稣的名义命令将军继续乘胜追杀残敌，后来又以与将军的部队失去联系为由，不再派出后援部队与补给。他以为在无后援又无补给的情况下，将军肯定会有去无回。果然，一年后，还不见将军回来。教主即假传信报，说将军已经战死。

但将军的未婚妻不相信，她要去找将军。教主无奈，就以送行为由，单独约见她，在酒里下了迷药，然后趁机把她奸污了。为防止别人知道，教主把她锁在自己的房间里。可当他第二天再回去时，她却不见了。呼啸的寒风拍打着窗户，窗户外面是万丈悬崖，悬崖下面是一条怒吼的大河。在得知将军还没有死，马上就要回来的时候，一不做二不休，教主残忍地把将军的所有家人扔下了悬崖。

将军知道这些真相后，悲愤交加，急鞭策马奔回城堡。教主知道事情败露，慌忙命令自己的亲信招架。

将军手持长剑，一阵狂杀。他的怒吼把悬崖上的石块都震落下来。教主的亲信作鸟兽散。将军直奔教主面前，一剑取下他的人头。

望着墙上高挂着的耶稣的受难铜像，将军眼冒怒火，冲着铜像大声质问：“主啊，我把忠心与躯体都给了你，为你征战沙场，你却如此对我，我要复仇！”说完，他使出全身的力气，把手中的长剑掷向铜像。长剑深深刺入耶稣像的胸部，顿时，鲜红的血从耶稣胸口汩汩流出来。

将军站在耶稣像脚下，用嘴接住流下来的大滴鲜血。随后，他走到悬崖前，张开血盆大嘴，对着耶稣的铜像说：“我以后要以吸你子民的血为生，而且永世长存！”说完，他纵身跳下悬崖。

后来，这位将军就成了吸血鬼。自那以后，欧洲每年都有人莫名其妙地失踪不见。失踪的人有一个共同特点，就是大部分都在教会里任职或曾经任过职。

“真悲惨的故事，”听完后我说，“那个乘客是干什么的，为什么跟你讲起这个？”

“我也不知道他是干什么的。不过他是一个很有意思的人，早上六点多，穿着睡衣，穿着拖鞋，戴着一副黑边眼镜，一上车就要我送他去海边，说是去晨练。

我还想就这个有意思的乘客问点什么，的士已经稳稳地停在了第一儿童医院门口。

“很高兴又遇见你。”下车前我说。

“我也是，希望下次你还坐我的车。”她边说边递给我一张名片。

我接过。一张白色过塑硬卡片，锋利得可以切黄瓜。雪白的卡片上，只有一个名字和一个手机号码。我放进钱包。

走进医院大门后，这才想起，女的士司机还没有回答我的问题：为什么突然向我问起吸血鬼的事。她是随便一说，还是特意等我上车给我讲这个故事？

我摇了摇头，觉得自己都养成职业习惯了，什么事都要分析个所以然。说不定在我之前，她已经向很多人问起过这个问题，讲过这个故事了。

进到病房时，舒姐已经收拾妥当。东西不多，只有两个大塑料袋。我抱着童童，舒姐提着塑料袋。上了出租车后，舒姐对司机说：“中东路蓝天小区 106 号楼。”

车开动后，我给公寓楼管理员鲍阿姨发去短信：“大概一小时后，我送你们楼的舒洁女士和她孩子回家。到时候请假装不认识我，谢谢合作，收到请回复。”

两分钟后，我接到鲍阿姨回电：“喂，秦同志你好。我不会发短信，就给你打电话。你的消息我收到了，你放心，我会配合的。”

舒姐眼睛看着窗外，压根儿就没有注意我。童童在我的怀里沉睡。我面无表情地说：“好，谢谢。”挂断了电话。

十点半，到达小区 106 号楼前。舒姐在前，我抱着童童随后。

一进到大厅，鲍老太就迎上来，嘴里不停地喊着“童童……童童……”，见童童没有反应，露出几分埋怨地对舒姐说：“出这么大事情，怎么都不说一声啊？要不是昨天菲菲告诉我，我还什么都不知道哩。”

舒姐撇一下嘴角，只笑笑没有回答。

“好了好了，快送孩子上去吧，以后有什么事，可不要再一个人扛着了啊。”鲍老太边说边看了我一眼。我对她点点头。

舒姐住在 501，对门就是 502——杨菲的家。

舒姐的房子三室一厅。客厅很宽敞，大大的落地窗户，黑白条纹的木地板。我第一次见到这样的地板，走上去，像踩在琴键上，真担心它会突然发出声音来。米黄色的天花板上挂着一盏白色水晶的枝形吊灯。吊灯正下方，摆着一张玻璃茶桌。旁边没有沙发，只有三把形状简单的红色木椅围着——两把单人的，一把双人的。

双人木椅的对面墙上，挂着一台超大的液晶电视。电视上方，贴着两幅油画。一幅是三个落日下的火红沙漠，一名女子背对我们坐在小沙丘上，看着落日，身后拖着三条长长的影子。另一幅是大海，近处微波粼粼，像微风拂过的湖面，远处则波澜起伏、惊涛骇浪。海面上空有两朵棉絮一样的白云、三只模糊的海鸟。远处隐约可见低矮大陆。

除此之外，没有电视柜，没有衣帽架，没有花瓶，没有鱼缸。

舒姐打开中间卧室的门，那是童童的卧室。小家伙像喝多了酒的醉汉，怎么摆弄也只管呼呼大睡。

把小家伙安顿好后，我回到客厅，在双人木椅上坐下。木椅的外沿稍微向上翘起，设计得很符合人体的坐姿，坐着相当舒服。

“喝点什么？”舒姐双手叉腰，站在我面前问。

“嗯，”我想了一下，说，“有冰的罐装啤酒吗？”本想说随便什么都行的，家里就她一个女人和一个孩子，多半不会有啤酒之类的。可刚才一路抱着大睡的童童，出了不少汗，确实想喝冰凉的啤酒。

舒姐转身从厨房里拿出来一个易拉罐和一小瓶矿泉水。

“这几天幸亏有你，不然，我真不知该怎么办了。”舒姐递给我易拉罐说。

还真有啤酒。“没什么，”喝了一口冰凉透骨的啤酒后，我说，“举手之劳。”

舒姐在旁边的单人木椅上坐下，把矿泉水倒进一个玻璃杯里，慢慢喝着，没有再说话。

喝了两大口啤酒后，为了找点话题，我指着对面墙上的油画说：“这两幅画挺有意思的，画面感很强，想象力不一般。”

“谢谢，这都是我自己画的。”舒姐把水杯放在茶几上，双手抱在胸前，抬起头望着自己的作品。

“哦？画得相当不错。”

“画室里还有，想看看吗？”

“很荣幸。”

最里面一个房间就是舒姐的画室。一进去，首先看到的，是对面靠墙的一个木架子上放着的六颗有点发黄的头骨；然后是旁边画架上许多未完成的画，和为数不多的几幅已完成的画。

“这些头骨是你的素描模型？”我指着架子上的头骨问。

“不是，它们是我丈夫以前收藏的，可是真正的人头骨。”

我走近。确实是真的头骨。本想问她丈夫为何收藏人头骨，这也并非像北京人头盖骨那样有价值的宝贝。转念一想，还是没有开口。一来不想提起她丈夫，免得她又想起伤心往事。二来，每个人的爱好各有不同，这很正常，这世上连收集人的阑尾的都有呢。大千世界，无奇不有，所以才情趣盎然嘛。

“为什么这些画只画了一部分？”我转开视线，指着那些未完成的画问。

“当时没心情画下去，”她回答，“我作画完全凭情绪，突然想画点什么，即使在吃饭的时候，也会放下筷子，来到画室把我想象的东西画出来。可有时画着画着又突然不想画了，就放下笔回去接着吃饭，经常这样。我画的东西也都是我脑海里想象出的东西，没有一幅是写实的。”

的确。再仔细一看，所有的画几乎都只有两个场景——沙漠和大海，而且都不是现实中的沙漠和大海。

我一边喝着手里所剩不多的啤酒，一边欣赏这些奇怪的画。最后，我被一幅看样子已画完的画深深吸引住了。画的上部是连绵起伏的沙丘。沙丘上空狂风卷着细沙，形成一条条丝绸样的沙带，远处隐隐约约可见断壁残垣。沙丘下面却是深不见底的海水，中间悬浮着一个不规则的多面形物体，十几个似海蜇又像章鱼的红脑袋动物围在那个物体周围。不远处，一只海豚正瞪着大大的眼睛看着它们。

“这幅画有什么意旨吗？”我问。

“没有。”

“把沙漠与海水放在一起，普天之下，除你之外肯定再无他人了。”

“这幅画是我丈夫离去后到现在为止我唯一的创作，”她看着这幅画，像是在回忆很久远的事情，“当时是半夜，一觉醒来，我就穿着睡衣拖鞋来到这里，作出这幅画。画完之后，我又回到床上，一直睡到天亮。早上起来一看，把自己都吓了一跳，看不懂。前一晚的事也像是梦游一样，只知道起来画了一幅画，具体画了什么，怎么画的，一点印象也没有。”

“不过很有创意，”我说，“就像许多科学家从梦里获得灵感，许多作家的小说故事也是来自梦境一样。”

舒姐颇有些伤感地一笑，然后看了一眼手表。“饿了吧？吃面条可以吗？现在家里也只有面条了。”

“不用麻烦，你还是多休息休息吧。”

“如果你嫌弃的话就算了，”舒姐边说边走出画室，“下次再请你吃顿好的。”

“我不是那个意思……”我这人生性不懂得怎么拒绝别人的好意，尤其当对方是年长女性时，“那好吧。”

出了画室，舒姐随手把门轻轻关上，小心翼翼得像怕惊醒了里面正在酣睡的爱人。然后她穿过客厅，径直走进厨房。一分钟后，她套一件印有俏皮大海豚图案的围裙站在厨房门口，说让我替她照看一会儿童童。我说没问题。

小家伙的卧室跟客厅一样简单，没有奥特曼，没有汽车人，没有灰太狼。小书桌上，有一排用书立竖起的图画书；有一只海豚形状的台灯，灯泡藏在海豚的嘴巴里；还有一张全家福靠在海豚屁股后面——小家伙穿着蓝色小泳裤，张牙舞爪地站在父母中间；父亲戴着黑边眼镜，穿着青色四角泳裤，光着膀子，露出结实的肌肉，笑得很开心；舒姐戴着褐色太阳镜，穿着绿色花边连体泳装，把身材衬托得更加性感苗条，笑得很甜美。他们身后是漫无边际的大海，穿着各色泳装的人在浅水里戏水。远处有两个冲浪的年轻人，正弯着腰踩在浪尖。

我正感慨他们一家曾经是多么幸福时，小家伙又突然发出声音。

“女孩……女孩……”小家伙很清楚地发出两声“女孩”。

头骨？老人？女孩？小家伙在想什么呢？我守在床边，希望他再说点什么。可小家伙却不再开口，继续呼呼大睡。

十分钟后，舒姐手里拿着解下来的围裙，走过来说：“好了，出来吃吧。”

“嗯，味道不错。”尝了一口面条后，我说。不是客套话，确实可口。

“谢谢。刚才童童没说什么吧？”

我一边嚼着面条，一边想着是否应该把刚才童童说的话告诉她。

“说了，女孩，”咽下面条后，我想还是应该照实说出来，“就只这两个字。”

“女孩，”舒姐用筷子搅着碗里的面条重复一遍说，“你说童童为什么说‘头骨’‘老人’‘女孩’这三个词呢？”舒姐这么问时，语气里并没有惊讶，或者担心与不安，就像在问为什么天上的风筝不会掉下来一样，很正常。

“应该没有原因，就像是从词库里随机抽出来的。”我回答。其实我只是觉得在问题没搞清楚前，任何大惊小怪的猜测都没有好处。

我们各自埋头吃碗里的面条。只听见我嗖嗖吸面条入嘴的声音，舒姐却一点声响也没有。我抬眼偷偷看了她一眼：很文雅的样子，左手扶着垂下来的鬓发，右手拿着筷子，把面条一段一段地送进嘴里，直到把一束面条全部送入嘴里后，才开始咀嚼，这样自然不会发出声响。

吃完面条后，孤男寡女的，我不便多留。

临走前，我对舒姐说：“以后有什么需要帮忙的，尽管说，我们也算是朋友了吧？”

“当然是朋友，不要忘了你还是童童的小舅哦。”舒姐把我送到电梯口。“你肯定嫌我啰唆，但我还是要再重复一遍，真的很感谢你，你是一个好人。以后如果有时间，”她略一迟疑，“还希望你常过来做客。”

“再这么客气，下次可不敢再来了，”我半开玩笑地回她，“我和小家伙有缘，有时间一定来的。如果他醒了或者出现什么别的情况，也请及时告诉我。”

“嗯。”舒姐点头。

虽然近在咫尺，电梯门关上的瞬间，她还是朝我挥了挥手。

梦十七（老人变了）

回到住所，刚过中午十二点。我洗了把脸，躺在床上，望着天花板上的那个阴影，惊讶地发现，这个阴影不再像谷姐了。到底是哪里发生了变化呢？其实形状几乎没有改变，只是给人的感觉已完全是另外一个人了。

没来得及想明白，我又被来势汹汹的睡眠俘获了去。钻入海水后，眼前的景象让我完全蒙了。蜇人的红头海蜇形成了好几层网，而且层层交错。就是有子弹的速度，也肯定在劫难逃。

没有时间犹豫。我深吸一口气，助游一段距离后，猛地加速冲过去。我左冲右突，使出浑身解数。眼看即将侥幸突出重围，却躲闪不及，径直撞到了一只海蜇的怀里。我立刻浑身一抖，随后就如同一片落叶，滑入洞壁，掉在老人脚下。

虽然已有过被蜇的经历，但这次依旧感觉痛入骨髓。

缓过来后，我努力爬升到与老人眉毛同高的地方。看见老人的样子，我又愣了，还以为刚才那一下子蜇晕了我的头。使劲晃了晃身体，没错，不是我的问题，是老人的原因——老人变了，变老了，变憔悴了！

“您没事吧？”我轻声问。

“还好。”老人的说话声也明显弱了许多。

“是因为打开精神之门耗费太多精力？”

老人点点头，连张嘴的力气也节省下来。看来，打开精神之门确实是件费神之事。我乖乖地待在那个日本女子头骨的右眼窝里，不再打扰他。同时，我也要养精蓄锐，准备下次突围。

我想起昏睡着的童童，他已经先后说出三个词——头骨，老人，和女孩。会有这么巧的事情！那这之间又有什么联系呢？这与我在现实中要去完成的那个所谓的重大任务，又有什么关系呢？

下午，回到公司，我把林老板的回馈单交给豚 sir，随后向上面首长汇报了情况。首长肯定了我的做法，对此表示满意。

现在，P部林老板的任务和C部上级首长交代的任务，都算正式了结了。这也就意味着，在下次接到新的任务之前，我每天都要准时来公司了。

接下来的几天，我每天早上六点半准时起床，在阳台上做完操，在楼下的夫妻面馆吃完早饭，七点半赶到公司；在公司的健身房里做一遍健身项目，冲淋浴。八点准时去机要房上班；十一点五十下班，在公司食堂吃完午饭，回办公室小睡一会儿；下午两点开始工作，五点半下班。

中午和晚上我仍然做同样的梦，醒来后仍然什么都不记得。梦中的红头海蜇越来越多，可怜的我几乎每次都要被蜇得晕乎乎后，才掉进洞里。洞里的老人越来越憔悴，额上的皱纹加深了，鬓角的头发变白了。精神之门还没有被打开 。

这几天在公司只见过一次谷姐。她说，她的任务完成的可能性已经被证明是存在的。我祝贺她。她苦恼地说，可任务很棘手，非常需要一个搭档。

谷姐是一个很有天赋的探员，很少有让她皱眉头的事情，连顾客走丢半年的小狗，都能给找回来。这次既然说任务很棘手，那就绝不是一般的困难。我建议她向上面推荐让我协助。她说她试过，可上面依旧说现在还没有到必须扩大知情范围的时候。

谷姐整天忙得不见人影，我倒清闲得整天窝在办公室里。虽然在办公室里也是在做事，但手头没有任务，总感觉不算是在上班似的。

如此过去四天后，第五天晚上，我正准备洗洗睡觉时，舒姐打来电话。

“小秦，现在在哪里？忙吗？”

“在家里，不忙。”

“如果方便的话，可以现在过来一下吗？如果不行，也没关系，不是什么大事。”

我看一下床头钟，快九点了。不是大事，但也肯定不是很小的事，不然不会这么晚了还叫我过去。“可以，这就过来。”我说。

一抹模糊的弯月孤零零地挂在夜空，没有星星做伴，天空灰蒙蒙一片。

九点四十，我进了蓝天小区大门。耀眼的路灯下，不少人还在小区里的健身广场上活动。十几位老太腰缠红绸缎，在一位领舞者的指挥下笨拙地扭动着屁股；一群小孩子围着秋千嬉戏；几位中年妇女坐在长凳上闲聊。

501 和 502 的窗户都亮着灯。一楼大厅里也是灯火辉煌。进去时，鲍老太正坐在值班室里，透过窗户呆呆地望着大厅。我突然出现在她面前，倒把她吓了一跳。

“鲍阿姨晚上好，”我尽量放缓语速说，“上去有点事。”

“哦，好的。”鲍老太忙点头。

进电梯后，我对刚才吓到鲍老太深感不安。

“是不是童童……”坐在舒姐家客厅里的单人木椅上，我问坐在对面的舒姐。

她蓬松的鬈发散着垂下来，身上只穿着一件宽大的白色吊带睡衣，下摆到膝盖处，赤脚穿着拖鞋。

对于我的问话，她没有回答，伸手从玻璃茶几上拿起一罐已经打开的啤酒握在手心。想了一会儿后，她看着我，平静地说："童童又说胡话了。"

我看着她，耐心地等她继续说下去。

"他说'爸爸回来了，在海滩上'。"

"是小家伙想爸爸了吧？"我说。

"不知道。"她慢慢摇了摇头。之后，没有下文。

"这个，可以喝？"我从茶几上拿起没有打开的啤酒罐问。

"喝吧，本来就是为你准备的。"

我拉开拉环。

"你们公司有找人这项业务吗？"舒姐说着坐直身子，把自己手里的啤酒罐重新放回茶几上。

"有。"我回答。

"那你们以前被要求寻找的都是哪类人？"

"走丢的老人、小孩、精神病人，或者离家出走的人、失去联系的人、故意躲起来的人。"我把从罐口溢出来的啤酒泡沫吸进嘴里，"只要顾客有需要，什么人我们都可以帮助寻找的。"

"这些人为什么不去找警察呢？"她稍微有些疑惑地看着我问。

"警局是政府机构，"我直言说，"不会为了给你寻找某个并不重要的人全力以赴。他们的经费、人手都有限，必须先满足大案要案和整个社会的治安。即使找了，找到找不到，对他们也没有多大影响。他们不靠这个吃饭。我们不同，我们是公司，靠顾客吃饭。所以我们在这方面的办事效率要比警察高。所以，即使要花钱，有些人也愿意来我们这里。当然，也有部分顾客是有很隐私的事情，不愿意通过警方这种公开的渠道。"

听我说完，舒姐从茶几上拿起她刚刚放下的那罐啤酒，仰头一口喝干，然后，像是握着个手炉取暖似的，双手紧紧握住空啤酒罐，直直注视着我。"那你们以前有没有被要求寻找非常理消失的人？"

"非常理，你是指——"我一时没明白她的意思。

"不是失踪，"她说，"就是突然消失不见。就像你现在在我面前，我闭上眼睛。十秒钟后，再睁开眼，你就不见了。没有听见你起身走开的声音，也没听见门开的声音，周围的一切也都没有改变，唯独你不见了。就这样。"

我看着啤酒罐口残留的泡沫慢慢消失，喝了一小口。“没有。”我回答。

“我可以喝一口吗？”舒姐有些失望地瞅着我手中的啤酒罐，“不好意思，家里只剩下这两罐了。”

我递给她。她把自己的空罐子放回茶几上，接过我的。喝了不大不小的一口后，又还给我。

“我丈夫就是那样走的。”她边用手背擦着嘴角边说。

我微微吃了一惊：“你不是说他……”

“那是我骗你的，当时不知道怎么向你解释。”

我没有再追问，等着她自己主动说完。既然这么晚把我叫来，她肯定是有事相告，而且是决定全部说出来。我现在已经知道了事情的大概，即她的丈夫其实并没有真的离开这个世界，只是离开了她。她知道我是私家侦探，现在又知道我们公司有找人这项业务，所以接下来，在把事情原委告诉我后，她肯定还会要我帮她找回“非常理”不见了的丈夫。

三十几秒钟后，舒姐身体微微向前倾，手臂放在膝盖上，双手握实，盯着茶几上的那个空啤酒罐，终于再次开口。

“那是差不多三年前的一个周六的早晨，当时天刚蒙蒙亮，我醒来，发现丈夫不在身边。他睡的那块地方还是暖的，枕头上凹进去的地方也还没有膨胀起来。我以为他去了厕所，就继续睡了。等再次醒来，是闹钟把我吵醒的。那时七点多了，丈夫还没有回来，旁边的被窝已经凉了，枕头也恢复了原状。我也不清楚我刚才那一觉睡了多长时间，心想丈夫可能在闹肚子，于是去洗手间找他。可里面没有，厨房里也没有，童童的卧室里也没有。我就想，是不是学校有急事把他叫去了。以前也有过这样的情况，他怕吵醒我，就偷偷地起床离开。”

舒姐说到这里，停住，呆呆地盯着茶几上的空啤酒罐，眨了一下眼睛，两滴眼泪掉下来。

“我回到卧室后，”她没有用手去抹眼睛，继续说，“发现丈夫的西装、衬衫、皮鞋都在，手机也在，只是睡衣和拖鞋不见了，还有他的眼镜。丈夫没有晨跑的习惯，即使突发奇想去晨跑，也没有穿着睡衣拖鞋去的吧？我有些急了，就打电话问楼下的鲍阿姨。鲍阿姨说她也刚起床没多久，没看见我丈夫出去。于是我跑下楼，到保安室查看早上的录像。一楼大厅的门上方有个摄像头，二十四小时开着。可奇怪的是，那天早上五点半到六点半这一小时里，正好摄像头出了问题，画面是停止的。我问值班保安为什么会这样，他说他也不知道，以前虽然也有过类似的情况，但是时间都很短，几秒钟就过去了。还说这大清早的，他一个人也不可能一直盯着所有的屏幕看，只是大概瞄一眼没有黑屏的就行。而且，那么早，屏幕上本来就很少有动的东西出现。

“回到屋里后，我给所有认识的人都打了电话，但都没有消息。我开始担心起来。这时，童童起来了，他跑过来问我怎么没有看见爸爸。我说爸爸丢了。他一听，就坐在地上大哭起来。这时我哪有心思去管他，任他在那里哭。后来我报了警。警察过来后，我给他们详细说了早上丈夫凭空消失不见的事情。童童那时也突然不哭了，睁大眼睛认真听我说。随后，我和警察一起到保安室看了那段奇怪的录像。他们也没找出任何原因，就走了，只叫我在家里等通知。

“我恍恍惚惚回到屋里时，童童已经自己穿好了衣服。他给我倒了一杯水，然后像大人一样劝我说：‘妈妈不要伤心，爸爸有事出去了，三年后就会回来的。’我当时心乱如麻不知所措，根本没在意他的话。

“后来，我在报纸电视上连续登了一个多月的寻人启事，都没有结果。警察那边也是音信全无，每次打电话询问，他们都是一句话，等找到了会通知我。到最后我也懒得问了。就这样找了大半年后，我最终放弃了。

“这两年多来，我没有一天不想念我的丈夫，也没有哪一天真正开心过。我一直想不明白，他为什么就那么忍心，抛下我和孩子一个人悄无声息地走了呢？到底是为什么呢？如果是因为有矛盾，至少我知道原因。可他的脾气一直都很好，我也不是急性子。从认识开始，我们俩几乎就没有吵过架，偶尔小拌一下嘴，也都很快就好了，从来没有出现过隔夜的冷战。我们之间真的找不出来任何可以上升为矛盾的东西啊，而且还是足以让他做出抛妻弃子这样极端行为的矛盾。这，是最让我困惑和痛苦的地方。”

舒姐说到这里，两肩微微一沉，轻轻呼出一口气：“这两年多来，我虽然也感觉到身边的世界一直在运转不休，可又深深地感觉到，唯独我一个人停留在同一个地方，一直都没有动，哪里也没有去。其实，是哪里也去不了，哪里也到达不了。

“以前我跟你说过，自从丈夫走后，童童就像变了一个人似的。幸亏有他，不然，我早就垮掉了，但有件事情一直让我担心。”

说着，舒姐怅然地仰起脸，看着我。“有一天吃早餐时，童童突然对我说：‘妈妈，爸爸两年后就会回来的。’我当时不知道他为什么会突然这么说，之前也并没有提到他的爸爸。我问他怎么知道爸爸两年后就会回来的。他说知道就是知道。我想，孩子还小，可能只是随便说说。可吃完早餐后我突然记起，那天刚好是我丈夫消失不见整整一年的日子。就在大半年前的某一天，童童又突然没有任何征兆地对我说：‘妈妈，爸爸一年后就要回来了。’那天刚好又是我丈夫离开我们整整两年的日子。”

舒姐说着慢慢坐直身子。“童童第一次说他爸爸三年后就会回来，我可以认为那是偶然的无意识的话。可后来他又说了两次，而且两次都是在他爸爸消失不见的‘祭日’，这让我无法相信是巧合。这次童童受伤，说出头骨、老人和女孩，今天又说爸爸回来了，在海滩。我相信，这也绝对不是巧合。还有你的出现，也不是巧合。我想，肯定是有某种东西在暗中把这些联系起来，想通过昏迷的童童之口，告诉我丈夫在哪里，然后再通过你的帮助把他找到。肯定是这样的！”

舒姐说完，用激动伴着希望的眼神直直注视着我。那目光，就像一个人流落孤岛多年，突然有一天看到有艘船出现在视野里，正朝自己驶过来一样。

舒姐的推测有些道理，这么多巧合加在一起，很难说还是巧合。但整件事情太不符合常理。甚至可以这样说，简直荒谬。

“给你看样东西。”舒姐边说边起身，走到她的画室，双手抱出来一个她丈夫的收藏品——一颗头骨，放在茶几上。

这不是真的人头骨，是一个仿制品。但做得很细致。

“我丈夫是一位古生物学家，上次跟你说过，他有收藏头骨的爱好，我画室里就有几颗真的人头骨。这颗是仿制的，却是我丈夫最喜欢的，它的来历有些不寻常。”舒姐盯着这颗头骨说，“那次，我丈夫随一支海底考察队潜水考察时，在一个珊瑚礁洞外，发现几只小海豚不停地绕着洞口打转，好像在守护那个洞口。我丈夫几次试图靠近洞口，都被小海豚们挡住。后来，他在洞顶发现一个缺口，就把一个遥控摄像头从缺口探了进去。原来，小海豚们守护的是一颗头骨，就在洞里正中间的一块石头上。头骨不是罕见的东西，稀奇的是，这颗头骨的顶上，有一圈发光的东西在跳动，我丈夫说，就像燃烧着的火焰。时间不够，他拍了几张照片就上去了。回来后，照片洗出来，当初在海底看见的那些发光的东西却没有了。我丈夫说，当时在海底，他确确实实是看到那些发光的东西的。不过，看着洗出来的照片，他嘴里还是不停地啧啧称奇，说太完美了，简直不像是真的。可我看来，那只是一个和他以前收藏的那些一样的普通头骨罢了。后来，丈夫用其他动物的骨粉掺和石膏，照着照片做了两个模型。这就是其中一个。这次，童童嘴里说的头骨不知道跟这个有没有关系？之所以这么说，还有一个原因。当时，我丈夫把这颗头骨做好之后，童童第一次看见就说：‘这头骨好漂亮，还戴着皇冠呢。’可实际上，头骨上面哪有皇冠，什么也没有。童童第一次摸它的时候，说好烫啊，可实际上它一点也不烫。我和丈夫只把这些当作孩子的想象力的表现，因为后来童童再也没说头骨戴着皇冠，也没有说头骨发烫。可是，现在，童童在昏迷不醒的时候，说出头骨，头颅上的裂纹形状也是一个头骨，我觉得，这其中一定有关系。”

发烫的头骨，我也曾经遇到过。我感觉事情越来越诡异了。我问：“那另一个头骨模型呢？”

“在丈夫的店里，他在田子坊开了一家小店，专门卖骨头类的工艺品。”

“店名是不是叫‘骨科’？”

“对，你知道那家店？”

惊讶又一次侵袭了我。“是的，我去过田子坊，对那家店有些印象，现在好像还在经营？”

“嗯，基本上都是店员在打理。”

“那个店里除了和这个一模一样的人头骨，还有别的人头骨吗？”

“没有了，人头骨，店里就只有一个。”

事情真的是越来越匪夷所思了，童童说这个头骨发烫，我不久前接触到和这个一模一样的头骨时，它也是发烫的。

本不想说的，怕让舒姐更加胡思乱想。但已经有这么多莫名其妙的事情了，再多一件也无妨，最后我还是说了出来。

“我就说啊，”舒姐听后，非常兴奋，“这些不可能是巧合，都是有联系的。是它，把你和我们家童童联系在了一起，这些都是有安排的。现在，我更有信心了。”

“可这，又到底是为了什么呢？”

“很快就会知道的，等我找回我的丈夫，一切都会知道的。”

我不知道该说什么。慢慢喝下一大口啤酒，慢慢咽下去。只感觉一股凉意从喉咙一直浸到胃里。

“那现在准备怎么做？”等啤酒全部流进胃里后，我说。

“我想去海边找我丈夫，”舒姐迫不及待地回答，就好像一直在等我这样问她似的，“还有半个月，我丈夫就消失整三年了。我有预感，我马上就可以见到他了。”

“海滩的哪一处？如何去找？工作怎么办？童童又由谁来照顾？”我问。

“就沿着海边找，”她也快速回答，“上海能够去的海滩不是很多，工作的事情好解决，请两周的病休应该没有问题。至于童童，”她看着我，犹豫了一下后说，“我想跟你做个交易——如果我去你们公司寻求帮助，可以直接点将吗？”

“可以。”

“那我就去你们公司，直接点名雇你，请你帮我找人。但出了你们公司大门之后，我就不要你找人了，只要你负责给我照顾童童。当然，费用我照付。”

“为什么不直接让我去找？”

“不行，必须我自己去，”舒姐很确定地说，“别人肯定不行，不是我不相信你。”

“这也是你的预感告诉你的？”

“嗯。”舒姐点头。

“如果真如你说的这样，”我暂时先接受舒姐的推测，说，“也还有半个月时间，有必要现在就开始吗？”

“是的，我已经漫无目的地等了快三年了，现在有了目标，我不能再等了。”

“你刚才说，要通过我的帮助才能找到你丈夫，莫非你的所谓‘帮助’，就是指给你照顾童童？”

“嗯。”舒姐咂了一下嘴唇，再次点头。

我一口喝干罐里剩下的啤酒，然后把空罐放回玻璃茶几。想了十几秒后，我答应了她。

其实，是不得不答应，没有选择。虽然我不相信她这样就能找到不见了三年的丈夫，但又实在不忍心拒绝她这好不容易悟出来的、仅剩的一点点希望。而且，顾客有需求，帮助顾客完成，这本身就是我的职业。更重要的是，我已经卷了进来，成了这些巧合里的一环，也很想知道这些巧合到底是为了什么。

“好吧，”我说，“私家侦探被请去当保姆，这在我们公司历史上肯定是头一回。不过，倒也是份轻松的差事，小家伙很容易照顾。”

“那就这样说好了，”见我答应了，舒姐很高兴，“你们公司叫什么名字？在哪里？”

“Dolphin Detective，简称 DD 公司，就在枫桥路和花溪路路口。”

“Dolphin Detective，”舒姐重复一遍说，“海豚侦探，为什么取这么个名字？”

“海豚是种智商很高的动物，感觉器官相当灵敏，国外有些机构还专门训练它们协助海关破案，算是动物界里的侦探。而且，海豚的形象也很可爱，虽然不是百分之百的人都喜欢它，但至少很少有人讨厌它。”

“我也很喜欢海豚，我以前在网上用的虚拟头像就是海豚，”舒姐说着，把自己的空啤酒罐夹在两只手掌之间，不自觉地来回搓着，“那我明天上午就去你们公司，直接点名要你帮忙。”

我稍微想了一下后，说：“可以。到时，我们老总可能会先让你简单说一下情况，你就说你丈夫是几天前失踪的，需要我们帮忙寻找。不然，失踪那么久，老总肯定不会答应。然后我们会与你签一个协议，主要是确定时间问题。一般顾客都会设定一个期限，如果超过期限，我们没有完成协议上的任务，顾客就只需要付劳务费。当然顾客也可以不定期限，但那样的话，到最后我们即使没有完成任务，只要能证明我们已经尽了力，顾客除了付劳务费之外，还要付劳务总费用的百分之四十作为损耗基金。你到时就选期限一个月。如果给的时间太短，我们也确实无法完成，是不办理的。你说一个月，应该没问题。”

“好的，”舒姐感激地看着我，第三次点头，“都记住了。”

“除此之外，还有什么要我做的吗？”

“没有了，就这一件。”说完，她仰起头，微微眯起眼，望着头顶垂下来的枝形吊灯的锁链，一脸的欣慰与憧憬，好似吊灯那垂下来的细细长长的锁链之间，就藏着她的希望似的。

她这样抬起头，脖子下面白皙的肌肤和细细长长的性感的锁骨一览无余——还有高高耸起的胸脯。

没事了，我该走了。夜深人静，孤男寡女。女的长得漂亮，还穿着吊带的睡衣。男的也非绝对正经。只要女的稍一主动，就可能会擦枪走火。

老实说，以前，我还一直以为自己是柳下惠。可自从那晚之后，我对自己的自制力完全失去了自信。

第三十章
胡依祎：虚伪家伙

就在发现被那个恶心的林老板雇用的私家侦探跟踪的第二天，依祎发现舒女士和童童已经有好几天没有回家。

开始，依祎以为他们又回乡下的老家去了。每年，舒女士都会带着童童回乡下老家一次，大概都是在这初夏不冷不热的时候。

可这么多天还不见他们回来，依祎开始有些担心。

舒女士和童童作为依祎的对门邻居，是依祎在上海仅有的朋友。记得当时依祎刚搬来，他们全家就过来串过一次门。舒女士在银行里搞人事管理，热情开朗。她的丈夫霍大哥是上海大学的一名古生物学讲师，话不多，有些书生气。他们的孩子童童很乖巧可爱。真是幸福的一家三口。

可是，仅仅一个月后，有一天早上，霍大哥却突然离奇失踪了。舒女士全力找了大半年后都没有结果。

虽然徐少校一再叮嘱，要依祎平时尽量少与外人接触，但依祎还是经常去舒女士家里坐坐。一是出于同情和关心，毕竟大家是门对门的邻居，舒女士在上海也没有别的亲人。况且，刚搬过来时，舒女士经常过来嘘寒问暖，问生活习不习惯，是否需要帮助等，是一个很热心肠的人。如今他们家里出事了，自己总不能不闻不问。再者，舒女士和童童也肯定不会是坏人。

第一次与舒女士交谈时，被问起自己的家庭，依祎便简单地回复她早已“起草”好的故事——

老家在青海，半年前爸妈在一场空难中遇难，家里只剩下她和爷爷两人相依为命。爷爷两个月前退休，退休前是当地一所大学的化学教授。由于受父母突亡的打击，同时也由于自己一直体弱多病，她休学了。做古董生意的舅舅担心她整天闷在家里对身体不好，同时刚好这里有一家小店没人照应，就把她和爷爷接来上海，让她帮忙看着那家小店。

店很小，生意也上了正轨，不累，她也就答应了。这里房子比较大，舅舅知道爷爷在实验室里待了大半辈子，还在这里给他弄了一个小实验室，平时爷爷可以在里面做做自己喜欢的小研究。所以，爷爷也愿意待在这里。

既然说到了她的伤心往事，舒女士自然不会多问，懂得适可而止是她的教养。

舒女士的儿子童童很喜欢跟依祎阿姨玩。他爸爸失踪后，依祎阿姨就成了除了妈妈外唯一的朋友。他尤其喜欢吃依祎阿姨做的饭，几乎成了依祎家的食客。

依祎和胡博士也很喜欢童童过来跟他们一起吃饭，有个小孩子热闹。童童很聪明、很听话，遇到什么不懂的问题就问依祎。由于胡博士整天待在实验室里，又以危险和有辐射为由，不准任何人进去，童童的好奇心急剧膨胀。他经常对依祎说，他一定要好好学习，长大后上大学，然后像爷爷一样天天做实验，当科学家。

那天，依祎终于忍不住给舒女士打去电话，才知道原来童童已经住进了医院。

依祎连忙关店赶去医院。

进到病房，只见病床上的童童已经成了小光头，头上还缠着雪白的绷带。坐在一旁的舒女士面容憔悴。

“舒姐，童童这是——”依祎一脸的担心与疑惑，看着童童问。

“周一早上送童童去上学，在你家古董店对面的茶馆里吃早餐时，他不小心摔倒受伤，然后被一位好心人送到这里。”

“在对面的茶馆，周一？”依祎皱起眉头，“那天我在店里啊，怎么没看见？”

对此，舒姐没做任何回应。

“哦，”努力想了一会儿后，依祎终于想起来，“我记起来了，那天早上肚子不舒服，可能在洗手间。您这么一说，我记起当时好像是听到了救护车的声音。”

依祎说着走到病床的另一边，坐下，紧紧握住童童的小手。

“童童睡着了吗？”

“被送来之后一直这样，医生说可能伤到了神经。”

“这么严重？”依祎用手心敷着童童的小脸蛋，“那现在怎么办？童童什么时候才会醒来啊？”

“不知道，”舒女士回答，“目前医生也找不出病因，只知道是大脑受伤引起的，给不出针对性治疗，我准备明天带童童回家。”

“回家？”依祎瞪大眼睛，看着舒女士，“这么快就回家？是医生说的？”

舒女士点头。

童童伤得这么严重，可舒女士竟不是很担心，到底怎么了？依祎有些不明白。难道是她这几天一直陪在这里，太累了的缘故？

“那我明天过来帮您吧。”依祎说。

“不用了，没什么东西，上次帮我的那个好心人会过来的。”

“哦。”依祎摸着童童的额头，瞅着他的小脸蛋，直摇头，“老天真是残忍，它怎么忍心让这么乖的童童遭受这么大的打击啊！”

这时，依祎明显感到了有视线在她身上游移。她随即向病房门口望去。

没错，是有张脸正贴在病房门的探望口后面，直直看着她。

被发现之后，那人并没有躲开，反而推门进来。

一看到他，刚才一直面容憔悴、没什么表情的舒姐突然来了精神，好像与他并不陌生。她站起来，向他道歉说，是不是自己糊涂了，说错了出院时间。

那个人忙说没有，下午刚好没事，过来看看。然后他接着问童童怎么样了，舒姐这时好像怕被依祎听到什么似的，特意走近他，轻声和他交谈了两句。

原来，这就是舒女士刚才说的那个好心人。舒姐介绍说他叫秦祎氘。开始，依祎以为是秦一刀。后来他走后，问舒姐，才知道是哪两个字。呵呵，竟然还与自己的名字有一个字相同呢。

依祎对这位好心人的第一印象还不错，话语不多，不像是个油嘴滑舌的人。刚进来，还主动替舒姐抱童童上厕所，很小心体贴。

这位好心人只待了很短时间就走了。

晚上，依祎回到家里后，突然记起来什么，急忙找出昨天徐叔叔传真给她的那张照片。没错，就是他！舒姐眼里的“好心人”，原来竟是昨天跟踪她的那个私家侦探！

难怪第一眼见到他时，就感觉有些眼熟。“虚伪的家伙！”依祎心想，“演得可真好，还假装不认识我呢！”

她马上把这一情况汇报给了徐叔叔。徐叔叔特意交代过的，以后不管事大事小，只要是觉得有异常，都要及时跟他说。而且今天的事也实在太巧了，会不会是那个恶心的林老板还没死心，采取了迂回战术呢？

徐少校了解后，立即着手调查，很快就搞到了那个私家侦探给林老板的交差报告，以及林老板的回馈信息。从这两份材料来看，可以确定林老板已经对依祎彻底死心，这件事与他没有任何关系。而且，这个私家侦探与舒女士母子的相遇发生在向林老板交差之前。所以，只能说，纯属巧合。

不过，这巧合也令徐少校有些难以相信，他请求田将军的指示。

田将军知道这一情况后，也有些惊讶。不过，从目前来看，这一事件与依祎确实没有关系，也不是那个私家侦探接手的公司任务，只是突发事件，他的个人行为，没有理由加以干涉。干涉过度，万一引起他关注，反而不是好事。所以，田将军只是让徐少校叮嘱依祎以后尽量避免与那个私家侦探接触。

舒女士和童童回家后，依祎每天从店里回来，都要去舒女士家里看看童童。有时晚饭做了好吃的，也给舒女士带去一些。

一次，舒女士突然问她说："你觉得上次在医院遇见的那个秦祎氘怎么样？"

舒女士突然这么问，依祎不知她什么意思。

"什么怎么样？"依祎问。

"就是他给你的印象如何？"

依祎心想，那个私家侦探曾助纣为虐，现在虽然帮助过舒女士，也绝好不到哪里去。

"他是干什么的？"依祎问道。

"私家侦探，这在国内还算是个新兴行业，也是个不错的工作，收入也不低。和他在一起，每天还可以听到各种原创的有趣的故事。"舒女士以一副游说的口吻说。

听到这里，依祎已经知道了舒女士的意图。

"他帮助你不会另有所图吧？"依祎撇开舒女士的问题问。

"不会。和他的相识绝对是偶然。后来他接我和童童回家，也是我事先叫他的。放心，舒姐干的就是人事这一行，不会看错人。"

依祎不知道要不要把这个私家侦探曾经跟踪过她的事情说出来。

"快说，对他印象如何？"舒女士催促道。

"一般吧，不好也不坏，就如同在大街上随便遇到的陌生人一样。现在连他长什么样都忘了。"

舒女士无奈地摇起头，就像面对一个不开窍的孩子。"现在这社会，真正好心肠的人太少了。只有真正好心肠的人，才……"

"舒姐！"依祎赶紧堵住舒女士继续说下去的嘴，"您不会是在给我物色什么对象吧？我现在可不想哦，等童童的伤好了以后再说吧。"

依祎说完，就赶紧跑回自己屋里了。

“你这个虚伪的家伙！”依祎拿出那个私家侦探的照片，重重地摔在桌子上，然后用茶杯把它狠狠地压在杯底说，“又想做什么坏事！”

第三十一章
秦祎氘：读出精神

答应舒女士提出的要我帮她照顾童童的要求后，时间已很晚了，我起身告辞。

从舒女士家里出来时，刚好见对面杨菲正站在家门口，看不出是刚从家里出来，还是正准备开门进去。出于礼貌，我朝她点了下头。

她看着我，迟疑了一秒钟，然后立马板下脸，推开门进去，啪的一声重重把门关上。那情形，就像我刚才做了什么冒天下之大不韪的错事似的。

怎么了？我也没得罪这小姑娘啊。难不成我跟踪过她的事被她知道了？我又从头捋了一遍过程，应该不会。我对自己的跟踪技能是很有自信的。

一楼大厅。大门上方的那个长筒状摄像头正俯视着整个大厅。担心又吓到鲍老太，我以每秒一米的速度，缓慢地从值班室窗口走过。这时，老太已坐在老爷椅上埋头打盹儿。

从楼里出来，此时的健身广场上已没有人影。没有风，秋千静静地停在那里，一丝晃动也没有，就像一幅透着伤感情绪的静物素描。

回到住所，已是十一点一刻。我匆匆洗完澡，裹着浴巾躺在床上，正准备试着想想舒姐的丈夫三年前突然消失不见的几种可能时，睡眠再次没有给我时间，以迅雷不及掩耳之势，把我从现实中劫了去。

梦十八（精神之门打开）

海蜇一层覆着一层，已没有任何足够我避开的空隙。

我闭着眼睛，以自杀的心态猛冲过去，只感觉浑身一颤，一阵猛烈的剧痛瞬间侵占全身。然后我便像中了弹的大雁，掉入茂密的树冠，被树枝一层一层地绊着，左翻右滚地掉下去。最后落在洞里的地上时，我都没意识到我已经落地了，就像在滚烫的麻辣油里面泡了三天三夜，身体所有的感觉全部消失一样。

不知过了多久，我醒过来，发现洞中央的架子不见了，老人也消失了。好久不见的概念女孩却出现了，正盘腿坐在也不知是东南西北哪一方的洞壁脚下。她的腿上方，摆着一张四条腿的小矮桌。桌上放着一颗头骨。

概念女孩双眼紧闭，右手覆在头骨顶上。精神穿过她的手掌。我赶紧忍痛跳起来，飞过去。

“你好，好久不见！”我停在概念女孩的身前说，有些激动。

“你好。”她淡淡回应，好像我只是个陌生人。我不免有几分伤感。

“这是那个日本女子的头骨吗？”我打起精神问，“精神之门打开了吗？”

“是的，”依旧是没有掺杂任何感情因素的语调，“主人公是日本的一对青年男女，这是那个女子的头骨。男主人公是位军人。时间是二十世纪四十年代初。地点不确定。内容现在只知道有战争。”

“既然精神之门已经被打开，为什么地点还不确定？”上次老人告诉过我，打开精神之门，就是确定故事发生的时间、地点和人物。

“因为战争，他俩的故事不是发生在同一个地方。”

“哦，那什么时候可以读出里面的具体内容呢？”

“可能下次，也可能下下次。”

我点点头，不再打扰她，希望她能早点把这对日本男女的故事读出来。

静静地停在概念女孩的左肩上，我想起现实中的事情。在现实中，今天我终于弄明白那个发烫的头骨选中我的目的了——就是帮助舒姐找回她失踪了的丈夫，也就是那颗头骨的主人。这个任务对于舒姐和童童来说，是最重要的，比外星人入侵地球还要重要。

第二天上午，九点刚过，舒姐来到我们公司。她穿着白色中跟露趾凉鞋、深褐色瘦腿裤、淡灰色长袖V字领衬衫；头发在头顶偏后的地方扎起来，像松鼠蓬蓬的大尾巴；左右耳垂上各挂着一个深红色的心形吊坠；脸上化了淡淡的妆。时尚，优雅，气质，再加上眼角一丝淡淡的忧伤，是五十岁的男人遗憾没有早二十年遇见的女人，是三十岁的男人想去接触的女人，是二十岁的男生想去约会却又心存胆怯的女人。

豚sir这个大忙人竟亲自接待了舒姐。舒姐说明需求后，就点名要我接手这个案子。豚sir略表惊讶，问她从哪里知道有“我”这个人，为什么要选“我”？舒姐说是朋友推荐的。豚sir没有再问，P部的任务保密级别低，客户对某一侦探的工作满意，向别人推荐也正常。

我装作很荣幸的样子，把舒姐请进我的办公室。豚sir从始至终都陪同在旁。

谷姐不在，豚sir坐在办公桌对面她的转椅上，舒姐坐在办公桌右侧的高脚无背凳上。老大在场，我们只得认认真真地把戏演下去。我打开工作记录簿，从笔筒里抽出一支削得正好的铅笔，用拇指肚确认一下笔尖的粗细，然后要求舒姐详细介绍一下她丈夫的失踪过程。

豚sir盯着舒姐，舒姐看着我，我看着桌上的记录簿，偶尔停下来记下关键的地方。

霍奇瑞，男，35岁。大学历史与古生物学讲师。身高175厘米。体重80公斤，微偏胖。戴一副黑边眼镜。

舒姐给我一张照片，是她丈夫以前给学生上课时的留影——黑色西装，红色领带，黑边眼镜，双手撑在讲桌上。他身后墙上的大屏幕上写着：骨研究的历史与现状。“骨”前面的字没有拍上。

16日晚与同事喝酒，凌晨1：30半回家。因回家太晚，被舒女士责骂。霍睡客厅沙发。17日早上6:30，霍失踪。后一直没有回家。朋友亲戚都不知其去向。

最后，豚sir点头同意接受这个任务，并同意完成任务的期限为一个月。

第二天开始，我就成了小家伙童童的临时保姆。每天早上七点半，我准时赶到舒姐家。舒姐带上一个小帆布包，里面塞一部手机、两瓶矿泉水、一个面包、一张地图、一把雨伞，把钥匙交给我，就像完成了交接班仪式。然后一整天，我便成了这一家的临时主人。

我的任务很简单，负责小家伙的进食、上厕所并记录他说的话。中午，可以用舒姐的厨房自做午饭。第一天早上出发之前，舒姐还承诺，每天晚上回来后，她负责一顿晚饭。但此承诺从未兑现。不过，利用这个机会，毫无厨艺基础的我，不仅学会了一些基本功，还学会了炒几个不错的小菜。

这一切，首先得益于与杨菲的和解。

做保姆的第一天，上午九点半，我正坐在童童床边的椅子上看昆德拉的《搭车游戏》，门铃响起。

打开门，是对门的杨菲。

我微笑着打招呼说：“你好，找舒姐是吧？”

她先是一惊，然后完全无视我，进到客厅大喊：“舒姐！舒姐？”

“她出去了，下午六点左右才会回来。”我说。

“怎么回事？”杨菲像看着入室行窃的小偷一样盯着我。

我把舒姐出去找她丈夫，让我替她照顾童童的前后始末，原原本本地告诉了她。

杨菲将信将疑地盯着我看了一会儿，然后走进童童房间，看见童童安安静静地睡在床上，返回客厅问：“舒姐为什么不叫我帮她看童童？她明明知道我这段时间天天在家的。”

“我刚才说了，她认为这件事情必须有我的参与，才能完成。”我回答。

杨菲还是半信半疑，看了我一眼，没有说话，然后直接开门出去。

这到底是怎么了？我有那么惹人不快吗？其中定有蹊跷。我打算等晚上舒姐回来后向她问问。

临近中午，肚子已开始不停地叫唤。厨房里的炊具一样不少，锅碗瓢盆全都锃光瓦亮，整整齐齐地各置其所。一进去，还会映出很多人影。在这里做饭，应该像在四面都是玻璃墙的练功房里跳舞一样惬意。

可惜我长这么大，几乎就没进过厨房。

打开冰箱，里面像刚被抢劫过似的，孤零零地躺着两三个核桃大小的面包，和一条早已一命呜呼的鲫鱼。鲫鱼似乎已知道我奈何不了它，瞪着大眼睛挑衅地瞅着我。罐装啤酒和瓶装矿泉水倒有不少。

其实，硬着头皮，我还是可以做出来的，饿是饿不死，但味道肯定不敢想象。现在关键是还有小家伙。无奈，我拨通舒姐的手机。耳边立即传来呼呼的海风声，还有女孩嬉戏的尖叫。

"舒姐，现在在哪里？"

"松金海滩，什么事？"

"你早上说，中午童童要吃米粥的是吧？"

"嗯。"

"米粥在哪里？"

"大米在厨房门后的米罐里，电饭煲就在橱柜里面，打开即可看到。现在我正忙着，有什么事再联系。"她很快挂断。

我叹了口气，看来只有自力更生丰衣足食了。我之前没煮过米粥，不知道米和水的搭配比例。正准备再次拨过去时，一个主意突然浮上心头。我从手机里调出杨菲家里的座机号码。这是我刚开始调查她时，从鲍老太那里得到的。

我拿起舒姐家的电话，输入了杨菲的号码，犹豫了一下，还是拨了出去。其实问她怎么做饭还是其次，主要是最近这两次与她见面，她的表情都像见到仇人一样。我很想弄明白这到底是为什么。我想与她接触，请她帮忙是个不错的借口。

电话铃响了十几声后还没有人接，我以为她不在家，正准备挂上时，那边接了。

"你好，我是秦祎氘。"

"听出来了，什么事？"那边语气咄咄逼人。

"有件事想请教你一下。"

"说。"

"舒姐早上出门前叮嘱说，童童中午想吃米粥，可是很惭愧，我不知道怎么做，所以想请教一下。"

"就童童一个人的？"

“不是，我和童童两个。”

“三两大米，五倍的清水，电饭煲里熬三十分钟。”说完，那边啪的一声挂断。嘟嘟的忙音好像还带着她的余怒。

真是奇怪，我和杨菲一共才见过三次面，都不曾正经说过话，更没有做过让她恼怒的行为，舒姐也不可能在她面前诋毁我，她却为何如此这般待我？

我又琢磨了半天，是不是我对自己的跟踪技能太自信了？上次在东方明珠跟踪她时，她竟然从厕所后门走了，看来不是无意为之，她是在有意躲避我的跟踪。

这个案子已经终结了，被她知道我曾经调查她也没什么大不了的。我的职业就是“私家侦探”嘛，这是我的工作。何况那时候我也不认识她。

把大米放进电饭煲，加水，按下电源开关之后，我再次拨过去。

“喂？”对方还是那样冷冰冰的语气，“还有什么事？”

“可以麻烦你过来一下吗？有事想跟你谈谈，我看着童童不方便过去。”

“没兴趣跟你谈。”

“你先别挂电话——”

“你还想说什么？”

“呃……那个姓林的古董商，”我小心地问，“最近去过你店里吗？”

“没有！”

她这么回答，证明我刚才推测得无误，她早就认出了我。于是，我老老实实地把之前为什么跟踪她、如何跟踪她都告诉了她。当然，我把后面接手C部任务的事情省略掉了。只说自己没有查到什么有价值的信息，那个姓林的也确是无赖之徒，就要了小手段，让他对她彻底放弃，这样就可以结案了。

我说对不起，希望她原谅。

她沉默了一会儿后，回答：“知道了。”然后就啪地挂断了。不过，听语气明显缓和不少，这啪声也似乎已经没有了刚才那股逼人的气势。

米粥煮好之后，给小家伙喂了一小碗，剩下的我都吃光了。

刚收拾完，瞌睡小姐又如约带着迷幻药袭来。躺在小家伙床边的简易小床上，鞋还没来得及脱，我就昏昏然进了梦乡。

梦十九（精神里的故事一）

飞出小家伙房间的窗户时，我很想去杨菲的家里看看，看她在做什么。可是没有找到她的家，下面已经是一片大海。

红头海蜇都在，痛苦无法避开。

醒来后，忍着疼痛，我飞到概念女孩身边。

概念女孩告诉我，她已经读出了精神里的部分内容。我洗耳恭听。

精神里的男子，叫金山，女子叫银河。两人是邻居，从小一起长大。读同一所小学，念同一所中学，上同一所大学，真正的青梅竹马。双方家里都同意，等他们大学一毕业，就让他们结婚。

二十世纪三十年代末，日本大规模入侵中国，中日战争全面爆发。为了补充兵源，日本国内全民皆兵。大学停课，男学生训练一个月，就被送到战场，金山也不例外。女学生则被赶进工厂，夜以继日地生产枪炮子弹等军用物资。

刚开始，银河每隔两周还会收到来自中国战场上的金山的来信。金山在信中说，他第一次杀人后，心里是多么恐惧与不安。他不懂，日本与中国的人民本来都生活得很好，而且日本的生活条件比中国好得多，军部为什么还要派兵去攻占中国。而且事实证明，这并没有给日本的人民带去幸福，相反还弄得许多家庭妻离子散。

一个月后，金山在信中说，他已经变成了禽兽，杀人的禽兽。杀人不再使他感到恐惧，相反，他从中体会到了一种源自动物本能的最原始的快感。现在，他一上战场就兴奋，战争使人退化，退化成禽兽。可每次战斗结束后，他又成为普通的人，懊悔和恐惧使他几欲崩溃。他不知道还有没有机会再回到日本。他说，他希求的只是能与自己相爱的人有一小块遮风蔽雨的地方，开开心心、恩恩爱爱地过完这一辈子。他说他身边的大多数人也都是这么想的。

在一封信里，金山还告诉银河，有一天，一辆大篷车运来十几个年轻的女子，有中国的、朝鲜的，也有日本的。刚开始，他们以为是分来的女卫生员。后来才知道，她们是专门被送来供他们发泄的。身边的很多人都在她们身上发泄了本能的欲望。可他没有。

银河也把她在工厂的情况告诉了金山，但她没有告诉他自己每天要工作十八个小时，也没有告诉他自己的手指已经被机器切掉了一根。她只告诉他自己现在很好，她的家人和他的家人也都很好。她只告诉他她很想他，叫他一定要活着回去，因为她还等着他回去娶她呢。她还叮嘱他不到万不得已千万不要杀人。她会每天为他祈祷，让天照大神保佑他。

就这样信来信往三年后，战争越来越残酷。世界反法西斯同盟已经形成，共同对日宣战。日军在中国也愈加陷入被动，被拖得筋疲力尽。本土也开始频繁遭受空袭。金山与银河的书信，从此中断。

在一次空袭中，金山与银河的家被夷为平地，他们两家的亲人都尸骨无存。银河因在工厂加班才得以幸免。那之后，金山就成为银河生命里最后的牵挂和依靠。

一天，传来消息说，日本有个联队在一次突围中几乎全军“玉碎”，只有十余人逃生，且都身受重伤，被送往野战医院抢救。听到那个联队的番号时，银河差点晕过去。那正是金山所在的部队。银河恨不能马上去到那个野战医院，看看自己日思夜念的金山是否在那里。

她偷偷逃出工厂，跑到港口。这时，刚好有一艘运送物资的货轮开往中国。银河请求船长带她同去。只有几根光亮头发的秃头船长同意了。银河对他感恩戴德。可银河没想到，她上的却是一条不归船。在途中，秃头船长把她奸污了。

银河伤心欲绝，几次想跳海自杀。但想到还没有确定金山是否还活在世上，她不甘心。于是，她忍辱负重坚持下来。她牢牢记着秃头船长的名字，还有这艘船的名字“春日丸”……

下午醒来时，小家伙还在呼呼大睡。闲着无事，我给谷姐发去短信。

“进展如何？”

“步履维艰。听说你昨天被人点将了，豚sir今天还教育我们，要向你学习，俨然成为我们公司的形象代言人了嘛。”

“有时间再向你解释。”

“当然要解释，不然我可认定是你自导自演的了。不说了，正忙着，闲了再聊。你没在找人？”

“临时当会儿保姆，你忙吧，闲下来联系我。”

“可以。”

中午只喝了两碗稀粥，很快肚子就叫嚷起来。但一想到舒姐回来后，就会有香喷喷的清蒸鲫鱼，现在饿一下，待会儿可能会更有食欲，我就硬忍了下来。

晚上六点十分，舒姐提着一网兜菜推门进来，踉踉跄跄地走到客厅，一屁股坐在椅子上，似乎比刚从敌人包围圈里九死一生突围出来的幸存者还要累。看她这样，我知道寻夫没有结果。

我递给她一杯水。她接过咕噜一口喝完。

“真累坏我了。”她说。

“马不停蹄吧？”

“差不多。”

“其实，以我的经验，不管是找人还是找东西，就应该像散步一样慢慢来，走快了还可能会错过。”

“你说得没错，这样下去，我的身体肯定吃不消。也怪我以前太养尊处优，缺乏锻炼。”舒姐像好不容易从水里挣扎上岸的丝毛狗一样，摇了摇头，蔫头耷脑地问，“童童没事吧？”

“没事，正常。”

见舒姐这样，清蒸鲫鱼肯定是没指望了。

“你在外面吃饭了没？”我问。

“没有。”舒姐有些歉疚地看着我，“不好意思，菜都买了，只是我现在实在不想动了，站起来都困难。”

“没事，我去外面买两个盒饭回来。”

我正要起身出去，舒姐直起腰看着我：“你不会做饭？”那眼神，就像看着一条不会游泳的鱼一样。

“老实说，是的。”

“你们这代人啊……”她一边无奈地感叹着，一边拿起电话，按下一串号码。

“喂。……是我。……嗯，回来了。吃晚饭了吗？……那正好，来这边做吧，什么都有，就缺一个做饭的。……他呀，”舒姐说着看了我一眼，“这是个不会烧饭的家伙。……马上过来啊。……嗯，拜拜。”

“我请了外援。”舒姐放回电话说，“杨菲，你们上次在医院见过，我的对门邻居。她比你小，可做得一手好菜。哦，我差点忘了，她上午来过吧，聊得怎么样？”

看来，杨菲上午过来之后，给舒姐打过电话核实。不过，舒姐这么问，也说明杨菲一直没有把我曾经跟踪调查过她的事情告诉她。

“哦，还好。”我说，“不过，她是女孩子，烧饭是……”

“得得，还大男子主义。”舒姐打断我，“先去代我开下门吧。”

刚走到门口，门铃就响了。打开门，只见杨菲腰系一件米黄色围裙，右手提一把明晃晃的不锈钢菜刀；头发扎在脑后，露出两个不大不小的耳朵；两个耳垂上各有一个小扣子样的黄色耳钉。这次见到我，她主动对我微笑。笑得很可爱，简直像一个做菜刀广告的模特。

“菜、肉、鱼、料，都有，你看着做吧，两三个就够了，”舒姐回头看了一眼，“你怎么还带把刀过来？”

“自己的用惯了，顺手。”杨菲一边说着一边笑盈盈地走进厨房。

“侦探先生，机会难得，菲菲的手艺可不错，好好学学。”舒姐故意扯大嗓门儿，生怕我和杨菲听不见。

我乖乖站在厨房门口，一来，想进一步改善我和杨菲的关系；二来，也确实想学习学习。只见杨菲把衣袖捋到手肘处，舀两碗大米放进盆里，装满水，两手搓揉着；然后倒进米筛滤干；这样重复两次后，把大米倒进电饭煲，加上水，合上盖，按下电源开关。原来，这么干净的大米煮之前也要洗。那我和童童中午吃的，岂不是原生态的米粥？

接下来，她从冰箱里拿出那条鼓眼睛鲫鱼放在砧板上，用刀背刮去鱼鳞，然后拉开鱼肚，取出内脏，掏出鱼鳃，动作娴熟干练，一看就是经常下厨的人。

“你别老站在那里啊。”见我一直呆站在门口看着她，她可能也感觉到了不自在，看了我一眼说，“帮我把小青菜洗了，把大蒜剥了吧。”

她竟然主动跟我说话了，这让我很高兴。我中午的道歉，看来是非常明智且富有成效的。

在我洗小青菜的时候，杨菲打开天然气，放上铁锅，倒入清油，然后在砧板上飞快地切黄瓜。眨眼工夫，一条长长的黄瓜就成了一堆只有硬币厚的黄瓜片。

“刀功真不错。”我说。

杨菲很客气地一笑。切完黄瓜，铁锅里的油也烧好了。她把鱼放进油锅里，又在砧板上飞刀切火腿肠，两根火腿肠瞬间成为薄薄的火腿片。接着，她转身翻动铁锅，鱼儿翻身之后，又在砧板上切好瘦肉丝。整套动作娴熟流畅，忙而不乱。脑后扎着的头发，也随着她转动的上身摇摆不定。在我眼里，她就像正在演奏的架子鼓手。我想，真应该为她配上一段节奏明快的音乐才对。

双锅齐上，半个多小时，鲫鱼汤、黄瓜炒火腿、小青菜肉丝都摆上了饭桌。

“这么快，配合得挺默契嘛！”舒姐满意中带着几分欣慰地看着我和杨菲说。

这时，我突然想起舒姐以前曾提起要给我介绍一位既长得漂亮又有个性，还做得一手好菜的女孩给我。难道就是杨菲？

“都是杨菲一个人做的，我只在一旁‘观战’而已。”我说。

“你也帮着洗菜了啊。”杨菲回答。

好吧，这算是我和杨菲的第一次合作。

晚上回到我的住处。刚躺下，梦又如约而至。

梦二十（精神里的故事二）

我、老人、概念女孩三人围坐在那位日本女子的头骨旁边。这是老人和概念女孩第一次同时出现在洞里。概念女孩继续告诉了我白天没有讲完的精神里的故事。

历经千辛万苦后，银河终于找到那家野战医院。医生告诉她，金山还活着，而且只受了轻伤，三天前就已经出院，又去了前线。

知道金山还活着，银河高兴得像个小孩子似的跳了起来。但一想到自己的遭遇，她又陷入深深的悲痛和自责。她问医生金山被派去了哪个部队。

医生告诉她，金山原部队已不存在，他只能哪里缺人就去哪里，具体被补充到了哪支部队不清楚。医生劝她赶快回去，前面很危险。还劝她不要再想着金山，因为去前面的人，十有八九都回不来。

可银河怎会甘心，好不容易找到金山，怎会就这样放弃。就是死，她也要见金山最后一面。可战局混乱，一个女人想在异国的土地上找到自己的爱人谈何容易。军队也不会帮助她做这样的事。她是从日本工厂里逃出来的，被抓到很可能被遣送回日本。对银河来说，只有一条路可以试试。

想到再不抓紧时间，就可能永远也见不到金山了。于是，她随同十几个年轻女子，被一辆大卡车一起送到前线，在枪林弹雨中，在各个联队之间穿梭。

每到一处，在被同胞压到身下之前，她都要打听金山的下落。每次慰安时，她都用手帕蒙住脸，上身穿好衣服。每做一次，银河心里对金山的愧疚就增加一层。

一次，在一个草棚里，银河终于从一位士兵那里打听到金山的消息。原来，金山近在咫尺。那个士兵就是跟金山一个联队的。当时，金山就在草棚外。这位士兵告诉她，金山从来没有做过这样的事。银河赶忙穿好裤子，赤着脚跑了出去。

银河日思夜想的金山，以前从不抽烟的金山，现在正蹲在草棚外几十米远处的小土坎上猛劲抽烟。他剃光了头发，军装上缺了左衣袖，身上多处裂开，一支长枪靠在右肩头。

银河快步跑过去，跑到他面前。自己日思夜念的爱人就在眼前，可她却张着嘴，连他的名字也喊不出来。

金山抬起头。他满脸土灰，颧骨像类人猿一样高高隆起，眼窝深陷，鼻子下、下巴上的胡须密密匝匝，左耳朵根部还沾着未干的斑斑血迹。

金山手上的烟头掉在了地上。他睁大眼睛瞅着面前突然出现的银河，慢慢站起来，就像肩上被压着千斤重担似的慢慢站起来。他的眼睛里先是惊讶，接着是高兴，然后是迷惑。接着他后退一步，望了一眼银河身后的那排草棚。

“你……”金山抑制不住激动，眼睛里透露出复杂的情绪——委屈、悲痛、愤怒、不愿接受、伤心。他摇了摇头，抱头蹲下，然后又猛地站起来，一把将银河紧紧搂在怀里。

“宝贝，你怎么……”金山不知该说什么，只好使出全身的劲，紧紧搂着自己的爱人，胳膊上的青筋都暴出来了。

银河张着嘴，呼吸困难，脸色青白，眼睛里却是无比幸福。她想，就是这样死了也无憾了。

就在这时，紧急集合的哨声突然响起。远处山坡上一位长官模样的人正一边朝这边挥手一边大喊：“集合！集合！马上出发！”

草棚里的士兵背着长枪，一边提着裤子一边往外跑。金山松开银河，两行泪在他灰扑扑的脸上留下两条明亮的痕迹。

“你怎么能……”金山很伤心地看着银河，“你怎么能……”

身边跑过的士兵拉了一下金山的胳膊，金山没有把话说完，就转身跟着他们一起朝集合地点跑去。金山跑在最前头，直到下到最后的那个山坡后面，也没有回头。

不久后，美国在广岛、长崎分别丢下了两颗原子弹。紧接着，苏联出动百万大军进入中国东北，攻击日本关东军。中国也全面发动反攻，开始了对日本的最后一战。日军再也支撑不下去，无条件投降。

这些都与银河无关。她不奢求金山还能娶她这个“肮脏”的女人。她现在最大的愿望就是见金山最后一面，确定他还好好地活着。

这时候的日本已经开始往国内撤退。当银河千方百计打听到金山还活着，并且就在与她同一批被撤回的队伍里时，她是多么高兴。她多么希望金山突然跑过来对她说：“宝贝，走，咱们回家去。”

可没有。

银河没有怪金山，金山一直为她洁身自好，可她却没有保护好自己。冤家路窄，这时，银河还发现，用来运输他们这一批撤退人员的船队里，竟有“春日丸”——那个给她带来噩梦的、她永远也不会忘记的名字。

银河给金山写了一封很长的信，把自己的遭遇以及想与那个毁掉她一生幸福的秃头船长同归于尽的决心，都告诉了他，并且希望下辈子能报答金山对她的好。银河找到金山所在部队的长官，请求他一定要亲手把这封信交给金山。长官答应下午就给他。

当天晚上，银河整夜没有合眼。竖起耳朵，仔细听着外面传来的声响。好几次她都好像听到金山在屋外喊她的名字，可跑出去一看，什么也没有。

第二天，轮到银河他们登船返回。银河挤上了“春日丸”，站在船舷边翘首企盼。她多么希望，金山这时能突然出现在港口，然后大步朝她跑来，对她说：“宝贝，以前的事都让它过去吧，战争结束了，我们回去就结婚。”这样想着，银河幸福地笑了，好像这一幕真的发生了似的。

可直到“春日丸”收锚离岸，金山也没有出现。她似乎有点恨他了。不，金山没有错，她自己也没有错。造成这一切痛苦的根源，是这场可恶的战争。而这不幸的直接酿造者，就是那可恶的秃头船长！

“春日丸”驶出去半小时后，银河找到秃头船长。好色的秃头船长见到她，果然色心又起。他把银河带到自己的卧室里。银河假装顺从，趁他低头慌手慌脚脱裤子时，用一把磨得锋利的剪刀狠狠地扎进了他的颈部。看着秃头船长捂着喷泉一样的脖子倒下，躺在地上只有挣命的份儿，她冷冷一笑，走到船边跳入了大海。

其实，银河不知道的是，自从上次匆匆见面又分开之后，金山也一直在打听她的下落。

那个长官并没有按约在当天下午把信交给金山。他去与中国政府商谈撤退交防的事宜，直到第二天早上才回来。金山看完这封迟到的信后，马上赶到港口。可这时，“春日丸”

已经驶离港口一个小时了。

回到日本后，金山立即去找“春日丸”。当船员告诉了他那天发生的事情后，金山的心就像被撕裂开一样。

他闭上眼睛，靠在“春日丸”的船舷上，悲伤地向西眺望。那里的万顷碧波下，是他最心爱的人沉睡的地方。他多么希望时间能倒流，回到他们分手的那一天。他不会对她说“你怎么能”，他会说：“我们一起回国，我们马上结婚！”

到今天这一步，到底谁是罪魁祸首。是那个禽兽船长，是他的长官，还是他自己？不，罪魁祸首是这该死的战争，是发动战争的日本军部，是那些该死的战犯。可怜的银河无缘无故被卷入这场被少数人煽动起来的狂热战争中，遭受了那么多痛苦，到最后不仅没有得到她最爱的人的安慰，反而被抛弃。走之前，她肯定失望极了，伤心极了。想到这里，金山再也抑制不住自己，大声痛哭起来。

这时，整个海面突然变得风平浪静，平静得就像无风的湖面一样。只有金山撕心裂肺的恸哭声响彻海天之间。金山拔出手枪，朝自己的左大腿扣下扳机。枪响，他的左腿抖了一下，流出来黑乎乎的黏稠的血，没有一点痛感。金山诅咒发起这场战争的人全都死于非命。然后又朝右大腿扣下扳机。枪响，钻心地痛，流出来鲜红的血，整个右腿颤抖不停。金山怀着仇恨的心一遍又一遍默念着诅咒。诅咒形成风，吹向天空；诅咒形成雨，落入大海。

然后，他扔掉手枪，跃入了海中。他向着西方拼命游去，心里呼喊着：爱人，请等等我，我会和你永远在一起。

风暴来了。越来越多夹杂着诅咒的风雨包裹着金山的躯体，消失在大海深处。一群短吻海豚在他消失的地方出没。

几十年过后，流传这样一个说法：在银河跳海的海域有一个战士，会偶尔在风暴中出没，他的身边簇拥着一群海豚。不少渔民都说曾亲眼看见过。还有人说，遇见这个海豚战士当天，肯定会打到很多红头海蜇。红头海蜇是一种有很高经济价值的稀有海蜇品种。

后来，住在海边的民间艺人就根据渔民的传说，用泥烧出海豚战士的陶俑。买的人很多。几乎每个渔民家里，都像供奉财神一样，供奉一尊海豚战士的陶俑。每天出海之前，渔民都要烧香祭拜，希望能遇见带来红头海蜇的海豚战士。再后来，祭拜海豚战士的内涵，扩延到祈求好运保佑平安。到最后，就连当地的女子出嫁，也要先祭祀海豚战士。

战争结束后，日本大部分的主要战犯都受到了远东军事法庭的审判并被处以死刑。但有些同样负有不可饶恕罪过的战犯却逍遥法外。不过，在战争结束后的一两年内，他们中很多人都相继死于非命。一次，一些发起并直接指挥战争，然后又逃脱军事法庭制裁的日本将军们在聚会庆贺时，楼顶突然坍塌，八人当场丧命，另外两人也重伤成为植物人，可当时在场的三位服务生却只受了轻微皮外伤。这成为日本国内轰动一时的奇谈。其他逍遥法外的战犯，有的丧命车轮，有的葬身火海，有的溺水而亡。一位不但逃脱制裁，还成为政府高官的战犯在一次吃鱼时，鱼刺卡在气管，而后在送往医院的途中又遇到交通堵塞，被活活噎死在救护车里。日本的渔业很发达，是当时国内最重要的支柱性产业之一，所以日本民众对鱼充满感情，关于鱼的忌讳也很多。尤其是在这位政府高官的家乡，只要与鱼有关的死者都不能举行葬礼，尸体要被抛进大海，以求赎罪。

老人说："当务之急是读懂这个梦，然后完成你在现实中的任务。"

"到底什么任务？"我问老人，"现在的我依旧毫无头绪。"

"我们已经把精神读出来了，我们的任务到此结束。"

"但这个精神并没有告诉我去干什么啊？"

"我们读精神，你读梦。我们只负责告诉你精神里面的故事。这个梦告诉你什么，需要你自己去读。老实说，我们也不知道这个梦会对你在现实中的那个任务有何启示。你们的那个世界，我已经很生疏。在你找到你的任务后，我会再次出现在你的梦里。至于会发生什么，只有到时候才知道。"

"你是说，"我看了一眼概念女孩，又看了一眼堆在洞角的那些头骨，"从现在开始到我找到那个任务之前，我不会再见到你们？"

"是的。在你这次醒来之后，这个精神即被她的身体吸收。"老人说着把脸偏向概念女孩，一秒钟后又回过头来说，"此洞也会被外面的海蜇攻破，不复存在。所以，你以后也不必再受皮肉之苦了。"

"和她，"我有些不舍地看着概念女孩问，"还有机会再相见吗？"

"不会，"老人很肯定地回答，"永无再见。"

想到以后再也不会相见，将真正成为彼此生命里的过客，我有些伤心。毕竟，我们还是相处了不短的时间。

"可以和你握一下手吗？"我对概念女孩说。

她看看老人。老人略一犹豫后，点头。

概念女孩伸出右手。我飞过去，轻轻地落在她的手心里。跟她的脸庞一样，她的手也是概念性的手，没有具体的肌肤触感。

"还有一点不明白。"概念女孩收回手后，我继续问老人，"世上有无数人曾发下过诅咒，为什么那些诅咒就不会灵验呢？"

"精神存在的前提是必须有大爱大恨，"老人依旧不紧不慢地回答，"诅咒能产生作用的前提，也必须是由大爱产生大恨。就是说，这种恨，必须是由包含大爱的大悲剧引起。喜欢的人跟别人走了，我诅咒；上司对我不仁，我诅咒；被朋友出卖，我诅咒；

社会不公，我诅咒；当官的腐败，我诅咒，等等。这些诅咒，都不是深入骨髓的，都不是子弹穿进大腿也不会感到疼痛的大恨。现在所谓的和平年代，诱惑越来越多，价值取向越来越多。随之，人的选择也越来越多，人也就越来越善变，越来越浮躁。这是一个不会产生大悲剧的时代。不能产生大悲剧的时代，其本身就是一个悲剧。”

“不能产生大悲剧的时代，其本身就是一个悲剧。”我默默重复着老人的话，陷入沉思……

第三十二章
胡依祎：改变印象

在舒姐和童童回来后的某天下午，胡博士告诉依祎，他现在必须马上赶回喀城一趟，有一项实验必须在“沙漠孤舟”的实验室里才能完成。而且这项实验不是一次就能得出想要的数据，必须多次才行。所以这一去也不知要多长时间。如果顺利，一周就可以。如果不顺利，可能一个月，也可能两个月。如果这次能得到所需要的数据，研制出特殊眼镜便指日可待。

胡博士要依祎不要去开店了，这段时间就守在家里，绝不能让任何人进入实验室。如有什么意外，马上联系徐少校。徐少校已经给他订好机票，明天一早就走。

听到爷爷这个消息，依祎既高兴又担心。她买来很多爷爷爱吃的菜，给爷爷做了一顿丰盛的晚饭，当然也没有忘记给舒女士分去一些。她告诉舒姐爷爷明天要回老家一段时间。这段时间，她不用去看店，可以多陪陪童童。

晚上，依祎帮着爷爷收拾这准备那的，一直忙到十点多才全部整理妥当。把最后一个垃圾袋扔到走廊尽头的垃圾通道，刚回到自己家门口，对面舒姐家的门开了。

没有想到的是，从里面出来的，竟然是上次的那个虚伪的私家侦探秦祎氘。

对方看到她之后，还向她点头致意。依祎却很不想见他，她早已把他和那个脑残的林老板列在了同一张名单里。

她狠狠地白了他一眼，然后迅速闪回自己的家里，狠狠地关上门，表明对他的不容怀疑的厌恶之情。

第二天早上六点，胡博士就出发了。依祎把他送到楼下。

上楼后，她迷迷糊糊地又睡了一会儿。在梦中，她又看见了快三年没有相见的父母。

他们比上次出现在梦中时又老了许多，憔悴了很多……

一觉醒来，已是上午八点多，她的眼角还挂着两条湿湿的泪痕。

她给自己烤了面包，冲了杯鲜牛奶，然后坐在落地窗前慢慢吃。外面阴天，看不太远。

望着窗外，依祎又情不自禁地想起了困在大漠的爸爸妈妈。不久前，田将军打电话告诉爷爷，说爸爸妈妈一切都好。不知道爷爷这次回去后，能不能见到他们，不知道他们是否真的没有受到坏人的折磨。

爷爷，您一定会成功的，您一定要快点回来！依祎在心里默默地祈祷着。

吃完早饭后，依祎来到舒女士家。令她大吃一惊的是，开门的，竟又是那个虚伪的私家侦探。

他笑着向她打招呼，还问她是不是找舒姐。依祎不想与他说话，直接绕过他进到客厅。

舒姐不在家。这个虚伪的私家侦探说舒姐出去找她丈夫了，让他暂时替她照看童童。

依祎不敢相信地听他说完了整件事情的来龙去脉，回到自己屋里后，马上给舒姐打去电话。但舒姐在电话里证实了这个虚伪的家伙说的话。舒姐还说，如果她没事的话，可以过去与他聊聊天，就算是替她陪陪客人。

依祎嘴里说好，心里却在想，那个虚伪的家伙，我才懒得理他！挂断电话后，她又迅速把这一消息汇报给了徐少校。

徐少校马上开始调查。

然而这一次，他的调查毫无进展。这个DD公司似乎是一家正常的私人侦探所。上次可以想办法从林老板那里得到跟踪案的真实情况，这次他想通过一些渠道和技术手段获取这家公司的资料，比如舒洁委托秦祎氘的案子，却根本如掌击棉絮，力道无形中就被消解掉了。

徐少校只好向田将军汇报。田将军证实了舒洁委托秦祎氘的案子与依祎没有关系，还严肃地批评他不应该私自调查DD公司。

徐少校把结果告诉了依祎，叮嘱她不要与那个私家侦探接触，这几天就待在家里，哪里也不要去，舒女士家里也不要去，也不要让任何人进门。现在事情已经进展到关键时刻，再坚持一段时间，就可大功告成，千万不要在这节骨眼儿上出问题。

临近中午时，依祎正在房里看书，客厅的电话铃响起。来电显示是舒女士家的号码，一定是那个虚伪的家伙打来的。他怎么会知道自己家里的号码呢？想必是从舒姐那里问来的吧。

电话执拗地响个不停。依祎本不想接的，但又怕他过来敲门，最后极不耐烦地提起话筒。

原来，这个虚伪的家伙竟笨得不会煮米粥，向她请教。

依祎不想跟他多说话，但想到童童，最后还是说了。不久，这个既虚伪又狡猾的家伙又打过来。他问依祎方不方便过去一下，有事想跟她谈谈。

依祎当然没有同意。之后，出乎依祎意料的是，对方竟直接问起那个林老板这段时间有没有去过她店里。

更出乎依祎意料的是，对方把他以前如何接手林老板的任务，如何跟踪她，最后又如何让林老板不再去骚扰她的事，都告诉了她；最后还向她道歉，说希望能得到她的谅解。

依祎见他语气诚恳，说的也都是实话，想到他帮助那个恶心的林老板去跟踪调查她是他的工作，有身不由己的成分。最重要的是，是他让那个林老板一直没有再去骚扰她。这对她来说，可是个不小的帮助。

这么说，她还应该小小地感谢他一下才对。

这么一想，她心里的怨气似乎消减了一些。而且，从他帮助舒姐来看，他也不是一个冷心肠的人。

既然这样，自己是不是也应该改变一下对他的态度了呢？人也是怪，之前认定他是虚伪的坏人时，他的一切行为，甚至一个面部表情，在她看来，都是虚伪的、猥琐的。而一旦认定他是一个不那么坏的人后，他的一切表现又突然变得没那么让人难受了。

傍晚，依祎正准备进厨房做晚饭时，对面又打来电话。这次，是舒姐打来的，问她吃晚饭没有。她说还没有。舒姐说那就来这边做吧，家里缺一个做饭的。

依祎故作惊讶地问："不是有那个私家侦探在吗？可以让他做啊！"

"这是一个不会烧饭的家伙。"舒姐回答。

依祎得意地一笑，就像自己的对头被其他人狠狠地侮辱了一番。

挂掉电话后，依祎围上围裙，带上自家的菜刀，来到舒姐家。

给依祎开门的，是那个秦祎氘。依祎这次主动对他报以微笑。她是一个明事理、懂感情的人。

进厨房时，舒姐叫那个不会做饭的私家侦探趁机学着点。他就很听话地呆呆地站在厨房门口，看着依祎忙活，像根木头一样一动不动。

见他似乎还有些腼腆的样子，依祎心里窃笑，心想，他以前肯定很少跟女孩子搭讪的吧。

这样被一个人直直看着，依祎也觉得有些不好意思，于是就叫他帮忙把青菜洗了，把大蒜剥了。他也都很听话地照做了。

不到四十分钟，饭菜就摆上了桌子。舒姐夸他们速度真快，配合得很默契。那个秦祎氘就忙说，这都是依祎一个人做的。听他这么说，依祎心里又笑了，心想，还是一个蛮懂得谦虚的家伙嘛。

经过这次合作之后，依祎多少抛弃了一些不满和偏见。一个还知道害羞和谦虚的人，虽不一定就是好人，但至少应该不会是个太坏的人吧，依祎这样判断。

第三十三章
秦祎氘：发现秘密

自有了与杨菲的第一次成功合作之后，接下去的一段日子，杨菲每天晚上都会应舒姐之邀，过来给我们做饭。在她的指点下，我也慢慢从学会切菜，升级到会炒几个简单的小菜。我尊称她为“菲菲师傅”。她很高兴我这样叫她，还有些自豪的样子。

有一次，我问菲菲师傅为什么喜欢做饭，现在喜欢做饭的女孩可是凤毛麟角。她回答说，她觉得烧饭做菜是一种创作，饭菜也可以体现自己的个性。她最不喜欢的就是按部就班。她认为有些人烧饭时，按照菜谱上面写的一步步照葫芦画瓢，那不叫创作，和工厂流水线上生产出来的东西别无两样。

乍一听，似乎有道理。可仔细一想，就会发现她的所言与她的所为，有不对头的地方。她之前每天周而复始地照看那间小古董店。开门，打扫，泡茶看书，午睡，泡茶看书，打烊回家。每天都是同样的程序，很难区分前天和昨天有哪里不同。完全地周而复始，完全地墨守成规，与她所说的“最不喜欢按部就班”，明显自相矛盾。

但我没就此反驳她，刚刚改善关系，就挑她的刺，这不是明智的行为。何况，这也不是什么必须分出黑白是非的原则性问题。等关系进一步融洽后，再探讨不迟。

和杨菲的关系基本缓和之后，我发现，杨菲有一点像谷姐，在不相熟的人面前，不多一言，很冷的样子；可一旦熟悉之后，也是个开朗多话的人。

“你怎么这么迟才向我道歉？”一天下午，杨菲过来给我们做晚饭的空当里，有些不满地问我。

“那之前我们总共才见过两次，”我说，“如果我第一次见到你时，就立即跑上去请你原谅，万一你还不知道我以前跟踪过你，不仅要解释一大圈，还可能会让你以为我别有用心。”

“狡辩。”杨菲轻轻抽了一下鼻子，“不过，我当时确实没认出你来，回到家后才记起来，原来，你就是那个林老板之前派来调查我的人。当时心里就想，这个虚伪的家伙，还假惺惺装作不认识我。那你是怎么发现我已经认出你的？”

“你想，我与你无冤无仇，自从第一次见面后，你都像仇人一样对我——这是其一。其二，那次打电话问你，林老板最近有没有再去你店里，你也没有问我怎么知道这事，就毫不犹豫地回答说没有，这就证明，你确实已经认出了我。”

“真不愧是搞侦探的。”杨菲酸酸地说，“大侦探先生，平时就暗地里替有钱人干这些偷偷摸摸的勾当吗？我怎么看都觉得与狗仔队好像并无多大差别哦。唉，失望中。我还以为，侦探都像福尔摩斯一样，执行的都是神秘、惊险、刺激的任务呢，原来……唉……”杨菲好像真的很失望似的使劲摇了摇头。

我没有反驳。“很抱歉，是我使你心目中的神秘职业褪去了光环。”

“没关系，”杨菲似乎真的接受我的抱歉似的，一本正经地回答，“也没什么。人嘛，都要勇敢地面对现实。那作为侦探，你有代号吗？”接受完我的道歉后，她接着问，“或者别称，就像007那样的。”

我不想再让她失望，略一思索，想到上次谷姐说我快成公司的形象代言人了，就说：“当然有，海豚。”

“海豚？”杨菲皱紧眉头，“为什么叫海豚？”

我把我们公司为何取名叫海豚的原因，原原本本复制过来。

“哦，那我以后就叫你海豚先生吧。”杨菲开心地一笑，就像给刚买的小狗取了一个自认为绝好的名字一样。“我也想有个代号，”她说着用手指卷着额前的刘海儿，看着我，“人这一辈子，如果有个代号，恐怕会更有意思吧。”

“代号要与本人职业，或者自身特点有关。你是开古董店的，”我想了想说，“你店里的那些古董都有些什么名字？”

“没有名字，都是本来是什么，就叫什么。”

“那就取一个与你的名字有联系的。”我想了想，然后说，“馥馥，怎么样？香气很浓的意思，‘花枝长好在，馥馥十年香’。”

“这与我的名字有什么关系？”杨菲不解地睁大眼睛。

“‘菲菲’拼音的首字母。”

“馥馥？”杨菲转动着黑眼珠，“嗯，我喜欢。不过，馥馥听着不像代号，再取一个有个性点的吧，最好也给我想一个跟你一样的动物的名字的。”

取一个动物的？陆上的猫狗牛羊给她，她多半不会喜欢，也算不上有个性的代号。海里的鲨鲸水母，又与她的形象不符。这让我有些犯难。

这时，看着她T恤上印着的五角星图案，我突然想到她穿过的一件胸前印着大海龟的T恤。于是我说："龟龟如何？"

"龟龟？"杨菲重复一遍，然后双手啪地一合，满意地答道，"真可爱的名字，就叫龟龟吧。"

自这之后，我成了海豚先生，她成了龟龟小姐。

"你说你是CICA毕业的，"杨菲为刚得到的代号"龟龟小姐"高兴了一番后，问我，"这名字如雷贯耳，但一直不清楚那到底是一个什么样的地方，可以跟我说说吗？"

"可以，按什么顺序，时间还是空间？"

"时间，我可不想要你给我背一篇关于CICA的空间布局的说明文哦。"

"从哪里开始？"

"嗯……就从你是如何被录取的开始吧。"

我只稍微回想了一下，随后，在不至于泄密的前提下，告诉了她关于CICA的几乎一切真实的情况。

如果是别人，即使不泄密，我肯定也不会说。但杨菲不一样，她父母和我是同一系统的人，所以她对我来说，不是外人。所以，她之前问我从哪里毕业时，我才实话相告。

CICA，在国家的高考招生计划里，找不到这个名字。它是完全独立地自主招生的。

每年高考前，CICA就会派人去各省重点高中挑选苗子。候选对象都是学习成绩好、头脑灵活、知识面丰富、身体素质棒的应届高中毕业生。简单说，不仅仅是学霸那么简单，要求的是综合素质拔尖。被选定后，是否会被录取，就看之后的高考成绩了。

每年，CICA只在全国招收一百二十名学员。而且面试时，考官不会告诉你进去后学什么，出来后干什么，只告诉你进CICA不用交任何费用，与军校一样每个月还有津贴，四年毕业后包分配。但前提是要放弃许多东西，忍受许多规矩。

我当年能被CICA选中，纯属"弄拙成巧"。CICA的考官来学校面试时，当时的我正高烧四十摄氏度，脑子里一片朦胧，如同被灌入了热乎乎的糨糊一般。不过现在想来，我能被选中，还得感谢那次发热之神降临我的身上——如果真的存在发热之神的话。

第一道面试题：

现在你走进一条胡同，走了一百米时才发现，原来这是一条死胡同。但你继续往前走，又走了五十米时，被两个壮汉拦住。他们要你交出手中的绝密资料。可那资料又绝对不能落入他们之手，即使付出生命的代价。但是那两个壮汉你是绝对打不过的。这时，你该怎么办？

我想，CICA的面试题肯定都是高智商的游戏，肯定有一个高智商的答案。可我这时脑子一片混沌，比盘古开天辟地时还要混沌，怎么想得出来！

“跑吧。”我毫无底气地回答。我现在智力有障碍，不能用智慧对付那两个壮汉，那就只能发挥动物的本能——跑。

“跑？”考官似乎很惊讶地反问道，“我可说了那是一条死胡同。”

考官反问出这样的问题，我也同样深感吃惊。我想，他难道也在发烧。

“往后跑。”我不假思索地脱口而出。

听了我的回答，考官低头写下什么，然后问了第二个问题：

如果这时，你背后又出现另一个人，你该如何办？

我真不知该怎么办了。算了，还是发挥动物本能吧。

“跑。”

“往哪里跑？此时你的前后都有人。”

跑，只能前后，不能上下。我毫不犹豫地说：“还是往后跑。”

考官又低头记下什么。第三个问题：

假设我住在地球上，正准备策划一项犯罪行动。你住在天上任一颗星星上。并且在任一颗星星上，你都可以通过望远镜观察到地球，而且都是一样的效果。你打算选哪一颗作为你的观察点来监视我，使我不敢轻举妄动？条件是，你的选择必须既能对我产生威慑力，使我不敢轻举妄动，同时又能使你自己最轻松。

天上那么多星星，选哪一颗好？最近的那颗吗？但是考官说了，通过望远镜都能看见地球，而且都是同样的观察效果，这样远近就没有了意义……肯定有一个最佳的选择。

而我此时的脑子如同绞进了海藻的涡轮一样，实在没办法运转起来，连平时已背得滚瓜烂熟的九大行星的先后顺序都无从记起。

说到星星，我突然想起了熟悉的《小王子》。反正已经砸了，于是，我干脆借用《小王子》里面的话来回答。

“我不具体选择哪一颗，我只需要让你知道，我就在某颗星星的背面。这样，当你仰望繁星的时候，就会想，啊，我的监视人，他就在那里，就在某颗星星的背面。这样，你就不敢轻举妄动了。”

考官听完我的回答，轻轻地笑了。以我当时的神志，分辨不出那到底是满意的笑，还是觉得我的回答不伦不类的笑。不管了，反正面试结果绝不会因为我分辨出那是怎样的笑而发生改变。

后面还有其他一些题，包括心理测验之类的，还有严格的体检。我那天脑子可能真的烧坏了，好些事现在都想不起来了。

CICA 和军校一样提前录取。高考分数出来后的第三天，我正趴在院子里的石桌上，和老妹研究填报哪个院校时，一位双眼皮的漂亮女邮递员来到我家大门口，朝院子里大喊：“请寿，有快件。”

听口音，她应该也是本镇上的。签下我的大名后，漂亮的女邮递员看着我的签名，笑笑说：“嗯，很好的名字，恭喜你啊！”

“谢谢。”我说。我不知道这个漂亮的女邮递员是因为我有个“很好的名字”而恭喜我，还是因为我收到了CICA的快件而祝贺我。如果是后者，那她错了。第一眼看见信封上面CICA的署名时，我也兴奋了一下，但马上冷静下来。我知道这里面不一定是录取通知书，就如同以前每次收到印有某某杂志社的信封时，同学们都会围上来说“有稿费了，又有请客的喽”。可拆开一看，大多是凄凄惨惨的退稿信。

不录取也寄封安慰信，这CICA的“售后服务”也真是可以，我一边拆信一边想。一旁的老妹等不耐烦了，一把捞过去嚷道：“哎呀，急人！”

老妹刺啦一下撕开信封，从里面抽出一张红色的长方形卡片。两秒钟后，她忽地站起来，挥舞着拳头转身朝屋内跑去，边跑边喊：“妈，哥被录取了！被录取了！”

听到老妹那样嚷嚷，我的眼泪唰一下流了出来。CICA，那可是我一直梦想去的地方。经历那次失败的面试之后，在老师同学和家里人看来，我似乎对能否进CICA持无所谓的态度。其实，我心里很失落。唯其在意，表面上才装作不在意。

CICA的大门，是一个普通得不能再普通、简单得不能再简单的拱形混凝土建筑。上面的横梁上没有校名，两根侧柱上也没有其他任何标志。只是左右门岗上两名荷枪实弹肃立如雕塑的卫兵向外界传达出，这绝不是平凡之地。

从大门往里望去，只能看见一条笔直的大道。很长，看不到尽头。但不是特别宽，刚好可容两辆重型坦克并排通过。大道两边共开了四个小门，左右各两个。每个小门通往一个学区。左边是文学区、语言区，右边是特训区和技侦区。学员在每个学区里学一年，四年后毕业。

为什么要设立文学区，而且要首先在那里面待上一年，我不知道。在CICA里面没有为什么，只有执行和学习。教官命令什么，我们就执行什么。教员教什么，我们就学什么。执行教官的行政命令和完成教员的学习任务，并达到他们的要求，就是我们在这里的使命。

当然，达不到CICA的要求和意志薄弱坚持不下去者，是可以要求或被要求出局的。但这都是极少数。

出局者在离开之前，必须与CICA签订一份保密协议：保证在任何情况下不向任何人透露CICA里面的任何情况；三年之内不准出国；五年之内必须每年向CICA提交一份关于这一年自己的行踪和参加重大活动或组织的报告。

其实，出局的人大都是在前两年就被淘汰的。前两年，我们根本就没有获知比初进CICA时更多的关于它的信息，甚至连CICA是什么意思，我们都不知道。

CICA每年都要评出本年度的最佳面试题答案。我为什么会被CICA录取的疑惑，和进入CICA之后的担心，就是在CICA公布当年最佳面试题答案的那一刻彻底消除的。自从进入CICA之后，我就一直担心突然有一天某个领导找到我说："小秦，对不起，我们弄错了，你没有被CICA录取，可以回去了。"这种担心，就是在CICA公布最终面试题答案的那一刻彻底清除的。

在校园局域网上看到本年度的最佳面试题答案时，我这整日惶恐不安的心终于平定下来。我的心中充满那无法言表的庆幸感，就像这段时间我一直坐在一架出了事故的随时都可能掉下来的飞机上，而现在飞机终于平安着陆一样。

CICA学院2003年度最佳面试题答案及点评

第一题最佳答案：往后跑。与此答案相同或相近者占录取者比例：100%。

点评：这本是一个很简单的问题，可很多考生因考官着重提醒那是一个死胡同而自己走进了死胡同。

教训：不管遇到何种问题，首先要做的就是把自己从主观环境里拖出来。跳出局，以局外人的思维客观地判断形势，避免先入为主的偏见。

第二题最佳答案：往后跑。与此答案相同或相近者占录取者比例：93%。

点评：很多考生想当然地把后来出现的那个人看作前面那两个壮汉的同伙，可考题中并没有指明。

教训：观察对象时要细心全面，没有足够说服自己的证据时，切勿主观论断，避免自以为是。

第三题最佳答案：不选择某颗具体的星星，而选择躲在某颗星星的背面。这样，当罪犯仰望繁星的时候，就会想，啊，我的监视人，他就在那里，就在某颗星星的背面。这样，他就不敢轻举妄动。与此答案相同或相近者占录取者比例：0.83%。

点评：让对方知道自己的存在，但又不让对方弄清自己的具体存在，这才是最让对方无计可施的威慑。

教训：有时候，非现实性的威慑，远远大于实际行动所产生的效果。

0.83%，就说明这一百二十个被录取的考生的回答中，没有与这个答案的相近者，只有一个相同者。

大家都猜测这个人会是谁，竟然说出如此"唯美而又具有软杀伤力"的回答。

“唯美而又具有软杀伤力”，这是我们那届仅有的四位女生中的一位的点评。此人叫焦洁，是我们那届四大巾帼之中的浪漫派。进入CICA之后我才知道，能进CICA的，除了身体素质好、成绩好这一共同特点之外，还有一个特点，就是每个人都很有特点。就比方说这个浪漫派焦洁，看上去外表柔弱、脸蛋漂亮、声音细腻，我们都不堪其苦的野外拉练，被她憧憬成寻找白马王子之旅。谁也没有想到，她竟然是练长跑的，还在全国拿过奖。

还有谷姐——冷若冰霜的谷薇娜，是古墓派，一个会面从不主动打招呼也从不微笑的冷面女生。她极有语言天赋，不管哪里的方言，简单教教，就能很快说得有模有样。至于外语，她精通英、法、俄、拉丁四种语言，还粗通七八种其他语言。语言区的结业考核，她是我们那一届的第一名。

还有口技厉害的，学起动物叫来惟妙惟肖，很可能连动物都辨不出来这是个冒牌货；还有辨识能力超强的，比如从来没有见过同学们的父母，在家长联谊会上帮老师组织接待，不用人家介绍就能准确认出这是哪位同学的爸爸，那是哪位同学的妈妈，几十位家长无一认错……所以，CICA的学生又戏称学校为门月馆。

“知道门月君是谁吗？”我问正坐在对面津津有味地听我讲故事的杨菲。

“门月君？”杨菲右手肘拄在桌子上，手掌撑住下巴，眉头微锁，好像正在把门月君三个字输入大脑努力搜索，“春申君，孟尝君……没听说过有门月君啊。不过，几年没念书，历史都忘光了。”

“这不是你的错，史书上没有记载，就是上网问‘度娘’，肯定也查不到。”

“那你还问我！”杨菲猛地缩回手，瞪大眼睛瞅住我。

“但是门月君确实存在，”我急忙解释说，“只是不是本名，就像你本名不叫龟龟小姐一样。”

“哦？”杨菲眉毛微微向上扬起，眉眼间挤出两条细细的皱纹。

“至于原名，你也可以根据CICA里面人物的特点来归纳总结。”我提示说。

“哎呀，见识短浅孤陋寡闻，猜不出来。”十几秒钟后，杨菲彻底放弃。

“门月君就是孟尝君。”我说。

“门月君和孟尝君有什么关系？”杨菲用小指头蹭着鼻尖。

“孟尝的拼音首字母是M和C，门的首字母也是M，至于C嘛，难道不像一弯月亮吗？”

“呃……”杨菲想了一会儿后，若有所思地嘀咕道，“好吧，我承认这能联系得上。但是，孟尝君与CICA又有什么关系呢？”

“这个就不方便说了，毕竟，这也绝非什么值得炫耀的事情。”

“为什么？”杨菲仿佛眺望似的眯起眼睛。

我没有回答。

过了一分钟后，她突然像中了一张不大不小的彩票似的笑着说道：“呵呵，我知道了。孟尝君的门下，那可都是什么什么之徒啊。不过，门月馆这个名字倒挺好听的，很像隐居深山的某个武林派别的名号。既然CICA这么神秘，”她继续问，“那你在里面都学了什么呢？”

“这个就不能说了，有规定。”

“泛泛而谈一下嘛。”

“第一年在文学区学了本国文学史和世界文学史；第二年在语言区学了一门国际通用语言和两门非通用语言；第三年在特训区学了一些基本的技能；第四年在技侦区学了技术侦察，那是一项综合性技能，需要用到前三年学到的东西。”说完，我看着杨菲。

“继续啊，看我干吗？”

“完了。”

“完了？这不等于没说嘛！”

“再深入，我可就要违反原则了。”

“我以我的灵魂保证，”杨菲说着举起右手，一副信誓旦旦的样子，“我绝对不告诉任何人，不管是活着的还是死去的。就是类人猿，也不说。这总归可以了吧？”

“你这是害我做一个不守原则的人。如果这次背叛CICA，下次就有可能背叛你。”

“好了好了，不说就是，搞得神经兮兮的，还真以为自己多神秘似的！那国家培养了你们四年，毕业之后，你们就做私家侦探，替有钱人干活，这样算回报祖国吗？”

她这样问，我一时还真不知如何回答。如实说，肯定不行，这是重大泄密，即使她父母与我是同样的人。我起身，去客厅接了一杯水。

再次回到她面前时，我想好了怎样应对。

“我属于没用的那一部分人，”我说，“毕业时，有一项考核没过关，就无法拿到毕业证，也就没有资格为国家服务。根据事先与学校签好的协议，我不得不补上那四年的学费，然后自己找工作。由于在CICA里学的东西很适合从事私家侦探这一行，所以，我就做了现在的事情。”

“哦，这样啊，那你是哪一项没有过呢？”看来，杨菲今天是打算打破砂锅问到底了。

“外语。因为天生舌头短，一些外语单词实在无法准确发出来，补考了一次还是不行。”

“哪门外语啊？”杨菲有些幸灾乐祸地看着我。

“俄语。”

“哦，俄语啊，它的个别发音确实很难，”她竟有些感同身受地说，“我以前在大学时修的‘二外’，就是这个，里面有一个颤音，我一直没法念正确。那你的那些同学——考核过了关的，都去干什么了呢？”

“不知道，都是保密分配。”

“那 CICA 这个名字到底是什么意思？”她穷追不舍。

“我也不知道，没有资格为国家服务，到最后，他们也没有告诉我那到底是什么意思。”

“唉，实在太可怜了，也太搞笑了吧，上了四年学，竟然都不知道自己上的什么学。海豚先生，节哀啊，”她捂住嘴咯咯笑起来，“晚上给你做顿好吃的，好好安慰你一下。”说完，她起身走出卧室。

看着杨菲走开的背影，想到她刚才像小孩子一样兴致勃勃地听我讲故事，还问这么多问题，说这么多的话。而她以前，在古董店里是那样郁郁寡欢，对周围毫无兴趣，只顾着看书。也许，她一直以来都在默默承受着孤单、寂寞和失去亲人的痛苦，没有朋友没有欢乐，只能整天与古董为伴。想到这些，我不禁对她产生深深的怜悯之情。

但现在，她却把我当成了唯一的异性朋友，在我面前放下沉重的外壳，还原与她的年龄相符的一面。这让我很感动。一个别人都无法靠近的人却把你当作不设防的朋友，这还不值得感动吗？这时，我真的希望我还能为她做点什么，让她永远像刚才这样开心快乐下去。

和杨菲进一步熟识之后，一天晚上，我带她来到望归山顶看夜景。我们并排坐在西边小亭子里的长木椅上，相距十厘米的距离。

“自从两年多前第一次来这里之后，我就常来。”望着江水入海处形成的喇叭口形状的地方，我带些怀旧意味地说。

“嗯，确实是个不错的地方。”杨菲把手掌横放在眉上方，好像怕被太阳晃着眼似的，左右摇头望了一圈。

“你这是干什么？”

“这样才像远眺的样子嘛，也可以望得更远，不信你试试。”她说。

“心理作用。”

“你说话怎么像大人一样，自己没试过就说人家心理作用。”杨菲保持那个姿势说。

“你说话怎么像大人一样。”我重复一遍说，好熟悉的句子，这是《小王子》里小王子的口头禅。“别鹦鹉学舌啊，你试试嘛，”杨菲说着把手掌放在我眼睛上方，“看见没，是不是看得更远、更清楚了啊？”

她这么一说，感觉还真有那么一点点效果。

“嗯，好像是的。”我说。

“我说得没错，刚才还说我心理作用呢。”杨菲缩回手去。

“你怎么发现这个法子的？”

“没来这里之前，在老家，爷爷常带我去戈壁滩上看落日。”

“戈壁滩？”

“是啊，我们老家不远处就是戈壁滩。一到周末，如果天气好，爷爷就带我去戈壁滩上看落日。”

“你和你爷爷真够浪漫的。”

“那当然，”杨菲说着双手抱住双膝，望着远处，“那里的夕阳美极了，四周全是暖暖的火红色，我想，如果真有天堂的话，顶多也就那个样子了。我和爷爷选一块稍微高出地表的小沙丘坐下，一直看到太阳落到地平线以下，四周都暗下来。那时，我就会像这样去看，”杨菲边说边把手掌放在眼睛上方，“就发现了这个秘密。”

听着杨菲的描述，我在头脑里想象出夕阳下的美丽戈壁滩——灿烂的火红世界，一个女孩坐在稍高出地表的小沙丘上，手掌横放在眉毛上方，望着太阳落山的地方，身后拖着三条长长的影子。

三条长长的影子？怎么会突然想到三条长长的影子呢？

正努力思索为什么会想到有三条影子时，杨菲偏过头来看着我问：“你说这山叫望归山？”

“嗯。”

“顾名思义，这个名字的由来，肯定有故事的吧？”

“是的。”我给她介绍说，“很久很久以前，一位年轻的渔民从这里驾船出海捕鱼。后来，他一直没回来。于是他的未婚妻天天跑到这里来盼望他归来。不管电闪雷鸣还是风雨交加，都没有放弃。有一天，天上下着暴雨，她离开家门后，却再也没有返回。家里人以为她滑落山崖，可找遍了整座山，也没有发现她的踪迹。后来有人说，那天曾看见一条小飞龙在这山顶盘旋。于是一传十，十传百，人们都信以为真，认为是年轻女子的诚心感动了上天，上天派仙龙把她接走了。于是，人们把这座山取名叫望夫山。后来，改名叫望归山。”

听完我的故事后，杨菲望着脚下的山腰处，若有所思地说：“为什么现在像这样对爱坚贞不渝的人就越来越少了呢？现在的爱情故事，不是婚姻背叛、爱情阴谋，就是与空姐同居、与小姐艳遇。海豚先生，你有想过这样的问题吗？”

“对不起，”我如实说，“我没想过。”

“那现在想啊，给你两分钟时间，”杨菲说着掏出手机，调出计时器，“现在开始。”

杨菲说的确是事实，为什么现在，像那样对爱情至死不渝的人越来越少呢？按理说，现在人们的生活水平提高了，不再为温饱犯愁，有更多的条件去追寻爱情，发现爱情，保养爱情，也有更多的手段把所爱的人抓牢。可事实却好像背道而驰。到底是什么原因造成的呢？我望着远处灯火辉煌的夜都市，很认真地想着。

突然，我感觉以前似乎与谁讨论过类似的问题。而且几乎是同一瞬间，我想到了答案。

"两个原因，"我说，"一是因为世界在变小，空间时间不再是问题，随之诱惑增多，选择增多。而随着人们生活节奏的加快，生活压力越来越大。另一个，就是因为这些客观环境的变化，使现在的人变得越来越浮躁，越来越务实。"

"就这些？"杨菲瞪大眼睛，"太形而上了吧，能说具体点吗？"

"不能具体，你的问题本身就是一个很形而上的问题。"

"那再找个合适的回答，"杨菲像在面试应聘者似的，"总之，再长一些的。"

我前后活动了两下肩关节，想了一会儿，说："还是拿我们都熟悉的小王子来说吧。"说出这话时，我发现《小王子》真是一本万能的书。"小王子之所以离开自己居住的星球，除了没有真正理解玫瑰花的心思之外，还有两个很重要的外在因素，就是有一群候鸟迁徙经过他的星球，同时有别的星球可以去拜访。如果没有候鸟的帮助，没有别的星球选择，小王子就不会离开自己的星球。如果小王子继续留在自己的星球上，总有一天，他会发现那表面高傲、内心脆弱的玫瑰花的柔情蜜意。后来，小王子走过一个个陌生的星球后，才开始慢慢怀念起自己的星球，并渐渐醒悟。最后，小王子还是幸运地返回到自己的星球，回到一直深爱着他的玫瑰花身边。可我们，却是永远也回不去的。"

"嗯，虽然一时不能很好地理解你的这个答案是否回答了我刚才的问题，但我还是很佩服你。"杨菲歪着头看着我，"小王子的故事，我也能倒背如流，可我就从来没有想到过，它还可以用来解释别的问题。"

"我也只是偶然想到。正如作者所说，这是一本写给大人看的童话。可惜作者……"

说到作者，我突然发现一个很有意思的巧合。

"你不觉得有些巧合吗？《小王子》的作者安东尼最后一次驾驶飞机执行侦察任务时，永远消失在地中海上空，再也没有回来。不知是坠机了，还是偷偷飞到别的地方隐藏了起来，反正之后杳无音信。后来，有不少人穷尽一生想揭开这个谜底，至今也没能够如愿。很久以前，那个望夫的女子正是在这座山上突然消失。因为舒姐，我们俩才真正相识。而舒姐的丈夫，三年之前，也是同样没有留下任何蛛丝马迹就离奇消失。他们都是莫名其妙地消失，不是有原有因地失踪。是不是很巧合？"

说这话时，我又突然意识到，自从接手林老板的那个任务以来，我所遇到的这些巧合，比我前二十多年遇到的加起来还要多。而且这些巧合不仅多，似乎还有些联系，我甚至能模糊地感觉到它们好像都在围绕一个中心打转。只是对这个模糊的中心，我现在还没有任何概念。

“是呀，听你这么一讲，”杨菲用小拇指小心翼翼地摩挲着鼻翼两侧，用诧异的眼神看着我说，“还真有些匪夷所思。怎么会这样呢？”

“不知道，”我再次坦白说，“我也只是刚才突然意识到。”

杨菲回过头去，望着外滩的方向。这次，她没有因我回答不上来而显出失望。她肯定也知道，巧合之所以为巧合，正是因为没有逻辑上的因果关系。如果真找到了这些巧合的原因，那它们也就不是巧合了。

我们都沉默下来。在一些无从揣测的事情面前，除了沉默，我们别无选择。

天上突然开始下起淅淅沥沥的小雨。我们只好带着这些还没有想明白的巧合，起身离开。

慢慢地，淅淅沥沥的小雨变成了中雨。下山的路有些滑，“宝马”时速表上的指针一直指在二十五左右。杨菲双腿放在一侧坐在我身后，双手紧紧抓住我的T恤后摆。

还没有到山脚，我们的头发已经开始往下掉雨滴了。杨菲却很开心，嘴里轻轻哼着很好听的歌。

“这歌名叫什么？”我大声问，“好像是很久前的老歌吧。”

“知道歌名干什么？”她扯了扯我的T恤后摆说，“觉得好听就行。”

“那你唱大声点，听不太清楚。”

“好啊——”

你穿上凤冠霞衣，我将眉目掩去，大红的幔布扯开了一出折子戏。

你演的不是自己，我却投入情绪，弦索胡琴不能免俗的是死别生离。

折子戏不过是全剧的几分之一，通常不会上演开始和结局，正是多了一种残缺不全的魅力，才没有那么多含恨不如意。

……你脱下凤冠霞衣，我将油彩擦去，大红的幔布闭上了这出折子戏。

一曲终了，中雨变成大雨。我们都成了落汤鸡。

“喂，”杨菲在我身后大声喊着，“你最后一次淋雨是什么时候？”

我想了想，大声回她：“一个多月前吧，那次好像也是突然下起了雨。”

“哦，那你最后一次用嘴巴接雨滴又是什么时候呢？”

用嘴巴接雨滴？我努力回想，那好像已经是很久远很久远的事情了。印象中，好像还是儿时赤脚踩在雨中做过的事。

“说话啊！”杨菲在后面催促道。

“记不起来了，太久远了。”

“唉，可怜，肯定都忘了雨滴是什么味道了吧？”

是的，她说得没错，我确实已经完全想不起来雨滴的味道。于是，我减下车速，迎风张开嘴，伸出舌头。几滴很大的雨点打在舌尖上，可好像并不是儿时记忆中的那种味道。这些雨滴有些酸涩。

“你怎么吃这里的雨啊？”杨菲又在后面扯住我的衣服说，“我又没有问你这里的雨滴的味道。这里的雨怎么能吃呢，不知道这长江三角洲地区下的都是酸雨吗？”

难怪不是记忆中的味道。可记忆中的雨滴又是什么味道？我真是无从想起，应该是淡淡的、凉凉的、混合着植物和泥土气味的味道吧。

回到住所后，我洗了个温水澡，躺在床上，看着头顶天花板上那个模模糊糊的、已分不清像谁的裸体一样的阴影。这时，我突然想起，刚才在望归山顶之所以想到三条长长的影子，肯定是因为经常在舒姐家看到那幅有着三个太阳的油画。

而且，现在想起来，那幅油画和杨菲讲述的情景，何等相似。这又是一个巧合吗？突然，我莫名其妙地浑身一紧。

今夜无梦。

第二天下午，正在童童床前看杨菲借给我的《烹饪快速入门》，接到谷姐电话。

“还在当保姆？”

“嗯，兼学习烹饪。”

“现在有时间聊聊吗？”

“怎么这么闲，任务完成了？”

“没有，刚好有空，想听听你被点将的事。”

“说来话长，等一下，我换个地方。”

我把舒姐留下的袖珍录音机放在童童床头，按下录音键，来到客厅。

坐在客厅的双人木椅上，望着对面墙上那幅有着三个太阳的油画，我给谷姐讲起我被舒姐点将的事。我把事情的前因后果，以及现在我与杨菲的关系都原原本本地告诉了她。

对谷姐，我是没有任何保留的（C部任务除外）。她对我也是如此。人一生，我想，应该至少有一个可以这样毫无隐瞒的朋友。

谷姐听完，没有发表任何评论，只说要忙了，就挂掉了。

半小时后，她又突然打过来，说是有很紧急的事情要与我商量，电话里面不方便说，晚上七点去我家。我问是否可以先透露一点，她说不可以。我又说既然很紧急，那她可以现在就来舒女士家，或者我回去，童童叫杨菲帮忙看着。她说这也没必要，听她的就好。她这么坚持，肯定有她的理由，我也就没再多问。

由于晚上有约，我在舒姐家吃过晚饭之后，就赶紧回家。七点刚过，谷姐准时来到我的住所。她示意我先把手机关机并取出电池。我一声不吭地照着她的指示做，手机关机未取出电池时仍可被监听，她如此小心，肯定有很秘密和重要的话要跟我说。

“今天下午和你通话之后，”她一脸严肃地对我说，“我马上向上面请示，要求你和我一同负责我正接手的这项任务，并说明了原因。上面听了我的解释后，答应了。”

这个突如其来的消息让我颇感意外，当然也很兴奋，因为又将成为谷姐的搭档。我赶紧催促说：“那快说，到底什么任务？上面是谁？”

“三年前，OSM 总部下属的一个很重要的实验室被恐怖分子突袭并占领的事，有听说过吗？”谷姐问。

“OSM？”我想了一下，“好像没有听说。”

“其实，这件事只有很少人知道，我也是接到上面的任务后才得知。”谷姐开始介绍说，“六年前，军方为了研制一种特殊的隐形材料，成立了代号为 OSM 的机构。该机构从全国招募到四十余名材料学方面的专家参与研究。这之前，军方已把塔克拉玛干沙漠边上的一个叫‘沙漠孤舟’的小型军事基地改建成实验室。‘沙漠孤舟’是一栋三层小楼房，实验室在地下。专家们就在那里进行与世隔绝的绝密研究。研究小组由喀城某大学一位名叫胡凯的材料学专家担任小组长。就在实验快要成功的关键时候，也就是实验正式启动近三年后，一伙恐怖分子突袭了‘沙漠孤舟’，并扣留了全部人质，威胁人质继续研究。由于有那么多人质在恐怖分子手里，他们又极其狡猾，在整栋楼里遍布了炸药，救援队伍一筹莫展，只能在‘沙漠孤舟’外形成一个警戒圈，常年把守，并按照‘恐怖分子’的要求，定期给恐怖分子提供生活物资。当时，在恐怖分子冲入实验室的时候，研究小组的负责人胡凯突然离奇消失。第二天，恐怖分子把胡凯的儿子儿媳也绑架到‘孤舟’，以此威胁胡凯出现。第三天，胡凯和孙女逃离喀城，在途中所坐大巴车与一辆油罐车相撞起火，全车人都被烧死。恐怖分子知道后，这才放过胡凯儿子儿媳的性命。现在，上面怀疑这整个‘沙漠孤舟’事件，很可能是由自己内部的某个人一手操纵策划。现估计沙漠孤舟里的实验快要接近尾声，如果让他们得逞，后果将无法想象。我两周前接到的 C 部任务，就是与这起事件有关。下面说的，可能会使你觉得有些难以相信。”谷姐说着停了一下，然后看着我，“综合各类情报分析，上面怀疑胡凯与他的孙女并没有死。三年前的那起车祸是一个假象，有人做了替死鬼。”

“就是说，全车人是被故意谋害致死的？这对爷孙已经被人藏起来了？”听到这，我确实有些不敢相信。

“是的。胡凯为什么会从实验室逃脱，是谁帮助他们做的这一切，这个人，是否就是事件的幕后策划者，现在都还不能确定。所以，现在要挽救局势，只能从胡凯身上入手。只要找到胡凯和他的孙女，一切疑问就可迎刃而解。这就是上面给我的任务。上面怀疑胡凯与他孙女现在就潜藏在上海。”

“在上海？在这世博会期间，这个任务确实蛮艰巨的。”我说，“与我现在协助舒女士寻找她不见了三年的丈夫的难度旗鼓相当。何况，这一切仅仅建立在怀疑的基础上。现在上海城里是否真的存在这两个人，都还不确定。要在这样一个有着两千多万人口的大城市里，寻找两个都不确定是否真正存在的人，真的不比大海捞针容易啊。”

“人，我已经找到了，百分之八十的把握。”

“真的假的？”我有点不敢相信谷姐说的。

“真的。”谷姐没有半点开玩笑的意思。

“那我不懂了，已经找到了，还拉我进来干什么？”

“我想要你帮我确认。同时，上面又给了新任务，为免打草惊蛇，上面不便直接插手，要我们顺藤摸瓜，找出真正的幕后策划者。”

听谷姐这么说，我再也抑制不住内心的激动。“这可真是一项足以载入我们公司史册的任务了，多谢谷姐推荐，也让我有幸成为史册留名者。那胡凯与他的孙女现在哪里？”

“蓝天小区，106 号楼，502 室。”谷姐一字一顿地回答。

“杨……菲？”我不知要配何种表情来表达此时心里的惊讶。

“是的。”为了给我一点时间去接受，她停了一会儿，稍后，放缓语速，慢慢说，“杨菲和她爷爷的基本资料，你都清楚。他们搬来上海的时间，正好是‘沙漠孤舟’被劫后第九天。我去他们在民政局备案的资料上所留的籍贯所在地查过，并无此两人。杨菲开那家小店，也不像真正的开店者，她爷爷又几乎足不出户。综合这些，我有八成把握，他们俩很有可能就是胡凯和胡依祎。”

我脑子有些乱，起身倒了一杯冰镇矿泉水。

“你怎么找到他们的？”一口喝完杯里的水后，我说。

“因为你，”谷姐抬头看着我，“但这都纯属偶然。”

“因为我？”我脑子愈加乱了。

“是的。当时我正一筹莫展，你突然要我给你出主意，如何让那个林老板以后不再骚扰杨菲，之后，还把起草好的向林老板交差的调查报告塞给我，叫我给你把关。看完后，我吃了一惊。杨菲和她爷爷不同于常人的生活行为，让我感觉他们也许有什么别的秘密。于是我进行了一系列调查比对，发现他们可能就是我正在找的人。而且从你的回话中看得出来，杨菲的父母并非真的死于空难。这里面肯定有内幕。但我知道，你既然不愿说，肯定有你的原因。于是，我准备着手调查他们。第二天早上，我又无意间得知，你昨天刚接到一个C部任务。回办公室后我问你，你又告诉我那是一个很简单的几句话就已经完成的任务。我当时就觉得奇怪，按惯例，一个人不可能同时接手两个任务，尤其是一个C部的和一个P部的，除非这两个任务之间有联系。于是，我推断，你昨天要我给你出主意让林老板以后不再骚扰杨菲，并非因为你良心发现，而是有人叫你这么做的。这也就是你接手的那个C部任务。这也进一步证明了杨菲身份的特殊。同时也说明，你跟踪调查杨菲的事，已经被上面那个给你下C部任务的人发现，也就是说，杨菲身边有人正在时时保护她。于是，我赶紧撤销了近距离调查杨菲的计划。

"如果不是你要我给你出主意，给我看了关于杨菲的那张调查报告，我就不会找到她。如果我没有听说你接手了一项C部任务，而你又间接透漏了这项任务的大致内容，我肯定也与你一样，去近距离跟踪她，然后被她身边的人发现。如果他们再查到我接手的是C部的任务，肯定会马上安排他们爷俩从此消失得干干净净，以后再也不会被找到，"谷姐一边满是感激地看着我，一边继续说，"祎氘，你真的帮了我很大的忙。如果没有你，我可能还在大海捞针。就算后来碰运气找到了，也肯定早已打草惊蛇。今天上午，你又告诉我你现在正执行的任务，以及和杨菲的关系，我当时真想给你一个大大的拥抱。如果真有贵人这一说的话，你毫无疑问是我的贵人。知道这些后，我马上向上面请求让你协助我。上面同意了。"

我的脑子里已经越来越乱，不知道谁真谁假。谷姐知道我在整理思路，也不再说话。

犹豫再三后，我把我上次接手的那个C部任务的实情全讲了出来。"上次，要你给我出主意打消林老板对杨菲的念头，确实因为我接手的那项C部任务。我的上面也告诉我，杨菲与她爷爷现在确实是假身份。实情是，杨菲的父母是我们隐蔽战线的同志，三年前在执行一次绝密任务时牺牲，上面为了照顾杨菲，就按她的意愿，把她与爷爷安排在这里。杨菲伤心至极，也就暂时休学。为免闲出毛病，上面还为她开了一家不用费神费力的小古董店。后来杨菲慢慢习惯这样的生活，也就一直没有返回学校。为了不让为国家牺牲了的同志的后代受到委屈，同时也为了防止别国的特务骚扰，上面一直派人暗中保护他们。这些说法也完全可以解释他们现在的表现啊。"

谷姐听后，很专注地看着我。我知道，其实她并不是在看我，而是在分析我刚才所说的。

"要是知道给你下任务的那个人是谁就好了。"谷姐自言自语道。但接受命令者不得查询发布命令者的任何资料，这是C部的规定。而且我们即使想主动去查，也无法办到，都是单线联系，无从入手。

"给我纸笔，太乱。"谷姐说。

我从抽屉里拿出一张白纸和一支黑色水笔。

谷姐一边在纸上写着一边说："上次给你下命令者，就简称A。给我下命令者，简称 B。整个‘沙漠孤舟’事件的幕后策划者，就简称幕后。现在有两种可能。第一，A 告诉你的是事实，也就是说我的推测错误，杨菲和她爷爷根本就不是我要找的人。这样，A 是幕后的可能性就很小，甚至也许 A 根本就不知道‘沙漠孤舟’事件。

“第二种可能，A 告诉你的不是事实，也就是说，杨菲和她爷爷并不是烈士的后代，而是三年前逃走的那对爷孙。在这种情况下，又有两种可能。

“第一，A 是幕后，为了阻止你深入调查杨菲，于是编造了那个英雄后代的故事……”

“等等，”我说，“如果 A 就是幕后，那他为什么不直接把胡凯扣在‘沙漠孤舟’的实验室里，还要帮助他逃跑？”

“胡凯当时为什么会逃出来，而且唯独逃出来他一个，这本身就是一个很大的疑问。有可能 A 在指挥他的人突袭‘沙漠孤舟’的时候，故意放胡凯出来，然后帮助他消失。而且胡凯多半还不知道 A 的真实身份。至于 A 为什么要放他出来，还帮助他消失，这个我暂时也想不出来。当然，这也只是我的猜测。”

“第二种可能，”谷姐接着说，“A 不是幕后，给我下任务的 B 才是幕后。当时，在 B 幕后指挥突袭‘沙漠孤舟’时，胡凯幸运地从孤舟逃脱，然后找到 A。为了确保胡凯的安全，A 把胡凯和胡依祎秘密送来上海。同时造成胡凯已死的假象，以打消 B 对胡凯的念头。不久前，A 在得知你在以私家侦探的身份调查胡依祎时，就编造了那个英雄后代的故事，以免你深入调查，查出他们的真实身份。而现在，B 又不知从哪里得到胡凯爷孙可能还活着并藏在上海的情报，于是利用我们公司 C 部这条渠道，叫我来打探他们的下落。”

“这不太可能吧，”我感到有些恐怖，“如果 A 是我们自己的人，不可能为了保全胡凯一家，去故意制造车祸，害死那么多无辜的人吧。”

“这个还不清楚，从警方的调查报告来看，这只是一起普通的交通事故。或许他只是利用了这起车祸。”谷姐说，“不过，这也只是我的猜测。总之，现在只清楚一点，A 和胡凯有联系，B 不知道胡凯在哪里。但 A 和 B 谁是真正的幕后，A 为什么要把胡凯藏在上海，都不清楚。或者 A 和 B 都不是幕后，真正的幕后在哪里，谁也不知道。”

“麻烦了，头都大了，”我捂住后脑勺说，“那你告诉 B 快要找到胡凯了吗？”

“没有，你了解我的，在事情水落石出之前，我一般不轻易下结论。向上面请示要你参与这项任务，我也只是说你很有找人的天赋。”

“幸好如此。”我说，“不过，这整个事件还有一种可能。”

谷姐睁大眼睛。

“A 和 B 是同一个人。整个‘沙漠孤舟’事件，是他编出来的故事，以此来检验我们的工作是否真正合乎 C 部任务不向任何人包括内部人泄露的规定。”

“这也确是一种可能，”听我说完，谷姐没好气地看着我，“除了你能想出来这种检验工作的方式，恐怕普天之下，没人比你更不怕麻烦的了。”

之后，她继续严肃地说：“现在，你正好接手舒女士的这个任务，可以与杨菲近距离接触。从上次你跟踪杨菲被A发现来看，A肯定也知道你现在的这个任务，杨菲肯定向他汇报过。既然A这次没有阻拦，说明他知道你这次的任务与胡凯他们没有关系，不会对他们产生威胁。你说你现在与杨菲关系不错，具体到什么程度？”

“她偶尔去舒女士家坐坐，与我聊会儿天，指点我怎样烧烧菜，就这样的关系。”昨天晚上带她去了一趟望归山，我没有说。想来这事对这个案子也没有什么意义，就罢了。

“去过她家吗？”谷姐问。

“没有。”

“见过她爷爷？”

“也没有，说是回老家去了。”

“什么时候走的？怎么走的？”谷姐急问。

我猛然醒悟：“明天问她。”

“知道后，马上通知我，如果是坐飞机，就好查了，至少可以知道他去了哪里，”谷姐看着我说，“祎氘，现在就看你的了。我们能否完成这个任务，不仅关系到那四十余名科学家的生命安全和国家军事机密的安全，甚至可能影响到整个国家的稳定。当然还直接关系到杨菲的安危，如果杨菲果真就是胡依祎的话。”

第二天早上，我如约来到舒姐家。

九点半，杨菲如昨天一样，神态自若地来到舒姐家，就像一个普通人来邻居家串门一样。

可在我心里，她已经有了质的变化。当然，她不是变成了什么坏人，相反，在这个案子中，她是个受害者。

“你昨晚怎么一直关机？”杨菲见我便问。

“手机出了点问题，”我回答，“找我了？什么事？”

“嗯，”杨菲很认真地说，“我昨天晚上看了一个情感类电视访谈节目，主持人说的一句话让我想到，前天晚上你用小王子回答我的那个问题有些牵强。怎么能把忠贞不渝的爱的消失，全归因于客观世界的变化呢？我觉得人的主观因素才是最主要的。”

我现在哪还有心情与她讨论这些，但有些圈子，我不能不绕。

我就势说：“我也觉得我的回答有点牵强，后来我好好想了想，觉得还有一个原因，就是恋人之间相处的时间太少。再牢固的爱，也必须要有时间的保证，时间久了，才会依赖对方。古时男耕女织，天天在一起，日久之后肯定离不开对方。如果有一天，某一方突然消失，另一方肯定会陷入深深的绝望和永久的期望。而现在呢，上班八小时与同事在一起，有时还加班，一天中真正与爱人在一起的时间，也就短短那么几个小时，更不要说那些经常出差的。”

这时我想起了舒姐，她现在几乎扔掉了一切在海边寻找已经消失了三年的丈夫。我对刚才的解释又感到不确定了。

杨菲看着我没有回答。我知道她没有男朋友，体会不到恋人突然消失不见时的心情。我也体会不到。

“真的，”我装作好像是猛然想起来什么，问她，“你好像有好几天没有去看店了吧？”

“爷爷还没有回来啊。”杨菲毫无戒备地回答。

“一直没见过你爷爷，他什么时候走的？”

杨菲略一回想，说：“刚好是你过来的那天走的吧。”

“你爷爷身体肯定很好了，那么远的路，可不是件轻松的事。现在又是旅游旺季，哪儿都是人山人海的。”

“可有一个地方是怎么也不会人山人海的。”

“哪里？”

“飞机上啊。”

“你爷爷是飞回去的？”我装作漫不经心地继续问。

“嗯，那天一大早就走了。”

“那什么时候回来？”

“有一段日子吧。”

杨菲的表情告诉我，她不想多谈她爷爷。为了免她疑心，也担心她身上有窃听器，我也就没再问。

趁上厕所的机会，我赶紧用公司内部专配的加密手机，给谷姐发去短信：“1号，大早，飞机。”

七分钟后，收到谷姐回复：“喀城！”

现在，基本可以确定，杨菲就是三年前那位因车祸而亡的胡依祎了。

时间紧急，必须立刻做出行动。从厕所出来后，我在客厅里找到一张便签，趁杨菲在童童房间里看童童，写下——

首先，请你相信我，我对你和你爷爷，都没有任何恶意。我知道你的真实身份，我怀疑你身上有别人安装的窃听器。但我们下面的谈话，绝不能被任何人听见。你和你爷爷现在很可能正在被坏人利用。

现在，请你不要说话，把你的手机和你身上别人给的任何金属质的东西，都放回你的屋子去。我们要谈的，直接关系你父母的生命安危。事出突然，你也肯定不敢轻易相信我，没关系，我理解，你可以先用绳子把我绑起来，然后我们再谈。

写好后，我找来一小捆尼龙绳放在身边。然后叫杨菲来客厅，说有个烹饪问题想请教她。待她过来后，我一边递给她便签条，一边说："你帮我看看这道菜的配料有没有问题。"

在估计她差不多看完纸条上的字的时候，我坐在椅子上，双手背在椅背后。

这时，杨菲把目光从纸条上移到我脸上，瞪大眼睛。眼里充满惊讶、疑惑，就像坐在她面前的我已不是我，而是一个大脑袋细脖子的外星人。

她盯着我看了有五六秒钟，又重新看一遍纸条。之后，她快速把纸条放在桌子上，拿起绳子，像捆强盗似的把我捆起来。

捆得很不专业，如果我愿意，两分钟之内就可以毫不费力地逃脱。

"没错，就是这样的。我要回去休息了。"杨菲看着被五花大绑的我，才多少放下心来说。

三分钟后，她再次来到我面前，虎视眈眈的样子。"好了，我已经把手机放回去了，身上的衣服都是我自己买的。"

"谢谢你相信我，"她这样配合，我很感激，"首先，请你回答我一个问题，希望你如实回答。之后，你可以保持沉默，只听我说就行了。"

"你到底是谁？到底想干什么？"杨菲却没有继续配合，她反问道。

"我就是秦祎氘，就是你认识的那个普通的私家侦探，"我尽量放缓语调，让她平静下来，"但在国家有需要时，也会为国家效力。我现在就在为国家服务。请你先回答我，然后你问的问题，我一定翔实奉告。你的真实身份，是不是胡依祎？这个问题很重要，用我们的话讲，这叫情报识别。现在，我在你的控制中，我想你也没必要骗我。"

听我这样说，杨菲更加吃惊地注视着我。她这样看着我，不用回答，我心里已经有数了。

"首先，说明一点，"我继续平和地对她说，"我是昨天才知道你和你爷爷的事情。所以，在那之前，我所做的一切，并不是为了故意接近你而特意而为。我和舒姐的相识、与你的相识，纯属偶然。我不是你的敌人，我们现在依然是朋友，我想帮助你。同时，你这也是在帮助我。"

杨菲看着我，没有回话，她现在肯定一时难以接受。

紧接着，我把谷姐接手的这个任务，以及我为何也被卷入，以及我和谷姐目前面临的疑问以及几种猜测，都说了出来。

其实，杨菲早已清楚整个事件的始末，而且肯定知道得比我和谷姐还要详细。直到听到我说出帮助她和她爷爷逃来上海的那个人可能是整个事件的幕后黑手时，她才表现出难以相信的震惊和恐惧。

“你身为局内者，肯定不清楚谁真谁假。现在，我和我的同事也并不是仅为完成任务而调查你。在没有确凿证据证实谁是真正的幕后之前，我们不会向任何人汇报任何情况。”

看得出来，杨菲已经被我弄糊涂了。我知道，现在再说下去也没有用，必须要她自己去理解。

沉默良久后，她终于开口：“如果我相信你，你又想从我这里知道什么？”

局面开始缓和，我赶紧说：“我想知道你爷爷当时是如何从‘沙漠孤舟’逃出来的？你们上面的那个人又为何安排你和你爷爷来这里？他这样安排的目的是什么？”

“如果我告诉你，你就能找出那个幕后吗？”

“不敢确定，”我坦言相告，“但这些必须先弄清楚，否则就无法再向前推进。”

“那我为什么就相信，你不是那个幕后黑手派来的奸细呢？”

“如果我与那个幕后黑手是一伙，我现在根本没必要问你刚才这些问题，也没必要坐在这里与你谈。直接把你和你爷爷抓起来，送到‘沙漠孤舟’去就是了。”

杨菲依旧那样直直地注视着我，但听我这一解释，刚才眼睛里的怀疑明显地减去了一些。

我趁机继续说。“你不回答我刚才的问题也可以。你结合我刚才说的，自己好好分析分析，一直在指挥你们的那个人有没有可能就是那个幕后黑手。同时，也希望你不要把我们刚才的谈话告诉任何人，我知道在上海有人在暗中监视保护你。刚才说了，在没有确定谁是真正的幕后之前，我和我的另一名搭档也不会向任何人汇报任何真实的情况。这项至少关系到我们内部稳定的重大任务，也是没有任何预兆地突然降落到我和我搭档两个人的肩上，没给我们丝毫准备，我们也一时难以相信，感觉压力很大。”我把我的真实感受讲出来，希望她尽快理解，“现在，你是第三个比较全面知道整个事件的人，而且肯定知道许多我和我搭档都不知道的重要内情，所以，我和她需要你的帮助。现在时间紧迫，请你……”

“你不要催我，”杨菲的右手一下一下地揪着肩头垂下来的头发，很苦恼地看着我，“我先回去想想。”

这是个很聪明的姑娘。她知道在这个紧张时刻，不能在我面前露出任何思考的外在表现，以免让我看出她心理的变化而处于被动。我表示理解地点点头。

在杨菲回自己屋里思考的时间里，我从被绑的绳索里抽出一只手，从裤兜里掏出加密手机，接通谷姐。

“我刚才已经和杨菲谈过了，不，是胡依祎，”我纠正说，“她现在还不是很相信我们。”

那边沉默了几秒钟。谷姐肯定也在激动中。

“这很正常，”之后，她开口，话语里有一股明显被压抑的兴奋，“如果她现在马上什么都告诉你，这才值得怀疑。毕竟这不是一件一下子就能想明白的事情。你认为她与我们联手的可能性有多大？”

“九成，她是一个聪明人，想明白之后，应该会与我们合作。”

“好，等你的消息，记得不要太急，不要太催她。”

“明白。”

差不多十分钟后，胡依祎再次过来。我的判断是对的，她选择了我和谷姐这边。但她依旧没有放弃警觉，没有给我松绑。

她直直地站在我面前，回答了我之前的那些问题。

“你认为田将军有可能是那个幕后黑手吗？”说完后，她问我。

我细细地想了一番。“有可能，毕竟他是整个研究计划的直接领导者，对情况最清楚。”

“如果是，”对我的这个推断，胡依祎却显然持怀疑的态度，“那他当年为什么还放我爷爷出来？直接让我爷爷在实验室里研究不是很好吗？那样的话速度也会更快。而且，当时的实验眼看就要结束了，他需要的东西很快就可以批量生产出来了啊！”

这些问题，现在我还无法回答。对此，她很失望。“那我们下面怎么办？”

“我晚上回去后与我的搭档商量，明天上午再告诉你下一步计划。”

“你现在把她叫过来，我们一起商量不好吗？”对我的这个回答，胡依祎也颇有不满，“莫非你们还对我有什么隐瞒的吗？”

“没有，我们现在掌握的信息，绝不比你多一个字。我是担心，附近可能有人正在监视你，我搭档过来，要是被他们发现，那我们就……”

“那你现在回去和她商量，”她打断我，“待会儿再过来告诉我，不行吗？童童我来看着。”

“也行，”我想了一下，然后叮嘱她说，“如果你那边有人监视到我离开，问你，你就说不知道，你一直待在家里。”

“嗯。”胡依祎点头，然后把捆在我身上的绳子解开。

回到公司，跟谷姐说了我从胡依祎那里了解到的情况后，我们进入情报数据库，查到田将军比较详细的资料。

田永升，男，19××年生，祖籍河北石家庄。19××年入小学，19××年入初中，19××年入高中，19××年被推荐进入CICA（此时未恢复高考，实行推荐制）。CICA毕业后，直接进入军队×局。19××年调入国家安全机构×处。19××~19××年，公派苏联学习四年。回国后，进入军队第一装备材料研究所，任副所长。20××年任第一装备材料研究所所长，晋升少将军衔。

田永升出生于农村，从小父母双亡（被洪水卷走），吃百家饭长大。他天资聪慧，从上学开始，成绩排名从未退出年级前三。由于成绩好，一直免费入学至高中毕业。在CICA里，也是各科的尖子生。毕业后，被直接分配进入军方特别情报机关——×局。先后调入国家安全机构、军队第一装备材料研究所。工作努力，成绩出色，20××年晋升少将军衔。田永升把全部精力都奉献给了国防事业，一直未婚。

“你相信他一直未婚的原因？”看完田永升的材料后，谷姐问我。

“虽然现在像他这样的人很少，但我相信还没有绝迹。”我回答。

谷姐起身。“我想现在就去他老家看看。在我回来之前，你和胡依祎不要轻举妄动，尤其要稳住她。”

我没有意见。

回到舒姐家，给胡依祎说了我和谷姐的计划。她也没有异议。

现在，就等谷姐调查回来。

这时，谷姐已经坐上了最近一趟飞往石家庄的航班。

梦二十一（新任务）

这天晚上，已有好几天没有做梦的我再次回到梦里。这次，我没有缩成一个点，也不是在海里。我面朝天躺在自己床上，读精神的老人就在上方的天花板上，如浮雕一般。

“您好！”我像见到好久不见的老朋友，有些激动地打招呼说。

“你好，”老人依旧面如止水，“找到那个任务了吧？”

“是有一个很棘手的任务，”我回答，“不知道是不是你说的那个。好像跟你读到的精神没有什么联系。”

老人不置可否：“如果像扔烟头一样容易，也不是重要任务了，也没必要费这么多周折了。”

“您现在肯定不能告诉我，”我明知不可能仍期望会出现意外地问，“谁是那‘孤舟’事件幕后的真正策划者吧。”

“是的，”老人说，“现在，你必须找到一颗头骨。只有找到那颗头骨，你才能最终制服这位幕后主使。如果没有这颗头骨，即使找到了他，也没办法抓住他，相反还可能害了自己。”

头骨？怎么又是头骨？

“什么样的头骨？”我问。

“一看便知就是你要的头骨。”

“有什么特征？”

“没有特征。”

“那如何去找？”

“不用特意，只要努力，就会遇到。”

我有些疑惑：“既然都不用特意去找，那何谈努力？”

“努力，是指你为完成这次任务做的全方位的努力，并非特指努力去找头骨。只要你努力，尽全力做你眼前该做的事情，这颗头骨就会水到渠成地自己出现。”

“那找到以后呢？”

“只有找到以后才知道。”

我不禁叹口气：“那这次醒来之后，我是否也会像以前一样，把梦里的事情都忘得一干二净？”

“是的。但它们会储存在你的潜意识里，会对你在现实中的行动有所帮助。”

我无言。

“有件事，我想应该告诉你，”老人停了一下后，说，“小姑娘很想你。”

我惊讶：“您以前不是说过她没有感情吗？”

“是的，以前是没有。但那次与你握手之后，她有了。”

我替她高兴。

“仅仅是因为握手的缘故？”我问。

“也可能是因为吸入了那个日本女子的精神，丰富了她的肉体。但毕竟那次握手对她影响很大，那是她第一次与别人肌肤接触，而且是异性。”

“有感情了，”我自言自语道，“那太好了！”

“那她很高兴吗？”我问老人。

“世上不存在绝对的好坏。”

“难道有感情了不是好事？”

“不一定，”老人回答，“如同一个天生没有味觉的人，感觉不出酸甜苦辣，什么都能吃。旁人看来，他肯定是痛苦的，可他本人却不会觉得自己在承受痛苦。直到有一天，他有了味觉，发现世上竟还有那么美味的东西。这时，他才会觉得以前没有味觉的日子是一种不幸。但有了味觉之后，随之带来的还有一些没有味觉时不会有的烦恼。如果偏食的话，烦恼会更多。”老人看着我，“而且这个姑娘与你们不一样，你们每个读梦人都只是匆匆过客，梦醒之后，你们就会把她忘记，读完梦之后，更会把她永远忘记，以后在梦中也不会再记起她。可她有了感情，会记着你们。如果感情很深，还要承受思念之苦。这对她以后读精神没有好处。”

可怜的女孩，我想，就像杀手不应该有恻隐之心，和尚不应该有七情六欲一样，她的职业要求她不能有感情。

“那她在哪里？”我问。

“在寻找新的精神。”

“还在我梦里？”

“没有。在你梦里的任务，我们已经完成。”

“那在别人梦里？”我有些难过。

“在没有找到足够的精神之前，我们不存在于任何人的梦里。”

沉默了一会儿后，我看着老人，有些担忧地说：“那这次梦醒之后，我是不是连您也不能再见到了？”在心里，我已视他为老朋友。

“还有一次会面机会，在你找到那颗头骨之后。”

说完，老人慢慢变浅，慢慢变浅，最后消失。

“果不其然，另有原因。”第二天下午差不多五点，在办公室里，刚下飞机的谷姐对我说。

谷姐扮成某旅游杂志的采风编辑，来到田永升的老家，对那里的村民说，他们村出了个将军，很了不起。可村民们却不知道谷姐说的是谁。直到谷姐告诉他们是田永升时，他们这才明白。

听说田永升已经成为将军，村民们都很激动。他们抢着跟谷姐介绍自己与田永升的关系，说田永升自小如何聪明如何懂事，在他们家吃了多少顿饭住了多久等。个个脸上都洋溢着自豪的神情。

可说到后来，村民们都摇头叹息。原来，十五年前，事业正蒸蒸日上的田永升突然中断了与村里的一切联系。村民们都很奇怪，但也没有怪他，想他可能是职务高了，事务繁忙。可令村民们有些怨愤的是，即使再忙，他也不该连阿莲都不联系。阿莲与田永升青梅竹马，从小一块长大的。

田永升小时候在阿莲家住的时间最长。阿莲比田永升小三岁，田永升很疼她，还曾答应阿莲，长大后要娶她，让她过上好日子。

阿莲的学习成绩本来也不错，可村里自来重男轻女，加上贫困，初中没念完就退了学。后来她在镇里的小理发店里当学徒，之后回村里开了个小理发店。那时，她常常把积攒下来的钱拿给还在念高中的田永升。

田永升很感激，在被推荐进入 CICA 后，他告诉阿莲，等他毕业工作有了工资，就供她继续念书。

田永升毕业工作一年后，有了一些积蓄，也确实劝过阿莲再去上学。可阿莲拒绝了，她知道田永升工资不高，不想拖累他。而且自己年纪也不小了，现在再重新拿起书本，不现实。

田永升一直没有忘记阿莲一家对他的照顾，每个月发了工资，自己只留一小部分，其他的都存起来，三年后就给阿莲家盖了新房子。他也一直没有忘记小时候对阿莲的承诺。可这时，他刚参加工作，作为单位培养的年轻骨干，常年在外出差，根本没时间停下来想自己的事情；之后又被派往苏联学习了四年；回国后，又马上领命组建新的部门，接受新的任务。这一忙，又是三四年过去了。

虽然没有和阿莲成婚，但田永升实际上早已把自己当成阿莲家的人，每个月都会寄钱给阿莲父母，剩下的也都全部留给阿莲，让她保管。

可是后来，田永升却突然消失了，好几个月没有只言片语寄回来。打电话去他的单位，他们只说他调走了，具体去了哪里，说是部队秘密不能讲。就这样，田永升之后再没有回过村里，也再没有与村里任何人有过任何联系。

十几年过去了，村民们都渐渐淡忘了这个人。可阿莲一直没有忘。她一直没有结婚。谷姐找到她询问起田永升时，已两鬓全白的阿莲除了流泪，什么也不愿意说。

大多数村民都相信田永升是因为自身之外的什么原因，才中断了与村里的联系，也都表示理解。不过也有少数村民说起田永升时很气愤，说他忘本，是没有良心的白眼狼。

“十五年前，田永升刚调入军队第一装备材料研究所不久，为什么突然中断与村里的联系？即使有特殊任务，也不至于长达十五年之久。”谷姐转着手里的铅笔说，“看来原因只有一个，是他主动中断了与村里的联系。”

“恐怕也没这么简单，”我说，“他是一个聪明人，如果真是忘恩负义，可以编出无数理由不再与村里联系，没必要留下这种被人背后戳脊梁骨的话柄。我想，他有可能是被迫的。”

谷姐看着我：“目前，已没有更多的线索。现在，我们最好不要打草惊蛇。先看看胡凯带回什么信息，到时再做下一步的计划。至于胡依祎，你一定要安抚住她，叮嘱她千万不要把我们的事情告诉任何人。”

“这个我明白，放心。”

这之后的几天，我、谷姐、胡依祎就像蛰伏的青蛙一样趴着一动不动，静静等待。奇怪的是，这两天，周围的世界也好像在跟着我们一起蛰伏，就连伊拉克、阿富汗几乎每天必有的自杀性恐怖袭击的新闻也都奇迹般地销声匿迹了。

第三十四章
胡依祎：艰难抉择

自寻夫开始之后，每天早上，舒姐就像出去短途旅游似的，一身简单的运动装，简单的必备日用品；日出离开，日落归来，不辞辛劳。

对于她能否找到失踪三年的霍大哥，依祎是一点也不抱希望的。但人能够每天积极地活着，不就是因为对未来还有希望吗？由她去吧，这对她也是一种幸福，依祎这样想。

虽然徐少校一再叮嘱，这段时间一定要老老实实地待在家里，不要与任何人接触。可是，由于秦祎氘不会做饭，而童童现在很需要营养，舒姐每天的体力消耗也很大，她正好又闲在家里，于情于理，都不好拒绝舒姐的请求。

只要尽量少说话，关于自己的事情闭口不谈，又有什么可担心的呢，依祎心想。

于是，每天晚上，在舒姐回来之前，依祎就会过去做好晚饭。有时中午也会过去给童童熬一点瘦肉粥。

每次依祎做饭，秦祎氘都跟在身边，认真地看她做，虚心学习，也不多话。俗话说，低头不见抬头见，见面都是三分情。而且，这个秦祎氘看上去为人还不错，从不主动打听她的情况，可能是他已经知道她的过去，不想再提起，免得她伤心；也可能是他对她的过去根本就不感兴趣。

接触一段时间之后，慢慢地，依祎与他交谈的时间越来越多。可能是这三年，除了舒姐，她几乎没有真正遇到过能认真说话的人。要知道，在“孤舟”事件爆发之前，依祎可是个多话的女孩。

但是，让依祎万万没想到的是，就在依祎完全放下对那个秦祎氘的戒备，还把他列为将来可以成为真正的好朋友的人选之后，事情发生了巨变。

秦祎氘竟然说已经知道她的真实身份，说她和爷爷现在可能正在被坏人利用，并要求她相信他。他现在这样做，是在帮助她和爷爷。同时，也是在帮助自己。为了让依祎相信，他还准备好了绳子，主动请求她把他捆起来，然后再谈。

面对这样的巨变，依祎一下子蒙了。

回到自己屋里后，依祎很矛盾，也很焦急。事发如此突然，而且她现在是一个人在面临战斗，没有任何人可以帮她。这个抉择不能出现哪怕一点点的失误。

依祎喝下一大杯凉白开水，努力使自己镇定下来，开始仔细整理混乱的思路，分析目前的处境。

其实，现在摆在自己面前的只有两条路。要么马上告诉徐少校自己被人识破了身份，要么与秦祎氘合作，告诉他他想知道的东西。

如果告诉徐少校，就等于直接否定了田将军就是那个幕后黑手的可能。但万一他就是呢？

如此看来，选择与秦祎氘合作，风险好像是最低的。至少，他不可能是幕后，也不可能是幕后派来的。而且，现在秦祎氘应该已经可以肯定，她就是胡依祎。但他并没有对她采取任何行动，说明他说的应该是实话。他也在怀疑给他搭档下任务的那个人，并且并没有把目前的情况告诉那个人，否则，自己现在不可能还安全地站在这里想这些问题。

这么一分析，眼前存在三个阵营——给他搭档下任务的那个人；田将军；秦祎氘和他的搭档谷姐。田将军目前不敢全信；那个人连他们都在怀疑。

如此看来，还是选择与秦祎氘合作的风险最小。那么姑且配合他的行动，看能否找出真正的幕后吧。

面对看似复杂的事情，只要能冷静下来，把各种利害关系理明白，也不是那么难的。依祎定下了神，深深地吸了口气，重重地吐了出来，回到了501。没有什么抉择是毫无风险的，既然做出了抉择，那么就勇敢面对吧。

依祎把她所知道的全都讲了出来。

可知道这些后，有些疑问，秦祎氘还是不能给出解答，也不能判断出田将军是否就是那个幕后。

秦祎氘说要就目前得到的情报，回去和搭档谷姐商量。不久后，他回来告诉依祎，通过一些内部渠道，已经查到了有关田将军的基本资料。

其实，田将军的身世很可怜，从小就是个孤儿，吃百家饭长大。但他很聪明，也很勤奋，竟然还和秦祎氘一样，也毕业于 CICA。奇怪的是，他至今仍是未婚，单身一人。

谷姐已经飞去田将军的老家进行更深入的调查了。现在他们要做的，就是等消息。

漫长又焦急的等待，一个不眠之夜。期间，徐叔叔打来电话询问过一次，问是不是一切都正常，对面那个私家侦探有没有骚扰她。依祎说一切正常。期间爷爷也打过一次电话回来，说他那边很顺利，估计三天后就能返回。

依祎的心里很忐忑，不知道自己今天的这个决定是不是真的正确，不知道自己的这个选择，到底会帮助爷爷他们，还是害了他们。她默默地祈祷，希望自己的决定是对的。

第二天下午五点半，秦祎氘把她叫去舒姐家里，说搭档已经回来了，但并没有获取到更多有用的信息。只有一点让人不解是，田将军在十五年前突然中断了与对他有养育之恩的所有村民的联系，包括他青梅竹马的未婚妻。秦祎氘认为，田将军的这一行为有可能是身不由己的，因为他没有理由这么做。

现在，情况还不十分明朗，除了田将军十五年前这一异常举动之外，还没有发现其他任何可突破的线索。所以根本无法判断出到底谁是幕后。

秦祎氘和谷姐最后决定，先静观其变，等依祎的爷爷回来之后，再视情况做进一步计划。

依祎一时也没有更好的主意，只能按他们说的去做。

之后这两天，用度日如年来形容依祎此时的心情，真是再恰当不过。

第三十五章
秦祎氘：神秘力量

快三年了，这是胡博士离开喀城后第一次回去。田将军亲自驾车到机场迎接，然后直接把他载回到将军府的地下车库里。

田将军的相貌与气质一如昨日。目光依旧那样敏锐，眉毛仍然又粗又浓，浓密的头发还是倔强地向后躺着，白发没增多也没减少。时间在他身上，好像并没有留下痕迹。相比之下，时间在胡博士身上，则好像被人错按下快进键似的，一下子溜走了多于实际好几倍的岁月。

当天晚上，田将军连夜驾车把胡博士送到“沙漠孤舟”。久违了的又大又圆的月亮把整个戈壁滩照得如同白昼。

“孤舟”附近与三年前别无两样，只是多了一层冰冷的沉寂，比以前更显荒芜和凄凉。

全副武装的武警在“孤舟”外两百米处，形成三步一哨两步一岗的包围圈。脸盆样大小的探照灯光柱，不知疲惫地在“孤舟”上来回扫射。

穿着隐形服的胡博士顺利来到“孤舟”外墙，找到密道口，进入密道。

走到密道尽头，通过针孔摄像头确定休息室里只有老邓一人（田将军已经事先派人通知老邓）后，胡博士慢慢打开壁柜。

休息室的布置也跟三年前没什么区别。老邓却变化很大，时间的脚步在他身上走得比在胡博士身上还要快，仿佛一不留神一下子就走掉了三十年似的。他身材瘦削，头发蓬乱，胡子拉碴，背也有些驼了。

将近三年没有相见，胡博士和老邓都很激动。如果不是在此种场合，两人肯定抱头痛哭了。当然，如果没有这诸多背景，他们也不会这么激动。

老邓简单地向胡博士说了这三年“孤舟”里的情况。他们每天在蒙面人的监视下工作，没有一个人走出过这里。有人生病也是外面进来医生，全程被监视。

在被劫持一个月后，田将军就把胡博士带走的数据盘偷偷交给了老邓。有这些原始数据的支持，再加上自己曾亲手和胡博士制造出隐形服，他提前完成了十三套隐形服的制造工作，并于半年前全部交给了田将军。现在，就等胡博士的特殊眼镜造出来了。

因为一直不知道卧底是谁，所以表面上的实验进程不敢大做手脚。大概两个月后，第一件成品就要做出来了。已经无法再推迟，这已是他尽了全力拖延到的最后期限。

胡博士的儿子儿媳还在帮助洗衣做饭，没有受到虐待的迹象。除了精神上，所有人质都没有受到虐待。

这三年来，胡博士一直为自己逃离同事，害得一位同事丧命、儿子儿媳跟着受难而内疚和自责。虽然以前田将军在电话里告诉过他，他的同事和依祎的父母在身体上都没有受到过歹徒的伤害，但今天听到，他的心里才稍微好过一些。

胡博士也给老邓简单说了这三年时间里，他自己的生活和实验进展。现在实验已经到了收尾阶段，再拿到一些具体数据，就只是加工制作的问题了。

胡博士简单说了自己的实验设想，让老邓安排。

老邓听后，觉得很为难。首先，这个实验必须要两个人才能完成，而且必须用到实验室里最大的材料原子分析实验平台。所以，要完成这项任务，必须具备两个条件。一是，胡博士能亲自站在实验设备前。虽然胡博士可以隐形，但本来实验室空间就不大，研究人员来来往往，他们又不知情，万一被碰撞到，后果不敢想象。二是，实验还不能让隐藏在研究队伍里的那个卧底知道。但现在还不清楚卧底到底是谁，所以，这也就意味着不能让任何同事知道。

进来之前，胡博士也给田将军说了此次实验的困难。当时，足智多谋的田将军听后，立即给出一计——

利用歹徒急于得到隐形服的迫切心理，让老邓假装在最后关头，因急于获得自由而意志崩溃，向他们献殷勤，向歹徒要求晚上加班赶制隐形服，并且保证一个月之后就可制出第一件成品。但有一个条件，就是为了不被同事唾弃，只能由他一个人秘密进行，确保不被其他同事发觉。

胡博士把田将军的主意讲给老邓。老邓听后，想了一番，表示可以一试。尽管对是否真能奏效有些担心，但这总归是个主意。除此，也没有别的更好的办法了。

老邓决定当晚就找歹徒谈判。

第二天晚上，胡博士再次回到实验室。老邓高兴地告诉他，歹徒已经同意他的提议，并且答应从今天晚上开始，他可以一个人下班后在实验室里再工作三个小时。因为歹徒人手不够，所以也只会派一个歹徒看守。

当晚，十点下班后，老邓一人留在实验室，一个蒙面歹徒持枪坐在实验室门口的椅子上监视。

胡博士穿着隐形服，与老邓一同来到实验室里最大的材料原子分析实验平台前。刚开始时，胡博士没有动手，只在旁边观看。十几分钟后，看守打起了呼噜，他这才和老邓一起动起手来。

实验很顺利，只一个小时，他们就拿到了第一组数据。这个晚上，他们一共得出两组数据，而且都是很理想的数据。

一周过后，他们已经得到所需要的全部十组数据。

拿到数据后，胡博士决定马上返回上海。

离开实验室时，胡博士紧紧握住老邓的手。看着老邓憔悴的面庞和期待的眼神，胡博士心情很沉重，到最后竟连一句保重的话也没说出来。

老邓也是热泪盈眶，紧紧和胡博士抱在一起。他们都很清楚，虽然这次的实验很成功，胡博士马上就能制造出期盼已久的特殊眼镜，但以后能不能再相见，仍是个未知数，万一营救行动稍有失误，就……

田将军亲自驾车把胡博士送到机场。临行前，田将军对胡博士说："老胡，这三年，辛苦您和依祎了。现在已经到了一决胜负的关键时候，希望一切顺利。试验成功后，我会亲自去上海给您庆功。"

带着田将军的深切期望，背负关乎同事与儿子儿媳生死的重任，胡博士的心情比来时更加沉重，步伐也跟着沉重起来，走上飞机时，舷梯似乎都要被压折似的。

就在我和谷姐、胡依祎静静蛰伏两天之后，胡凯终于归来。

胡依祎告诉我们，她爷爷已经成功得到了所需要的数据，大概五天后，就可制出已期盼了三年之久的特殊眼镜。到时，田将军还会亲自过来给他们庆功。

我们决定先不告诉胡凯实情，怕他稳不住。我们也想看看，田永升过来后会怎样行事。

在胡博士回来的第二天上午，胡依祎过来串门。她神情紧张、心事重重。为了让她放松，我向她讨教说："能给我简单说说隐形服的隐形原理吗？"

她犹豫了一下回答："其实，我也只能简单地告诉你，我学的虽然是这个专业，但只上过一年。这个原理，大概就是……"她用右手中指指尖抵着额头，好像在搜索合适的词句。

"这么说吧，我们之所以能看见物体，并不是因为我们的眼睛发光，而是因为物体本身发光，或者反射可见光。如果物体本身不发光，也不反射可见光，那我们就看不见它们。隐形材料就能做到让光线绕行，不反射光。简单说，隐形材料就像露出浅滩的石头，太阳光线就是流水，流水遇到石头后，会绕过石头，然后在石头后面重合，继续向前流去。隐形材料能隐形，就是类似这样的原理。"

她这样打比喻，很容易理解。我继续问："那这个能使隐形材料不能隐形的特殊眼镜，又是怎么回事？"

"隐形材料虽然不会反射光，"胡依祎有点心不在焉，"但它毕竟没有物理消失，光线绕过它时会发生变化。就像流水经过石头时会偏离原来的路线一样。那个特殊眼镜就可以抓住那些变形的光线，然后根据光线变形的曲度，使物体显形。"

"你爷爷可真不简单。"

她没有再继续，仰起头向后靠在椅背上，看着对面墙上的舒姐的杰作，沉默了一会儿，又突然轻声问我："你认为，人一生里最无奈的事情是什么？"

"人生里无奈的事情很多，但要说一个最无奈的，一时还想不出来。"我回答。

"嗯，恐怕是这样。"胡依祎还那样仰着头，慢慢说，"不过，几天前，我就一直在承受着这最无奈的问题。就是在与自己息息相关、与全家人性命息息相关的事情面前，大家都在努力，唯独我一个人插不上手。事情进展是快是慢，是成功是失败，我只能眼睁睁看着别人去做，有劲也使不上，也不知道往哪里使。"

对于胡依祎的这个无奈，我没有点评。我好像已经能够真真切切地体会到她的无奈，以及她这三年来所承受的寂寞，以及这漫长的寂寞中的日日夜夜的煎熬、等待、担心。我也由衷地钦佩她在这无奈中表现出来的坚守和坚强。

但我现在也帮不上她。能说的我都说了，能帮她分析的也都讲清楚了，现在只能靠她自己承担和消化。这么大的考验，对于她，是很残酷。人经历过一次这样的考验，就会很快成熟。挺过去，前面就是坦途。

第二天上午，舒姐出去后，我一个人坐在童童床前，无事可做，便拿出钱包，整理里面的各类卡片。

翻出那张只有一个名字和一个手机号码的白色卡片时，我不禁想起那个有意思的女的士司机，想到那个吸血鬼的故事，想到讲这个吸血鬼故事的那个奇怪的晨跑者。

晨跑者？我猛然一惊。回想了两分钟后，我打开手机。

“舒姐，给你提供一个线索。虽然这条线索有点难以理解，但我觉得还是应该告诉你。因为你现在在做的事，本身就不同寻常。至于这条线索对你目前的行为是否会有帮助，就不知道了。上上个星期，我去医院看你和童童时，坐过一位女的士司机的车。在车上，这位司机给我讲起前一天载过的一个奇怪的客人：一大早，穿着睡衣拖鞋，戴着黑边眼镜，说是去海边晨跑。我现在发给你那个女司机的手机号，或许她能给你一些线索。虽然你丈夫的消失是三年前的事情，而这件事却仅仅发生在三周前。”

一小时后，舒姐打来电话。“喂，快过来帮我，”她气喘吁吁，“我找到我丈夫了！”

“找到你丈夫了？”我怀疑她是在开玩笑。

“快过来，松金海滩。”一说完，那边马上挂断。

我再打过去，已关机。

我打电话叫来胡依祎，把舒姐的话原样讲给她。

“那你还不快去？”胡依祎焦急地催促道，“童童我看着。”

“你相信？”

“为什么不相信，”胡依祎瞅着我，“舒姐从不骗人。”

是的，舒姐也没必要骗我。我赶紧跑到楼下，奔出小区，拦住一辆出租车，让司机以最接近超速的速度赶到松金海滩。

到达松金海滩后，远远看见七八位游人围着一艘小艇，舒姐就蹲在艇上。跑近一看，一艘锈迹斑斑的小铁皮艇里，躺着一位衣衫褴褛、似流浪多年的长发中年男子。他躯体消瘦，额头突出，眼睛深陷，嘴唇干裂，上面还有丝丝血迹；下巴上的胡子像刺猬的刺一般又粗又长；脚上勾着一双晒成黄色的塑料拖鞋；蓬乱的头发里夹杂着海草、枯树枝，还有小虾的尸体。最让人吃惊的是，他的右侧腋下还夹着一颗头骨——一颗像他一样流浪多年的头骨，表面都长了一层稀稀疏疏的毛。

“这就是霍大哥？”我问蹲在男子身旁的舒姐。舒姐激动地流着泪，点点头。

男子呼吸正常，心跳正常，也没有明显外伤。我望了一眼四周，全是真实的。真实的大海，真实的海浪，真实的沙滩，真实的游人和他们惊讶的眼神。

“报警了吗？”我问。

“没有那个必要。”

“那现在马上送他去医院。”

我试着把头骨从霍大哥臂弯里拿出来，但他夹得很紧，根本抽不动。我只好放弃，把他整个抱起来就走，一边让舒姐拨打 120。

在路边等待救护车到来的时间里，我问清了事情的经过：舒姐接到我的短信后，立即与那个女的士司机联系。经过简单解释后，女司机告诉舒姐当时她把那位奇怪的乘客送去了松金海滩。松金海滩是离舒姐家最近的海滩。海滩很短，站在海滩这头，便可以分辨出海滩那头海龟背上趴着的小螃蟹是公是母。舒姐第一天寻夫去的就是这里。

舒姐再次赶去松金海滩时，只有寥寥几位游客在海边踩浪。她沿着海滩来回找了一遍，没有发现任何异常。正失望时，突然，她远远看见一艘小船从大海远处漂过来，越漂越近，而且正朝向舒姐站立的位置。这是一艘小铁皮艇，没有发动机的轰鸣，艇上也没见有人。在离沙滩二十米左右时，一个大浪突然扑过来，把小艇推上了沙滩。

一艘锈迹斑斑的铁皮艇，离舒姐站立的位置五米不到。她走近一看，小艇里面躺着一个像流浪乞丐样的中年男子。虽然变了模样，但舒姐一眼就认出，那正是三年前消失不见的丈夫。当时，附近几位游客也都看见了这一幕。他们看到男子腋下还夹着一颗头骨时，纷纷劝舒姐报警。舒姐确定丈夫还活着后，没有报警，也阻止了其他人报警。

"有人会来帮助我。"她这样对游客说，随后拨通了我的手机。

我把霍大哥放到医院的推床上后，他的右手竟然自己松开，头骨滚落床下。我捡起来。旁边走过的人都瞪大眼睛看着我。然后，霍大哥被推去检查，舒姐也跟着去了。

我来到安排给霍大哥的病房里，把头骨放在病床旁边的柜子上。第一眼看，它只是一颗普通的头骨。奇怪的是，当我的视线再次落在头骨上面，并停留了五秒钟后，就发现它就像一块超强的电磁铁，而我的视线是一块小铁屑，一下子被它牢牢抓住，怎么也无法移开。

良久，等霍大哥被推回来时，头骨这才猛然像断了电一样，失去磁性，放开我的视线。

霍大哥头发剪了，胡子刮了，身子也洗干净了，换上了蓝白条纹的病服。

"怎么样？"我问舒姐。

"各项指标都偏低，"舒姐深情地望着霍大哥，"不过医生说没有大碍，都是营养不良造成的，好好休养一段时间后，就会慢慢恢复。"

"一段时间是多久？"

"不知道。"

"不会又和童童一样吧？"我有些担心地问。可问完之后，我真希望我的嘴巴有退格键。

"慢慢疗养吧，"我紧接着说，"不管怎样，霍大哥总算回来了。老实说，当初我对你的行为是不抱任何希望的。毕竟三年不是三两天，连大蜥蜴变异成小恐龙都有可能。可现在的事实证明，你是对的。你要是开一家侦探所的话，我想，我和我的同事可都要另寻饭碗了。"

舒姐伤感地淡淡一笑。

“不过，这里面匪夷所思的地方委实太多。这三年，霍大哥到底去了哪里，干了什么呢？”我这算是自言自语。这问题，除了昏睡的霍大哥，谁也无法回答。

“先不管那些，”舒姐说，“现在的事实是，我丈夫已经平安地回到我的身边，这是最要紧的事情。其他的问题都不重要。还有，”舒姐感激地看着我，“我这次能找回我的丈夫，全靠你的帮助。”

“不要这样说，这都是你准确判断，然后努力寻找的结果。”

“不是，”舒姐很肯定地否定了我，“如果没有你，我再怎么努力，也于事无补。现在，你接手的我的这个任务算是完成了，但我还想你能再帮我几天。现在离我丈夫失踪整三年，还有五天时间，你再帮我在家里照顾童童五天，可以吗？如果五天之后，童童和我的丈夫都没有醒来，我再请保姆代替你。”

“可以。”其实，现在帮助她，对我也有帮助。这样，我可以继续与胡依祎保持接触。

五天后，霍大哥和童童真能准时醒来吗？这次舒姐成功找回她丈夫，难道真是童童的预言灵验了？

五天后再看吧，如果真是那样，那我必须重新审视我这二十几年早已司空见惯的世界，以及好不容易形成的世界观了。

舒姐二十四小时在医院看护丈夫。为了更好地照顾长时间处于昏睡状态的童童，我住在了她家里。

霍大哥带回来的那颗头骨想必对他来说非常重要，以致昏迷后还紧紧夹着不放。我把它洗干净后，放在舒姐的画室里，与已有的那六颗放在一起。

晚上，我睡在童童卧室的行军床上。入睡前，我一直在想，这三年霍大哥到底会去哪里，干了些什么呢？舒姐真的是靠从那位女的士司机那里得到的消息，才找到霍大哥的吗？那位女司机搭载的那位奇怪的晨跑者，难道真的就是霍大哥不成？

我开始脑补现场——

上车后，他说出目的地并主动告诉女司机去那里做什么后，就讲起他的吸血鬼故事。也没说原因，也没征得女司机的同意，一开口就滔滔不绝。女司机也不好打断他，顾客的兴致是不能随意打击的，更何况这位女司机本来就是个喜欢跟陌生人交谈的人。

这位晨跑者应该很有讲故事的天赋，他的故事讲得如此精彩，以致女司机记忆深刻，居然在几周后还能向我复述出来。对了，霍大哥是大学老师，听说讲课很受欢迎，在学界也有一定声誉，口才应该是相当不错的。

故事讲完后，目的地也刚好到了。他付了钱，下车朝海滩走去。他面朝旭日东升的大海，踩着细浪，慢慢跑起来。这时的晨跑者大概就他一个人。

跑到码头时，他看到一支考古队正在登上一艘准备起锚去远航的探险考古船。也许队伍里面还有他认识的学界同人。霍大哥是历史与古生物学家，兴趣和好奇促使他上了船。有些学者就是这样，太热爱某些东西，可以什么都不顾。船上的人自然也欢迎他与他们一起远航。

后来，这艘探险考古船在太平洋上的某座孤岛上发现了很多具有重要历史研究价值的古生物。但在满载着这些古生物样本返航的时候，他们不幸遭到海盗的突袭。全船的人都被海盗杀死，唯有霍大哥一人乘着一艘小铁皮艇，在夜色的掩护下得以逃脱，随身带走这颗最珍贵的头骨。

头骨？我猛然醒悟。画面从正抱着头骨趴在小铁皮艇里逃走的霍大哥身上，切回到了童童的房间里。这时的我朝天躺在床上，而那位读精神的老人，就浮在我头顶。

我不是醒来，而是入梦。

梦二十二（最后道别）

一见到老人，我就迫不及待地问："我已经找到了那颗头骨，下一步怎么办？"

"现在，找到你要找的那个人，"他回答，"把他打晕。注意，不要伤害他，只要打晕，不能再进一步。然后，把头骨放在他胸口上。这时，会有一样东西从他身体里爬出来。你就用头骨把这个东西砸死。确定砸死后，用一个至少一厘米厚的铁箱子，把它与头骨密封在一起，沉到海底。"

"一个什么样的东西？从他身体哪个部位爬出来？以什么状态出来？为什么要用头骨？用刀不可以？"我对老人的这段话有太多的不明白。

"不到最后一刻，你不会知道得这么具体。你也可以准备其他武器，但头骨必不可少。必须在它全部出来之前，把它制服。不然，等它全部出来后，它就会像蚂蟥一样钻入别人的身体。当然，它的速度比蚂蟥要快很多，如果需要，可以超过音速。"

"岂不像会飞的寄生虫？"

"是的。"

我苦苦思索，到底会是什么样的东西呢？

"这是我们最后一次见面，"老人接着说，"很高兴这段时间与你合作。"

望着老人，我很想坐起来与他来个深情拥抱，可身体却无论如何也动弹不得。

"我也很高兴这段时间与你们合作。这次醒来后，我还会记得梦里发生的一切吗？还记得你和那个女孩吗？"

"可能记得，可能忘记。"

“真希望会记得你们，”说着，我的鼻子不自觉地有些发酸起来，“请您告诉那个女孩，我也想她。”

“嗯。”说完，老人就像清晨被太阳照射后的一缕轻雾，慢慢地消失在我眼前的空气里。

“再见！”我说。

发生在我梦里的事情这么清晰，如此明白，没有风马牛不相及的情节，没有蒙太奇场景的变来换去。全是有因有果，有始有末。且逻辑之严谨，情节之连贯，让我怀疑，也许我和老人、概念女孩的这个世界，才是真正的现实世界。而我一直认可的那个现实世界，只是我在这个真实世界里做的梦，谷姐、舒姐、胡凯、胡依祎……所有人只是这个梦里的人物。

五天后，霍大哥仍然没有醒来。舒姐打电话告诉我，她已经请了一个阿姨来照顾童童。我告诉她我这几天没有新的任务，童童大部分时间都在昏睡，阿姨可以不必全天都在这儿，每天按点来几次，做做饭，帮我做点给童童喂食、洗澡、上厕所之类的事情就行。舒姐早就视我如同家人一样，自然同意。

这天晚上，阿姨喂完童童食物，还帮他擦了身子，童童又沉沉地睡了过去。我向阿姨道谢，请她回家休息，晚上由我照看。阿姨走后不久，忽然有人敲门，是依祎。她紧张而又略带兴奋地告诉我，爷爷已经成功研制出特殊眼镜。田将军得到了他的报告，已经启程赶往上海。

我立即将这个消息告诉了谷姐。

谷姐从武警反恐支队借来两名特警协助，一起扮成检查电路的电工，提前进入 106 号楼。

凌晨，趁胡博士睡着了，胡依祎给我们开门。我和谷姐还有那两名特警潜入胡依祎家里。我偷偷在胡博士实验室的隐秘角落里安装了四个针孔摄像头。通过这四个摄像头，可以在隔壁胡依祎卧室的电脑上，清晰地看到实验室里的每寸地方。

我们都躲在依祎的卧室里。田永升从喀城赶来申城，天亮之前就会到达。我们几个人都不敢睡觉，也不敢发出任何会被胡博士听到的声音。两个特警轻手轻脚地检查着设备和装备。灯光幽暗，依祎坐在我对面的椅子上，忽然指了指半躺在她床上闭目养神的谷姐，向我做了个惊讶的表情，又竖了竖大拇指。我明白她的意思：没想到你的这个搭档是个这么漂亮的美女，看起来柔柔弱弱的，竟然是干你们这行的，了不起。

我微笑着点了点头，也竖了一下大拇指，又指了指自己，伸出小拇指，意思她比我强多了。

依祎摇了摇头，又指了指谷姐，指了指我，脸上荡漾开一种暧昧的笑意。

我努力板起面孔，瞪了她一眼，摇了摇头。她不屑地白了我一眼，别过脸去。

谷姐突然睁开了眼睛，看了看手表，早上六点四十。她翻身坐起，低声对我们说：“大家打起精神来，估计田将军就要到了。”

七点十分，我们听见胡博士接听电话。一会儿他敲了敲依祎卧室的门，说田将军已经到了楼下，马上就上来。

七点十五分，我们听到胡博士开门，接着有两个人进来了。一个有点苍老的声音跟胡博士寒暄了几句，然后对另一个人说：“小徐，你下去到车里等我，没有我的命令不准上来。”

那个人说了声“是，首长”，开门出去了。他自然是徐少校了。

我们让依祎赶紧出去。她出去后跟田将军打了招呼，田将军笑着问候了她几句，就对胡博士说：“老胡，赶紧让我看看你的成果吧。”

胡博士把田将军带进实验室。胡依祎在后面跟着。

在实验室里，胡博士把刚研制出来的那副特殊眼镜（形状与泳镜有些类似）递给田永升。然后示意旁边的胡依祎穿上隐形服。

待胡依祎穿上隐形服完全消失后，田永升戴上眼镜。

“老胡，您真的成功了！”田永升望着胡依祎消失的地方，激动地说，“您为我们立了大功啊！我代表 OSM 全体人员谢谢您！”说完，还向胡博士深深弯下腰。

受这么大礼，胡博士有点手足无措，讷讷地说：“不敢，不敢。”其实，他此时心里想的肯定不是自己有没有立什么大功，而是有了这副特殊眼镜之后，接下来的营救行动是否真的能够确保万无一失。

田永升把眼镜摘下来，拿在左手，问胡博士：“如果现在别人要研制出这个东西，您估计要多长时间？”

“要研制出这样的眼镜，”胡博士很认真地回道，“首先必须了解隐形材料的性质，如果对这种材料没有详细的认知，凭空是不可能研制出这种眼镜的。就像没有矛，不可能凭空出现盾一样。而要研制出这种隐形材料，首先要有一套完整的理论体系，其次实验设备必须齐全，最后，还要看机遇。运气好，全力以赴的话，估计也不会少于我们所用的时间。”

“也就是说，研制隐形材料至少三年，研制这种眼镜至少三年，加起来，至少要六年？”

“是的。”

趁胡博士与田永升交谈的时候，胡依祎穿着隐形服回到隔壁自己的卧室。她脱下隐形服，我换上。

之后，胡依祎端一杯绿茶回实验室。我跟在她后面。谷姐和两名特警继续留在隔壁待机行动。

目前我们能够真实接触到的嫌疑人，只有田永升。假设他就是幕后策划者的话，那么，他在得到想要的东西之后，会或多或少有所表露。如果这就是他最终的目的的话，那么胡依祎和她的爷爷很大程度上还会有危险。因此，为确保不出意外，我冒险跟了进去。

这时，田永升依旧左手拿着眼镜，右手接过胡依祎送上来的绿茶。他轻轻呷了一小口，把茶杯放在身旁的桌子上，右手不紧不慢地插入夹克遮住的腰间，掏出一支装有消声器的手枪，对准胡博士。

所有动作显得那么平静，就像掏出来的是一支玩具手枪。

他的表情却从平静转为狰狞。

“老胡，多谢你替我制造出了这世界上独一无二的眼镜。”他的声音也变了，说出来的话，就像经过十八层冷气过滤似的，寒气逼人。

胡博士睁大眼睛，全然不知所以。胡依祎虽然事先有所准备，也知道我在身旁，但面对黑洞洞的枪口，还是很紧张。

我也没有想到，事情会发展得这么快。这位深藏不露的幕后，就这么轻易地浮出了水面。这结果来得是不是有些太直接、太简单了？

胡依祎往我的方向快速地看了一眼，紧紧抓住了胡博士的胳膊。我从她的眼神知道，她已经控制住了情绪，开始按计划上演我们事先准备好的脚本。

“田将军，”胡依祎小心翼翼地问，“您是在开玩笑吧？”

田永升快速把枪口转向身边桌子上的茶杯，扣下扳机。只听一声沉闷的响声后，茶杯立刻成为碎片，茶水飞溅。胡博士和胡依祎随着茶杯的碎裂，浑身一颤。

然后，枪口再次迅速对准胡博士。

紧张和恐惧在沉默中延续了几秒钟，胡依祎继续进入角色，声音有些颤抖。

“田将军，您这是要杀人灭口吗？爷爷为您做了这么多，您为什么要这样对我们呀？”

“因为，只有这样，”田永升冷冷地回答，“这副眼镜才是世界上独一无二的，至少六年之内。”

“您到底是谁，到底想做什么？”

“依祎这三年成熟了很多啊，心理素质可是大有长进。”说着，田永升又陡然隐去刚才那副狰狞的表情，换上之前和蔼可亲的面容。他看着胡依祎，说话声音也恢复了原状：“但是，知道这些，又有什么用呢？”

“我想知道，就是死，也要死得明白。”胡依祎回答。

胡博士瞪大眼睛，像个木偶一样呆呆地看着胡依祎与田永升一问一答。

“也是，你和你爷爷辛苦了这么多年，就让你们这样稀里糊涂地走，似乎是有些不人道。”田永升说着，翘起一边嘴角，“其实，我的目的很简单，就是建立一支这世界上独一无二的隐形部队。而且这支力量无穷的隐形部队，只有我能控制。因为，现在这世界上，只有这一副特殊眼镜。”田永升说着把左手里的眼镜举到眼前。还好我穿着隐形服躲在他背后的角落里，他才没有发现。他举了一下眼镜，很快就放下了，我心里舒了一口气。

“这么说，这一切都是你一手策划的？”

“没错。”

“真是那样，那我有很多想不明白的地方。”胡依祎故意做出很疑惑的样子。其实，也不是故意，本来她就很疑惑。不管是明处的他们爷俩，还是暗处的我们，都是一头雾水。

“说吧，给你五分钟时间，”田永升像玩弄老鼠的猫一样，半眯着眼睛看着依祎，“也算是对你们这些年辛苦的回报。”

“三年前，突袭‘沙漠孤舟’的那群恐怖分子也是你的人？”胡依祎一步步按计划前进。

田永升点头。

“你为什么这么做？你的目的，不就是得到隐形服和这副眼镜吗？你直接叫我爷爷和他的同事在实验室里给你做出来就是了。你为什么还要用这种方式呢？”

“问得好，”田永升赞赏地笑了一声，说，“首先，你爷爷只答应给我造隐形服，而且，这已经违背了他的本意。如果再要他给我研制这种眼镜，他肯定有抵触。其次，这也是最重要的，如果这样公开研制出来，知道的人太多，无法瞒过上面。那么，这些永远都不会为我所独有。”

“这么说，这个 OSM 也是你一手组织策划，瞒着上面做的？”

“不是，”田永升缓慢地摇摇头，“这么大的项目，不可能瞒住上面。这是我策划，然后征得上面的同意才组建成立的。不过，那次突袭之后，这都是我的了。”

沉默了几秒钟，胡依祎继续问：“那你当时为什么还放我爷爷出来？”

“我故意安排的。”

“故意安排？为什么弄得这么麻烦，直接把我爷爷和他的同事一起关押在‘沙漠孤舟’里，胁迫他们给你做出来不就是了吗？那里面实验设备齐全，研制速度也会更快吧？”

“不，不，不。”田永升摇了三下头，“这样强迫你爷爷去做，他知道一旦造出我需要的东西，他可能就没有了活的希望，所以肯定会千方百计地拖延，以争取外面的人来营救。而我又不能奈何他。这样的话，岂不是很麻烦。”

“真相原来是这样。”胡依祎继续。

“听爷爷说，当时他能逃出来，是险之又险，差点被抓住，那你当时就不怕我爷爷被他们抓住吗？那些恐怖分子也不可能知道你的整个计划吧，你也不可能都告诉他们吧。

他们万一抓住我爷爷，不就打乱你的所有计划了吗？”

“不要紧，只要那条密道还在，即使你爷爷当时被抓住，也会找机会逃出来。”

“那密道也是你计划里的一部分？”

田永升冷笑着点头：“同时，也是后来你爷爷和里面的人质联系的通道。”

这时，一旁的胡博士已经从极度震惊中回过神来，一点恐惧也没有了，有的只是愤怒。他义愤填膺地盯着田永升：“那我儿子儿媳被绑架，也是你一手安排的？”

“没错，”田永升说着再次扭起嘴角，“这只怪你当时不老实听话，为了给你一点刺激和动力，我绑架了他们。果然，你后来很卖力。”

“那为什么还留下依祎？”

“两个目的，”田永升看着胡博士，像肌肉酸痛似的左右扭了一下脖颈，然后说，“第一，依祎在你身边可以随时提醒你，她的父母还在危险中，让你时刻不敢怠慢。第二，你年纪也不小了，需要有人照顾，让你一个人生活，我真有些不放心。依祎在你左右，我放心，她不会背叛我们。”

“那起车祸也是你故意制造的？”胡博士听得已是火冒三丈。

“是的。”

听到这里，胡博士已是气得说不出话来，同时，也对自己一直以来的愚昧和无知懊恼不已。

见他们对话中断，胡依祎赶紧接着问。

“那你瞒着上面做这一切，难道就不怕被他们发现吗？”

“不用担心，只要他们找不到你们，我就不会被发现。我也相信你们不会向任何人透露。你们没有理由不相信我。事实证明，你们确实很听话。何况，”田永升说着略一停顿，“即使有人找到你们，我安排有徐少校监视，也可以随时制止。”

“徐少校也是你的人？”

“他为我服务。但他也跟你们一样，并不知道我的真实目的，只是我的工具。”

此时，听田永升把他的计划和盘托出，我不得不佩服他的智慧和谋略。

如果没有最近这一连串巧合的发生，田永升肯定已经大功告成。这即是“谋事在人，成事在天”吧。

“如果你把才智用在正道上，该有多好！”这时，胡依祎备感惋惜地叹息道。

“不会的。”田永升很肯定地回答，然后加快语速说，“有时，我都不敢相信自己会如此老谋深算。想出来的计划能把自己吓一跳。太漂亮了！就好像有一股巨大的能量——不是力量，是能量——在源源不断地注进我的身体。这让我永不疲倦，使我的大脑永远保持高速运转。知道这巨大的能量从何而来吗？”田永升说完停住，看着胡博士和胡依祎。

但他并没有想从他们那里寻得答案，没等他们开口，就继续说道："知道这世界上什么最可怕吗？不是我手上的这支枪，也不是你们研制出来的隐形服，也不是这副特殊眼镜。是大恨，因大爱而产生的大恨。为了达到目的，它可以忍受十年、几十年，甚至成百上千年。等积聚了足够的力量，它就会像飓风一样，锐不可当地冲破所有现实的堤坝，席卷一切！"

田永升说了这一段匪夷所思的话后，似乎很满意地轻轻一笑。然后，他放缓语速说："现在，有了这副眼镜，我还会让老邓他们源源不断地给我制造出隐形服，来装备我的隐形部队。"他边说边把枪口稍微抬上一点，"好了，我还有很多事情要去做。你们的疑问也算得到了比较圆满的回答，可以上路了。"

"请等会儿，我还有问题。"胡依祎急忙截住说。

田永升有些不耐烦地向左移了一小步，马上又回到原位。

"依祎，我知道你舍不得。其实，我也不忍心。不过，这都没有办法。你想想，过去的时间里，冤死的人何止千千万万，多你一个也不多。死就干脆点，也没有你想的那么可怕。很简单，砰，干净利落，永无后患。说吧，最后一次机会。"

"你建立这支隐形部队的目的是什么？"胡依祎赶紧问。

"目的？"田永升很响地抽了一下鼻子，"我的目的，就是建立超越任何国家的武装力量。这样，我就是全球的霸主。"

"那然后呢？"

"然后？然后我想要什么就有什么，想干什么就干什么！"

"那种情况下，你真的能想要什么就有什么，想干什么就干什么吗？"胡依祎反问。

"不是吗？"田永升说着向右歪了下脖子，看着胡依祎。

"你想要安心的日子，可以吗？那时，你的身边都是隐形人，你必须时刻戴着眼镜提防他们，能过上安心的日子？你现在有亲人吗？武装力量可以给你带来亲情吗？你现在有爱人吗？那样的情况下，谁敢爱你？如果有，那也是迫于你的淫威。有句话说得好，一无所有的时候得到的爱，才是最真的爱。所以，到你真正成为世界霸主的那一天，你不仅得不到你真正想要的东西，还会失去你现在所拥有的一切。亲情、友情、爱情，你一样都得不到。你拥有的只是霸权，和整日的不得安心。那样的日子，干枯得就像沙漠里的贝壳，难道会比现在幸福？"

胡依祎说出这样的话，我很诧异。这些话不是我们事先排练好的。我们事前也没有想到事情会发展到这一步。

这时，田永升的脸色越来越难看。为防万一，我轻步走到他身后，把高压电棍探到离他后腰十厘米处。一有动静，马上凑上去，瞬间即可把他击晕。

“亲人……亲情……父母尸骨无存……”田永升的声音突然颤抖起来，“爱人……我当时为什么不回头看她一眼，她都是为了我才沦落成那样，她都是为了我在忍辱负重……”田永升越说越激动，“既然上天这样玩弄我，我也要报复它！”

我们全然不知他在说什么。我把电棍藏在隐形服里，走到田永升一侧。只见他泪流满面。第一次见这么大年纪的人哭得这么伤心。

“我为国家献身，却让她……这全都是因为那可恶的战争！”田永升说到这里，眼冒凶光，“我也不想这样，但你们必须死！”田永升说着把枪口对准胡博士的头部，一触即发，我见状迅速把电棍抵到他后腰上。

一般人身体经受这样的高压电击，瞬间就会失去知觉晕倒过去，根本没有反应时间。可田永升在倒下去之前，竟顽强地扣下了扳机，击中胡博士的右肩处。

胡博士惨叫一声，喷涌出来的鲜血顿时浸透了他的右半身。

胡依祎哪见过这种场面，一脸惊恐地扶住胡博士，大声哭喊着：“爷爷！爷爷！”

我赶紧跑过去，用手指按住胡博士颈部的动脉，然后查看了枪击的具体位置。幸运的是，没有击中要害。胡博士也忍住疼痛轻轻摇头，示意胡依祎不要担心。

这时，谷姐快速推门进来，身后跟着那两名特警。其中一名特警接替我按住胡博士颈部的动脉，动作娴熟准确。另一名背上胡博士。

“我护送他们下去，”谷姐说，“你收拾好这里。”

“我也去，”我边脱下隐形服边说，“下面有徐少校。”

谷姐没有同意：“这个不用担心，我们不会打起来，他也是受害者。你最好留在这里保护好现场，以防他醒来。”

我听从了谷姐的安排。

送他们五人进电梯后，返回实验室。我蹲下准备给田永升戴上手铐。这时，他突然睁开眼，睁得滚圆滚圆，迅速坐起来，如同诈尸一般，把我吓了好大一跳。

我赶紧用电棍给他补上一击。他再次倒下，身体不停地微微颤抖。怎么会这样？即使体质再好的人也不可能这么快就醒来。

正觉得不可思议时，一个声音突然响起。不是来自哪一个方向，而是从四面八方传来。乍一听好像近在咫尺，可凝神竖起耳朵，却又感觉遥不可及，就好似来自隔着一个大峡谷的对面山顶。声音也非男非女、非老非幼——一种不是人类能发出的声音。

“把头骨压在他胸口上，笨蛋！”那个声音说。

话音刚落，田永升又突然翻身坐起来。我赶忙又补上一击。

“把头骨压在他胸口上，笨蛋！”那个声音重复着。

头骨？哪里来的头骨？我强抑住心里的惊诧与慌张，命令自己冷静地想问题。

头骨，莫非……来不及多想，先拿来再说。我迅速跑出实验室，跑到对面舒姐家里，径直冲进画室，抱起霍大哥带回来的那颗头骨。

返回实验室时，田永升的身体仍在不停地颤抖，眼睛又要睁开。我赶紧把头骨压在他左胸上。

“笨蛋，是胸口上，不是心脏上。”那个声音又响起。

我立马把头骨往中间移一点。瞬间，田永升的身体停止颤抖，安静下来。但他的整只左手却比刚才抖得更厉害。

这只手，手心紧贴在地面，手背朝上。每根手指都伸得笔直，手背上青筋暴出，好像有什么东西在里面向外压迫他的皮骨。

几秒钟后，此手突然翻过来，变成手背朝地，手心朝上。只见手心里的皮肤向外鼓起，仿佛有根棍子在里面顶着。

慢慢地，越顶越高，差不多四厘米高时，已被顶得很薄的皮肤啪一声破裂。

然后，整个手掌心由中间向四周、从内向外慢慢翻开，形成一个张开的口子，就像一个熟透的石榴张着嘴。没有流血。流出来的，是一坨黑乎乎的东西。

像是一个头。随之，一股恶臭扑鼻而来。

这个黑乎乎的头正在慢慢往外探出来。我捂住嘴鼻，等它探出来多一些。

仔细一看，竟是一个龙头。

龙须，龙角，龙眼睛，凸出的龙嘴和龙鼻子。除了颜色是乌黑的，像是用石墨雕刻成，其他的跟真龙一模一样，龙须还在晃动。

当然，我也不知道真龙到底是什么样子。这样说可能更确切，它跟我们大多数人认同的龙的样子一模一样。

由于它的眼睛里面也全是乌黑的，也不知道它在看着哪里。

见此怪物，我的心猛地一紧，似乎停止了跳动。思维也停在了一点，无法前进。

这时，我看见它的眼皮眨了一下。这一眨，我的思维又活了过来。心却依旧紧缩在一起，没有恢复。

这是真的龙？这世间真的存在龙？我还不及细想，它突然张大嘴，里面也是同样漆黑一团，看不清有没有舌头和牙齿。

龙头后面是黑乎乎的条状身子，像刚打过蜡，光溜溜的，没有鳞片。它正在像蛇一样，慢慢地向外扭动着身子溜出来。

“弄死它。”刚才那个声音再次响起，这次没有加上“笨蛋”。

听到这句话的一瞬间，我紧缩的心突然膨胀，恢复原来的大小，而且剧烈跳动起来。

它发出怦怦的声响，快速将积聚在心脏里的新鲜血液输送到全身，我的思维也随之急速开动。

要不要弄死它呢？虽然还不知道这黑龙是个什么怪物，但仅从相貌上看，它全身乌黑，还带着难闻的恶臭，不像善类。

在这条黑龙爬出来十多厘米后，我抽出随身带来的匕首，用力刺向它的头部。意外的是，就像刺入豆腐一样轻松。刺进去后，它一直大开着的嘴合上了，身体也不再动了。仿佛突然断了电的玩具火车一样完全停止。

没想到如此邪乎的东西，这么轻松就搞定了。这样想着，我拔出匕首。

可是，刚一拔出匕首，它又像接通电源一样，马上张开嘴，扭动着身子，慢慢往外爬起来，伤口也立马愈合。“快弄死它，笨蛋。”那个声音又叫嚷起来。

我有些气急败坏，用匕首朝着它头后面三厘米的地方横砍下去，刀刃都砍到了地砖上。这次该一命呜呼了吧，我想。

可一拔出匕首，它的伤口又立马愈合，继续张大嘴，一扭一扭地向外爬着。

抽刀断水水更流，这龙的身体是水做的不成？

“快弄死它，笨蛋！”那个声音不停地叫唤着。

我有些慌了，再次砍下去。这次，我想用匕首把它的头切断后，再把它的头和身子分开。可匕首砍下去后，被匕首分开的前后两段身体就像两块超强的磁铁一样，把匕首紧紧夹住。匕首只能上下前后移动，无法左右推动。

我抽出匕首，捡起田永升的手枪，对准它头部连扣两次扳机。

两声沉闷的枪响，子弹犹如射进泥潭一般，射进去的地方仅凹进去一点，马上又复合。它依旧顽强地扭动着身躯，继续向外爬着。枪是真的枪，能真实地感觉到它的后坐力和子弹出膛带出来的火药味。

这时，龙爬出来的身躯已经差不多有半米来长。光溜溜、黑乎乎，也没看见有脚。末端开始变细，像是要露出尾巴。

“快弄死它，笨蛋，它出来你就完了！”那个声音催促得更急了。

我感觉额头湿漉漉的，用手背擦，日光灯下，手背上全是亮闪闪的汗水。我再次用匕首刺入它的头部，心想，弄不死你，至少可以让你暂时不要出来。

可这招也不再起作用，匕首刺进去后，它的头部虽然停止不动了，但身体却在呈S形弯曲着扭动，末端还是在继续不停地向外溜出。而且，越来越细。眼看就要露出尾巴尖。

我转身一周，身边没有其他可用作武器的东西。最后，目光落在田永升胸口的头骨上。

“快点，笨蛋，就是它！”那个声音急切地响起。

我没有迟疑，马上拿起头骨，拔出匕首，用头骨顶狠狠地砸向这条黑龙的头部。

提起头骨，它被砸扁的地方虽然又马上复原，不过，这一砸确实很有效果。受到这一击后，它全身扭曲，发出的恶臭更加恶心。

这一扭曲，它的尾巴尖都从田永升手掌心里抽出来。我赶紧用头骨，从它的头部像切黄瓜片一样，紧挨着一下一下地一直砸到它的尾巴尖。

这次，它彻底不再动弹。为防万一，我再次用头骨密密麻麻砸了一遍。它没有任何反应，整个头歪向一边，朝天躺在地上，嘴巴紧闭，眼睛紧闭。

确定它确实已经一命呜呼后，我才突然感到累得厉害，全身关节都在隐隐作痛。我一屁股坐在地上，汗水从睫毛上、耳垂上、下巴尖上直掉下来。全身没有一处不湿漉漉、黏糊糊的，喉咙更是干得沙沙作响。

"干得好，笨蛋。"这时，那个声音又响起，"不要让任何人看见，把它与头骨密封扔到任何人也找不到的地方，不要嫌麻烦。"

"喂！喂！"我有气无力地喊道。

没有回应。

在地上坐了差不多半分钟后，我努力爬起来，拖着像灌了铅一样的腿，走过客厅，来到厨房。

在厨房，我靠着冰箱一口喝掉一整瓶矿泉水后，才多少恢复些气力。我找到一个黑色塑料袋，回到实验室。

我用手隔着塑料袋，把黑龙的尸体捡起来。滑溜溜的，如冰块一样凉。我翻过塑料袋把它装入袋里，打了个死结。这到底是什么东西，是寄生虫吗？这也太大了点，还是从田永升的手心里爬出来的。

这时，田永升还静静地躺在地上，手心却不知何时已恢复原状，完好无损。我给他戴上手铐，把他拖到客厅的单人沙发上。他乖乖地坐在沙发上，眼睛紧闭，头向左歪着，面无表情。

我在田永升对面的沙发上坐下。

田永升最后说的那些话是什么意思？他父母尸骨无存，这是事实（被洪水冲走了）。但他说的"她"，是阿莲吗？他说他很懊悔当时没有回头再看她一眼，难道他与村里中断关系之前，曾偷偷回村里见过阿莲。他还说那都是战争造成的。什么战争？虽然我国与某些国家还存在一些问题，但近二三十年来并没有因此引发过任何真正意义上的战争啊！

算了，这一切疑问，等田永升醒来后才会明白。

我从厨房里找出一个大一点的塑料袋，把那颗头骨和那个装有黑龙的黑色塑料袋一起装进去，然后狠狠打上两个死结。

此时，谷姐还没有上来。也不知刚才过去了多长时间。我拨通她的手机。

“喂，在哪里？”自己的声音进入耳朵，竟如同全然陌生的声音。

“在上来的电梯里，电梯坏了，正在抢修，我正准备告诉你。上面没事吧？”

“还好。”电话里面肯定说不清楚。老实说，这样的怪事即使当面我也不一定能说清楚。

“你那边怎样？”我问。

“一名特警同志陪着胡依祎和她爷爷去了医院。我们和徐少校在一起。徐少校是一位很冷静的人，我们并没有发生冲突。我只大概给他说了情况，具体的细节，等他上来后自己看监控录像即可明白。”

“还要多长时间？”

“快了，两三分钟。”

“注意安全。”

“放心。”

挂断电话后，我这才想起，我刚才的一举一动都被屋子里的监控摄像头记录了下来。本想去依祎卧室看一下刚才的录像，却发现身体乏得厉害，就像连续十天十夜没有合眼一样。越挣扎这种感觉越甚。很快，我的整个身体就像靠站的火车，彻底停了下来。

“及时把它处理掉，夜长梦多，照我说的去做，不要嫌麻烦。”那个声音又在我耳边响起。

可这时的我已迷迷糊糊，眼都睁不开，似梦非梦一片混沌。

不知多长时间后，我被门铃吵醒。睁开眼，对面的田永升还没有醒来。

打开门，谷姐和留着小络腮胡的徐少校并排站在门外。身后跟着那名特警。

“怎么了？”谷姐诧异地瞅着我的脸问，“脸色这么难看？”

“没什么，只是刚才突然觉得困得厉害，就睡了过去。”我摸摸脸说。皮肤感觉好像比之前粗糙了很多。

谷姐把徐少校带到胡依祎卧室，回放刚才的监控录像。看录像时，谷姐还时不时看一下我。

“到底怎么了？”她皱起眉头，“身体不舒服？”

“没有啊。”

“没有？去镜子里看看你自己。”

我来到洗漱间。

当看到镜子里的自己时，我差点没被吓倒。那是我吗？整张脸白得不用化妆就可去扮僵尸。仔细一看，眼角和额头上，似乎还多出了很多条细细的皱纹。

喉咙里又像在火燎一样干得厉害了。我从冰箱里找出一瓶一点五升的橘子汽水，闭上眼睛，抬起头，把瓶嘴插进嘴里。只听见喉管一张一缩有节奏的咕噜咕噜声，就像三年没遇见雨水的干得快要倒下去的仙人掌，突遇一场大雨，不管是酸雨也好毒雨也罢，先咕噜咕噜喝个痛快再说。

咕噜咕噜声消失时，我才意识到一点五升的冰凉的汽水已一滴不剩进入我的身体。可喉咙里依旧干得沙沙作响，胃却已撑得厉害，不能再喝。走动时，哗啦哗啦，身体里就像装着一个大水袋。

“真不要紧？”回到胡依祎房间后，谷姐看着我的脸，有些难以理解地问。

“真不要紧。”

此时，录像已回放到田永升快要开枪时。徐少校一直面无表情，脸上仿佛敷着面膜一般。确实冷静得可以。

枪响后，谷姐和两名特警冲进实验室。这时，显示屏突然咔嚓一声响，就像受到超强磁场干扰一样，即刻成为一片空白。重放两遍，依然如故，摆弄几番也没找出原因。

“算了，也差不多结束了。下面发生的事情就是我们下去，他留在这里看守，”谷姐说着看了我一眼，“后来没发生什么事情吧？”

“没有。”我犹豫了一下，回答道。

如果把刚才他们走后，我经历的那场大战说出来，他们肯定不相信。我也肯定越说越糊涂。自己都还没有完全弄清楚的事情，不可能向第三者解释明白。虽然有那条黑龙的尸体做证，但刚才那个声音说了，不能让任何人看到这个东西。我想，我现在还是暂时先听人家的为好。刚才全靠人家的指导，我才得以制服那条黑龙。不然，它出来后会怎样，真无法想象。而且，我此时的脑子也极度混乱，等清醒点后理出个头绪再说不迟。

“原来我一直在助纣为虐，”看完录像后，徐少校还是有些难以相信地说，“八年多了，我一直跟在他左右。他为人廉洁，工作敬业，我一直很敬重他。没想到……如果没有这段录像，你们就是再怎么说，我也不会相信的。”

“这不关你的事，”谷姐安慰他说，“他太聪明。事先，我们也并没有确认他就是这整个事件的幕后策划者。一小时之前，我们还只是怀疑，就像我们也怀疑我们这边的上司一样。直到他说出这整个阴谋的前后始末，我们这才明白。”

“可田将军——”徐少校依然称田永升为将军，“最后讲的那些话，到底是什么意思？”

“这个，我们也不清楚。”谷姐说着看了一眼门外客厅里的田永升，“现在，只有等他醒来了。”

谷姐把录像和徐少校带回公司。我跟谷姐说身体需要睡眠。她说看得出来，让我先好好睡上一觉，剩下的事情她一个人足以应付。

等谷姐他们全部离开后，我把装有头骨和那条黑龙的黑色塑料袋拿到舒姐家里，放在舒姐的画室。

这时，我本想给胡依祎打个电话，问问她那边怎么样了，可身体需要睡眠的信号越来越强烈，大脑也越来越沉重。什么都来不及想，什么也来不及干，唯有一泻千里势不可当的睡意引领我。我勉强把眼皮睁开一点点，手扶着墙壁，走出画室，挪动几步，推开画室隔壁卧室的门，就像中弹一般扑倒在床上，大睡起来。

这一觉睡得真够踏实，一直到晚上七点半才醒来。整整十二个小时。醒来后，躺在床上，我伸了个大大的懒腰（此时才发现我睡的是舒姐的床），全身就像脱胎换骨了一般舒服。

翻开手机，六个未接来电，两条未读短信。六个未接来电全是胡依祎打过来的，时间依次为：上午九点半、十点十分、十一点，下午一点、两点二十、五点半。短信中的一条也是胡依祎发过来，一小时之前——

你个没良心的，完成了任务，就不管我爷爷的死活了。以后再也不想看到你了，你以后再也不要跟我联系了！

另一条是谷姐两小时之前发过来的——

还在睡吗？中午我抽空去收拾胡博士家里时，顺道去舒女士家里看你，阿姨说你还睡着，看来确实是累了。我现在在医院。你醒来后给胡依祎打个电话。她好像很生气。我跟她解释，似乎也没有多大作用。你来医院看看胡博士，当面向小姑娘道个歉。八五医院住院部506。

真是贴心的谷姐。我马上给胡依祎打过去。响了六遍之后——“您好，您拨打的电话正在通话中，请稍候再拨。”

我叹了口气，谷姐说得没错，小姑娘很生气，后果很严重。

来到隔壁童童房间，阿姨正在给童童喂饭。她跟我说，谷女士交代不要叫醒我，等我自己醒来；中午和晚上已经给小家伙喂过稀粥了，下午还给他擦了身子；厨房有饭菜，我要吃的话，就去热一下。

我说：“实在太感谢了。饭不吃了，我马上就要出去。请你在我回来前继续照看童童。”

走出卧室前，我回头看了看童童，他仍然是一副似睡非睡、昏昏沉沉的样子。唉，这么小的孩子却遇到了这么奇怪的事情。我甩了甩头，仿佛要将烦恼和难过都甩出去一般，大步走了出去。

赶到医院病房后，胡依祎一见我，站了起来，一瞬间脸上似乎绽开了欣喜的笑容。但一秒钟之后，她又马上坐下去，阴下脸给我个后脑勺。

进来前，我问过医生，胡博士身体里的子弹已经取出来，已没有什么大碍。

这时，胡博士正在床上熟睡。也许是昨天失血过多的缘故，脸色有些苍白。

我把胡依祎叫到隔壁的休息室。坐下来后，她还是把后脑勺对着我。

趁当下正好没人，对着她的后脑勺，我给她讲起上午他们走后，我所经历的那场不可思议的大战。一是为了说明原因，以求得她谅解，我并非那种过河拆桥之人。二来也是想借此整理一下自己的记忆，刚才起床后就马上赶过来，也还没来得及好好想想。

“好，那我回去看录像！”听完我的讲述后，胡依祎依旧后脑勺对着我，一字一句地说。

“奇怪的是，那一段录像又正巧莫名其妙地没有被录上。”

“哦？见鬼了是吧！”

“没错，和见鬼差不多，”我感觉自己就像是在讲鬼故事，“不过，被我砸死的那个东西，现在还在舒姐家里，你见到便明白。”

胡依祎终于转过头来，半天才说：“暂且相信你，要是没有，再看你怎么编！”

谷姐这时打来电话，说她那边一切顺利，暂时可以松口气。

我在电话里给她讲了上午她送胡博士去医院后我这边发生的事情。听完，她也不相信，说是不是我太紧张了，把梦里的事情当真了。

别说她不敢信，我也开始怀疑了，那是真实发生过的呢，还是一个梦？不过，回去一看就知道到底是不是梦了。

我、谷姐、胡依祎三人连夜回到蓝天小区 106 号楼 501 室。我们先让照顾童童的阿姨离开，然后，准备进入舒姐的画室。

在进入之前，我很担心。既希望它在，又希望它不在。它在，就说明我确实没有骗胡依祎，我真的不是她想的那类吃饱饭就忘记厨子的人。它不在，说明那真是我做的一个梦，世界还是我之前所认识的那个世界，并不存在天方夜谭的东西。

打开门，那个黑色塑料袋老老实实地待在那里。谷姐和胡依祎都睁大了眼睛。

胡依祎要求马上看里面的东西。我却犹豫起来，我有点害怕再次看到那个头骨，还有那个邪恶的生物。它们真的还在里面吗？它们不会变成什么更可怕的东西吧？

我求助地看了看谷姐，她却没有看我，而是戴上了早已准备好的能防强腐蚀耐高温的特制手套。

我们三人围成一圈，胡依祎凑得最近。谷姐小心翼翼地解开了套在最外面的那个大黑色塑料袋的死结。

袋口打开的瞬间，一股恶臭马上像井喷一样，直喷出来。胡依祎马上转身捂住嘴跑去隔壁的洗漱间。我和谷姐也赶紧捏紧鼻子，退回到客厅，把画室的门紧紧关上。

这已不是昨天那一般的臭。昨天的臭，终究还可以忍受，是正常意义上的臭。刚才的臭，却非同寻常，是说不出来的味道，闻所未闻。整个五脏六腑，都像突然被扭曲、倒置了一样。紧接着，被扭曲和倒置的五脏六腑又陡然发生剧烈的晃动，翻江倒海。

离开画室的我并没有感到舒服一些，肚子里的臭气都在朝心窝的地方聚拢，然后往上升，直至喉咙口。这时，就像有一腥臭无比的血块堵在喉咙口，吐不出来，咽不下去，还压迫了气管，呼吸困难，大脑缺氧。

不管怎么使劲吐，如何大口呼吸，都无济于事。血腥味越来越浓，窒息越来越严重。坐在我身旁的谷姐，也是同样痛苦的表情。最后，我们都难受得晕死过去。

当我恢复意识时，也不知是多长时间之后。我坐在客厅的长椅子上，谷姐坐在我旁边，头靠在椅背上还没有醒来。胡依祎却不见了。

喉咙口依旧似有一团腥臭的血块堵着，呼吸也依旧不畅快，嘴鼻里也全是腥臭味。不过，终究还是醒过来了，没有死去。

我努力站起来。刚一站起来，胸口又一阵翻江倒海。我赶紧左摇右晃地跑向洗手间。只见胡依祎坐在洗手间地上，背靠着墙，闭着眼，歪着脑袋。

"哇"，一团乒乓球大小的、像融化了的柏油样的乌黑的东西，从我的喉管里涌出来，喷在洗手池里。又腥又臭，我赶紧放水冲掉。

吐完之后，就如同一个终于从深深的海底浮上来的人一样，我狠狠吸了一口气，然后又吐出来。呼吸恢复顺畅，新鲜空气源源不断地进入肺里，污浊气体不断排出体外。把体内的空气统统更换掉之后，整个人逐渐清醒起来。现在我才发觉，这世上没有什么能比大口大口地呼吸新鲜空气更令人感到幸福和满足的了。

谷姐和胡依祎也相继醒来，都跟我刚才一样，吐出那口恶臭后，迫不及待地使劲呼吸。

我踌躇了半天，憋住气，咬牙再次推开了画室的门。我三下两下把那个敞开着的塑料袋封好，再套两层新的袋子，全部打上死结。

当晚，我把这条带着恶臭的黑龙和制服它的头骨一起装进一个密封的铁皮箱子。然后我们租了条带定位导航装置的小船，把箱子沉入了北纬 31 度 ××分、东经 12×度 ××分的大海底。

这个决定是我和谷姐以及胡依祎三人商量后的最终意见。因为除了这漆黑的大海底，偌大一个世界，一时还想不出来第二处不会被他人发现的地方。

田永升从被我电晕后，就一直昏睡着，直到事后的第二天上午八点才醒来。足足一天一夜，没吃没喝，也没有排泄。而正常情况下，一般人被电晕后，最多四个小时就能苏醒。

田永升一醒来，就闭着眼睛说要喝水。喝了足足两瓶矿泉水后，他才睁开眼。没等我们问他，他倒是一脸迷惑地连问我们："你们是谁？这是哪里？你们在干什么？我怎么会在这里？"

我们起初以为他在装疯卖傻。可没有。十五年之前的事情，他记得清清楚楚。村里的老乡、阿莲，以及自己和她的约定，都记得分毫不差。可最近十五年里发生的事情，他却一点印象也没有。

不是记不起来，是完全不知道。什么 OSM，什么隐形材料，什么"沙漠孤舟"，统统不知道。

做心理测试时，面对徐少校、胡博士和胡依祎，听他们讲起这几年发生的事情时，田永升的心电波没有任何异常。即使再镇静的人，也不可能做到这样。

出现这种结果，我们推测，有两种可能：一，这十五年里，田永升并不是真正的田永升，就像机器人一样，他的身体只是一个外壳，起主导作用的，是他身体里面的 CPU（这听起来有点像科幻剧了）。二，这十五年里，田永升还是正常的田永升，这十五年里发生的事情，也确实是他本人所为。只不过因为昨天被多次电击，他受到过度刺激，丢失了这十五年的记忆。

不管怎样，现在的田永升完全不知道这十五年里发生的一切，所以我们也不清楚他最近的计划安排，也不知道他与"沙漠孤舟"里面的恐怖分子的联系方式。徐少校对此也一无所知。

时间不等人，当务之急不是怎么来审判田永升，也不是追究他为什么会出现目前这种状况，而是想办法尽快救出被困在"沙漠孤舟"里面的人质。像这样规模的恐怖组织，肯定制定有在长期失去头目指挥下的应急预案，而且多半还会是过激的方案，很可能会做出极端的报复行为。

立刻向上级汇报？整件事情太不可思议，已经超出了一般人能够理解的范围，我们也有太多的事情无法证明。在这样云谲波诡的情况下，我和谷姐、徐少校商量后，决定暂时不冒这个险。现在的局面，越少人知道越好。

可我们一时都想不出万全的营救之策。

正当大家苦苦思索却依旧一筹莫展之时，已知道整个事件前后始末的田永升却提出了一个方案——毕竟是个智商高、经验丰富的领导者，又是 CICA 培养出来的高才生。而他提出的方案，我们经过缜密的推断，认为确实非常可行。最重要的是，不管真相如何，田永升还是 OSM 的领导者，也是"孤舟"外营救力量的负责人，更是"孤舟"内恐怖分子的真实首领。只有他能执行营救方案。

我们当然还不能完全确认田永升是否只是被神秘力量利用，说不定，他精心设计好了陷阱等大家去跳。

即便是陷阱，不下去看看，永远也不知道它有多深。

我看了看谷姐，她向我点了点头。

不入虎穴，焉得虎子！

第三十六章
尾章：继续向前

我们陪田永升回到“沙漠孤舟”。

徐少校向“孤舟”里的恐怖分子喊话，田永升将军要求与他们的首领当面谈判，地点就在“孤舟”大门外五十米处的戈壁滩上，就田将军和他们的首领两个人。

恐怖分子是田永升的人。虽然他们会疑惑田永升为什么突然这么做，但肯定不会不答应。

果然，从“沙漠孤舟”里面出来一位蒙面黑衣人。田永升悄悄把一张事先准备好的小纸条交给了他。对方心领神会。然后双方开始装模作样地谈判。谈判当然没有任何结果，随后双方各自“愤愤然”返回。

田永升交给对方的纸条上，这样写着——

计划有变动。要一架直升机。留一位兄弟看守，其他人今晚六点全部登机撤走。同时带上两名人质掩护。正东一百公里处降落，有人接应。

为了不让对方产生怀疑，他特地交代随身带走两名人质。

很快，“孤舟”里面的恐怖分子就提出，要我们派一架直升机于今晚六点整准时在“沙漠孤舟”前候着，备足燃油，飞机上除了驾驶员，不希望看见有第二人，否则杀人质。

晚上六点，一架墨绿色直升机准时降落在“沙漠孤舟”前的空地上。十二个全副武装的蒙面人押着两名白大褂人质，钻进直升机。

直升机起飞八分钟后，在“孤舟”南十公里外的戈壁滩上降落。早已候在那里的特警戴着防毒面具进入直升机，把十二名昏睡过去的恐怖分子和两名人质抬出来。简直比囊中取物还来得容易。

同时，在“沙漠孤舟”，一名特警穿上隐形服，从密道进入实验室，轻而易举地就把留守在里面的那名恐怖分子制服。至此，人质全部获救。

整个“沙漠孤舟”事件的过程，只有内部极少数人知道。这件事情军方经过调查后，把案卷作为高级机密封存了起来。

田永升本人自然也经历了军方的审查和军事法庭的审判，当然，是小范围进行。我们作为此案的侦破者和证人，配合了对他的调查和庭审。

我和谷姐曾想把田永升身体里存有那条奇怪的黑龙的事情说出来，犹豫再三后，还是决定不再提起。现在无凭无据，录像无法显示，黑龙又已被沉入海底，整个过程没有其他人看见。我们说出这个，没有人会相信，不是把我们当成疯子，就是认为我们在故意帮田将军做伪证，这是需要负法律责任的。

而且，我们心里还存有疑问，那条黑龙到底从哪儿来的？为什么它会控制田将军并获取隐形服计划？这到底是一股什么样的神秘力量？

田将军身上的谜还有很多，而这些，军方的调查和庭审都没办法解开。

田将军只能称自己是幡然悔悟、迷途知返，在最终时刻放弃了罪恶的计划，并反戈一击。

虽然这样的说法信服力不高，但法庭也只能采信。好歹，田将军算是中止犯罪，且自首立功。

法庭宣判田永升获刑十年。他最终去了哪里服刑，我们不知道。

在霍大哥消失整整三年的这天早上，他竟然真的如期睁开眼睛，完全恢复了，以前的事情也全都记得。

当他得知距他离家出走已过去三年之久时，非常惊讶，他还以为最多也就一两天。他首先向舒姐道歉，这三年让她受苦了，然后，告诉了我们三年前他独自悄然离去的前因后果。

自从那次海底考察回来后，他对海底珊瑚礁洞里那个被小海豚们守护的头顶会发光的头骨，一直念念不忘。那天晚上，他在梦里回到了那个珊瑚礁洞，洞里头骨顶上的光焰愈加明亮，熠熠生辉，好像在召唤他。那几只一直绕着洞口打转的小海豚，此时也分列在洞口两侧，一起朝他点头，像是在迎接他。他感到了它们的需求，是他发现了它们，它们现在在召唤他，这一定是有原因的。

他不想再迟缓一秒钟，就悄悄离开了。本以为这么早去，晚上就能回来的，所以也就没有告诉舒姐。他很急，不想浪费一分一秒，连衣服都没有换，独自一人带上一周前就已租赁好的小船和潜水装备就出发了。一到预定海面，就有几头小海豚在那里等候他，好像知道他会去一样。然后，小海豚引领他下到海底，进了珊瑚礁洞里。

洞里的头骨和他梦里的一样，头骨顶上的光焰比上次所见真的明亮了很多，他情不自禁地把手放上去，抚摸头骨顶。顿时，像触电一般，他一阵酥麻，然后，就好像瞬间遁入了另一个时空，成为另一个人。

当他再次恢复正常时，眼前头骨顶上的光焰消失了。他看看手表，过去一个小时不到，备足的氧气已快用尽，他感觉很累。他抱着头骨，在小海豚们的帮助下回到海面，爬上小船，然后就晕过去了。

霍大哥一个小时的海底逗留，大陆上竟然过去了近三年。我们都怀疑那个珊瑚礁洞里是不是存在时间黑洞。就像宇宙里存在无数看不见的黑洞一样，地球的某些角落里也可能藏着类似的地方。

喝了很多水，吃了一大碗饭后，霍大哥又给我们讲起在海底礁洞昏迷的那近一个小时里，他作为另外一个人——金山——度过的那三年的故事。

谷姐、依袆听后，在对这个故事里的两位主人公深感同情的同时，并不太相信这是真的，认为那只是霍大哥在神志不清时的"虚幻性臆想"。

舒姐信。不管霍大哥说什么她都信。

"我以前好像在哪里听到过这个故事，"只有我半信半疑，努力回忆着，"在哪里呢？"

可最终也没想起来。

"在梦里吧？"依袆取笑说。

也许，就是在梦里。

这天下午，童童也睁开眼睛，恢复正常。回医院检查，头颅的裂纹已经奇迹般地愈合消失。不管身体还是智力，都没有留下任何损伤痕迹。这段日子对他来说，只不过相当于睡了一次超长的大觉罢了。

霍大哥醒来的当天就出院回家了，我这个临时保姆的角色也终于宣告结束。

当天晚上，我躺在久别的床上仔细一看，发现头顶天花板上的那大块阴影已经没有了。也不知是哪一天不见的。天花板上干干净净，根本看不出那里曾有过阴影的痕迹。对此，我竟还生出一丝丝的怀念。

不管这段时间发生过多少匪夷所思的事情，总算都过去了。尤其是霍大哥，身体恢复得神速，只在家疗养了半个月，就重新回到学校。

一有机会，他就给身边的人讲他在海底的经历。虽然他自己也弄不清楚，这到底是怎么回事。但他坚定地相信，那真的都是事实。

当然，听他说的人没有一个相信。不过，大家都觉得这是一个很有警世意义的故事。甚至还有人提议霍大哥写一部小说，书名就叫《梦里三年之东瀛人生》。

霍大哥计划下一步去一趟日本，实地查一查在当年侵华的日军里，是否真的存在那一个联队，和那个叫金山的日本兵。

一切回到正轨后，舒姐依旧继续她的高级白领生活。对霍大哥的故事，她是唯一深信不疑的人。

“为什么不相信呢？相信有什么不好呢？他就是说这三年是被外星人掳走了，我也一点不会怀疑。丈夫平安回来，儿子恢复正常，对我来说，才是最重要的事情。而且，我现在也不怪上天了。相反，我现在很感激它。因为这些年的遭遇，我终于懂得了，在人的一生里，什么是可有可无的，什么才是不可或缺的。”舒姐意味深长地说。

现在，几乎每个周末，不管多忙，舒姐和霍大哥都要停下手里所有的活计，带着童童去逛公园、野营、旅游。有时也会邀我同往。我有时也顺便叫上谷姐。

童童一直管我叫侦探小舅。

胡依祎回到喀城，担惊受怕的生活终于结束了。爷爷和父母休养半年后，都重回各自岗位。她也重新坐进大学教室，继续中断了三年的学业。

我们之间常短信联系，偶尔也网上视频聊天。她一直管我叫海豚先生，我也一直称她为龟龟小姐。有时她会发短信说想我，说可能有点喜欢上我了，要我等她毕业后来上海。

我也开玩笑说：“那就三年后再见吧。不过，到时候我都胡子一大把了，已为人父也不一定。”她说那她就做我孩子的干妈。

天气好的晚上，我常去望归山顶，坐在以前和胡依祎一起坐过的那条长木凳上，把手掌横放在眉上方。胡依祎说得没错，这样确实可以看得更远、更清楚，不是心理作用。

谷姐和我现在依然在同一个办公室。由于这次任务完成出色，我们连升两级，成为A级侦探。因此，每个月的奖金也涨了不少。我换租了一个带厨房的住所。每到周末，谷姐就会来我这里，约上一两个好友，一起做一顿丰盛的晚饭。

谷姐的厨艺了得，比胡依祎更厉害。在她的指教下，我想我的厨艺也至少连跳了两级。我和谷姐现在依旧是老同学、好朋友、好搭档的关系，再没有过肌肤之亲。

太阳东升西落，月亮圆了又缺。西部喀城也好，东部申城也罢，照样车流人涌。人们按部就班地继续在各自的轨道上前行。

我们都生活在一座休眠火山上，表面风平浪静，一旦活动起来，则是万劫不复。幸亏有一群甘做无名氏的人们在时刻清理火山口。这样，即使火山爆发也会缓慢而稳定，就像壁炉中的火一样。

至于隐形服现在在哪里？用于什么？这是绝密，万万透露不得。只是如果以后做了坏事被抓，不要埋怨自己运气太差，也不要一脸疑惑地看着警察。

我现在在完成公司C部工作之余，还照常接受P部的业务。如果您有什么需要帮忙的，请来公司找我。尤其是在找人方面，不管是正常失踪，还是非正常消失，我都很愿意为您效劳。我现在甚至觉得，每一个失踪（或消失）的人的背后，都有一个不一般的故事。对此，我充满好奇。

公司地址：枫桥路花溪路路口。公司邮箱：DD_Co_Ltd@yeah.net。本人私邮：Mrdolphin@qq.com。信函联系、面见皆可。

（请看第二部）